AF399483

Das Schreiben hat im Leben von **Antonia Richter** neben der Musik immer eine zentrale Rolle eingenommen. Der Wunsch, spannende Geschichten auf Papier zu bannen sowie Leser:innen in die Irre und scheinbar wieder heraus zu führen, bestand heimlich allerdings schon viel länger. Seit Abschluss ihrer Doktorarbeit setzt sie ihn mit großer Freude um und lotet die psychologischen Untiefen ihrer Figuren in verschiedenen Projekten aus.

ANTONIA RICHTER

TÖDLICHE NÄHE

DEINE ANGST IST MEIN SPIEL

Vorwort

Liebe Leserin, lieber Leser,

es freut mich ganz besonders, und ich bedanke mich sehr herzlich dafür, dass Sie sich für dieses Buch entschieden haben und nun meine Geschichte um Hazel Karelius in Händen halten.

Bestimmt haben Sie schon gelesen, dass im Mittelpunkt von „Tödliche Nähe – Deine Angst ist mein Spiel" die junge Theaterschauspielerin Hazel steht, die, wie auf ein unsichtbares Kommando hin, sowohl im Theater als auch zu Hause, von unheimlichen Vorfällen heimgesucht wird.

Erlauben Sie mir, Ihnen, bevor der Vorhang sich öffnet und die Vorstellung beginnt, einen Blick hinter die schriftstellerischen Kulissen zu gewähren.

Beim Schreiben gibt es für mich immer wieder Szenen, die mich ganz besonders anrühren. So muss es für mich sein, so muss das Schreiben sich anfühlen, damit ich darauf vertrauen kann, die richtigen Themen und Worte zu finden. Bei der Geschichte von Hazel war dies der Fall. Sie hat mich gefunden, mich berührt, verstört und an den Grundfesten meines Vertrauens gerüttelt.

Obwohl ich wusste, wie die Geschichte ausgehen würde, habe ich mit Hazel mitgefühlt, ihre Zerrissenheit zwischen Lähmung und Alarmiertheit angesichts eines unbekannten Verfolgers gespürt und am Ende …

Aber ich möchte nicht zu viel verraten.

Ich bin davon überzeugt, dass es beim Schreiben ausnahmslos immer und über alle Genres hinweg um Emotion geht. Ein Spannungsroman muss für mich daher nicht unbedingt blutig sein, und auch in diesem Buch werden Sie es, zumindest vordergründig, nicht mit allzu blutigen Szenarien zu tun bekommen. Mit Dramen jedoch ganz gewiss, von denen manche ganz offensichtlich im Scheinwerferlicht geschehen, während andere peu à peu enthüllt werden.

An der Seite von Hazel wünsche ich Ihnen nun spannende Unterhaltung und mindestens so viel Spaß beim Lesen, wie ich beim Schreiben hatte.

Mit herzlichen Grüßen
Antonia Richter

Kapitel 1

Hazel Karelius musste nur noch dreißig Mal sterben, um endlich frei zu sein.

Zweiunddreißig Mal, um genau zu sein, dachte sie und schob im Fallen eine Hand an ihre Wange, um nicht mit dem Gesicht auf den staubigen Brettern zu landen.

Die Pause, die auf ihren Tod folgte; die absolute Dunkelheit als Kontrast zu der ausgeklügelten Bühnenbeleuchtung, markierte wie immer die Grenze zwischen Illusion und Realität.

Die Stille war beinahe surreal, aber gleich ... gleich würde das Publikum den Zauber durchbrechen. In bester Absicht und mit begeistertem Applaus würde es die Leistung der Schauspieler würdigen, und die mit jeder Menge Leidenschaft und Technik erschaffene Traumwelt arglos einreißen.

Nur für wenige Sekundenbruchteile würde das Publikum noch eine gesichtslose Menge bleiben. Das anonyme Schwarz, dem Hazel sich Abend für Abend offenbarte ... dem sie ihre ungefilterte Emotion in den dunklen Rachen schleuderte.

Sie erhob sich im Schutz der lichtlosen Bühne und huschte nach hinten zu den anderen. Nur für einen kurzen Augenblick, das war klar, denn der erste Vorhang gebührte der Hauptdarstellerin. Sie war kaum auf der Hinterbühne angelangt, wo die anderen sich eng aneinanderdrückten, als auf der Hauptbühne alle Lichter angingen und zeitgleich der Applaus aufbrandete.

Hazel zählte innerlich bis zehn und lief dann nach vorne. Sie knickste in einer Mischung aus Schauspieler- und Tänzerinnenverbeugung und war im nächsten Moment schon wieder von der Bühne verschwunden. In genau abgesprochener Reihenfolge taten es ihr nun jene Eltern, Lehrer und Schüler gleich, die knapp zwei Stunden lang versucht hatten, den *Tod einer Schülerin* entweder zu forcieren oder zu verhindern.

Schließlich fanden sich alle hinter der Bühne zusammen, um einander gleich darauf wieder spielerisch nach vorn zu schieben. Spätestens jetzt, als sie alle aus ihren Rollen fielen, um ein wenig des Applauses für sich selbst in Anspruch zu nehmen, platzte die Seifenblase. Abend für Abend.

In dem demonstrativ fröhlichen Gewusel verspürte Hazel plötzlich einen heftigen Stoß in ihrem Rücken. Die anderen hatten nichts bemerkt, nur eine wusste davon. Das war Hazel spätestens dann klar, als Pia sie im letzten Moment vor dem Fall grob an der Schulter zurückriss.

»Vorsicht, Chrissie«, zischte sie in ihrem Nacken, »tu dir nicht weh!«

Hazel reagierte nicht. Natürlich nicht. Sie hätte das auf die Situation schieben können. Selbstverständlich strahlte sie glücklich ins Publikum, als sie sich mit ihren Schauspielkollegen ein letztes Mal für diesen Abend verbeugte. Alles andere wäre absolut deplatziert gewesen. In Wahrheit aber hätte sie auch hinter der Bühne nicht gewusst, wie sie auf diese offene Gemeinheit der Kollegin reagieren sollte.

Ihr einziger Trost konnte sein, dass die Antwort auf diese unliebsame Frage schon in wenigen Wochen mehr als obsolet sein würde. Zufrieden stellte sie diese Erkenntnis dennoch nicht.

Sosehr sie eben alle noch ein Team gewesen waren, so schnell zerfiel die Gemeinschaft hinter der Bühne in die bekannten Grüppchen und Einzelgänger. Hazel beeilte sich, durch die verschlungenen Katakomben in die große Gemeinschaftsgarderobe zu kommen.

Wer sehen und vor allem gesehen werden wollte, ging hinter der Bühne seitlich hinaus. Mit Sicherheit war Pia gerade hierhin getanzt. Hazel legte auf den ganzen Rummel keinen Wert. Nachdem der Sturm sie in der Rolle erfasst, herumgewirbelt und an die markierte Stelle gespuckt hatte, war sie nach der Vorstellung vielmehr bemüht, wieder in ihr kontrolliertes Ich zurückzufinden. Bebend vor Emotion und mit noch zitternden Knien, gelang ihr das mal besser, mal schlechter. Heute, nach der müßig überspielten Attacke der Kollegin, waren ihre Gedanken überraschend klar.

Wie immer wählte sie den schmalen Gang von der Hinterbühne, um unbemerkt zur Garderobe zu kommen. Auf dem verwinkelten, von Schattengeistern bevölkerten Weg registrierte sie einmal mehr den besonderen pudrigen Duft, den es nur im Theater gab, und der eine Spur Lampenfieber von Generationen von Schauspielern und ein Konzentrat der jahrzehntealten Geschichten in sich trug und der sie schon früh verzaubert hatte. Seit ihrer Kindheit war die Theaterluft für sie untrennbar mit der Faszination für diese Scheinwelt verbunden, in der Kummer und Glück genau einen Abend lang währten.

Gerade bog sie um die letzte Ecke, als sie, noch auf dem Gang, die schrille Stimme ihrer Kontrahentin hörte.

»Klar, ich war damals ja auch noch blutjung.« Pia lachte kokett. »Gerade mal dreiundzwanzig. Aber es war ein schöner Start für eine junge, unerfahrene Schauspielerin, und immerhin habe ich beim ersten großen Engagement gleich die Hauptrolle bekommen!«

Hazel ahnte, über welche Rolle sie sprach.

»Auch wenn sie, nun ja, nicht gerade die Krone des Anspruchs ist. Zugegeben.«

Natürlich nicht. Hazel hob die Augenbrauen. Zu durchschaubar war der Versuch ihrer Kollegin, die die Hauptrolle zumindest heute nicht mehr bekommen hatte, ihre Leistung kleinzureden. Sicher konnte sie da noch nachlegen. Drei, zwei, ... und tatsächlich.

»Unser Regisseur damals hätte die Christiane jedenfalls niemals mit einer über Dreißigjährigen besetzt.«

Jetzt hatte sie es ihr aber gegeben. Hazel unterdrückte den Impuls, die Augen zu verdrehen. Stattdessen betrat sie den Raum vermeintlich unbeeindruckt und steuerte an den anderen vorbei zu ihrem Platz. Von Pias Entourage kam nur ein unbestimmtes Murmeln, womöglich zustimmend, genau konnte Hazel das nicht sagen.

Mittlerweile machte sie der ständige Konkurrenzdruck am Theater nicht mehr traurig, sondern nur noch müde. Sie konnte die zahlreichen Möchtegern-Attacken ihrer überspannten, vermutlich frustrierten Kollegin mittlerweile allerdings gut ausblenden. Dass sie sich im Gegensatz zu ihr auch mit vierunddreißig noch ihre Tänzerinnenfigur und ein mädchenhaftes Äußeres bewahrt hatte, war in ihren Augen kein Makel.

In Hazels erstem Leben, das sie ebenfalls auf die Bühne, wenn auch mit Spitzenschuhen und Tutu, hätte führen sollen, hatte es diese Art von Lästereien nicht gegeben. Wahrscheinlich waren sie alle einfach zu erschöpft gewesen von den vielen Stunden täglichen Trainings. Kein Wunder also, dass sie nicht gelernt hatte, sich gegen solche verbalen und körperlichen Angriffe zur Wehr zu setzen.

Sie spähte verstohlen in Richtung Pia, die inzwischen ein anderes Thema gefunden zu haben schien, mit dem sie ihre kleine Anhängerschar unterhielt. Einerseits froh darüber, dass die Kontrahentin das Interesse an ihr verloren hatte, ärgerte Hazel sich dennoch wieder einmal über ihre fehlende Schlagfertigkeit, und noch mehr darüber, dass sie diese unerfreuliche Episode so sehr beschäftigte.

»Ich habe das gesehen«, erklang plötzlich eine heisere Stimme dicht hinter ihr, als sie sich gerade vor den Spiegel ihrer verschnörkelten Schminkkommode, einem Überbleibsel ausrangierten Bühneninventars, gesetzt hatte. Der warme Atem des Sprechers streifte unangenehm ihren Nacken und ein, zwei verlorene Speicheltröpfchen landeten auf ihrer Haut. Sie erschauderte innerlich, beherrschte sich aber.

»Ach, Elliott, du bist es!«, versuchte sie, Zeit zu gewinnen. Der Kollege sah abseits des schmeichelnden Bühnenlichts ziemlich fertig aus. Aus geröteten Augen starrte er sie empört an, gerade so, als habe sie sich etwas zuschulden kommen lassen. Sie konnte nichts dagegen tun, dass sie sich schlagartig noch ein wenig unwohler in ihrer Haut fühlte. Schlimmer noch, als sich wehrlos mobben zu lassen, war es wohl nur noch, dabei beobachtet zu werden.

»Genau. Aber lenk mal nicht ab.«

»Hm?«

»So langsam überspannt sie den Bogen echt. Das ist nicht cool, wenn du mich fragst.«

»Da sind wir uns einig«, gab Hazel zurück. »Und jetzt? Was soll ich denn deiner Meinung nach gegen ihre ungerichtete Aggression tun?«

»Also *ungerichtet* sah der Stoß gerade nicht aus.« Elliott starrte finster auf den Boden.

»Ach komm, über so etwas lohnt es sich einfach nicht, nachzudenken. Wer verletzt ist, verletzt andere. Sagt man das nicht so?« Hazel hoffte, dass ihr Kollege sich mit dieser Floskel abspeisen ließ.

»Keine Ahnung.« Elliott war in Gedanken offensichtlich schon wieder ganz woanders. Hazel erschien er mit einem Mal seltsam traurig.

»Aber nett, dass du …«, begann sie, als Elliott sich plötzlich abwandte und in Richtung seines Schränkchens, das in besseren Zeiten ebenfalls auf der Bühne gestanden hatte, verschwand.

Irritiert schloss sie den Mund. Was auch immer das sollte, es hatte jedenfalls nicht dazu beigetragen, dass sie sich besser fühlte. Hazel legte ihre Abschmink-Utensilien bereit und begann energisch damit, sich das siebzehnjährige Schulmädchen aus ihrem Gesicht zu wischen.

Sie hatte sich lange mit der Frage gequält, ob ihre Entscheidung für das Theater ein Fehler gewesen war. Ob ihre russische Mutter, die erfolgreiche Tänzerin, Ballettlehrerin und Choreografin, letzten Endes doch recht behalten hatte und ihr Platz in Wirklichkeit woanders war. Noch heute hatte sie ihre Stimme im Ohr: »*Das Ballett wird dich stählen, körperlich wie mental, und dir eine Disziplin antrainieren, die dich durch dein ganzes Leben tragen wird. Nichts wird dich dann noch aus der Bahn werfen können, nichts mehr wird so hart sein, wie das, was du bereits geschafft hast.*«

Vielleicht hatte sie recht gehabt. Wirklich mental gestählt zu sein, fühlte sich nämlich ganz bestimmt anders an.

Aber dennoch hatte sie sich damals widersetzt, zum ersten Mal in ihrem Leben. Sie hatte mit sechzehn Jahren ihrer Mutter zu erklären versucht, warum es die Schauspielerei sein musste. Wie es ihr nur auf der Bühne gelang, laut zu sein. Wie unvorstellbar die Freiheit war, die ihr die Rollen verschafften. Dass sie sich zeigen, alle Emotionen ausleben konnte und genau dann das Leben spürte, wie nie zuvor.

Schließlich war ihre strenge, disziplinierte Mutter weich geworden. Vielleicht hatte sie in ihren Augen jenen Funken erkannt, der sie selbst einst zu Höchstleistungen angetrieben hatte. Hazel hatte die Diskussion jedenfalls längst gewonnen, als sie noch zu kämpfen geglaubt hatte. Sie trug die Worte ihrer Mutter bis heute im Herzen: »*Es bedeutet dir viel, das habe ich verstanden. Wenn es so ist, musst du es tun. Du weißt, dass ich dich immer unterstützen werde.*«

Und jetzt? War sie dabei aufzugeben? Hatte sie verloren? Was würde ihre Mutter sagen, wenn diese sie so sähe? Ein undefinierbares Knäuel aus aufgeschobener Trauer und Scham verstopfte ihre Kehle, und ihre Augen füllten sich zu ihrem Entsetzen mit Tränen.

Schluss jetzt! Sie war keineswegs schwach und würde auch nicht aufgeben. Im Gegenteil, sie hatte eine Lösung gefunden und war dabei, etwas Neues zu wagen. Warum sollte ihre Mutter nicht stolz auf sie sein, und warum, verdammt noch mal, sollte sie das mit ihren vierunddreißig Jahren überhaupt kümmern?

Sie stopfte Wattepads und Feuchttücher in den Kosmetikeimer, fuhr sich flüchtig mit der Bürste durch die Haare und band sie zu einem strammen Pferdeschwanz zusammen. Dabei sah sie sich im Spiegel streng in die Augen und dachte erneut: *Schluss jetzt!*

Bevor sie ihre Gedanken jedoch auf die nähere Zukunft richten und sich Mut machen konnte, blitzte etwas in ihrem Gesichtsfeld auf, das sie zunächst nicht einordnen konnte. Sie kniff die Augen zusammen und blinzelte die letzten Reste des Make-up-Entferners weg.

Noch ein wenig verschwommen fiel ihr Blick auf die rechte untere Ecke des Spiegels und verharrte dort wie gebannt.

Kapitel 2

Hazel neigte ihren Kopf ein wenig zur Seite. Frontal konnte sie die blutige Nachricht besser erkennen.

Ich komme

hatte jemand in purpurroten Lettern auf den spiegelnden Untergrund geschmiert. Lippenstift, vermutete Hazel, hoffentlich kein Blut. Dass sie tatsächlich die Adressatin dieser Worte sein sollte, konnte sie kaum glauben, auch wenn sie alle feste Plätze in der Künstlergarderobe hatten. Aber das machte doch keinen Sinn.

Hazel hob und drehte ihren Kopf unauffällig und sah in Pias Richtung. Ihre Kollegin war allerdings gerade damit beschäftigt, ihre Bühnenkleidung zusammenzulegen, und wirkte zur Abwechslung einmal ehrlich desinteressiert an ihr und der seltsamen Botschaft. Sie ließ ihren Blick heimlich weiter über ihre Kollegen wandern, aber noch immer stach ihr nichts Auffälliges ins Auge. Kostüme wurden abgelegt, Gesichter von der zähen Theaterschminke befreit. Genau wie sie, wollten die anderen nach der Vorstellung so schnell wie möglich nach Hause. Für ihre merkwürdige Entdeckung schien sich hier jedenfalls niemand zu interessieren.

Hazel beschloss, dem kuriosen Schriftzug keine allzu große Bedeutung beizumessen. Nichtsdestotrotz spürte sie deutlich, wie eine Gänsehaut ihre Arme überzog. Sie konnte das Gefühl, dass jemand sie beobachtete, einfach nicht verdrängen. Sollten die anderen doch denken, was sie wollten, das war ihr egal. Sie stand unvermittelt auf und drehte sich um. Immer noch schien niemand Notiz von ihr zu nehmen. Einer hatte sie jedoch offenbar schon länger ganz genau im Visier. Elliott schaute laut, auf seine ganz eigene Weise, und hielt ihrem Blick unbeeindruckt stand

Die gewohnte Geräuschkulisse aus Gesprächsfetzen, Lachen und zugerufenen Abschiedsfloskeln trat auf einmal in den Hintergrund. Hazel spürte einen unangenehm wattigen Druck auf ihren Ohren. Nur die stumme Verbindung zu Elliott, der wie eine Statue im Türrahmen stand, sirrte wie ein Laserstrahl durch ihren Kopf.

Was er wirklich mitbekommen hatte und ob er ebenso überrascht war wie sie, konnte sie nicht erkennen, doch so oder so verursachte ihr sein ungewohntes Interesse ein ungutes Gefühl im Magen. Er sah ihr jetzt nicht mehr in die Augen, sondern betrachtete ihr Gesicht sekundenlang eindringlich, so als wolle er jede Regung in sich aufsaugen. Sie runzelte die Stirn und überlegte gerade, ob sie zu ihm hinübergehen sollte, als seine Aufmerksamkeit im Bruchteil einer Sekunde erstarb. Er wandte sich ab, ohne sie noch einmal anzusehen, und verließ grußlos den Raum.

Hazel hielt irritiert inne. Sie würde von sich zwar nicht behaupten, dass sie Elliott besonders gut kannte oder gar einschätzen konnte, doch seine emotionalen Ausbrüche waren ihnen allen hier mittlerweile gut vertraut.

»Er hat seine ganz eigene Bühne immer mit dabei«, hatte sie in einer entsprechenden Situation mal aus dem allgemeinen Getuschel der Kollegen herausgehört und das damals als äußerst unhöflich und ungerecht empfunden.

Vielleicht war es gerade ja auch gar nicht um sie gegangen. In seinem Getriebensein kreiste Elliott so sehr um sich selbst, dass andere Menschen für ihn womöglich gar nicht mehr als Staffage waren. Lediglich Kulisse für seinen wechselnden Wahn oder eine Projektionsfläche für einen Spielpartner, und als solche irgendwie schon sinnvoll, darüber hinaus aber kaum einen Gedanken wert.

Was auch immer hinter Elliotts auffälligem Verhalten stecken mochte, sie würde es nicht herausfinden und hatte überdies auch gar keine Zeit zu verlieren. Ein flüchtiger Blick auf die Uhr bestätigte ihr nämlich, dass es bereits nach Mitternacht war, und morgen um zehn Uhr stand bereits die nächste Probe an. Viel wichtiger aber war der Termin, den Hazel für den Nachmittag vereinbart hatte. Vor zwei Wochen war das gewesen und seither hatte ihr Herz beim Gedanken daran immer eine Spur schneller geschlagen. Schließlich hatte sie damals rigoros ausgeschlossen, diesem Menschen noch einmal freiwillig gegenüberzutreten. Aber die Dinge änderten sich, so einfach war das ... so beängstigend und so wenig abwendbar.

Sie wandte sich zu ihrem Platz um, sammelte ihre wenigen Habseligkeiten zusammen und schlüpfte in den Mantel. Wenn sie vor dem Schlafen noch ein wenig Zeit darauf verwenden wollte, Mut für morgen zu tanken, musste sie jetzt los. Ein halbherziges »Tschüss, bis morgen« später, fand sie sich allein in dem schummrig beleuchteten Gang vor der Garderobe wieder. Noch heute war es für sie faszinierend, wie sich der Weg nach draußen durch absurde Kurven und Kehren und über mehrere Treppen nach oben, zum Licht, hinschlängelte. Im Halbdunkel passierte Hazel die schalldichten Probenräume, verschlossene und offene Türen und leere Kammern und trat schließlich an Johnnys Pförtnerloge aus dem Gang heraus. Sie warf dem freundlichen Hausinspektor einen schnellen Gruß zu und stand wenig später in der herbstkühlen Nacht.

Während sie auf den Bus wartete, überlegte sie einmal mehr, wie es wohl sein würde, wenn sie in wenigen Wochen das Theater zum letzten Mal auf diesem Weg verließ. In der Gewissheit, dass sie so bald nicht zurückkehren würde und mit der Spielstätte zugleich auch ihren seit Jahren gewohnten Alltag verabschieden würde. Es würde wohl eine Erleichterung sein, ihr aber bestimmt auch schwerfallen.

Es war seltsam, aber sie wusste instinktiv, dass der Bruch so hart sein musste, damit sie es wirklich spürte … damit sie begriff, dass sie entkommen *konnte*. Warum ihr das so wichtig war, konnte sie gar nicht erklären, aber sie war sich sicher, dass es gerade jetzt wichtiger denn je war, und dass sie dabei keine Kompromisse mehr machen wollte.

Der leere Bus hielt vor ihr und sie stieg vorne ein. Sie zeigte dem Fahrer ihr Ticket und vermied dabei jeden Augenkontakt. Es war ihr unangenehm, der einzige Fahrgast zu dieser Uhrzeit und mit ihrem Ziel zu sein. Die letzte mögliche Haltestelle lag etwa zweihundert

Meter von ihrem Haus entfernt und ihr Weg führte zum Großteil durch die westliche Flanke des Stadtwaldes. Sie überlegte kurz, eine Station früher auszusteigen, aber auch dort war die Straße nach Mitternacht wie ausgestorben.

Eine knappe Viertelstunde später stieg sie am Rand des kleinen Waldstücks aus. Dabei überprüfte sie den Weg hinter sich und vor sich unauffällig und achtete darauf, ihre Schritte ruhig und entschlossen zu setzen. Irgendwo hatte sie mal gelesen, dass davon abgeraten wurde, dunkle Wege immer wieder zu der gleichen Zeit zu gehen. Prima Idee. Sie schüttelte den Kopf. Wohl dem, der diese Wahl hatte.

Hazel rechnete unwillkürlich jeden Moment damit, dass eine plumpe Gestalt aus dem Gebüsch springen und sie packen würde, und natürlich lief sie längst viel zu schnell. In weiten Abständen färbten orangestrahlende Laternen den aufsteigenden Bodennebel und tauchten den Weg in ein diesiges Licht. Gerade hell genug, um gesehen zu werden. Allein die Tatsache, dass sie gleich dort vorne am Waldrand wohnte und es eigentlich nur ein relativ kurzes Stück war, das sie zu Fuß zurücklegen musste, hatte sie bisher immer in Sicherheit gewiegt. Ein trügerisches Gefühl, wie ihr heute wieder besonders bewusst wurde, da etwas Entscheidendes anders war.

Denn gleich würde sie ihr leeres, dunkles Haus betreten, in dem niemand auf sie wartete. Bei dem Gedanken daran wurde sie nervös. Villem und sie waren in den letzten Jahren nicht oft voneinander getrennt gewesen, aber jetzt war die zehntägige Geschäftsreise einfach nicht abwendbar gewesen und so hatte sie das Haus in dieser Zeit ganz für sich allein. Sie sollte versuchen, das Ganze positiv zu sehen. Immerhin hatte sie so die Möglichkeit, ungestört über ihre nächsten Schritte nachzudenken und sich ganz auf das Treffen morgen zu konzentrieren.

So in Gedanken versunken, hatte sie kaum bemerkt, dass sie den größten Teil des kleinen Waldstücks schon fast hinter sich gelassen hatte. Weit und breit war niemand zu sehen, trotzdem war Leben um sie herum. Die Geräuschkulisse wurde von den Nachtvögeln in den Bäumen und ihrer durch die Büsche huschenden Beute dominiert. Alles war vollkommen friedlich.

Nun auch in ihr. Sie trat aus den Schatten hinaus auf den asphaltierten Wirtschaftsweg, der direkt zu ihrem Haus führte. Wie es sich gehörte, war nichts als Dunkelheit hinter den Fenstern zu erkennen, als sie mit dem Schlüssel nacheinander die zwei unabhängigen Sicherheitsschlösser der Haustür öffnete. Hazel war bewusst, dass sie im Schein der über den Bewegungsmelder gesteuerten Beleuchtung für jedermann gut sichtbar im Licht stand. Sie wollte gerade unauffällig ins Haus huschen, als sich etwas in ihr Blickfeld drängte. *Was war das denn für ein buntes Fähnchen, das da aus ihrem Briefkasten hing?* Sie runzelte die Stirn, zog die Zeitung heraus und trat ins Haus.

Sie schaltete die Deckenlampe an und sofort glitt ihr Blick über die Titelstory der reich bebilderten Tageszeitung, die sie gewiss nicht abonniert hatte. Einer der Gründe dafür war unmittelbar ersichtlich. Auf Seite eins des Skandalblattes prangte ein detailliertes Foto einer Leiche. Einem Mordopfer, wie die fett gedruckte Überschrift reißerisch in Großbuchstaben verriet. Der

Körper lag ausgestreckt halb über, halb unter einem Berg von blutbesudeltem Kinderspielzeug, Puppen und Plüschtieren. Die Gliedmaßen erschienen seltsam verrenkt, das Gesicht war nur notdürftig verpixelt.

Sie erschauderte. *Welchen Erkenntnisgewinn sollte diese Darstellung des Toten bringen?* Schlimm genug, dass es kranke Menschen gab, die solche Taten begingen. Daraus aber auch noch Profit zu schlagen, empfand sie als zutiefst unmoralisch. Genau deswegen boykottierte sie diese Art von Schmutzblättchen auch. Außerdem konnte sie auf das Kopfkino sehr gut verzichten.

Mit spitzen Fingern trug sie die Zeitung die wenigen Schritte in die Küche und warf sie mit Nachdruck in den Papiermüll. Erst dann verriegelte sie sorgfältig alle Schlösser und betätigte den Lichtschalter für das hinter der Tür auf der rechten Seite abgehende Treppenhaus. So war die Helligkeit direkt hinter dem frontalen Glaselement der Haustür im Landhausstil deutlich abgeschwächt. Sie wusste, dass sich ihre Silhouette im indirekten Lichtschein nun kaum noch abzeichnete.

Mit wenigen Handgriffen zog sie ihren Mantel aus, hängte ihn in die Garderobe und schlüpfte aus den Straßenschuhen in ihre Hausschuhe. Die Stille im Haus war ungewohnt für sie. Selbst wenn ihr Mann an manchen Tagen bereits im Bett war, wenn sie nach der Vorstellung spät nach Hause kam, war da doch irgendwie Leben im Haus. Sie spürte ihn selbst schon beim Betreten des Hauses. Sein Fehlen heute fühlte sich einfach falsch an.

Als Erstes ging sie an der angelehnten Küchentür vorbei und durch den engen Flur ins Wohnzimmer. Von hier aus hatten sie einen wunderbaren Blick durch zwei große Panoramafenster in den riesigen, blickgeschützten Garten. Die nächsten Häuser standen ein ganzes Stück entfernt. Der Gedanke, dass jemand sie beobachten könnte, war also absolut unsinnig. Dennoch ließ sie die Wohnzimmerlampe zunächst ausgeschaltet und betätigte im Dämmerschein des Treppenhauses die zwei elektrischen Rollläden. Erst als diese vollständig nach unten gefahren waren, entspannte sie sich und schaltete das Licht an.

Auf dem Weg ins Badezimmer versuchte sie, die Spiegelungen auf den gläsernen Bilderrahmen an den Wänden im Flur zu ignorieren. Aber sie war trotzdem nervös. Sie machte sich nur schnell frisch und kehrte dann mit einer Wasserflasche und einem Glas ins Wohnzimmer zurück. Die Digitalanzeige der Mini-Wetterstation auf dem Tisch, für die Villem sich so begeistert hatte, zeigte 01.15 Uhr an. Eigentlich sollte sie jetzt im Bett liegen, aber der Termin am morgigen Tag verschwand einfach nicht aus ihrem Kopf.

Sie war unruhig und ging in Gedanken immer wieder mögliche Versionen des anstehenden Gesprächs durch, denn eines war klar: Sie musste unbedingt vorbereitet sein und durfte keinesfalls in alte Verhaltensmuster fallen, wenn sie ernst genommen werden wollte. Ach ja, entspannt sollte sie bei alldem außerdem auch noch wirken, selbstbewusst und keine Angriffsfläche bieten.

Kapitel 3

Nach der Probe am heutigen Vormittag hatte sie auf der Liste ihrer noch ausstehenden Tode einen weiteren durchstreichen können. Sie war nun bei einunddreißig angelangt.

Jetzt hatte sie für einige Stunden frei, bevor sie am späten Nachmittag pünktlich zwei Stunden vor der Vorstellung wieder am Theater sein musste. Jenny, die Zweitbesetzung in *Tod einer Schülerin*, hatte sie um die Abendvertretung in dieser Woche gebeten und sie hatte gern eingewilligt. Zum einen mochte sie die junge Kollegin, die sie dem Wesen nach an sie selbst in ihren ersten Jahren am Theater erinnerte, und außerdem wusste sie, wie gewaltig die Umstellung auf das professionelle Schauspielerleben war, in dem sich soziale Kontakte außerhalb der Arbeit in kürzester Zeit auf ein Minimum reduzierten. Vom Privatleben ganz zu schweigen.

Sie unterstützte Jenny daher gern und war überrascht über die fast mütterliche Zuneigung zu der knapp fünfzehn Jahre jüngeren Kollegin. Für ihre nähere berufliche Entwicklung sah sie dies durchaus als positives Zeichen. Damit war sie eigentlich auch schon beim Thema: Dem Besuch bei ihrer alten Schauspiellehrerin, der uralten Orla, wie sie diese heimlich immer genannt hatte. Wohl, um ihr ein wenig von der furchteinflößenden Art zu nehmen. Ein Wunsch, der ebenso verständlich wie vergeblich gewesen war.

Aber das waren alte Geschichten, versuchte sie sich zu beruhigen. Sie stieg aus dem Linienbus, der sie in den wohlhabenderen Stadtteil gebracht hatte, und lief die letzten paar Hundert Meter zu Fuß. Seit ihrem letzten Treffen waren über zehn Jahre vergangen. Eine Zeit, die an ihnen beiden nicht spurlos vorübergegangen sein dürfte. Oder, um es anders zu formulieren: Hazel war froh, dass ihre gestrenge Mentorin noch am Leben und gewillt war, sie zu empfangen.

Und was war mit ihr selbst? Sie war seit vielen Jahren dauerhaft an verschiedenen Theatern engagiert, nicht selten als Hauptrolle. Sie lebte das Leben einer erfolgreichen Schauspielerin. Offenbar trug der Unterricht der alten Orla also Früchte. Womöglich freute sich diese sogar darüber oder war gar stolz auf ihre frühere Schülerin.

An dieser Stelle würde im Film nun kitschige Musik eingespielt werden und die Protagonistin in einen Sonnenuntergang spazieren. Hazel schmunzelte und fühlte, wie die Anspannung, die sie wegen des kurz bevorstehenden Wiedersehens befallen hatte, ein wenig nachließ. Es war vollkommen klar, dass die uralte Orla niemals so reagieren würde, und falls doch, bestünde berechtigter Grund zur Sorge.

»Ich bin dafür da, dich zu bilden und zu stählen«, hatte sie ihr mehr als einmal ungerührt erklärt, wenn sie ihre Schülerin kleingemacht hatte, bis diese ihre Tränen kaum noch zurückhalten konnte. *»Jetzt heul nicht. Was,*

*wenn dein Liebster dich verlässt und du zwei Stunden spä-
ter eine Vorstellung hast? Dann kannst du dich auch nicht
so gehenlassen. Haltung, Madame, Haltung!«*

Das Schmunzeln war bei dieser Erinnerung schlagartig aus Hazels Gesicht gewichen und sie merkte, wie tief
die Verletzungen immer noch saßen, mithilfe derer die
Meisterin sie hatte *stählen* wollen. Warum sie sich dennoch dafür entschieden hatte, den Kontakt mit ihr wieder aufzunehmen, hatte mehrere Gründe.

Bei aller Härte hatten deren Worte Hazel doch in einer Weise erreicht, mit der sie etwas hatte anfangen
können. Im Spannungsfeld einer alles andere als
gleichberechtigten Beziehung verstanden sie sich
durchaus, und am Ende hatte ihr Spiel tatsächlich davon profitiert. Das musste über allem stehen. Außerdem – und die Bedeutung dieses Umstands konnte
nicht groß genug geschätzt werden – war Orla eine alte
Bekannte ihrer Mutter. Diese hatte ihr damals die ex-
zentrische Lehrerin empfohlen, und es wäre Hazel niemals in den Sinn gekommen, diese Wahl anzuzweifeln.
Auf eine nicht wirklich erklärbare Art und Weise fühlte
sie sich ihrer Mutter verpflichtet, auch heute noch auf
diese Empfehlung zu vertrauen. Schließlich war die Beziehung zwischen Lehrerin und Schülerin in ihrem Ge-
schäft eine absolut persönliche Angelegenheit. Erst
recht auf ihrem Leistungsniveau, wie sie vollkommen
sachlich und uneitel erkannte. Hier ein *Perfect Match* zu
finden war äußerst schwierig und zeitaufwendig.

Nicht zuletzt reizte es Hazel, zu sehen, wie sie einander nach all der Zeit begegnen würden. Ob es auf annähernd gleicher Augenhöhe geschehen konnte oder ob

ihre alten Rollen sich unbeeindruckt von Zeit und Entwicklung automatisch über sie legen würden.

Sie atmete tief durch. Jetzt, in der Übergangsphase zur dunklen Jahreszeit, erschien ihr die Luft immer besonders rein. Das feuchte Laub unter ihren Füßen verlieh der Herbstluft eine ganz eigene, erdige Note. Hazel spürte wieder einmal, wie sehr sie diese Jahreszeit dem Sommer vorzog. Vielleicht konnte die klare Luft sogar etwas gegen ihre heftigen Kopfschmerzen ausrichten. Wieder sog sie diese bewusst ganz tief in ihre Lungen und behielt sie dort einen Moment lang, bevor sie sie geräuschvoll ausstieß, und sich einredete, dass ihre Anspannung schon wieder etwas abgenommen hatte.

Sie kannte den Weg noch von früher und wusste daher, dass es nur noch wenige Schritte waren. Hier wurde die Bebauung langsam spärlicher. Lauter eindrucksvolle Häuser, deren Pforten weit von der Straße entfernt lagen, und die ihren Reichtum beinahe gelangweilt zur Schau trugen.

Ganz anders wohnte die alte Orla. Hazel lief die letzte Kurve entlang, an deren Ende sie einen ersten Blick erhaschen würde. Gleich …

Da wohnt die Hex'!«, kreischten unvermittelt schrille Kinderstimmen in ihrem Kopf. *»Geh nicht dorthin, da wohnt die Hex'!«*

Eine Erinnerung an ein lange vergangenes Weihnachtsmärchen, das sie im Kindermusiktheater aufgeführt hatten. Es war zwar schon einige Jahre her, aber die Lieder hatten sich ihr offenbar eingebrannt.

Sie versuchte sich an einem verunglückten Lächeln, als ihr Blick auf die Miniaturvilla fiel, an der sich scheinbar nichts verändert hatte. Dichtes Efeu erstickte die Mauern dunkel und unheilvoll. *Das Haus behütet seine Geheimnisse*, schoss es Hazel durch den Kopf. Kein Laut würde von hier nach außen dringen, und unliebsame Widersacher würden verschluckt.

So ein Unsinn. Sie rief sich zur Ordnung und straffte die Schultern. Sie nahm die Haltung an, die unzweifelhaft gleich von ihr gefordert werden würde. Aber sie war gewappnet.

Den Eingang des Grundstücks markierte, genau wie damals, ein Rosenspalier, dem sich nach wenigen Schritten ein belaubter Miniatur-Bogengang anschloss. Hazel passierte die Rosen. *Jetzt bloß nicht zögern.* Die Luft war hier, unter dem Laubdach, sofort deutlich kühler.

Hazels Herz schlug unwillkürlich schneller und die so sorgsam im Zaum gehaltene Aufregung kehrte jäh zurück. Dann, plötzlich, blitzte in ihrem Gesichtsfeld etwas auf. Ihr Blick flog über das grüne Dach – war das ein verlorener Sonnenstrahl oder war es die schlimmere Alternative? Sie konzentrierte sich auf die grelle Form; eine gezackte leuchtende Raute, die jetzt durch ihr Blickfeld wanderte, und schloss die Augen. Wie sie befürchtet hatte, blieb das sich bewegende Bild bestehen.

Die frische Herbstluft hatte also nichts gegen ihre Migräne ausrichten können und die Anspannung hatte ein Übriges dazu getan. Sie fischte blind eine jener starken Tabletten aus ihrer Tasche, die es manchmal schafften, einen schweren Verlauf aufzuhalten. Ohne sie würde sie morgen schlimmstenfalls flachliegen.

Akut konnte der kleine runde Segensbringer allerdings nicht viel ausrichten.

Die Aura, eine neurologische Erscheinung, die ihren mitunter tagelangen starken Kopfschmerzen vorausging, kam immer ungelegen. In diesem Moment aber ganz besonders. Wann immer es möglich war, suchte sie in solchen Situationen sofort einen dunklen Raum auf und legte sich mit erhöhtem Oberkörper hin, bis das Ganze vorbei war. Sie wusste, dass diese Auren in den meisten Fällen maximal eine Stunde anhielten, sich in dieser Zeit aber so sehr verstärken konnten, dass ihr gesamtes Gesichtsfeld von einem Flackern überstrahlt wurde.

Der wirklich schlimme Schmerz kam immer erst danach. Hazel versuchte, das für den Moment als Trost zu sehen, und hoffte, dass die optischen Irritationen in der nächsten halben Stunde nicht allzu schlimm werden würden. Länger würde ihr Gespräch heute hoffentlich nicht dauern.

Die Raute hatte sich mittlerweile zu einer noch kleinen Doppelhelix entwickelt und zuckte über das obere rechte Viertel ihres Blickfelds.

Dass ihre Nervosität sich nun auf zwei Schauplätze verteilte, führte nicht zu einer Verbesserung ihres Befindens. Sie beschloss, so gut wie möglich zu ignorieren, was sie nicht ändern konnte und konzentrierte sich stattdessen auf das bevorstehende Treffen.

Dann, als sie noch nicht wirklich darauf gefasst war, stand auf einmal die uralte Orla wenige Schritte vor ihr und starrte sie an. Hazel war einige Sekunden wortlos im Anblick ihrer alten Lehrmeisterin gefangen. Diese war immer noch eine Erscheinung, das konnte man mit Fug und Recht sagen. Selbst hier, fernab der Bühne, im trüben Licht eines Herbstnachmittags und in ungewohnt legerer Freizeitkleidung. Hazel hätte wetten können, dass sie die einstige Ikone der Landesbühne noch nie in profanen *Bluejeans* gesehen hatte.

Das ungewöhnliche Beinkleid bildete einen schrägen Kontrast zu der Gestaltung ihres Gesichts. Obwohl sichtlich gealtert und von viel mehr Falten als früher durchzogen, war es sorgfältig, wenn auch sehr kräftig, geschminkt. Den Fokus bildeten, wie schon früher, die dramatisch dunkel umrandeten Augen und der großzügig bis zu den Augenbrauen verteilte anthrazitfarbene Lidschatten. Die Vorstellung, wie sich die über Jahrzehnte aufgetragenen Farben peu à peu in die alte, pergamentartige Haut hineingefressen hatten, drängte sich Hazel unweigerlich auf.

»Na also, da bist du ja«, richtete die Meisterin jetzt das Wort an sie, und Hazel fühlte sich sofort wieder wie damals. Der vertraute Klang der Stimme, die der minimale russische Akzent so einzigartig machte, war ein bisschen, wie nach Hause kommen. In ein strenges Zuhause, in dem genau eine das Sagen hatte. So viel zum Thema Augenhöhe.

»Du hast dich kaum verändert«, urteilte Orla jetzt.

»Das Kompliment kann ich nur zurückgeben.« Hazels Stimme klang unerfreulich belegt und zu leise. Das alte leidige Thema. *Eines* der alten Themen.

»Ist die Frage, ob das ein Kompliment ist.« Ihre alte Lehrmeisterin lachte heiser auf. »Aber vielleicht sollte ich dich erst einmal hineinbitten. Komm mit!«

Sie schob die schön verzierte Tür aus dunklem Holz auf und winkte Hazel zu sich.

Kapitel 4

Im Haus roch es noch genauso wie damals. Nach einer Mischung aus Tee und dem Nachhall von Orlas schwerem Parfum.

Das war das Erste, was Hazel auffiel, als sie aus dem düsteren Garten in den helleren Eingangsbereich der kleinen Villa trat. Es war bemerkenswert, wie der aufdringliche Duft im emotionalen Zentrum ihres Gehirns schier explodierte und sie in der Zeit zurückwarf. Sie war sofort wieder achtzehn Jahre alt.

»Na komm schon, du kennst das Haus doch sicher noch.« Orla wedelte mit der Hand hinter ihrem Rücken nach ihr und steuerte, wie es aussah, die große Wohnküche an.

Sie hatte recht. Natürlich erinnerte sich Hazel noch an die alten Wege und Räume. Sie passierte die venezianischen Masken an den Wänden des Flurs, denen sie noch nie in die toten Augen hatte sehen können. Während sie Orla den Gang hinunter folgte, ermahnte sie sich, im Hier und Jetzt zu bleiben. Bei ihrem heutigen Besuch waren die Vorzeichen ganz andere als damals. Sie war inzwischen erwachsen geworden und wollte lediglich den Rat ihrer alten Lehrerin.

Sie registrierte eine leichte Übelkeit, die aus Aufregung, wahrscheinlich aber auch dem sich anbahnenden Migräneanfall resultieren mochte. Die eben noch kleine Doppelhelix war weiter angewachsen und zuckte nun fast schon über ihr halbes Gesichtsfeld. Nachdem sie sich von der hellen Lichtquelle im Eingangsbereich entfernt hatte, trat das störende Flackern wieder deutlicher zutage.

Hazel versuchte, die Aura zu ignorieren, und stellte fest, dass die Wände mittlerweile nicht mehr von den gruseligen Masken verziert wurden. Stattdessen – noch verstörender, wenn man sie fragte – thronten jetzt Puppen aller Art auf kleinen, eigens dafür angebrachten Regalbrettern. Sie schienen sie zu fixieren, aus ihren kleinen und großen, gemalten und mechanischen Schlafaugen in weißen, wächsernen oder hölzernen Gesichtern. Mit Blicken, die in die Vergangenheit sahen und von der Zukunft wussten.

Hazel fühlte sich seltsam abgestoßen von all dem Kitsch. Geschmacklosigkeit hatte man Orla früher nie vorwerfen können. Extravaganz, die schon, aber was sie hier sah, ließ Hazel beinahe an der Zurechnungsfähigkeit ihrer alten Lehrerin zweifeln. Zu ihrem Erstaunen hoffte sie fast, dass diese die bekannte Härte zeigen und diesen traurigen Verdacht widerlegen würde.

»Wo bleibst du denn? Komm schon herein! Ich habe meine Zeit schließlich nicht geklaut!«

Das klang schon viel eher nach der alten Orla. Hazel schlüpfte hastig in die geräumige Wohnküche und trat, mit einem Lächeln, das hoffentlich nicht allzu angestrengt wirkte, zu ihr.

»Hallo Orla, schön, dass du Zeit für mich hast.« Hazel konnte die hinderliche Angewohnheit, sich selbst ständig zu reflektieren, einfach nicht abstellen. *Warum war sie nicht lockerer? Oder klang wenigstens weniger steif?*

Immerhin war sie Schauspielerin. Bei Orla konnte sie jedoch offensichtlich keine Illusion erschaffen.

Diese nickte nur beiläufig. »Möchtest du ein Glas Wasser? Ansonsten habe ich nur Champagner da.« Sie lachte krächzend, »Dafür müssen wir aber erst mal sehen, ob wir zwei etwas zu feiern haben.«

»Äh, gern. Also, Wasser, meine ich.« Verstohlen betrachtete Hazel ihre alte Lehrerin. Ihr Kompliment, die willkommene Floskel, dass diese sich kaum verändert hatte, war, in vernünftigem Licht betrachtet, falsch gewesen. Die grelle Küchenbeleuchtung zerrte ihr Alter grausam lächelnd auf die Bühne und verzog sich danach in die dunkleren Zimmerecken. Orlas schlanke, vermutlich mit viel Mühe und großer Disziplin, über Jahre hinweg gehaltene Figur, wirkte im Alter hager und schlaff. Heute war sie ein schwarzer, dürrer Vogel, der sich durch ihre wallende Kleidung größer und gewichtiger zu machen versuchte.

»Hier, bitte. Setz dich endlich, du weißt doch wo. Ist alles noch wie früher.«

Nun ja, nicht ganz. Erst jetzt fiel Hazel die seltsame Unruhe auf, die von Orla ausging. Ein kontinuierliches leichtes Zittern, und ein hin und wieder sinnloses Nicken, hatten die Macht über ihren Kopf übernommen. Ein unkontrollierbarer Tremor, dem die alte Lehrerin nichts entgegenzusetzen hatte. Das stimmte Hazel seltsam traurig.

»Du auch!«

»Wie bitte?« Hazel schreckte aus ihren Gedanken auf.

»Na, du bist auch noch wie früher. Viel zu still! Du bist doch jetzt eine erwachsene Frau und eine erfolgreiche

Schauspielerin. Komm her und zeig mir das! Zeig mir, was aus dir geworden ist!«

Hazel schluckte. »Ja, also, wie gesagt, es freut mich sehr, dass es mit unserem Termin heute geklappt hat.« Ihre Worte dröhnten in ihrem schmerzgeplagten Kopf und klangen wie von sehr weit her. Verdammt.

Orla lächelte sie an, die Augenbrauen ungeduldig hochgezogen, während sie wartete. Dann deutete sie ein Kopfschütteln an und ergriff wieder das Wort.

»Sag mir, wie du auf diese Idee kommst.«

Hazel spürte, wie ihr das Blut in den Kopf schoss.

»Du hast am Telefon gesagt, dass du die Seiten wechseln möchtest. Von der Schauspielerin zur Lehrerin. Was, glaubst du, befähigt dich dazu, in meine Fußstapfen zu treten?«

»Oh, so habe ich das nicht gemeint«, beeilte sich Hazel zu sagen.

»Warum denn nicht? Bin ich etwa kein gutes Vorbild?« Orla lachte scheppernd und Hazel bemühte sich, zu lächeln.

»Doch, natürlich. Ich werde allerdings noch viel lernen müssen, um meinen Traum wahr machen zu können und eine wirklich gute Lehrerin zu werden, meine ich. Da war es für mich natürlich keine Frage, dass ich mich an Sie wenden würde.«

»Das ist klar. Du kennst auch keine andere, die so gut ist wie ich«, stellte Orla nüchtern fest. »Aber wieso der Sinneswandel? Lehren ist eine Passion, und zwar eine ganz andere als das Spielen.«

»Na ja, ich habe nun schon viele Jahre erfolgreich gespielt und ...«, Hazel stockte. Es war ihr unangenehm, ihren Traum so sachlich und kühl ausgesprochen zu hören. Nicht ohne Grund hatte sie ihre Pläne bisher sorgsam für sich behalten. Einzig Villem wusste davon, ihre Theaterkollegen ahnten nichts und würden erst zu gegebener Zeit vor vollendete Tatsachen gestellt werden.

»Ich merke einfach …«

»Gibst du etwa auf?«, fuhr Orla scharf dazwischen. »Denn es klingt für mich gerade so.«

Es war wie früher. Ihre alte Lehrerin hatte den Nagel schmerzhaft klar auf den Kopf getroffen. Denn genau diese Frage hatte Hazel sich selbst in zahlreichen schlaflosen Nächten gestellt. Ihre Schauspielkarriere war immerhin das Ergebnis harter, entbehrungsreicher, in erster Linie aber leidenschaftlicher Arbeit. Wie konnte sie diese jetzt einfach so wegwerfen?

»Es wäre eine dumme Flucht, das muss dir klar sein. Wenn das der Grund sein sollte.«

Hazel nickte. Aber so einfach war es nicht. Ihr Traum hatte seine Schattenseiten. Am Theater, diesem Zirkus befriedigter wie verhungernder Eitelkeiten, stand ihre Leidenschaft kurz davor zu sterben. Sie spürte das schon lange, daher wurde es Zeit, zu handeln.

Ebenso klar erkannte sie in diesem Moment, dass ihre alte Lehrerin nichts von dem, was sie am Theater nicht mehr ertrug, als Argument gelten lassen würde. Die ewigen Zickenkriege nicht, und auch nicht die permanente Selbstdarstellung fernab der Bühne, die simplen Gemütern das brüchige Bild einer großen Begabung schuf.

Das alles sollte sie wohl besser für sich behalten und stattdessen erklären, was sie am Lehren reizte. Positive Gründe für das Neue anführen, anstatt negative gegen das Alte. Sie ahnte, dass sie ansonsten nicht wiederkommen brauchte.

»Bitte, klär mich auf. Sonst kann ich dir nicht helfen.«

Hazel nickte erneut und sah Orla in diesem Moment fest in die Augen, auf der Suche nach einem Funken Verständnis, aber der Blick ihrer Lehrerin war undurchdringlich wie ein zugefrorener See und zugleich herausfordernd. Wage den ersten Schritt, wir werden ja sehen, ob dich das Eis trägt.

»Es wirkt nicht so, als wärst du dir sicher. Weißt du, vor dem Theater gibt es für Menschen wie uns kein Entkommen. Es wird uns immer wieder einholen, wenn wir ihm nicht unseren festen Willen entgegensetzen.«

Hazel hörte Orla wie durch einen dichten Nebel. Viel lauter waren die Gedanken und die Zweifel in ihrem Kopf, die anstelle von Wagemut wieder die Oberhand zu gewinnen schienen. Schließlich war es doch so, dass sie bis vor Kurzem niemals gedacht hätte, ihre alte Lehrerin überhaupt noch einmal wiederzusehen. Zuviel war geschehen, damals. Zuviel kaputtgemacht worden. Mit einem kalten Lächeln und darüber hinaus keinem weiteren Gedanken.

Hatte es ihr geschadet? Ja. Konnte sie es ihr vorwerfen? Nein. Weil die Dinge nicht so einfach waren. Schon damals nicht. Das Theater hatte sie früh umgarnt, oftmals bezirzt, manchmal gefesselt, und sie hatte das alles gewollt. Sie war dem stetigen Lockruf allzu bereitwillig gefolgt und hatte sich von Orla kleinmachen lassen, immer wieder, angeblich um zu wachsen.

Heute stand sie wieder hier wie ein Häuflein Elend, eine Enttäuschung. Zu Unrecht. Es wurde Zeit, sich Orla zu zeigen.

Hazel straffte sich und begann leise zu sprechen: »Ich denke nicht, dass es um Flucht oder Entkommen geht, oder gehen kann. Vielleicht sollen die verteilten Rollen einfach nur neu gewählt werden, mit dem Wissen und den Bedürfnissen von heute.«

»Vielleicht«, entgegnete Orla. »Vielleicht machst du dir aber auch einfach etwas vor, weil es dich vor dem schwereren Weg rettet.«

»Das denke ich nicht.«

Hazel spürte, dass sich gerade etwas Entscheidendes in ihrer Interaktion änderte. Die alte Lehrerin fühlte sich von ihrem Widerspruch offenbar herausgefordert und Hazel nahm den Fehdehandschuh bereitwillig auf.

»Es geht um etwas anderes, um etwas Größeres, das über jeder Rolle, ob privat oder auf der Bühne, stehen sollte.«

»Jetzt bin ich aber gespannt. Du gefällst mir, Mädchen, weiter so.«

Hazel fuhr unbeirrt fort, so als habe es den Einwurf von Orla gar nicht gegeben. Sie war schon zu weit gegangen und wenn sie ehrlich war, fühlte es sich gut an, der alten Lehrerin endlich Paroli zu bieten.

»Vielmehr geht es mir um Haltung. Nicht um die äußere, die ist in meinem Fall tadellos.« Es fiel ihr schwer, so überaus selbstbewusst aufzutreten, und sie musste aufpassen, nicht überheblich zu klingen, schließlich wollte sie ernst genommen werden. »Nein, ich spreche von der inneren Haltung. Von der Selbstverständlich-

keit, mit der ich meine Rolle im wahren Leben einnehmen möchte. Mit der ich meine neue Rolle als Schauspiellehrerin einnehmen und mir bei alldem selbst
glauben möchte.«

Im ersten Moment herrschte Stille. Hazel sah Orla unverwandt an. Sollte sie zu weit gegangen sein, war es
gut, jetzt einen Schlussstrich zu ziehen, bevor das Unheil seinen Lauf nahm. Aber sie täuschte sich.

»Brava, Mädchen, bravissima! So können wir arbeiten!«

Hazel traute ihren Ohren kaum. Etwas hatte sich geändert, das hörte sie an Orlas voller Stimme und das
sah sie in ihrem stolzen Blick ... eine Sekunde, bevor die
alte Lehrerin ihre neu gewonnene Haltung mit einem
Satz zerstörte.

»Wie stolz deine Mutter auf dich wäre.«

Kapitel 5

Als Hazel am selben Abend im Bus saß, der zum Theater fuhr, musste sie wieder und wieder darüber nachdenken, warum Orlas letzter Satz sie so sehr erschüttert hatte.

Die alte Lehrerin und ihre Mutter waren viele Jahre lang gut befreundet gewesen, und ihre Mutter war es auch gewesen, auf deren Empfehlung hin sie mit gerade mal achtzehn Jahren ihre Lehrerin gewählt hatte. Wenn sie ehrlich war, hatte eigentlich ihre Mutter Orla diese für sie ausgesucht. Anfangs hatte sie das nicht gekümmert, denn sie war einfach glücklich gewesen, dass ihre Mutter ihre Entscheidung gegen das Ballett und für die Schauspielerei nicht nur akzeptiert, sondern sogar aktiv unterstützt hatte.

Der Abschied war kurz und für Orlas Verhältnisse herzlich ausgefallen. Auch ein neuer Termin stand bereits fest. So recht wusste Hazel allerdings gar nicht, ob sie das wirklich wollte. Andererseits redete sie sich ein, dass sie schließlich nichts zu verlieren hatte. Wohlwissend, dass sie in Wahrheit bei niemandem so ungeschützt war, wie bei der alten Lehrerin. Sie kannte sie einfach zu lange. Ihr konnte sie nichts vormachen. Jedenfalls nicht, ohne dass diese sie auf ihre unverwechselbare Art enttarnte.

Aber diese Sorgen würde sie sich ein anderes Mal machen. Jetzt galt es erst einmal den Abend zu überstehen.

Sie hatte ernsthaft darüber nachgedacht, sich für die Vorstellung krank zu melden. Auch wenn die Aura sich längst verflüchtigt hatte, hatte sie ihr zweifelhaftes Versprechen doch zuverlässig eingelöst. Ihr Kopf schmerzte seit Stunden heftig. Doch es ging ihr gegen den Strich, vor den Kollegen eine wie auch immer geartete Schwäche zu zeigen. Nicht in der überschaubaren Zeit, die sie noch am Theater sein würde.

Kaum war sie, in letzter Sekunde, in der Garderobe angekommen, ging der Wahnsinn auch schon wieder weiter. Sie hatte sich gerade vor ihren Spiegel gesetzt, da hörte sie Elliott überlaut und deutlich jammern.

»Ihr werdet alle sterben!«, heulte er auf.

Sehen konnte Hazel ihn nicht, aber ihr lief ein Schauer über den Rücken. Sollte das eine Rolle sein, für die er probte, gebührte ihm fraglos aller Applaus. Die kleine Vorstellung war sehr überzeugend. Zu seiner Figur im heutigen Stück gehörte der Text jedenfalls nicht. Wahrscheinlich war es nur eine Übung. Wenn dem so war, beherrschte er sie perfekt.

Aus einer Laune heraus stieg sie in die Szene ein und fragte beiläufig: »Oh, und wann? Weißt du da mehr?«

Sofort verstummte Elliott. Er sah sie verwirrt an. Seine Augen waren rotgerändert und verquollen, so als habe er entweder eine schlechte Nacht oder einen tränenreichen Zusammenbruch hinter sich.

»*Was?*«, fragte er und wirkte vollkommen wehrlos. Hilflos, ohne den Rahmen einer Rolle auf sich selbst zurückgeworfen. Mit diesem nackten Ich schien er nicht besonders vertraut oder im Reinen zu sein.

»Schon gut, ich wollte dich nicht unterbrechen«, schob Hazel hastig hinterher und überkreuzte ob dieser Lüge heimlich Zeige- und Mittelfinger der linken Hand hinter ihrem Rücken. Es war ein wenig gemein von ihr gewesen, Elliott so zu irritieren. Immerhin hatte er ihr in letzter Zeit als einer der wenigen Kollegen so etwas wie Mitgefühl entgegengebracht. Die anderen waren überwiegend gleichgültig. Zugegebenermaßen nicht speziell ihr gegenüber, sondern eigentlich allen Mitspielern. Das war *eines* der Dinge, die sie am Theater zunehmend störten. Aber das war ein anderes Thema.

»Entschuldige.« Sie sah Elliott freundlich an. »Das war richtig gut! Aber ich glaube, wir müssen gleich ...«

Elliott nickte, wirkte aber weiterhin abwesend. Das Kinn erhoben, ließ er seinen Blick über die versammelten Schauspieler wandern als suche er etwas und ging dann wortlos zu seinem Platz hinüber.

Hazel schminkte sich mit raschen, geübten Bewegungen, konnte ihre Ohren dabei allerdings nicht verschließen. Das wusste offensichtlich auch Pia.

»Ach, Mäusefäustchen ist ja auch schon da«, flüsterte Pia gerade laut genug, dass sie es auch garantiert hören konnte.

Hazel war bewusst, dass es sich hierbei um einen jener seltenen Zufälle handeln musste, die im Grunde unmöglich waren. Pia war einfach nur gehässig und so hilflos in ihrer Missgunst, dass sie sich nicht zu schade dafür war, über Hazels zierliche Oberweite zu lästern. Immerhin hatte ihre mädchenhafte Figur mit Sicherheit einen nicht geringen Anteil daran, dass sie die Hauptrolle in *Tod einer Schülerin* bekommen hatte. Sie

Licht in seinem Raum ein, löschte es aber eine Sekunde später.

»Ich glaube, das ist keine gute Idee. Na komm!« Er streckte ihr hilfsbereit die Hand entgegen. »Du setzt dich jetzt erst einmal und schnaufst richtig durch. In der Zwischenzeit rufe ich dir ein Taxi. Ist das ein Angebot?« Er zwinkerte lächelnd und nahm der Situation damit die Peinlichkeit, die eigentlich nur in Hazels Kopf existierte.

Nachdem das Taxi bestellt war, wandte er sich ihr wieder zu. »Migräne?«

»Ja, woher ...?«

Johnny winkte ab. »Ich kenne das. Ist nicht schön.« Und dann nach einem Moment fuhr er fort: »Hast du so die Vorstellung durchgestanden?«

»Ja, es hat schon heute Mittag angefangen.«

»Arme Deern. Dann steckst du jetzt ja gerade richtig tief drin. Pass auf, das Taxi muss jeden Moment hier sein. Du bist also bald zu Hause. Ruh dich aus, tu dir was Gutes, und wenn es dir morgen nicht besser geht, melde dich krank.«

Hazel wollte abwinken, aber Johnny ließ keine Widerrede zu. »Nein, nein. Du gibst immer hundertfünfzig Prozent, das weiß jeder hier. Aber wenn der Körper so deutliche Signale sendet, hat er es verdient, dass du auf ihn hörst.«

Sie sah ihn überrascht an.

»Ich, äh ... ich sehe da manchmal so eine Gesundheitssendung und ... Ja, also, es ist jedenfalls wichtig, dass du auf dich aufpasst.« Er räusperte sich. Seine überraschenden Kenntnisse im medizinischen Bereich schienen ihm jetzt doch ein wenig unangenehm zu sein. »Jedenfalls finde ich, dass du ruhig auf einen alten Mann hören kannst.« Er zwinkerte ihr noch einmal zu.

Hazel lächelte gerührt. Johnny würde ihr in ihrem neuen Leben auf jeden Fall fehlen. »Dankeschön, ich werde das beherzigen. Mir geht es auch schon viel besser.«

Johnny hob die Augenbrauen und drohte ihr spielerisch mit dem Finger. »Denk an meine Worte, wenn es morgen nicht besser ist!«

Hazel stieg mit einem warmen Gefühl im Bauch ins Taxi ein. Diese zwischenmenschliche Herzlichkeit war es, die sie im ständigen Konkurrenzkampf so sehr vermisste, aber so war es nun mal am Theater. Sie hoffte, ihren zukünftigen Schülern mehr, als die reine Schauspielleistung vermitteln zu können.

Zwischendurch schaute sie auf ihr Handy, um zu sehen, ob Villem noch wach war. Nein, er hatte schon vor über einer Stunde eine Gute-Nacht-SMS geschickt. Da hatte sie noch auf der Bühne gestanden. Traurigkeit stieg kurz und heftig in ihr auf. Wie sehr sie ihn vermisste. Sie waren fast nie voneinander getrennt, und während sie vor seiner Abreise noch geglaubt hatte, dass es zur Abwechslung einmal ganz schön wäre, das Haus für sich zu haben, konnte sie diesen Gedanken heute kaum noch nachvollziehen. Sie seufzte unhörbar.

Jetzt bog der Wagen um die letzte Kurve. Wie zu erwarten, lag das Haus dunkel vor ihr. Die Straße war still, als sie ausstieg. Mechanisch bezahlte sie, schloss die Tür auf und betrat das Haus. Endlich. Sie streifte Schuhe und Mantel ab und lief ohne Umweg ins Wohnzimmer. Dort ließ sie sich auf die Couch fallen und atmete tief durch. Sie vergewisserte sich, dass die Wasserflasche auf dem Tisch stand. Ja, da war sie, Gott sei Dank.

Alles, was sie brauchte, war in Reichweite. Sie konnte sich also einen kurzen Moment ausruhen. Selten hatte sie sich so dermaßen schlapp gefühlt, dazu noch der bohrende Schmerz, der gleichermaßen in Kopf und Magen wütete.

Es fiel nur indirektes Licht aus dem Flur ins Wohnzimmer. Der Garten lag im Schein des zunehmenden Mondes und war von einem etwas helleren Schwarz als der Raum. Das war ihr letzter Gedanke, bevor sie die Augen schloss und sich einfach treiben ließ. Im Meer des Schmerzes, so, als könne er ihr nichts anhaben.

Als sie später wieder zu sich kam, konnte sie nicht sagen, wie lange sie so dagesessen hatte. Ein Blick auf die schwach beleuchtete Wetterstation sagte ihr, dass es schon nach halb zwei war. Sie erhob sich und wollte gerade zum Fenster gehen, als etwas ihre Aufmerksamkeit erregte. Noch bevor ihr Bewusstsein erkannte, worum es sich handelte, stellten sich die Härchen an ihren Armen auf.

Die Zeit schien sich für Bruchteile von Sekunden in mehreren Schichten übereinander zu schieben, als sie verstand, dass da ein Gesicht war. Strahlend weiß im Mondlicht und ganz nah. Nur wenige Meter entfernt, direkt an der Fensterscheibe. Ihr Puls raste von einer Sekunde auf die andere, dann war der Spuk vorbei.

Wie paralysiert verharrte sie in dieser unmöglichen Haltung, halb von der Couch erhoben, und versuchte, sich zu sammeln. Das konnte doch gar nicht sein. Warum sollte jemand …? Wer würde ihr einen solchen Schrecken einjagen wollen? Das war doch Unsinn. Es war bestimmt nur eine Laune ihrer überanstrengten Nerven, die sinnlos feuerten und ihr dieses Trugbild beschert hatten. Wahrscheinlich hatte sich einfach ihr eigenes bleiches Gesicht in der Scheibe gespiegelt. Zum Glück hatte niemand mitbekommen, wie hysterisch sie war.

Sie straffte sich und ging mit Beinen, die die Konsistenz von Götterspeise angenommen hatten, zum Fenster. Sie warf einen raschen Blick in den Garten, um sich davon zu überzeugen, dass er menschenleer war.

Natürlich schlich niemand durch die dunklen Silhouetten der Sträucher und der großen Blutbuche.

Kapitel 6

Hazel erwachte mit einem unangenehmen Geschmack im Mund und ohne eine Vorstellung davon, wie spät es sein mochte, auf der Wohnzimmercouch.

Noch halb angezogen hatte sie hier eine unruhige, kurze Nacht verbracht. Wenn die Migräne so stark wie gestern war, musste sie mit erhöhtem Oberkörper schlafen. Ansonsten hielten Schwindel und Übelkeit sie wach und machten alles noch schlimmer.

Die Wetterstation auf dem Couchtisch zeigte an, dass es draußen diesig bei neun Grad und außerdem bereits viertel nach acht war. Gar nicht so schlecht. Demnach hatte sich ihr Körper wenigstens ein paar Stunden Schlaf geholt. Es ging ihr auch deutlich besser als in der Nacht. Die Übelkeit war verschwunden und der Kopfschmerz auf ein leises Summen heruntergefahren. Was sie jetzt brauchte, war frische Luft und ein wenig Bewegung, um ihren verspannten Körper aufzulockern. Dann würde auch das Summen ausklingen und ihr normaler Rhythmus wieder aktiviert werden.

Sie hasste es, wenn sich durch die Migräneattacken etwas an ihrem gewohnten Tagesablauf änderte. Berufsbedingt war dieser schon speziell genug. Die regelmäßige Verlängerung des Tages in die Nacht hinein verzieh der Körper einem bei Weitem nicht so leicht, wie sie als junge Frau gedacht hatte. Dass man sich bald an die allabendlichen Vorstellungen gewöhnt hatte, war eine Lüge. Sie hatte Tage, da spürte sie die Verschiebung allzu deutlich. Verrückt eigentlich, wie lange sie nun schon in diesem verzerrten Bild lebte.

Die Belastung durch diesen besonderen Tagesablauf war zuerst noch freundlich dahergekommen. Viel präsenter und interessanter als gesunde Arbeitszeiten, war der Theatertrubel gewesen, sodass sie viele Jahre lang nicht gemerkt hatte, wie mürbe sie diese Arbeit in Wahrheit machte. Irgendwann waren die Perlen abgestoßen und der Glitzer verflogen und dann wurde es hart.

Das war bei ihr zugleich der Zeitpunkt gewesen, als sie gemerkt hatte, dass all ihre Freundinnen und Freunde verschwunden waren. Zu Beginn ihrer Schauspielzeit hatte sie diese Gefahr für ein Klischee gehalten. Sie hätte niemals geglaubt, dass ihr das je passieren würde, und doch musste sie sich eingestehen, dass es genauso gekommen war. Die anderen hatten sie schon seit Jahren nicht mehr angerufen. Sie erinnerte sich daran, wie sie Treffen früher immer wieder hatte absagen müssen, und dass sie allem Bedauern zum Trotz lange noch eine Art Stolz darüber empfunden hatte, zu gut gebucht zu sein, um bei Spieleabenden von Freunden dabei sein zu können.

Inzwischen beschränkten sich ihre sozialen Kontakte auf die Kollegen, die genau das auch für immer blieben. Kollegen, keine Freunde, denen man sich anvertrauen konnte. Stattdessen war man immer auf der Hut. Sie war sich sicher, dass es den anderen ähnlich ging. Aber das Thema war müßig. In der momentanen Situation gab es hierfür nun mal keine Lösung. Auch wenn sie jetzt ganz besonders spürte, wie sehr ihr eine Freundin fehlte, mit der sie das Pro und Contra ihrer Entscheidung an gemütlichen Abenden immer wieder durchkauen könnte.

Auf der anderen Seite war ja nun ein Ende in Sicht. Wenn sie stark genug war, diesen Weg zu gehen. Außerdem hatte sie Villem an ihrer Seite, der alles mit ihr durchstand und sie einfach nur glücklich machen wollte. Es gab also kein wirkliches Problem.

Außer der Zeit. Wenn sie sich schnell fertigmachte, war vielleicht noch ein kurzer Spaziergang vor der Probe um zehn Uhr möglich. Falls nicht, könnte sie wenigstens den Weg zur Bushaltestelle zu einer größeren Runde durch den Stadtwald ausdehnen. Das klang doch nach einem Plan, versuchte sie sich halbherzig zur Eile zu motivieren.

Als sie sich gerade aus der zerwühlten Wolldecke schälte, fiel ihr Blick auf den bunten Herbstblumenstrauß, den ihr Mann ihr vor drei Tagen zum Abschied geschenkt hatte. Sofort flammte ihre Sehnsucht nach ihm neu auf und sie schickte ihm einen lieben Gedanken. Vielleicht konnten sie ja heute Mittag, in der Probenpause, telefonieren, wenn er kein Geschäftsessen hatte, was allerdings unwahrscheinlich war. Sie seufzte und zwang sich dazu, aufzustehen.

Ihr fielen jetzt die elektrischen Rollläden wieder ein. Besser, sie kümmerte sich gleich um deren Programmierung. So etwas wie letzte Nacht sollte ihr nicht wieder passieren. Beim Gedanken daran beschleunigte sich ihr Puls merklich, was sie ärgerte. Es war einfach nur eine ungute Kombination aus Migräneaura, Müdigkeit und Lichtreflexen in einem halbdunklen

Raum gewesen, die ihr das Trugbild eines Gesichts vorgegaukelt hatten. Nichts, woran sie auch nur noch einen weiteren Gedanken verschwenden sollte. Sie konnte die Rollläden herunterlassen oder auch nicht, das sollte keinen Unterschied machen. Schließlich war sie eine erwachsene Frau und glaubte nicht an Geister. Jedenfalls nicht im hellen Tageslicht.

Sie zog eine Grimasse, trat ans Fenster und fuhr die Rollläden erst einmal manuell hoch. Sofort flutete kaltes, grauweißes Licht das Wohnzimmer. Draußen hingen die Wolken tief. Ein Wetter, das sie mochte. Während sie die kleinen Knöpfe der Bedientafel betätigte und festlegte, dass die Rollläden abends um Mitternacht automatisch herunterfahren sollten, blitzte ein Gedanke in ihr auf. Sollte sie nicht vielleicht einfach schnell in den Garten huschen und nach Fußabdrücken suchen, die dort nicht hingehörten?

Nein, beschloss sie. Sie würde dieser albernen Sorge nicht nachgeben und ihr damit eine Aufmerksamkeit einräumen, die vollkommen übertrieben war. Stattdessen sollte sie schleunigst duschen und sich fertigmachen, sodass sie bald loskonnte.

Allerdings fiel sie noch in ein Zeitloch, als sie sich nach dem Duschen unbekleidet auf ihr Bett legte, Villems Decke zu sich zog und seinen Duft tief einsog. Sie konnte sich nur allzu gut vorstellen, genauso liegen zu bleiben, bis er wieder bei ihr war. Wie sie ihn vermisste …

Aber wenn er nun schon einmal mehrere Tage unterwegs war, musste sie die Zeit auch bestmöglich nutzen, und bestmöglich hieß in diesem Fall: für ihre zukünftige Arbeit. Sie legte die Decke schweren Herzens wieder zurück, strich sie sanft glatt und stand auf.

Was wollte sie schaffen, während Villem nicht hier war? Sie hatte sich doch eigentlich auf ein wenig mehr Zeit für sich und ihr Projekt gefreut und war so motiviert gewesen. Diese Stimmung sollte sie unbedingt wiederherstellen und für sich nutzen.

Ursprünglich hatte sie geplant, eine Art Schauspielkurs zu entwickeln, der das Fundament ihrer Arbeit mit ihren zukünftigen Schülerinnen und Schülern bilden sollte. Hierfür könnte sie schon einmal Lektionen festlegen, aber irgendetwas hinderte sie daran. Sie sollte das auf jeden Fall im Hinterkopf behalten. Im Moment wanderten ihre Gedanken aber immer wieder zu dem Gespräch mit Orla zurück.

Hazel trat an den großen Kleiderschrank und nahm eine Lieblingsjeans und einen weichen Wollpullover heraus. Orla und sie waren so verblieben, dass sie über ihre innere Haltung zum Unterrichten nachdenken sollte. Was so einfach klang, war allerdings durchaus nicht anspruchslos. Hazel war klar, dass sie bei ihrem nächsten Treffen in die Mangel genommen werden würde und das Thema *Innere Haltung* im Allgemeinen und bezogen auf ihre individuelle Situation von allen Seiten beleuchtet werden würde. Sie kannte sich. Ihre Träume allzu konkret auf dem Reißbrett auszubreiten und zur Diskussion zu stellen, widerstrebte ihr extrem. Es fühlte sich bedrohlich an und so, als gäbe sie ihr Innerstes nackt und schutzlos dem drohenden Verriss preis.

Um dem irgendetwas entgegenhalten zu können, musste sie vorbereitet sein, dachte sie auf dem Weg ins Badezimmer. Während sie überlegte, welche Argumente sie Orla präsentieren würde, kämmte sie ihr Haar und ließ es seidig über die Schultern fallen. Make-up war kein Thema, darum würde sie sich heute Abend vor der Vorstellung kümmern. Bis dahin sollte ihre strapazierte Haut die Gelegenheit zum Atmen haben.

Auf jeden Fall musste sie Aspekte finden, die für die neue Arbeit sprachen und nicht in erster Linie gegen das harte und entbehrungsreiche Schauspielerleben. So gut kannte sie ihre alte Lehrerin schon. Klagen über den Ist-Zustand standen in linearem Zusammenhang mit der zeitlichen Dauer des Treffens und auch in direkter Verbindung mit dessen vorzeitigem Abbruch.

Jetzt wollte sie die Sache aber erst einmal zuversichtlich angehen. Schließlich gab es ja tatsächlich eine ganze Reihe guter Gründe, die für ihre Entscheidung sprachen. Orla musste das, wenn sie ehrlich war, verstehen, schließlich hatte sie selbst den Schritt von der Bühnenschauspielerin zur Lehrmeisterin gewagt.

Aber sie war zu diesem Zeitpunkt viel älter, zischte eine verräterische Stimme in ihrem Kopf. *Sie hatte damals außerdem schon weit mehr erreicht als du.* Hazel wusste, dass es ihr gelingen musste, die ewigen Bedenken abzustellen und den inneren Zweifler zu ignorieren. *Sie war bereits eine internationale Berühmtheit. Die Menschen kannten und bewunderten sie. Weil sie nicht im Stadttheater hängen geblieben ...*

»Schluss jetzt!« Hazel sprach die Worte laut aus, doch sie wusste allzu gut, dass es nicht half, das tat es niemals. Aber irgendetwas musste sie ihrer regen Fantasie entgegensetzen, auch wenn es nur symbolhaft war.

Was jedoch gut gegen die Gedankenkreise half, war aktive Ablenkung. Sie sah auf die Uhr. Bis zur Probe blieb ihr noch Zeit genug für einen Spaziergang an der frischen Luft. Das war perfekt.

Im Wald, der tagsüber weit weniger angsteinflößend war als nachts, konnte sie ihre Aufmerksamkeit mit schöneren, sinnvolleren Zielen füttern, und dabei das unmögliche Experiment versuchen, an nichts zu denken und einfach nur zu atmen ... sich von der kühlen Herbstluft durchströmen und reinigen zu lassen.

Eine schöne Idee, und anfangs klappte es auch ganz gut. Ihre Gedanken flossen, und sie bemühte sich wirklich, sie kommen und dann ziehen zu lassen. Allerdings schien es in ihrem Gehirn unsichtbare Ankerpunkte zu geben, und nach kurzer Zeit war da kein Fließen mehr. Stattdessen gab es nur noch zappelnde, quengelnde Gedanken, die sich in ihrem Hirn festbissen.

Andererseits waren die Störsignale, die einfach nicht nachließen, auch wichtig und jetzt forderten sie zu Recht ihre Zuwendung. Schließlich ging es um die Lösung ihrer drängendsten Fragen. Darum, zu erkennen, was sie wollte. Für ihr weiteres Leben und für ihr nächstes Treffen mit Orla.

Kapitel 7

Hazel hatte sich im Wald eine gute Dreiviertelstunde lang den Herbstwind um die Nase wehen lassen, bevor sie an der Haltestelle auf ihren Bus wartete.

Natürlich waren ihre Gedanken nicht leiser geworden, aber sie hatte es immerhin geschafft, sie ein wenig enger um das Thema *Haltung* kreisen zu lassen, und ihr war klar geworden, dass wahrscheinlich viel mehr als nur die vordergründigen Faktoren in ihre aktuell wichtigste Entscheidung hineinspielten. Die Aussicht auf Unabhängigkeit und Freiheit war in der jetzigen Situation natürlich verlockend, aber sie war nicht naiv. Auch als Schauspiellehrerin würde sie eingebunden und nicht zu jedem Zeitpunkt vollkommen frei in ihren Entscheidungen sein. Dazu kamen womöglich noch Existenzsorgen, die sie als Theaterschauspielerin mit annähernd lückenlosen Engagements so bisher noch gar nicht kannte.

Der Bus fuhr heran und sie setzte sich direkt hinter den Fahrer, ohne einen Blick dafür, wer sonst noch mitfuhr.

Was sie im Gespräch mit Orla verstanden hatte, war, dass Argumente gegen die zahlreichen Nachteile des Schauspielerberufs nichts wert waren. Dennoch fiel es ihr gar nicht so leicht, diese konsequent aus ihrer gedanklichen Pro- und Contra-Liste zu streichen. Dass es ihr gelingen würde, Orla von der Ernsthaftigkeit ihres

Vorhabens zu überzeugen, bezweifelte sie hingegen nicht. Schließlich waren ihre Rollen heute andere. Sie musste sich nicht rechtfertigen und war letzten Endes nicht auf Orlas Gutdünken angewiesen. Schlimmstenfalls würde sie ihre neuen Ziele eben ohne die Expertise ihrer alten Lehrerin bewältigen. Manche würden das wohl einen erfolgreichen Abnabelungsprozess nennen.

Sie betrat das Theater durch den Bühneneingang und spähte nach rechts in Johnnys Büro hinein, das jedoch noch in tiefer Dunkelheit lag. Seine Fürsorge am Abend zuvor hatte sie gerührt und sie hätte sich gern noch einmal bei ihm bedankt, aber er war wohl gerade im Haus unterwegs. Dann würde sie das eben später nachholen. Jetzt wollte sie erst einmal in die Garderobe und ihre Sachen ablegen.

Außerdem war sie gespannt, womit Elliott sie heute wieder überraschen würde. Sie hatte nicht besonders viel Kontakt zu ihren Kollegen und da war die Aufmerksamkeit, die er ihr gegenüber neuerdings an den Tag legte, zumindest mal eine Abwechslung.

Nichts Neues erwartete sie hingegen, als sie die Garderobe betrat und fast gegen Pia prallte. Was umso bemerkenswerter war, weil die Kollegin an diesem Morgen wohl in ihrem schweren Parfüm gebadet hatte. Die Duftwolke war extrem aufdringlich und hätte ihre Nähe eigentlich schon vorher ankündigen müssen. Hazel wich in letzter Sekunde zur Seite aus und rang sich ein »Sorry, keine Absicht« ab. Zwei, drei Schritte weiter fiel ihr das Atmen sofort leichter.

Pia schien zu überlegen, ob sich eine Erwiderung lohnte, und musterte sie schließlich eindringlich. »Du siehst schlecht aus.« Ein falsches Lächeln, das wohl Mitgefühl signalisieren sollte, verzog ihre Lippen. »Geht's dir nicht gut?«

»Oh, alles in Ordnung, danke der Nachfrage.« *Armselig*, dachte Hazel. Pia lieferte eine bemerkenswert schlechte Darstellung für eine Schauspielerin. Noch bescheidener aber war ihre eigene Reaktion. Sie war einfach nicht schlagfertig genug und würde das in diesem Leben wohl auch nicht mehr werden. Aber *Sich ärgern macht Falten!*, hatte ihre Mutter immer gesagt, und in diesem Sinne setzte sie eine arrogante Miene auf und ließ Pia einfach stehen. Nicht ihre Lieblingslösung für diese Situation, aber eine, die meistens funktionierte.

An ihrem Platz angekommen, legte Hazel den Mantel ab und zog, nicht ohne Bedauern, auch ihren weichen Kapuzenpulli aus. Er leistete ihr in der kühleren Jahreszeit immer gute Dienste und ersetzte mitunter sogar einen Schal. Bei der Probe würde sie jedoch ins Schwitzen kommen, das kannte sie schon, daher hatte der hellblaue Woll-Traum jetzt Pause.

Schließlich trug sie nur noch ein dünnes, langärmeliges Oberteil zu ihrer bequemen Hose, und war so weit fertig. *Der Tod einer Schülerin* erforderte keine Kostümprobe, weswegen sie alle in legerer Kleidung spielten. Als Hauptrolle war Hazel in den meisten Szenen dabei, und sie probte immer mit ganzem Herzen. Während sie also jetzt noch fröstelte, würde das gleich vergehen.

Und genauso kam es. Hazel ging in ihrer Rolle auf und war für die nächsten zwei Stunden Christiane. Die anderen kamen auf die Bühne und gingen wieder ab, wenn sie ihren Part erfüllt hatten. Hazel blendete alles um sich herum aus. Die flüsternden Kollegen, die ihren nur kurzen Einsatz mit Privatkonversation auf der Hinterbühne ausglichen, ebenso wie jene, die die freie Zeit zwischen ihren Einsätzen mit diversen Entspannungsübungen überbrückten.

Irgendwann näherte sich die Probe ihrem Ende. Hazel war bereits mehrmals gestorben, bis Aléjandro, der Regie-Assistent, der ihre Proben leitete, zufrieden war. Auf ihrer imaginären Liste zählte sie den Tod selbstverständlich nur einmal. Sie näherte sich unaufhaltsam ihrem Ziel und das war das Einzige, was sie interessierte.

Erschöpft, aber glücklich erreichte sie irgendwann ihren Platz in der Garderobe. Verflixt, das Spielen schaffte es immer noch, dieses wunderbare Gefühl von Freiheit in ihr auszulösen. Den Gedanken daran, dass sie das alles in wenigen Wochen aufgeben würde, schob sie hastig beiseite. In ihrem neuen Leben würden sich wieder andere Kraftquellen auftun, und bestimmt gab es für sie als Schauspiel-Coach dann deutlich weniger unerfreuliche Begleiterscheinungen.

Sie nahm einen großen Schluck aus der Wasserflasche und zog dann ihren Lieblingspulli wieder an. Verrückt, dass wirklich über zwei Stunden vergangen waren, seit sie ihn ausgezogen hatte. Die Zeit war mit einem Fingerschnipsen verflogen. Wenn etwas dieses Gefühl auslöste, musste es einfach richtig sein, befand sie und verspürte den heftigen Wunsch, dass es ihren zukünftigen Schülern ähnlich ergehen würde, und dass sie einen kleinen Anteil daran haben durfte.

Die Probe heute war besonders intensiv gewesen. Seit ihre Entscheidung stand, betrachtete sie die Arbeit von

Aléjandro mit ganz anderen Augen und sammelte Inspiration für ihr eigenes Lehrkonzept, das sich noch mitten im Entstehungsprozess befand. Auch vorhin waren mehrere Ideen in ihrem Kopf aufgeploppt, die sie am liebsten sofort festhalten wollte. Sie stand auf und dachte darüber nach, sich eines der schallgedämpften Probezimmer zu sichern, als Elliott plötzlich auf sie zusteuerte.

Er hatte sie beinahe erreicht, als sein Blick auf einmal starr wurde. Sie vermutete, dass dies wieder Teil irgendeiner seiner rätselhaften Rollen war, die er offenbar für sein seelisches Gleichgewicht brauchte. Egal, sie beschloss, es dieses Mal zu ignorieren und überlegte, was sie sagen könnte, als er immer näherkam. Hazel fühlte sich unbehaglich. Sie war niemand, der andere ständig berührte, um ihren Worten Nachdruck zu verleihen, und bevorzugte auch selbst eine gewisse körperliche Distanz. Ungewöhnlich in ihrem Beruf, aber so war sie nun einmal.

Elliott stand nun wirklich unangenehm dicht vor ihr, daher wich sie unwillkürlich einen Schritt nach hinten aus. Doch er sprang ihr förmlich hinterher, schlang einen Arm um sie und drückte sich fest an sie. Zwischen ihre Körper hätte nun kein Blatt Papier mehr gepasst, und alle Alarmglocken in Hazel sprangen gleichzeitig an. Sie sah sich nervös um. Die anderen waren, wie immer, mit ihren eigenen Angelegenheiten beschäftigt.

»Warum bist du denn so schreckhaft?« Elliott musterte sie mit gerunzelten Brauen, während sein Gesicht dabei viel zu dicht an ihrem war. »Warte ... so, jetzt! Ah ja.«

Hazel verstand nicht, was Elliott da tat. Es kitzelte an ihrem Rücken und im nächsten Moment trat er einen großen Schritt zurück.

»So, bitte schön. Das war in deiner Kapuze.« Er drückte ihr einen kleinen zusammengefalteten Zettel in die Hand.

»Was, wie meinst du ...?«

»Na, mach ihn schon auf, jetzt will ich wenigstens wissen, was draufsteht.«

Hazel stutzte. Sie faltete den Zettel auseinander und starrte auf die drei Worte darauf, ohne zu begreifen.

»Zeig schon her, was steht da?«

Wortlos hielt sie ihm den Papierfetzen hin.

»*Dich zu holen*«, sagte sie tonlos. »Keine Ahnung, was das heißen soll.«

»Was das heißen soll?«, rief Elliott empört. »Für mich klingt das ganz klar wie eine Drohung. Oder gibt es etwa jemanden, von dem du gern *geholt* werden möchtest?«

Hazel verzichtete auf eine Antwort.

»Was glaubst du, wer dahintersteckt? Ein kleiner Tipp von mir: Schnuppere doch mal daran!«

»*Was?*« Hazel hob den Zettel an ihre Nase und erkannte den schweren Duft von Pias Parfüm sofort. Sie faltete das Stück Papier zusammen, unschlüssig, was sie damit machen sollte. »Wahrscheinlich ist das einfach wieder nur ein *Scherz*«, sie sprach die Anführungszeichen deutlich mit, »von meiner Lieblingskollegin.« Die Duftmarke ließ nämlich wenig Raum für Zweifel, und tatsächlich passte dieses Satzfragment auch ganz vortrefflich mit der Spiegelbotschaft von neulich zusammen.

Ich komme, Dich zu holen.

Darauf würde sie Elliott aber ganz bestimmt nicht aufmerksam machen. Stattdessen ließ sie das Papier unauffällig in ihrer Hosentasche verschwinden.

»Ich finde nicht, dass du dich mit solchen albernen Spielchen abfinden solltest«, sagte er jetzt.

Hazel nahm ein gefährliches Funkeln in seinen Augen wahr und dachte plötzlich, dass sie ihn nicht zum Feind haben wollte.

»Beruhige dich, sie giert doch einfach nur nach Aufmerksamkeit«, versuchte sie noch einmal, die Sache herunterzuspielen. Wahrscheinlich war das auch der Grund für diese vermeintlich bedrohlichen Botschaften. Keinem war jedenfalls damit geholfen, wenn Elliott sich da hineinsteigerte.

Vielleicht hatte er das gerade selbst erkannt, jedenfalls änderte sich etwas in seiner Mimik. »Ich mache mir einfach nur Sorgen, Hazel-Maus«, flüsterte er mit weicher Stimme und wurde dann unvermittelt lauter. »Sorgen! Sorgen!!« Die letzte Wiederholung des Wortes schrie er fast.

Hazel war die Situation äußerst unangenehm. Es machte sie nervös, wie unkontrollierbar Elliott in eine Rolle fiel, die nur in seinem Kopf existierte. Das erschien ihr ehrlich gesagt noch weitaus bedrohlicher als ein paar Worte auf Papier.

Nun hoben einige der anderen beiläufig die Köpfe. Sie wandten sich aber schnell wieder ab, als sie erkannten, dass es hier nicht mehr zu sehen gab.

»Sorgen«, wisperte Elliott jetzt, weiterhin ganz in jener Rolle, die sie nicht verstand. »Sie machen sich ganz klein, zur Tarnung, und dann«, er legte eine bedeutungsschwangere Pause ein und starrte auf seine geöffneten Hände, die er wie Fremdkörper vor die Brust hielt, »kriechen sie in jede deiner Poren und warten. Warten, bis sie viele sind und dann ... BÄÄM!«

Er riss seine Hände auseinander und warf den Kopf in den Nacken. Dann verharrte er einen Moment in dieser höchst unnatürlichen Pose, bevor die Spannung von ihm abfiel und er in normalem Ton, fast beiläufig, abschloss: »Dann übernehmen sie die Kontrolle. Zuerst über deine Gedanken und irgendwann über dein ganzes Leben.« Er drehte sich so, dass er sie frontal ansah, und legte dann seinen Kopf schief. »Also?«

»Kein Also, Elliott. Aber jetzt mache ich mir langsam doch Gedanken. Ist mit dir alles in Ordnung? Wenn ja, würde ich mich jetzt gern weiter fertigmachen.«

»Sie darf damit doch nicht einfach durchkommen!«

»Ach, lass doch gut sein Elliott. Ich weiß, du willst mir nur helfen, aber ...«

»Wie du willst. Es ist deine Entscheidung.« Er salutierte in Zeitlupe und drehte sich steif um die eigene Achse, dann verschwand er zu seinem Platz.

Kapitel 8

Hazel beeilte sich nach Elliotts Abgang, fertig zu werden.

Sie musste dringend ein paar Kleinigkeiten einkaufen und überlegte, ihre spätere Nachmittagspause zu Hause zu verbringen. Um die Zeit dort sinnvoll nutzen zu können, durfte sie allerdings keine wertvolle Minute mehr vergeuden. Nachdem Orla und sie ihr nächstes Treffen schon für morgen vereinbart hatten, hoffte sie, ein wenig Ruhe zu finden, um sich gedanklich dafür wappnen zu können. Jedenfalls wollte sie nicht unvorbereitet bei ihrer alten Lehrerin erscheinen.

Verrückt eigentlich, wie ihr erstes Zusammentreffen verlaufen war. Andererseits war sie nicht allzu überrascht, denn Orla hatte es schon früher geliebt, sie aus dem Konzept zu bringen und erst dann die schauspielerische Leistung von ihr zu fordern. »*Deine Rolle bleibt deine Rolle, Mädchen*«, hatte Hazel ihre Stimme heute noch im Ohr, »*und du musst sie ausfüllen, ganz egal, was in deinem Leben sonst gerade los ist. So!*« Sie hatte geschnipst und Hazel dabei mit ihren Blicken durchbohrt. »*So einfach musst du in deine Rolle switchen können, und zwar jederzeit.*«

Hazel erinnerte sich an eine Stunde, ganz zu Beginn ihres Unterrichts bei Orla, in der sie ihr widersprochen hatte. Bei dem Gedanken an ihre damaligen Worte stahl sich ein Lächeln auf ihre Lippen. »*Aber mein Ich* kann doch nicht völlig unverbunden neben der Rolle stehen!«

»Natürlich nicht, Dummerchen.« Das hatte Orla tatsächlich zu ihr gesagt. »Aber du musst lernen, zu kontrollieren, welche der flüchtigen Bestandteile deines Ichs du für deine aktuelle Rolle sammelst und auch für spätere Rollen. Hast du Tiegel und Töpfe?«

Hazel schmunzelte und wusste noch zu genau, dass sie zuerst auf dem Schlauch gestanden und überhaupt nicht begriffen hatte, worauf Orla hinauswollte.

»Wo sammelst du deine Emotionen? Die Verzweiflung und Tränen? Dafür brauchst du einen großen Topf, lass dir das von einer alten Frau gesagt sein. Aber auch Glück, Lachen und das Gefühl, einem Wunder zu begegnen, wollen verstaut, aufgehoben und gehegt werden!«

Heute verstand Hazel noch viel besser, was sie damals nur erahnt hatte. Dass das Sammeln und der bewusste Einsatz ihrer Emotionen sie nicht nur besser in ihrem Beruf, sondern vor allem stärker im Leben gemacht hatte, und über die Jahre hinweg hatte es beide Bereiche untrennbar miteinander verwoben. Ein Kummer, der sie in ihrem Alltag aus der Bahn werfen mochte, würde ihr später verlässliche Dienste auf der Bühne erweisen. Genau wie überschäumende Freude und Glück. Von da an wusste sie, dass sie kein Gefühl umsonst erlebte und es am Ende immer gut werden würde.

Vorausgesetzt, sie beeilte sich jetzt, denn ansonsten würde es mit ihrer Nachmittagsplanung nicht mehr gut enden, ermahnte sie sich selbst. Sie warf sich ihren Mantel über und schnappte sich die große Handtasche, in der gefühlt ihr halbes Leben Platz fand. Von Elliott war weit und breit nichts mehr zu sehen, also verließ sie die Garderobe ohne viele Worte. Auf dem Weg nach draußen war es hektisch, denn auch ihre Kollegen wollten schnell zu ihren jeweiligen Pausenzielen. Sie konnte sie gut verstehen, auch bei ihnen war der Nachmittag zwischen Theater und Freizeit eng getaktet.

Hazel umschiffte die anderen geschickt und war schon fast aus dem Gebäude hinausgetreten, als Pia sie von der großen Drehtür aus angrinste. »Na, du hast es ja mal wieder eilig. Als sei der Leibhaftige hinter dir her. Oder hast du vielleicht ein Gespenst gesehen? Du bist ja kalkweiß im Gesicht.«

»Alles in Ordnung. Keine Sorge, Pia.« Schlagartig musste Hazel an den zusammengefalteten Zettel in ihrer Hosentasche denken. »Mir geht es gut, danke!«

Wollte da jemand überprüfen, wie sie auf die Nachricht reagiert hatte? Na, wie auch immer. Pia konnte ihr keine Angst einjagen. Dafür waren ihre Attacken viel zu durchschaubar. Eigentlich hatte die Kollegin für ihre armseligen Aktionen eher ihr Mitleid verdient.

Unweigerlich musste Hazel jetzt wieder an Elliott und seine heftige Reaktion denken. Aus seiner Perspektive war diese sicherlich absolut verständlich. Er war wohl einfach so gestrickt, dass er stets versuchte, die Dinge, die ihm falsch erschienen, gerade zu rücken. Er wollte Lösungen finden, egal, wie verquer diese in seinem Kopf auch aussehen mochten.

Bei ihr war das anders. Sie musste keine Lösungen finden. Sie wusste, dass Pias Nickligkeiten sie bald nicht mehr betreffen würden. Natürlich ahnte Elliott davon ebenso wenig, wie all die anderen Kollegen.

Hazel ertappte sich bei dem Gedanken, dass sie ihn einweihen und so wenigstens einen Vertrauten im Theater haben könnte.

So schnell, wie der Gedanke gekommen war, so klar wehrte sie ihn ab, denn Hazel musste sich eingestehen, dass der Kollege ihr ein absolutes Rätsel war. Auch die Tatsache, dass er plötzlich einen Narren an ihr gefressen zu haben schien, hatte daran nichts ändern können. Eher im Gegenteil. Aber hier unter diesen Kollegen war sie für jede freundschaftliche Zuwendung dankbar, daher wollte sie Elliott nicht vorschnell verurteilen.

Fakt war allerdings, dass in Schauspielerkreisen ganz bestimmte halluzinogene Substanzen nicht unbekannt waren und häufig auch nicht unangetastet blieben. Zumindest hatte sie das schon als junge Schauspielerin so erlebt. Ganz am Anfang hatte es sie schockiert, wenn sie den, mal mehr, mal weniger öffentlichen Konsum bei ihren Kollegen mitbekommen hatte. Ihr war früh klar geworden, dass man es ihnen längst nicht immer anmerkte. Auch ihr spießiges kleines Stadttheater war nicht frei von dieser Seuche, die die Menschen über kurz oder lang kaputtmachen würde.

So oder so würde sie das Rätsel Elliott heute nicht mehr lösen. Vorerst hoffte sie einfach, dass es für seine Verrücktheit einen anderen, gesünderen Grund gab.

Sie ließ Pia, die Gedanken an Elliott und das Theater hinter sich und lief die wenigen Hundert Meter bis zu dem kleinen Supermarkt zu Fuß. Die frische Luft tat gut, ihr war tatsächlich ein bisschen flau im Magen. Was keinesfalls an der kryptischen Nachricht, sondern an ihren eigenwilligen Frühstücksgewohnheiten lag.

Sie hatte regelmäßig damit zu kämpfen, dass sie vor zehn Uhr nichts Festes hinunterbekam, dann aber schon mitten in der Probe steckte, wenn sich der Hunger meldete.

Auch heute hatte sie noch nichts Richtiges zu sich genommen und entschloss sich daher für einen schnellen Abstecher in die Bäckerei neben dem Supermarkt. Brot brauchte sie sowieso und an einem frischen Schokocroissant konnte doch eigentlich auch nichts falsch sein. Sie schob ihr ewiges schlechtes Gewissen, ein weiteres Überbleibsel aus der Ballettzeit, zur Seite und biss herzhaft in die süße Leckerei. Dann schloss sie die Augen und genoss das Gebäck einen Moment einfach nur.

Mit dem wunderbaren Geschmack im Mund hastete sie weiter und schob das Croissant nicht ohne Bedauern wieder tiefer in die Papiertüte zurück. Ihr Einkaufszettel war übersichtlich: etwas frisches Obst und Gemüse, Reis und noch ein paar Kleinigkeiten. Am Eingang blieb sie bei den Zeitschriften stehen und wurde sofort fündig. Die neueste Ausgabe von Villems Lieblingsautozeitschrift war erschienen und lag prominent im Regal. Sie griff zu und spürte im gleichen Augenblick, wie sehr sie ihn vermisste. Der Austausch mit ihm fehlte ihr, denn gerade jetzt gäbe es so viel zu besprechen. In Gedanken vertieft ging sie weiter, wurde bei der Schokolade noch einmal schwach, füllte ihren Korb ansonsten aber zielgerichtet und ohne große Ablenkung.

Als sie sich in die Schlange an der Kasse einreihte, sah sie auf und ließ ihren Blick beiläufig über die Regalreihen streifen. Da erst nahm sie ihn wahr. Elliott! Der

Kollege und vermeintliche Verbündete stand ganz ruhig am Ende des Gangs mit den Kosmetikartikeln und sah sie an. Es war eindeutig, dass er sie fixierte. Nun, da sie ihn entdeckt hatte, hielt er den Blick weiter aufrecht und verzog keine Miene. Nach mehreren Sekunden legte er den Kopf in Zeitlupe schräg, ohne sie dabei aus dem Fokus zu verlieren, und eine tiefe Traurigkeit breitete sich auf seinem Gesicht aus.

Hazel hatte keine Ahnung, wie er das gemacht hatte, aber wirkungsvoll war es allemal. Sie erschauderte und hoffte, ihn niemals zum Feind zu haben. Selbst jetzt, nach dieser kleinen Vorstellung, denn als solche musste sie Elliotts Verhalten wohl verstehen, lächelte er nicht etwa, um die Situation aufzulösen, sondern drehte sich um und ging davon. Einfach so. Der Gedanke, sich ihn als Verbündeten zu wählen, erschien ihr jetzt vollkommen abwegig.

Gerade als sie ihre Waren auf das Band legen wollte, begann das Handy in ihrer Tasche zu klingeln. Sie sah entschuldigend zu dem jungen Mann, der sich hinter ihr eingereiht hatte, ließ ihn vor und trat einige Schritte zur Seite. Noch wusste sie nicht, wer der Anrufer war, aber allein die Vorstellung, dass es Villem sein könnte, machte den verlorenen Platz in der gar nicht so kurzen Schlange wieder wett.

Den roten Plastikkorb des Ladens hängte sie sich vorübergehend über den Arm und fischte umständlich in ihrer Tasche nach dem Smartphone. Dessen Klingeln erschien ihr mit jedem Ton schriller. Sie hoffte nur, dass der Anrufer nicht aufgab, bevor sie abheben konnte. Aber nein, da war es! Ihr Blick streifte das Display. *Orla ruft an* stand da schwarz auf grau, und sie wunderte sich. Wollte diese vielleicht ihren morgigen Termin absagen?

»Hazel Karelius«, meldete sie sich und erschrak, als sie Orlas barsche Stimme hörte. Ihre alte Lehrerin hielt sich nicht mit Begrüßungsfloskeln auf, sondern kam gleich zur Sache: »Kannst du kommen? Jetzt gleich?«

Orlas Stimme klang eine Idee zu schrill, als dass Hazel nicht besorgt sein würde. Sie würde den Tiefkühlbrokkoli wieder zurückbringen müssen, aber das war kein Problem. Natürlich würde sie ihr helfen.

»Ja, das müsste ich schaffen. Ist alles in ...?«

»Komm einfach rein«, wisperte Orla jetzt, »es ist offen.«

Kapitel 9

Eine knappe halbe Stunde später stieg Hazel aus dem Bus und lief schnellen Schrittes den vertrauten Weg zu Orlas Haus.

Trotz der kühlen Temperaturen war sie erhitzt. Natürlich hatte ihr der Anruf ihrer ehemaligen Lehrerin einen Schreck eingejagt. Sie konnte überhaupt nicht einschätzen, was der Hintergrund für diesen seltsamen Hilferuf sein mochte. Auf der Fahrt hierher hatte sie sich selbst zu beruhigen versucht. Orla würde die Polizei rufen, wenn sie in unmittelbarer Gefahr wäre. Bestimmt eher als sie.

Sie erreichte jetzt das Gartentörchen, das nur angelehnt war, und fand sich wenig später vor der Haustür wieder. Hier stimmte tatsächlich etwas nicht, denn mit jedem Schritt hörte sie das wütende Geschrei deutlicher. Sie konnte eine Männerstimme ausmachen, die ihr aber nicht bekannt vorkam. Wie sollte sie auch? Was sollte sie jetzt tun? Laut Orla war die Tür zwar offen, Hazel hatte aber dennoch das dringende Bedürfnis, ihr Kommen anzukündigen und dem tobenden Mann so vielleicht Einhalt zu gebieten. Sie klingelte daher und war sich fast sicher, dass ihre Lehrerin sie nicht gehört hatte, als diese unvermittelt die Tür öffnete und sie amüsiert ansah.

»Na, dann komm mal herein. Der Zeitpunkt ist gerade günstig.«

Hazel war in erster Linie froh, Orla gesund und munter vor sich zu sehen. Erst dann fragte sie sich, was das ganze Theater sollte. Sie hatte sich immerhin Sorgen gemacht, aber das schien Orlas gute Laune nicht zu trüben. Der lautstarke Monolog des Unbekannten pausierte nun und Hazel folgte ihrer Lehrerin in die große Wohnküche.

Hier manifestierte sich die Quelle des verklungenen Geschreis in Form eines Mannes, Ende vierzig, der sich, wenig furchteinflößend, mit ungelenken Dehnübungen beschäftigte. Als er sie bemerkte, nickte er höflich, lachte ein wenig zu laut, und sah Orla fragend an.

»Ist die Zeit schon wieder vorbei?«

»Nein, alles in Ordnung, Holger. Wir haben noch zwanzig Minuten. Das heißt, du hast noch zwanzig Minuten. Fühl dich frei, die Bühne gehört dir!«

Holger also. Hazel begriff, dass Orla ihr einen unverfälschten Einblick in ihre Arbeit bieten wollte. Ihr Schüler wirkte plötzlich schüchtern und nickte. Schwer vorstellbar, dass es tatsächlich seine Stimme gewesen sein sollte, die sie bis nach draußen gehört hatte.

»Ich bin gar nicht da«, beeilte sie sich, zu sagen, und schickte ihren Worten ein, wie sie hoffte, ermutigendes Lächeln hinterher. Tatsächlich passierte etwas mit Holger, als er die imaginäre Bühne zurückeroberte.

Hazel beobachtete sein eindringliches, übertriebenes Spiel und glaubte zu verstehen, was Orla sie sehen lassen wollte. Er schaffte es die ganze verbleibende Zeit über nicht, in die Rolle zu kommen. Ganz offensichtlich war er davon aber überzeugt und wirkte glücklich, als er nach einer knappen halben Stunde das Haus verließ.

»Also, was meinst du?«, fragte Orla sie, als sie in die Küche zurückkam.

Hazel hatte sich die ganze Zeit über gefragt, wie sie ihre Beobachtungen in Worte fassen sollte. Ihre Antwort kam daher schnell und direkt. »Er war so sehr er selbst, dass kein Raum für eine Rolle da gewesen wäre. Selbst«, fügte sie nach kurzem Überlegen hinzu, »wenn er so etwas wie Talent hätte.«

Orlas Lachen brandete plötzlich und brachial auf. Hazel zuckte zusammen.

»Du bist direkter geworden, Madame. Das gefällt mir.«

In Wahrheit hatten Hazel ihre harten Worte im selben Moment, als sie heraus waren, schon wieder leidgetan, aber ihre Künstlerseele konnte nun mal nicht schönreden, was sie da beobachtet hatte. Sie wunderte sich, dass Orla ihn überhaupt als Schüler angenommen hatte, aber das würde sie natürlich für sich behalten.

»Du fragst dich jetzt vielleicht«, setzte Orla just in diesem Augenblick an, »wie Holger mein Schüler geworden ist.«

»Ehrlich gesagt schon«, gab Hazel zu. Sie war scheinbar ein offenes Buch.

»Nun, auch das gehört zu meinem Beruf dazu, und damit auch bald zu deinem. Es geht hier mitnichten immer um die edlen Ansprüche und schönen Künste. Auch wenn Holger das natürlich nicht erfahren sollte.«

Hazel runzelte die Stirn. »Sondern?«

»Du bist doch nicht dumm, oder? Es geht immer zuerst um den Menschen. Danach kommt die Rolle. Bei manchen kommt die Rolle aber auch nie.«

Das klang unheimlich traurig, fand Hazel. Aber vielleicht war sie mit ihrer Interpretation auch zu voreilig. Sie sah nachdenklich zu Orla hinüber.

»Holger, zum Beispiel, wollte vor gar nicht so langer Zeit seinem Leben ein Ende setzen. Erst kamen die Ängste, dann die Depressionen. Am Schluss hat er gar nichts mehr gefühlt. Er hat keinen Sinn in einem neuen Tag finden können und er wollte als wertlose Hülle keinen Raum mehr einnehmen. Das waren seine eigenen Worte.«

»Aber hat er nicht ... ich meine, hat er sich keine Hilfe gesucht? Psychologische Unterstützung, eine Therapie, irgend so etwas?«

»Natürlich, ganz am Anfang. Ich bin gewissermaßen einer seiner letzten Behandlungsschritte. Wenn du so willst, stehe ich im Licht am Ende des Tunnels.«

Hazel glaubte, zu verstehen, was Orla ihr sagen wollte, und bereute ihr hartes Urteil immer mehr. »Wenn ihm das hilft, ist es natürlich etwas anderes. Die Hintergründe waren mir ja nicht klar.«

»Richtig. Vielleicht ahnst du schon, was ich dir heute zeigen wollte. Der Beruf der Schauspiellehrerin, dein zukünftiger Broterwerb, ist äußerst vielfältig. Das ist großartig und nicht selten erschütternd. Es ist fordernd, macht bescheiden und manchmal macht es auch Angst.«

Hazel glaubte, ihren Ohren nicht trauen zu können. Orla? Bescheiden? Angst?

»Ich weiß ganz genau, was du gerade denkst, Madame! Aber glaube mir, es ist so, und ich will, dass du das weißt!«

Hazel sah sie an. Sie hatte gerade keine Worte oder fand nicht die richtigen. Schließlich nickte sie langsam.

»Es ist wichtig, dass du weißt, worauf du dich einlässt, und zwar *bevor*«, sie betonte das letzte Wort und machte eine vielsagende Pause, »es zu spät ist.«

Diese Worte schmerzten mehr, als Hazel geglaubt hätte, und nicht nur das. Sie rissen außerdem an ihrer mühsam zusammengepuzzelten Überzeugung, dass dieser neue Weg sie heilen könne.

»Es geht hier nicht um die schönen Künste, nicht darum, junge, hübsche und vor allem talentierte Schauspielerinnen, wie du eine warst, auf eine ruhmreiche Theaterlaufbahn vorzubereiten. Manchmal kommt das natürlich vor. Aber darauf darfst du dich nicht verlassen.«

Hazel wusste, dass die Ernüchterung tiefe Spuren in ihr Gesicht grub. Was immer sie dem entgegensetzte, würde von Orla garantiert sofort enttarnt werden. Nein, was sie ihr heute noch einmal so anschaulich zu bedenken gab, hatte seine Berechtigung. Sie war schließlich auch nicht naiv. Trotzdem waren es nicht die Holgers, die ihre Vorfreude und Motivation für die Zeit nach dem Theater maßgeblich bestimmten.

»Wenn du glaubst, deine eigene Leidenschaft fürs Spielen über deine Schüler ausleben zu können, täuschst du dich. Wenn da noch ein Funken deiner Passion in dir glimmt, wenn du den Ruf der Bühne noch hörst, wirst du dabei zu Grunde gehen.«

Das war direkt und vernichtend. Hazel wusste außerdem, dass sie eben diesen Funken vor Orla niemals würde verbergen können. Natürlich hatte sie lange Nächte wachgelegen, hin- und hergerissen zwischen der vorweggenommenen Trauer um ihre Karriere und dem Zauber des Neuanfangs. Zwischen der Euphorie und der Sicherheit, dem Haifischbecken und der Harmonie. Oder der Langeweile. Aber das musste sie mit sich selbst ausmachen. Im Haifischbecken hatte sie während der letzten Spielzeiten schließlich auch immer weniger Euphorie empfunden. Sie überlegte noch, was sie erwidern könnte, als Orla schon fortfuhr: »Du hast keine Angst vor deinen Schülern? Ist es das? Dann glaube mir, sie werden dein härtestes Publikum sein.«

Auch wenn an diesem Argument ein Fitzelchen Wahrheit sein sollte, konnte sich Hazel nur sehr schwer eine Orla vorstellen, die Nervensausen oder gar Angst vor ihren Schülern hatte. Für sich selbst schloss sie das eigentlich auch aus. Aber die Sorge, dass das Lehren die Bühne nicht ersetzen und sie am Ende noch unglücklicher machen würde, nagte jetzt wieder stärker an ihr. Auch ohne Orlas Einwände war das ihre größte Angst.

»Apropos Publikum! Was ist mit dem Applaus? Wie willst du in Zukunft atmen? Wovon soll deine Seele leben? Sich nähren?« Orla beugte sich unangenehm dicht vor ihr Gesicht. »Du wirst so sein«, sie öffnete den Kühlschrank und riss eine bereits halb aufgezogene und mit Frischhaltefolie nur provisorisch abgedeckte längliche Dose heraus ... Heringe! Eingelegt in einen unappetitlichen cremig roten Matsch.

»Wie ein toter Fisch?«, wagte Hazel zu fragen, und gab sich Mühe, ihre Nase vor dem Geruch zu verschließen und ihren Ekel nicht allzu offensichtlich zu zeigen.

»Ha! Wie ein Fisch auf dem Trockenen. Wie ein bald toter Fisch!« Orlas Worte dröhnten in der Küche. »Der beim langsamen Sterben seine Ruhe hat. Mehr als ihm lieb ist.«

Die Bilder ihrer alten Lehrerin waren heute wirklich unschlagbar. Sie muteten fast komisch an, Hazel war allerdings gerade nicht in der Stimmung, darüber zu schmunzeln. Ihr war der eindringliche Blick, mit dem Orla sie jetzt bedachte, sehr unangenehm. Sie hatte schon verstanden, worauf die alte Lehrerin hinauswollte. Diese war aber noch nicht fertig.

»Schau ihn dir genau an! Was siehst du? Ich werde es dir sagen. Da ist niemand, der ihn beneidet. Keiner, der ihn aus Eifersucht piesackt, oder wie man heute sagt: kein Mobbing. Nur Ruhe. Bis zum Ende.«

Na wunderbar. Diese letzte Anspielung traf Hazel tiefer und schmerzhafter, als sie irgendjemanden wissen lassen würde. Aber wie es aussah, hatte sie bei ihrer alten Lehrerin damit keine Chance.

»Das ist es, habe ich recht?«, fragte Orla mitleidslos triumphierend. »Versteh mich nicht falsch. Ich akzeptiere deine Entscheidung.« Hazel war klar, dass dem sicher nicht so war. »Ich will dir auch nicht reinreden.«

Bei diesen Worten hob sie den Kopf und sah Orla regungslos an. Sie hoffte, dass sie den Aufruhr, den deren Worte in ihr auslösten, verbergen konnte.

»Ok, vielleicht stimmt das nicht ganz. Zugegeben. Weißt du, ich verstehe den Zeitpunkt nicht.«

Hazel blieb still, hielt den Augenkontakt jedoch aufrecht.

»Ich verstehe den Zeitpunkt nicht, und ich frage mich, ob es dabei nicht eigentlich um etwas ganz anderes geht.«

Kapitel 10

Worauf Orla da vorhin angespielt hatte, blieb vorerst noch ihr Geheimnis.

Hazel war gerade nach Hause gekommen und in Eile. Vielleicht war das der Grund dafür, dass sie nur wenig Lust hatte, sich mit den kryptischen Andeutungen ihrer alten Schauspiellehrerin zu befassen. Überhaupt liefen die Stunden bei ihr ganz anders ab, als sie erwartet hatte und als sie es von früher kannte. Wahrscheinlich sollte sie Orla noch einmal klarmachen, worum es ihr wirklich ging. Nämlich um den schlüssigen Aufbau und die Durchführung jenes Schauspielunterrichts, der zukünftig immerhin ihren Lebensunterhalt sichern sollte.

Es ärgerte sie, dass Orla wie selbstverständlich davon ausging, dass sie keinerlei Ahnung hatte, worauf sie sich da einließ, sondern dass sie blauäugig in die Kulisse einer romantisierten Zukunft und in ihr Unglück stolperte. Aber das sollte sie mit ihr persönlich besprechen und sich bis dahin lieber mit angenehmeren Themen beschäftigen.

Sie verstaute ihre Einkäufe, danach machte sie sich im Badezimmer frisch und lief anschließend nach oben in den ersten Stock. Vor dem kleinen Dachzimmer, das an ihr Schlafzimmer anschloss, und in dem alles deutlich winziger war als normal, hielt sie inne. Sie erinnerte sich daran, wie entzückt Villem und sie von diesem speziellen Raum gewesen waren als sie das Haus gekauft und welche Pläne sie dafür geschmiedet hatten. Bis heute diente er jedoch eher als Abstellkammer, was schade war. Sie beschloss, das zu ändern, sobald Villem wieder hier war und sie den Kopf ein wenig freier hatte.

Die schmale, niedrige Tür öffnete sich mit einem Geräusch, für das sie keinen Namen hatte. Mitten im Raum standen Villems Modellflugzeuge und das Buddelschiff, sein ganzer Stolz. Die Original-Viermastbark hatten sie bewundert, als sie ganz frisch zusammen gewesen waren. Es war ihr erster richtiger Pärchen-Urlaub gewesen und die Erinnerung löste eine fast schmerzhafte Sehnsucht nach Villem in ihr aus. Zugleich fühlte sie sich ein bisschen alt, denn in diesem Jahr waren sie schon elf Jahre zusammen, sieben davon verheiratet und noch nie so lange voneinander getrennt gewesen, wie jetzt gerade.

Vielleicht sollte sie gleich einmal versuchen, ihn auf dem Diensthandy zu erreichen? Andererseits hatte er bei ihrem letzten Gespräch erwähnt, dass der Tag heute zwischen mehreren Sitzungen eng getaktet wäre. Sie seufzte. Wie gern hätte sie jetzt einfach nur seine Stimme gehört. Aber das musste warten.

Hazel schob die Modelle vorsichtig ein Stück zur Seite und öffnete die Klapptüren an der Kopfseite des Raumes. Hier ging ein niedriger, aber einige Meter langer Gang ab, in dem sie neben Koffern und Reisetaschen einen großen Pappkarton mit Geschenkpapier, Schmuckband und Karten für allerlei Anlässe aufbewahrten. Dieser zusätzliche Stauraum war eines von mehreren Geheimnissen, die das Haus barg. Man konnte hier zwar nicht aufrecht stehen, aber Hazel mochte dieses besondere Versteck.

Mit einer großen Rolle Geschenkpapier und Geschenkband in den Händen, schloss sie beide Türen des winzigen Zimmerchens und lief hinunter ins Wohnzimmer. Aus der mittleren Schublade des großen Bücherregals nahm sie eine quadratische Pappbox, öffnete sie und holte eine Miniatur-Spieluhr heraus. Sie liebte den charakteristischen Klang des mechanischen Instruments und sammelte die kleinen Kunstwerke seit ihrer Kindheit. Sie kaufte immer wieder neue und verschenkte sie, weil sie nicht wollte, dass sie im digitalen Zeitalter in Vergessenheit gerieten. Natürlich auch, weil sie sich nicht vorstellen konnte, dass es jemanden gab, der ihre Freude daran nicht teilte.

Dieses Mal wollte sie gerne Jenny beschenken. Die junge Kollegin, die ihre Zweitbesetzung in *Tod einer Schülerin* war, wurde morgen dreiundzwanzig Jahre alt und hatte angekündigt, am Abend, trotz ihres Urlaubs, vorbeizuschauen. Seitdem war es ein offenes Geheimnis, dass sie alle nach der Vorstellung noch ein wenig bleiben würden, um anzustoßen, und mit ihr ins neue Lebensjahr hineinzufeiern. Hazel mochte Jenny und hoffte, ihr mit der Spieluhr eine kleine Freude machen zu können. Auch die anderen hatten Überraschungen vorbereitet, und sie war jetzt schon gespannt auf Jennys Reaktion. Hazel registrierte, wie gut es ihr tat, einmal an etwas anderes als an ihre Zukunft, an Pia oder seltsame Botschaften zu denken.

Als sie gut eineinhalb Stunden später im Theater ankam, spürte sie sofort, dass die Stimmung unter den

Kollegen heute insgesamt aufgelockerter war. Die Vorstellung lief gut, die zwei Stunden vor begeistertem Publikum waren in Windeseile verflogen, und sie fanden sich danach alle in der Garderobe zusammen.

»Habt ihr die in der ersten Reihe vorne gesehen? Die mit der Cateye-Brille?«, rief der hochgewachsene Luca, der im Stück den Ex-Freund der Protagonistin spielte.

»Ja«, bestätigte Nina, die nur in *Tod einer Schülerin* zu den Biestern gehörte, lachend, »die war kurz davor, uns alle ins Klassenbuch einzutragen. So einen bösen Blick habe ich selten gesehen. Und sie hat sich zwei Stunden lang nicht geregt.«

»Aber am Ende war sie doch ganz angetan, oder nicht? Ich meine, sie ist als eine der Letzten gegangen«, wagte Hazel einzuwerfen.

»Das ja«, sagte Luca grinsend. »Aber wahrscheinlich rein aus Disziplingründen.«

»Kann schon sein.« Hazel zwinkerte Luca und Nina zu und genoss den fröhlichen Austausch. »Wisst ihr, wie spät es ist?«

»Ja, Moment.« Nina zog ihr Handy hervor. »Es ist jetzt genau 23.47 Uhr. Ein paar Minuten also noch.«

»Danke. Schaut mal, Jenny fängt gerade an, alles aufzubauen. Wollen wir ihr helfen?«

»Na klar, kommt!« Luca lief quer durch die Garderobe zu der einzigen einigermaßen freien Wand, an der Jenny geschäftig Tische zusammenschob und Sektflaschen und Schälchen mit Salzgebäck platzierte.

»Kannst du dich um die Gläser kümmern?«, fragte Jenny ihn prompt. »Johnny hat sie gerade vorbeigebracht, sie stehen da drüben.«

»Wird gemacht.« Luca salutierte zackig und war in der nächsten Sekunde verschwunden.

Hazel war Luca gefolgt, jedoch nicht, ohne zuvor Ausschau nach Elliott zu halten. Fast hätte sie ihn übersehen, dann aber erkannte sie, dass er den Raum verließ. Sie runzelte die Stirn. Vielleicht holte er noch etwas? Es wäre jedenfalls schade, wenn er gleich nicht mitgratulierte. Andererseits wäre es auch typisch Elliott. Sie merkte, dass sie heute keine Lust hatte, darüber nachzudenken.

Die anderen waren inzwischen unauffällig zu ihren Plätzen und Taschen gehuscht und hatten die bis dahin sorgsam versteckten Geschenke geholt. Jetzt hielten sie diese, so weit wie möglich, verborgen und versammelten sich an dem provisorischen Büfett. Hazel gesellte sich hinzu und ließ die fröhliche Geräuschkulisse auf sich wirken. Sie überlegte, wie es wohl wäre, wenn es immer so sein könnte. Ob das ihre Entscheidung ins Wanken bringen würde?

»Hey, hört mal alle her!«, rief ausgerechnet Pia in diesem Moment. »Gleich ist es so weit: Zwanzig, neunzehn, achtzehn ...«

Hazel und die anderen stimmten mit ein, zählten laut die letzten Sekunden und brachen dann in Jubel aus, als Jennys Geburtstag offiziell begann.

Jenny war sichtlich verlegen. Sie machte sich daran, die Flaschen zu öffnen, und wurde tatsächlich rot. Hazel merkte einmal mehr, wie sehr sie die Kollegin mochte. Ein Lichtblick in der Stadttheater-Realität, die von Eifersucht und Missgunst nicht verschont blieb. Aber heute war das Zusammensein mit den anderen wirklich nett, also wollte sie nicht unken.

Inzwischen hatten sich alle in einer krummen Linie angestellt, um Jenny zu gratulieren. Plötzlich war auch Elliott wieder da. Hazel hatte ihn zunächst gar nicht bemerkt, jetzt war er aber nicht zu übersehen, da er die Gläser füllte und für die anderen aufstellte. Sie reihte sich ebenfalls in die Schlange ein, ihr Geschenk, die kleine Spieluhr, in Händen. Pia hatte sich nicht lumpen lassen und überreichte Jenny gerade eine langstielige rote Rose. Vermutlich eingehüllt in ihr aufdringliches Parfüm.

»Keine Angst, die Dornen habe ich entfernt«, drang Pias schrille Stimme zu ihr durch.

Na immerhin, dachte Hazel, wollte aber nicht ungerecht sein. Es war einfach ein schöner Abend. Punkt aus.

Außerdem war sie gleich an der Reihe und gespannt, wie Jenny reagieren würde. Als diese das Päckchen wenig später sorgfältig, ohne das Papier zu zerreißen, ausgepackt hatte und ihr Geschenk in Händen hielt, wusste sie, dass sie damit ins Schwarze getroffen hatte. Ungeachtet der beachtlichen Menge wartender Gratulanten zog Jenny die Spieluhr auf, und die anderen wurden sogar etwas leiser, um der zarten Melodie zu lauschen. *Eine kleine Nachtmusik* von Mozart ertönte in metallischen, ein wenig verzerrten Klängen aus dem mit Einlegearbeiten verzierten hölzernen Gehäuse.

Gerührt sah Hazel, dass dieses Kleinod Jenny ein Freudentränchen entlockte. Sie reichte ihr Geschenk kurz an einen der Gratulanten weiter und drückte Hazel herzlich an sich. Ein wenig überrumpelt erwiderte diese die Umarmung und freute sich über Jennys kindliche Begeisterung. Beim Blick über ihre Schulter sah sie zufällig, wie Pia, von der Gruppe abgewandt, in der Schublade von Elliotts Kommode kramte. Sie schloss die Augen. Heute wollte sie einfach nur positive Energie aufnehmen und das klappte bisher überraschend gut.

Auf die Gratulationen und Geschenke folgte das obligatorische Geburtstagsständchen, laut und ausgelassen dargeboten, bis Jenny lachend abwinkte. Hazel fühlte sich richtig wohl und ertappte sich bei dem Gedanken, dass ihr dieses fröhliche Durcheinander in nicht allzu ferner Zukunft fehlen würde. Trotz allem.

Irgendwann verliefen sich die Grüppchen, die sich um das Geburtstagskind gebildet hatten. Anders als sonst war Hazel bis zum Ende geblieben und half Jenny, zusammen mit Pia und ein paar anderen, die Gläser für Johnny zusammenzustellen.

»Und, wie ist es dreiundzwanzig zu sein?«, fragte sie Jenny lächelnd.

»Bis jetzt wunderbar. Kann so bleiben, würde ich sagen.« Das Geburtstagskind strahlte.

Hazel sah in Jenny ihr jüngeres Ich, voller Träume und Ziele. Die alle in enger Verbindung mit dem Theater gestanden hatten. Konnte das wirklich so bleiben?

Diese Gedanken waren müßig. Schon längst hatte sie ihre Entscheidung getroffen, und ein guter Abend mit ihren Kollegen würde sie nicht daran zweifeln lassen.

Schließlich war alles so weit aufgeräumt, die Gläser ordentlich zusammengestellt, dass es wirklich keine Ausrede mehr gab. Der Abend war vorbei, die Nacht weit fortgeschritten. Wenn Hazel den zu dieser Zeit immerhin noch sehr sporadisch fahrenden Bus erwischen wollte, musste sie jetzt los.

Sie zog ihren weichen Lieblingspulli und den Mantel an, suchte ihre Siebensachen zusammen und verabschiedete sich in den kurzen Feierabend, der sich heute in eine Feiernacht verwandelt hatte.

Noch ganz erfüllt von den Stimmen und der netten Atmosphäre, überlegte sie, ob es das war, was Orla gestern gemeint hatte. Gründete ihre Entscheidung am Ende doch auf einzelnen schlechten Erfahrungen? Würde sie ohne das Theater leben können? Mehr noch, würde sie ohne das alles wirklich glücklich werden können?

Als sie im letzten Moment an der Bushaltestelle ankam, machte sie ganz hinten, zusammengesunken in der letzten Sitzreihe, einen dunklen Schatten aus. Er erschien ihr jedoch harmlos und keinen weiteren Gedanken wert, daher hatte sie keine Angst. Heute fühlte sie sich belebt, furchtlos und stark durch die oberflächlichen Plaudereien mit den Kollegen. Vielleicht würde ihre ganze Lebensplanung anders aussehen, wenn es ihr nur gelänge, ein wenig offener und selbstsicherer zu sein.

Dieser Gedanke rührte an etwas tief in ihr Verschüttetes. Ihr Instinkt schlug Alarm und warnte sie davor, dass er gefährlich sein könnte. Sie sollte sich von einer Momentaufnahme, und sei diese noch so schön, nicht in die Irre führen lassen, denn die Realität in ihrem Beruf sah an den allermeisten Tagen anders aus. An den allermeisten Tagen machte diese sie ganz langsam, Stückchen für Stückchen, kaputt.

Noch in Gedanken stieg sie in den Bus ein, steuerte den einzelnen Platz schräg hinter dem Fahrer an und ließ sich gegen die Rücklehne fallen. Fast im selben Moment konnte sie einen Schmerzensschrei nur gerade noch so eben unterdrücken, denn an mehreren Stellen schienen sich spitze Objekte, die sie überhaupt nicht zuordnen konnte, in ihren Rücken zu bohren. An den Schulterblättern, wo die Haut über den Knochen besonders dünn war, spürte sie es am heftigsten. Gleich darauf nahm sie ein Brennen und Kitzeln wahr, so als ob ein Blutstropfen an der Wirbelsäule hinunterrann.

Wie paralysiert rutschte sie an die vorderste Kante des Sitzes, den Rücken durchgedrückt und darauf bedacht, bloß nicht wieder dagegen zu stoßen. Sie knöpfte ihren Mantel auf und tastete ungelenk unter ihren Pulli ihren Rücken ab. Da! Etwas Spitzes hatte sich tatsächlich in dem weichen Stoff verfangen. Es gelang ihr aber nicht, das Ding herauszuziehen. Stattdessen untersuchte sie ihre Hand. Es klebte eindeutig Blut an Daumen und Zeigefinger. Ihr wurde übel. Es waren bestimmt fünf oder sechs Stellen, an denen ihre Haut brannte. Sie überlegte fieberhaft, wie die messerscharfen Stacheln in ihre Kleidung gekommen sein könnten. So etwas passierte doch nicht aus Versehen!

Alle anderen Gedanken waren verschwunden, jetzt wollte sie nur noch nach Hause und der Sache auf den Grund gehen. Eine knappe Viertelstunde hielt sie noch in der äußerst unnatürlichen Haltung aus, bis der Bus endlich ihre Station erreichte. Gott sei Dank. Erleichtert stand sie auf, murmelte einen Gruß in Richtung des Fahrers und stieg aus.

Als der Bus an ihr vorbeifuhr, war dieser leer. Der Schatten von der letzten Bank war verschwunden und schien sich in Luft aufgelöst zu haben. Aber sie hatte auch nicht genau aufgepasst, wie es sonst eigentlich ihre Art war, sondern war abgelenkt gewesen. Sie hätte wetten können, dass der Bus seit mehreren Stationen nicht mehr gehalten hatte, hier aber konnte sie den düsteren Fahrgast auch nicht ausmachen.

Der dunkle Wald jagte ihr heute Nacht keine Angst ein. Nichts konnte im Moment das gerade Erlebte und die kratzige Erinnerung in ihrem Pullover übertreffen. Ihr erster Impuls wäre es normalerweise wahrscheinlich gewesen, die Situation nicht überzubewerten, aber sie war alarmiert und rief sich unwillkürlich den Abend und ihre Kollegen in Erinnerung. Als sie im Theater angekommen war, war noch nichts Verdächtiges in ihrer Kleidung gewesen. Sie versuchte, alle Möglichkeiten in Betracht zu ziehen und nicht sofort an Pia zu denken, aber es fiel ihr schwer.

Endlich konnte sie ihr Haus sehen. Es erwartete sie wie eine leuchtende Insel in der Dunkelheit, und sie verspürte Erleichterung. Es dauerte einige Sekundenbruchteile, bis sie realisierte, was sie da sah. Dann aber schoss das Entsetzen in jede Faser ihres Körpers und kribbelte in ihren Armen und Fingern. Etwas griff plötzlich nach ihren Knöcheln und zerrte sie zu Boden.

Die Stiche in ihrem Rücken, das Licht, das nicht sein durfte …

Die Realität bekam einen Riss, spaltete sich und legte sich in zwei nicht deckungsgleichen Schichten nur unzureichend wieder aufeinander. Der stumme Schrei in Hazel barst in einer Explosion aus Licht in ihrem Kopf.

Der Schmerz war real und erschreckend.

Vor der unheimlichen Kulisse fiel sie auf die Knie, den Kopf in ihren Händen verborgen.

Kapitel 11

Die Luft war eisig und duftete nach Kamin und Herbst.

Um sie herum war es still, als Hazel sich nach einer ganzen Weile wieder aufrappelte. Sie strich sich modriges Laub von den feuchten Knien. Da war die gegabelte Wurzel, die sie gerade von den Beinen geholt hatte. Hoffentlich hatte niemand gesehen, wie sie minutenlang auf dem kalten Boden gehockt hatte. Aber die Straße war um diese Uhrzeit zum Glück menschenleer.

Im dunstigen Licht einer Straßenlaterne erkannte sie, dass an einem der aufgeweichten Blätter ein halber Regenwurm klebte. Und die andere Hälfte? Oh, bitte nicht! Angewidert pflückte sie den traurigen Rest des glibberigen Wurms mit einem Taschentuch von ihrer Jeans. Für einen kurzen Moment war ihre Panik unterbrochen, doch dann kehrte Hazel ins Hier und Jetzt zurück. Wenn sie den Blick hob, konnte sie ihr Haus sehen. Leuchtend in der dunklen Nacht. Das Licht war ein stummer, aber eindringlicher, Willkommensgruß in den der Straße zugewandten Fenstern. Ganz offensichtlich wurde sie erwartet.

Ihr Herz raste. Der Škoda stand nicht vor der Tür, Villem war also nicht unerwartet früher nach Hause gekommen. Selbst wenn, eine solche *Überraschung* würde er ihr nicht antun. Abgesehen davon konnte sie sich keine vernünftige Erklärung dafür vorstellen, nachts um drei Uhr für Festtagsbeleuchtung zu sorgen.

Apropos Festtag. Die zwei Botschaften fielen ihr nun wieder ein. *Ich komme* und *Dich zu holen*. In einem Neunziger Jahre TV-Thriller könnte so das Finale beziehungsweise der *Festtag* für den psychopathischen Stalker eingeleitet werden. In diesem Fall würde das alles vielleicht Sinn machen.

Aber das waren wenig hilfreiche Hirngespinste. Jetzt war es erst einmal wichtig, dass sie sich beruhigte und sachlich überlegte, was sie nun tun sollte. Sie würde gleich hineingehen, natürlich würde sie das tun, und nach dem Rechten sehen. Zuvor suchte sie aber ihr Handy aus der Handtasche und schob es in ihre Hosentasche. Sie spürte es dort deutlich und fühlte sich dadurch gleich ein klein wenig sicherer. Dennoch zitterten ihre Beine, als sie sich überwand und auf ihr Zuhause zulief.

Sie fühlte sich außerdem beobachtet. Wie eine Ratte bei einem Experiment, die genau die für sie vorgesehenen Wege nahm und am Ende den entscheidenden Hebel betätigte.

Hazel schaute beklommen zu den Fenstern hinüber, den zu dieser Zeit normalerweise schwarzen Löchern, aus denen das Licht heute grelle Schneisen in die Dunkelheit schnitt. Waren da Schatten, die nicht hierhergehörten? Sie konnte niemanden ausmachen, und zumindest auf den ersten Blick auch nichts Ungewöhnliches erkennen.

Trotz allem war es gar nicht so unwahrscheinlich, dass es für all das eine plausible Erklärung gab, versuchte sie sich zu beruhigen. Zum einen war es natürlich möglich, dass sie, als sie am frühen Abend zur Arbeit aufgebrochen war, vergessen hatte, das Licht zu löschen. Möglich, aber absolut untypisch. So etwas war ihr vorher noch nie passiert. Und sie konnte sich nicht erinnern, das Licht in der Küche überhaupt eingeschaltet zu haben. Mein Gott, wie sie hoffte, dass sie sich täuschte.

Dann gab es noch eine minimale Chance, dass Villem dahintersteckte. In diesem Fall würde sie ein ernstes Wörtchen mit ihm reden müssen. Dennoch hoffte sie beinahe, dass er, ein einziges Mal, so unsensibel gewesen war, ihr einen solchen Schrecken einzujagen. Unabsichtlich, das ja, und sie wäre auch sofort bereit, ihm zu vergeben.

So, jetzt war sie da und trat an die Haustür heran. Sie zog ihren Schlüssel hervor, während das Blut in ihren Ohren rauschte. Mit zittrigen Fingern schloss sie auf und betrat vorsichtig das Haus, das schon so lange Zeit ihr sicherer Hafen war. Jetzt hatte sie das beklemmende Gefühl, in eine Falle zu tappen. Der Brotkrumenspur eines Unbekannten völlig berechenbar gefolgt zu sein.

Mit dem trügerischen Gefühl, so eher entkommen zu können, ließ sie Mantel und Schuhe fürs Erste an. Vor wem oder was sie fliehen sollte, war allerdings unklar.

Sie zog die Tür hinter sich zu und verstaute den Schlüssel in ihrer anderen Hosentasche. Das Handy hatte sie weiterhin griffbereit, sie spürte den Druck der flachen, rechteckigen Form beruhigend an ihrem rechten Oberschenkel.

Eine andere Empfindung war ganz und gar nicht beruhigend: In der Luft lag eine greifbare Spannung. So, als sei noch eine weitere Person im Haus. Ein zusätzlicher Herzschlag, ein verborgenes Paar geweiteter Augen. Ein krankes Hirn, das darauf wartete, dass sie den Hebel in diesem verrückten Laborexperiment betätigte.

Während sie sich vorsichtig umsah, streifte sie mit ihrer Schulter die Bügel in der Garderobe und erschrak bei deren leise klackerndem Geräusch. Außerdem war da wieder der spitze Schmerz, den sie schon fast vergessen hatte, obwohl ihm vor einer knappen halben Stunde noch all ihre Gedanken gegolten hatten. Jetzt musste er warten.

Sie war ein Nervenbündel. Mit der Hand unterbrach sie die Bewegung der Kleiderbügel und atmete tief durch. So gut es eben ging. Aber schließlich hatte sie keine Wahl. Sie würde die Nacht im Haus verbringen müssen, denn wo sonst sollte sie um diese Uhrzeit hin?

Aber was, wenn jemand sie hier erwartete? *Ich komme,* wisperte eine Stimme in ihren Gedanken, *Dich zu holen,* und sie konnte sie nicht abstellen. Derjenige war womöglich jetzt hier.

So ein Unsinn. Zunächst einmal war es wichtig, dass sie bei Verstand blieb. Wenn beispielsweise ein Einbrecher hier gewesen sein sollte, würde er doch nicht warten, bis die Hausherrin zurückkam. Oder? Außerdem würde er wohl kaum für eine solche Beleuchtung sorgen. Nein, es musste eine andere Erklärung dafür geben, und egal, wie diese aussehen mochte, sie musste jetzt erst einmal herausfinden, ob noch jemand im Haus war.

Hazel begann mit der Küche. Ihr Herzschlag beschleunigte sich abermals, als sie diese vorsichtig betrat und alles, auch den Totraum hinter der Tür, kontrollierte. Nannte man das so? Totraum? Sie wusste es nicht genau. Wichtiger aber war, dass hier niemand stand. Und was jetzt? Sollte sie das Licht anlassen? Sie entschied sich dafür, es auszuschalten und die Tür abzuschließen. Den Schlüssel nahm sie wie zuvor wieder an sich.

Jetzt weiter, den hell erleuchteten Flur entlang. Sie betrat das Wohnzimmer und fuhr zusammen, als sie die schmächtige Silhouette einer Gestalt erblickte, die sich zögerlich auf sie zubewegte. Ihr Herz hämmerte unvermindert in einem harten Staccato, als sie ihre eigene Reflektion an der Scheibe erkannte, hinter der der Rollladen, wie von ihr persönlich programmiert, schon seit Stunden heruntergefahren war. Sonst war hier augenscheinlich niemand.

Inzwischen war es Hazel unangenehm warm geworden. Sie legte nun doch den Mantel ab, ließ die nicht ganz sauberen Schuhe jedoch an. Auch wenn sie das obere Stockwerk normalerweise nicht mit Straßenschuhen betraten und ihr das grundsätzlich widerstrebte, hätte es ihr in dieser Situation doch nicht gleichgültiger sein können.

Als Nächstes ging es durchs taghelle Treppenhaus zum Schlafzimmer. Dass sie selbst vergessen hatte, das Licht auszuschalten, konnte sie jetzt ausschließen, denn weder in der Küche noch im Schlafzimmer hatten die Lampen heute Nachmittag überhaupt gebrannt. Sie war sich jetzt ganz sicher. Ihr war schlagartig richtig übel.

Sie überlegte fieberhaft. Ihr Gedächtnis funktionierte normalerweise zuverlässig. Aber sie war abgelenkt gewesen und in Gedanken bei der Überraschung für Jenny. Vielleicht täuschte sie sich doch. Das Licht auszuschalten war eine alltägliche Verrichtung, womöglich spielte ihre Erinnerung ihr daher einen Streich und sie hatte es einfach vergessen. Schwer vorstellbar, aber nicht ausgeschlossen.

Dennoch war sie nicht wirklich beruhigt. Dies waren immerhin die privatesten Räume im Haus und allein die Vorstellung, dass hier jemand eingedrungen sein könnte, war schwer zu ertragen.

Schluss! Bisher hatte sie keinen Hinweis darauf gefunden, dass ein möglicher Eindringling hier war. Abgesehen von ihrem unguten Gefühl natürlich, aber dem sollte sie vernünftige Maßnahmen entgegensetzen, wenn sie die Nacht hier verbringen wollte.

Einer dieser Schritte war die Kontrolle des gesamten Hauses. Darunter fielen auch die kleine Dachkammer und der Geheimgang, der von dort aus abging und aus dem sie am Nachmittag das Geschenkpapier geholt hatte.

Überall war das Ergebnis negativ. Im ersten Stock hatte nur im Schlafzimmer das Licht gebrannt, und es war ganz offensichtlich niemand außer ihr im Haus. Obwohl ... bis jetzt hatte sie die zwei Kellerräume und den Heizungskeller noch nicht kontrolliert. Sie überlegte nicht lange, sondern lief ins Untergeschoss und verschloss die Räume von außen. Dort würde sie erst dann nachsehen, wenn der neue Tag angebrochen und die Geister der Nacht vertrieben worden waren.

Einen Punkt hatte sie bisher noch komplett außer Acht gelassen. Wohl weil er ihr unter den gegebenen Umständen nicht vorrangig und wichtig erschienen war. Andererseits konnte es vielleicht zu ihrer Beruhigung beitragen, zu wissen, dass der Eindringling lediglich an monetären Werten interessiert gewesen war. Sie ging zu dem Tresor im Schlafzimmer, in dem sie Bargeld und ihren etwas teureren Schmuck deponiert hatten, und gab den Code ein. Die Enttäuschung, als sie all ihre Besitztümer unbeschädigt und vollständig in dem kompakten Würfel liegen sah, war einerseits widersinnig, andererseits aber auch verständlich, denn damit hatte sie Gewissheit, dass der Eindringling sie oder Villem oder sie beide im Fadenkreuz gehabt haben musste.

Inzwischen war es fast vier Uhr früh und sie beschloss, es für den Moment gut sein zu lassen. Was im Grunde zwar nicht möglich war, aber ganz offensichtlich konnte sie jetzt nicht mehr tun. Morgen früh würde sie sofort den Schlüsseldienst rufen und das Haustürschloss austauschen lassen. Es war immerhin ein Notfall, und sollte man ihr keinen schnellen Termin anbieten können, blieb immer noch die Möglichkeit, in einer Pension zu übernachten.

Sie stieg noch einmal die Treppen ins Erdgeschoss hinunter, streifte dort nun endlich ihre Schuhe ab und schaltete die Lichter im Wohnzimmer und Flur aus. Mit einem mehr als unguten Gefühl im Magen machte sie sich im oberen Bad notdürftig bettfertig. Ihren Pullover zog sie besonders vorsichtig aus. Dabei fielen vier von fünf Dornen auf die steingrauen Kacheln. Zum Glück waren sie nicht tief eingedrungen, die Kratzer waren nur oberflächlich und hatten schon aufgehört zu bluten.

Dieser Sache würde sie sich allerdings irgendwann anders widmen. Für heute Nacht schloss sie sich im Schlafzimmer ein, das vermutlich einer der sichersten Räume in der aktuellen Situation war, denn von hier aus hatte sie die Möglichkeit, über den Balkon in den Garten zu fliehen, falls das nötig sein sollte. Darüber, warum es so weit kommen sollte, versuchte sie sich keine Gedanken zu machen, scheiterte aber kläglich.

In den wenigen ruhelosen Stunden, die von der Nacht noch übrig waren, überlegte sie, den Vorfall der Polizei zu melden. Andererseits wollte sie nicht hysterisch erscheinen. Außerdem hatte sie schon vor langer Zeit, in einem ganz anderen Zusammenhang, beschlossen, zu dieser Wolfsstunde keine Entscheidungen zu treffen. Es müsste eigentlich reichen, die Schlösser von Haus- und Hintertür auszutauschen, und darum würde sie sich gleich morgen früh kümmern.

Nicht auf morgen früh hingegen ließ sich der Gedanke an die Botschaften im Theater verschieben. Er rumorte hartnäckig in ihrem überwachen Bewusstsein und war nicht zum Schweigen zu bringen. Wenn sich tatsächlich einer ihrer Kollegen einen üblen Scherz mit ihr erlaubte, würden diese sie einmal von einer ganz anderen Seite kennenlernen. Die Wut, die womöglich völlig gegenstandslos war, fühlte sich in diesem Augenblick zumindest besser an als die lähmende Angst.

Jedenfalls war es das, was sie glauben wollte.

Kapitel 12

Wie erwartet, hatte Hazel kaum ein Auge zumachen können in dieser Nacht.

Eingeschlossen in ihrem Schlafzimmer hatte das Gedankenkarussell sie einfach nicht zur Ruhe kommen lassen. Kurz bevor der Wecker klingelte, musste sie aber doch für ein paar Minuten eingenickt sein. Lange genug jedenfalls für einen Albtraum der schlimmeren Sorte.

Dessen zentrales Geschehen hatte darin bestanden, dass sie vor Orla durch den Wald in Richtung ihres Hauses geflohen war. Dabei trug sie deren lilafarbene Miniatur-Pfauenfedern-Pantoffeln. Weil diese ihr jedoch viel zu klein waren, waren ihre Zehen unter die Fußsohle zusammengebunden. Sie konnte sie bei jedem Schritt knacken hören und spürte seltsam teilnahmslos, wie sie brachen. Orla rief unablässig hinter ihr her, dabei wurde ihre Stimme von den Bäumen bizarr verzerrt. Sie klang viel tiefer und dröhnte von allen Seiten durch den Wald. In Wahrheit war Orla der Wald, der zu ihr sprach. »Haltung, Madame, Haltung! Verschlinge ihn, während er langsam stirbt!« Die alte Lehrerin winkte wie irre mit einem zappelnden Fisch, an dem fettige, schmierig-rote Soße hinab lief und zu den Seiten spritzte. Ein penetranter Gestank nach dem todgeweihten Tier stieg ihr in die Nase. Von allen Seiten überflutete sie Orlas gurgelndes Lachen. »Du bist wie er!«

Spätestens nach diesem verrückten Traum, der sich viel wahrer angefühlt hatte, als sie zugeben wollte, hatte Hazel es aufgegeben, Schlaf zu finden. Sie war immer noch viel zu aufgewühlt von den Schrecken der Nacht.

Um ihre wild umherblitzenden Gedanken zu zügeln, hatte sie in den schlaflosen Phasen eine innere To-do-Liste erstellt. Sie war die wenigen Punkte immer wieder durchgegangen, bis diese Routine sie ein wenig beruhigt hatte. Immerhin gab es Dinge, die sie tun konnte, ja sogar tun musste. Eines war jedoch sicher: Sie würde keine weitere Nacht ungeschützt in diesem Haus verbringen.

Sie griff nach ihrem Handy und suchte, noch im Bett sitzend, die Telefonnummer eines großen Schlüsseldienstes heraus. Kurzentschlossen rief sie dort sofort an, erreichte jedoch nur ein Band, das sie darüber informierte, dass man wochentags von 08.00 – 17.00 Uhr erreichbar sei. Ihr Blick fiel auf den kleinen Reisewecker auf ihrem Nachttisch. Es war viertel nach sieben. Na gut. Sie speicherte die Nummer in ihrem Adressbuch und hatte nun den einen Punkt ihrer inneren Liste vor sich, der ihr am meisten Angst machte: die Kellerräume.

Zuerst einmal verschwand sie im Bad und machte sich in Rekordzeit fertig. Ihre Nervosität war fast unvermindert wieder da, und sie wollte die Kontrolle der drei Räume, die sie heute Nacht einfach nur verschlossen hatte, möglichst bald hinter sich bringen. Jäh wanderten ihre Gedanken zu Villem. Sie sollte ihn über das, was passiert war, informieren und wünschte sich, davon einmal abgesehen, momentan auch nichts mehr, als seine Stimme zu hören. Aber zum einen stand er vermutlich gerade unter der Dusche, und zum anderen fürchtete sie, dass die Sehnsucht nach ihm sie in dieser speziellen Situation schwächen würde. Besser, sie stellte das Telefonat als Belohnung hinter die Kelleraufgabe.

Was helfen konnte, gegen die Angst zu bestehen, war ihr Beruf. So seltsam die Methode für andere auch klingen mochte, als so wirksam hatte sie sich in anderen, weniger bedrohlichen Situationen schon erwiesen. Hazel stellte sich vor, sie spiele eine Rolle. Diese war zu nahezu hundert Prozent an ihr wahres Leben angelehnt, nur dass, anders als in der Realität, ein Happy End bereits vorgegeben war. Und dass sie, wo ihre körperliche Stärke nicht ausreichte, den Feind mit Köpfchen besiegen würde. Dabei war eigentlich nur ihre innere Haltung von Bedeutung. Da war das Thema ja schon wieder. Womöglich hatte Orla nicht ganz unrecht. Die Erinnerung an den Traum von vorhin blendete Hazel dennoch schnell wieder aus.

Mit den Schlüsseln in der einen, dem Handy in der anderen Hand, lief sie mit zittrigen Knien die Treppen bis ins Untergeschoss hinunter. Dort schaltete sie das Licht ein und sammelte sich.

Sie würde jetzt gleich die Kellertüren öffnen und nachschauen. Allein bei der Vorstellung stieg ihr jetzt schon beschleunigter Puls noch um ein paar Schläge an. Sie versuchte, sich zu beruhigen. Der Gedanke, dass bestimmt einer ihrer Kollegen hinter der ganzen Sache steckte, half ihr dabei. Denn es war ja auch wirklich naheliegend. Zu gut passte das alles mit den Botschaften und den Dornen zusammen. Dass hier der Zufall seine Hand im Spiel hatte, konnte sie sich eigentlich nicht vorstellen. Wenn sie recht haben sollte, verlor die ganze Episode gleich ihren Schrecken.

Ihr Herz glaubte ihrem Kopf allerdings kein Wort und schlug weiter wie wild. Hazel wählte die Nummer der Polizei, gab den Anruf jedoch nicht frei. Sie behielt das Smartphone in der Hand, während sie zunächst an der Tür zum Wäschekeller lauschte und dann zaghaft den Schlüssel im Schloss drehte. Als sie die Klinke hinunterdrückte, rechnete sie fast damit, im nächsten Moment überwältigt zu werden. Tatsächlich passierte ... nichts.

Die Kontrolle des zweiten Kellerraums fiel Hazel bedeutend leichter, und auch hier verbarg sich kein Eindringling.

Schließlich musste sie nur noch den Heizungskeller überprüfen. Das machte sie wieder nervöser, denn wenn man ehrlich war, war dieser Raum ein perfektes Versteck. Die Temperaturen waren angenehm und vor allem herrschte hier eine beträchtliche Geräuschkulisse. Hazel erinnerte sich daran, wie sie nach ihrem Einzug Freunden von dem *kleinen Gewitter* im Keller erzählt und damit die erstaunlichen Betriebsgeräusche der Heizung gemeint hatte. Dass sie von draußen nichts Verdächtiges hörte, konnte also nicht als Entwarnung gelten.

Sie zog vorsichtig die schwere Sicherheitstür auf. Wie die beiden anderen Kellerräume lag auch der Heizungskeller in kaltem bläulichem Licht vor ihr. Ihr Blick huschte hektisch über Eimer, Werkzeuge, Fahrräder und alles, was über die Jahre hinweg seinen erst provisorischen, dann dauerhaften Platz hier gefunden hatte. Darüber hinaus konnte sie allerdings nichts Verdächtiges erkennen.

Fürs Erste erleichtert, atmete sie tief durch und stieg die Stufen ins Erdgeschoss hinauf. Es waren dreizehn. Einmal sechs und einmal sieben. Die Dinge zu zählen, war manchmal ein Tick von ihr. Manchmal deshalb, weil es von ihrem Stresslevel abzuhängen schien, ob sie diesem Spleen nachging oder nicht.

Auf dem Weg ins Wohnzimmer machte sie sicherheitshalber einen kleinen Umweg über Garderobe und Küche, nur um sich noch einmal zu vergewissern, dass auch hier alles in Ordnung war. Dann betrat sie das Wohnzimmer, in dem sie dringend mal wieder staubsaugen sollte, denn große Staubflusen tanzten um ihre Füße, als sie über den hellen Fliesenboden lief. *Später*, entschied sie. Das war jetzt nicht wichtig.

Jedenfalls nicht so wichtig, wie die drei nächsten Punkte auf ihrer To-do-Liste: die Telefonate mit Villem, dem Schlüsseldienst, der in wenigen Minuten erreichbar sein sollte, und die Absage des Treffens mit Orla heute Nachmittag. Vorausgesetzt, es klappte mit dem Termin für den Austausch der Schlösser zwischen Probe und Aufführung.

Villem erreichte sie auf dem Weg in den Frühstückssaal. Sie spürte, dass er mit den Gedanken nicht ganz bei ihr war, und zwar nicht erst, als er überraschend gelassen auf ihre Neuigkeiten reagierte. Ob es ihr gut gehe? Ja? Gut. Ob etwas Wertvolles weggekommen sei? Nein? Gut. Sie merkte, dass der Zeitpunkt gerade nicht passte, auch wenn er ihr das nicht sagen würde, um sie nicht vor den Kopf zu stoßen. Seine Höflichkeit brachte sie jetzt jedoch nicht weiter. Egal, sie konnten das auch später noch besprechen. Hazel merkte, dass Ärger in ihr aufstieg, und der Nervosität ihren Raum streitig machte.

Was sicher gar nicht so schlecht war. Die beiden ausstehenden Telefonate waren schnell erledigt und wenn alles klappte, würden die neuen Schlösser eingebaut sein, bevor sie am Abend zur Arbeit ging. Orla hatte den Termin klaglos auf den morgigen Nachmittag verlegt. Nach dem Traum von heute Nacht war Hazel das nur recht. Sie erschauderte erneut bei der Erinnerung daran. Außerdem hatte sie so noch einige Stunden mehr Zeit, um sich auf die schonungslosen Fragen und Schlussfolgerungen ihrer alten Lehrerin vorzubereiten, was ihre Gedanken immerhin in andere Bahnen lenken würde.

Und jetzt? Hazel überlegte nicht lange. An ihren Frühstücksgewohnheiten hatte sich zwar nichts geändert, aber sie würde die Zeit vor der Probe heute dennoch für eine kurze Einkehr im Café Goethe nutzen. Besser, als hier im Haus zu sitzen und die ganze Zeit auf verdächtige Zeichen zu achten, war das allemal.

Während der Busfahrt in die Stadt musste sie unweigerlich an die Dornen in ihrem Pullover denken. Als sie gestern am späten Nachmittag ins Theater gefahren war, waren sie definitiv noch nicht da gewesen. Zu diesem Zeitpunkt hatten sie sich vermutlich noch an einer Rose befunden. Sie war ziemlich sicher, dass es sich dabei um die langstielige Rose gehandelt hatte, die Pia Jenny um Mitternacht überreicht hatte. Wenn sie daran dachte, wie schön die Stimmung gestern am späten Abend gewesen war und wie bereitwillig sie jegliche Zickereien der Kollegin für ein paar Stunden vergessen hatte, während diese in Wirklichkeit schon ihre nächste Attacke vorbereitet hatte, wurde ihr fast übel.

Der Bus hielt jetzt am Theater. Immer noch in Gedanken stieg sie aus und lief die Straße zum Café hinunter.

Sie war wahrscheinlich hoffnungslos naiv gewesen, während Pia die nächste Gemeinheit eingeleitet hatte. So richtig konnte sie es, wenn sie ehrlich war, immer noch nicht fassen. Dieses Verhalten erschien ihr dermaßen unreif und einer erwachsenen Frau unwürdig, dass sie keine Ahnung hatte, wie sie darauf reagieren sollte. Wahrscheinlich würde sie Pia irgendwann darauf ansprechen müssen, aber im besten Fall wäre sie dann schon längst nicht mehr hier und Pias jämmerliches Mobbing Geschichte.

Für den Moment fühlte sich dieses Szenario, wie so oft in letzter Zeit, nach einer gangbaren Lösung an. In jedem Fall erleichterte es ihre Gedanken.

Hazel betrat jetzt das Café Goethe und suchte sich einen ruhigen Platz in der Ecke. Sie bestellte einen Cappuccino und ein Croissant und überlegte, ob sie es noch einmal bei Villem versuchen sollte, aber das war eine dumme Idee und sie wusste das auch. Daran, dass er ihr fehlte, änderte es jedoch nichts. Vielleicht würde sie später ...

»Vorhang auf für einen weiteren sterbenslangweiligen Tag in Ihrem Stadttheater! Ist hier noch ein Platz frei, gnädiges Fräulein?«

Elliott! Als hätte er es gewittert, dass sie heute ausnahmsweise einmal hier frühstücken würde. Was eine absolute Ausnahme darstellte. Er hatte das nicht ahnen können. Sie versuchte, sich ihre Irritation nicht anmerken zu lassen, und stieg in Schauspielerinnen-Manier auf seine Frage ein. »Bin weder Fräulein, weder schön ...«

»Ach, Gretchen, komm schon, ich kann dich doch hier nicht so ungeleit' sitzen lassen.« Elliott lächelte sichtlich zufrieden und nahm Platz.

»Nun, Sie sitzen ja schon, Herr Faust«, gab Hazel trocken zurück. Sie fühlte sich überrumpelt und hatte keine Ahnung, wo Elliott auf einmal hergekommen war.

»Ich hab dich an der Bushaltestelle gesehen«, sprang er jetzt aus seiner Rolle heraus, »und dann bin ich dir einfach gefolgt.«

»Ach, und jetzt?« Hazel scheiterte an einem Lachen und sah den Kollegen fragend an.

»Und jetzt«, griff Elliott ihre Worte auf, »habe ich eine Frage.«

»Nämlich?« Ihr wurde unangenehm warm.

»Nämlich ...« Elliott ließ das Wort genüsslich wirken »... folgende: Was hast du vor, Hazel-Maus?«

Kapitel 13

Hazel erstarrte. »Wie meinst du das?«

Elliott konnte schließlich nichts von ihren Plänen wissen. Sie versuchte, sich nichts anmerken zu lassen. Wahrscheinlich aber mit mäßigem Erfolg.

»Du kannst mir nicht ernsthaft vormachen wollen, dass du dich mit dem hier«, Elliott vollführte eine unbestimmte Geste, »zufriedengibst. Die anderen, ja, von denen erwarte ich nicht mehr. Von den meisten jedenfalls nicht. Die sind satt und zufrieden mit ihren zwei Stunden täglichen Ruhms.« Er malte Gänsefüßchen in die Luft. »Da ist jeglicher Antrieb verloren gegangen. Aber du, du bist anders.«

»Ach?« Hazel war erleichtert. Elliott hatte keine Ahnung, wie nah er der Wahrheit gekommen war. Auch wenn die Dinge ganz anders lagen, als er vermutete.

»Natürlich. Jeder, der Augen im Kopf und ein Künstlerherz hat, versteht das, sobald er dich auf der Bühne sieht. Für dich ist das hier doch nur eine Zwischenstation auf dem Weg nach ganz oben.«

»Ist es das auch für dich?«, spielte sie den Ball zurück.

»Nein, nein, lenk mal nicht ab«, Elliott rückte auf die Stuhlkante vor und sah ihr fest in die Augen. »Die Sache ist, dass man es dir anmerkt.«

»Wie meinst du das?«

»So, wie ich es gesagt habe. Du spielst die Christiane mit links. Vollkommen routiniert. Du bist gut, natürlich bist du das, aber zugleich hakst du die Rolle Abend für Abend einfach ab.« Sein Blick verlor sich. Es war, als fiele er in sich selbst zurück.

»Ich weiß nicht, worauf du hinauswillst.« Hazel wurde es wärmer, als noch angenehm war.

Elliott starrte auf die Tischplatte. Hazel war sich nicht sicher, ob er sie gehört hatte oder ob seine Gedanken längst weg geblitzt waren.

»Worauf ich hinauswill?«, flüsterte er just in diesem Moment und sah sie immer noch nicht wieder an. Er hielt den Kopf weiter gesenkt, öffnete jetzt jedoch seine Hände, als hätten sie etwas verborgen, das jetzt verschwunden war. »Na, auf die Leidenschaft. Auf *deine* Leidenschaft! Denn sie war da.« Endlich hob er den Kopf. »Sie war da, ich habe sie gespürt, aber jetzt ...« Er hob die Augenbrauen und riss seine Hände auseinander. »... jetzt ist da nichts mehr von dir.«

Hazel war Typen wie Elliott in ihrem Beruf öfter begegnet. Mit einigen hatte es kein gutes Ende genommen. Aber sie verstand ihn. Sie war in der Lage, seine pure Emotion in so etwas wie eine rationale Frage zu verwandeln. Was die Situation nicht gerade leichter machte.

»Ich weiß nicht, was ich sagen soll«, versuchte sie, Zeit zu gewinnen.

»Du bist beinahe schon weg. Und bald wirst du gar nicht mehr hier sein.« Er klang betrübt und ein wenig, als habe er abgeschlossen. Womit genau, war Hazel nicht ganz klar. Immerhin hatten sie erst seit ein paar Tagen etwas mehr miteinander zu tun.

»Bye-bye, Hazel-Maus. Hello ... Jenny!«

Hazel musste sich eingestehen, dass sie aus Elliott einfach nicht schlau wurde. Dieser strahlte sie jetzt an wie ein Zauberer, der das Verschwinden der Jungfrau feierte. Es war gut möglich, dass das alles nur wieder eine große Elliott-Show war. Ein Schuss ins Blaue, und dass sie sich vollkommen unnötig Sorgen machte. Was hieß überhaupt Sorgen? Selbst, wenn er von ihren Plänen wissen sollte, was de facto unmöglich war, dann wäre es eben so. Die Bombe würde sowieso bald platzen. Obwohl sie das Geheimnis am liebsten erst im Finale lüften würde, konnte sie doch jederzeit dazu stehen.

»Jetzt mach aber mal halblang«, versuchte sie, ihrem Einwand einen komischen Unterton zu verleihen. »Auch wenn du meine Leidenschaft vermisst, was nebenbei bemerkt eine ganz schön heftige Kritik ist ...« Sie drohte spielerisch mit dem Zeigefinger und fühlte sich dabei wie eine richtig schlechte Schauspielerin. »... bin ich doch immer noch hier, und habe auch nicht vor, das so bald zu ändern.« Das war natürlich gelogen, war ihr aber einfach so herausgerutscht.

»Na dann«, meinte Elliott, als sei nichts gewesen. »So oder so wird das Schlimmste aber nicht passieren.«

»Das da wäre?«

»Pia wird niemals die Christiane spielen und mit ein bisschen Glück auch keine andere Hauptrolle.«

»Na, die Christiane könnte sie schon ...«

»Nein, könnte sie nicht, und dass du das nicht verstehst, sagt mir einiges.«

»Mir sagt dieses Gespräch vor allem, dass du ganz schön überheblich bist.«

»Ich?«

»Ja. Und selbstgerecht.«

Elliott überlegte kurz, bevor er sanfter, wie um einem kleinen Kind einen nicht ganz einfachen Sachverhalt näherzubringen, fortfuhr: »Wenn Pia sich mit allem, was sie zu geben fähig ist, in eine Rolle wirft, dann kommst du und fegst sie und uns alle mit einem Wimpernschlag davon.«

Hazel runzelte die Stirn.

»Dir ist das anscheinend wirklich nicht bewusst, das verstehe ich jetzt erst richtig. Aber wenn dem so ist«, jetzt war sein Blick völlig klar, »dann glaube einem Stümper wie mir, dass es wahr ist. Du bist auf dem besten Weg dazu, eine Legende zu werden. Wer dich einmal gesehen hat, nein, wer deine Präsenz gespürt hat, wird nicht wagen, etwas anderes zu behaupten.«

»Ach, Elliott.« Hazel konnte nichts dagegen tun, sie hatte bei seinen Worten eine Gänsehaut bekommen. Das änderte jedoch nichts daran, dass er sich grausam täuschte. »Am Stadttheater werden keine Legenden geboren.« Es war albern, aber plötzlich überkam sie eine große Traurigkeit und ihr Lächeln verschwand beinahe.

»Warte einfach ab, Hazel-Maus«, sagte Elliott. »Und dann, auf den großen Bühnen dieser Welt, denk an mich.«

Es war ein seltsamer Moment. Hazel fehlten plötzlich die Worte, und dann war die Gelegenheit vergangen.

»Aber jetzt«, Elliott winkte dem jungen Kellner, »zahle ich erst einmal. Keine Widerrede, ich werde immerhin erzählen können, dass ich der großen Karelius in ihren jungen Jahren einen Cappuccino ausgegeben habe. Das wird ein ewiger Sonnenstrahl in der Tristesse meiner alten Tage sein.«

»Spinner«, sagte Hazel lachend. Es war seltsam, aber sie fühlte sich sicher mit Elliott. Zum ersten Mal, seit sie gestern im Bus die Dornen in ihrer Kleidung gespürt hatte, war die latente Ahnung einer Bedrohung verschwunden, obwohl ihr allzu bewusst war, dass es dafür keinerlei objektiven Grund gab. Aber sie hatte ihrem Gefühl schon immer ein größeres Stimmrecht eingeräumt als der Vernunft und glaubte daher, ihm trauen zu können. Ihrem Gefühl ebenso wie Elliott.

»Wir sind spät dran«, sagte er gerade. »Das lässt hoffen, dass Pias Drama bereits ein Ende gefunden hat.«

»Pias Drama?«, fragte Hazel stirnrunzelnd.

»Mama und Papa kommen nicht zu ihrer Vorstellung. Wahrscheinlich den Rest des Jahres nicht. Das ist auch kein Wunder, bei der nachrangigen Rolle, die man ihr völlig zu Unrecht ... blablabla.«

»Ich verstehe«, meinte Hazel nachdenklich. »Du kennst ihre Eltern?«

»Kennt sie jemand in der Theaterwelt, ach, was sage ich, im Kulturbetrieb, nicht?«

»Kaum vorstellbar, das stimmt.« Es war ein offenes Geheimnis, dass Pia in einem Künstlerhaushalt aufgewachsen war. Ihr Vater hatte seit Jahren eine große Intendanz inne, ihre Mutter orientierte sich jetzt, zum Ende einer großen Schauspielkarriere, eher in Richtung Charity und tanzte in der Branche auf allen Bällen.

»Ist wahrscheinlich auch nicht leicht«, meinte sie.

»Wahrscheinlich nicht«, erwiderte Elliott in äußerst gleichgültigem Ton.

»Warum warst du eigentlich schon da?«, wechselte Hazel das Thema.

»Im Theater? Ich war heute einfach nur früh dran.«

»Hmhm, und dann bist du vor Pia geflohen.«

»Eigentlich wollte ich nur ein bisschen frische Luft schnappen, aber dann habe ich dich gesehen, wie du aufs Goethe zugesteuert bist und gedacht, dass das doch eine gute Idee ist.«

»Hast aber nichts bestellt?«

»Ich meinte, es sei eine gute Idee, dich hier abzuholen«, verdeutlichte Elliott.

Hazel wurde eiskalt. *Dich zu holen.* Verdammt, sie hatte allein das rätselhafte Auftauchen der Botschaften berücksichtigt, deren Inhalt aber viel zu sehr vernachlässigt. Was, wenn der Verfasser es tatsächlich auf sie abgesehen hatte? Wenn er, wütend darüber, seine Beute nicht in ihrem Haus angetroffen zu haben, das Licht als Gruß und Vorwarnung brennen gelassen hatte?

»Und auch endlich mal mit dir zu reden. Immer im Theater, mit den anderen und so, das ist doch nicht dasselbe«, fuhr Elliott jetzt fort.

»Ja ... ja, natürlich«, stammelte sie und verfluchte ihre Naivität und ihr trügerisches Sicherheitsgefühl. Was, wenn nicht Pia hinter den Botschaften steckte, wie sie automatisch angenommen hatte? Was, wenn ihr Verfolger nicht hinter ihrer Rolle, sondern ihrem *Leben* her war?

Hazel versuchte, sich nichts anmerken zu lassen. Eine der schwierigeren Schauspielübungen. So tun, als sei nichts. Als sei alles normal. Sobald man nämlich darüber nachdachte, wie man *normal* war, wurde das zur größten Herausforderung von allen.

Sie sagte erst einmal nichts weiter und lief wie ein Hündchen neben Elliott her durch den Bühneneingang ins Theater.

Johnny polierte gerade die Scheiben seiner Pförtnerloge und zog energische Bahnen mit dem Fensterleder. »Guten Tag, ihr zwei. Jetzt aber flott«, rief er ihnen fröhlich zu. »Ihr wisst doch, was man über den späten Vogel sagt!«

Hazel kannte die frohe Prophezeiung für den frühen Vogel. Dem späten drohte vermutlich ein ähnliches Schicksal, wie seinem am Morgen singenden Kumpel. Sie wollte jetzt nicht näher darüber nachdenken. Außerdem schob sich eine allzu bekannte Präsenz in ihr Bewusstsein, noch bevor sie diese sah. Elliott verdrehte die Augen und bog zu seinem Platz in der Garderobe ab.

»... weil das bei dieser Rolle einfach nicht möglich ist, deshalb! Schimmern, vielleicht. Aber glänzen? Herausstechen? Niemals. Keiner achtet auf die Neben-Neben-Rolle!«

Pia! Die sich offensichtlich und deutlich hörbar nicht beruhigt hatte, seit Elliott das erste Mal hier gewesen war. Es schien noch immer oder schon wieder, das konnte Hazel glücklicherweise nicht beurteilen, um das gleiche Thema zu gehen. Die Rollen, die Pia nicht bekam und die Anerkennung, nach der sie lechzte, wie eine Wüstenblume nach dem Wasser.

Es war leicht, auf die Kollegin hinabzusehen, erkannte Hazel in dieser Sekunde. Aber wirklich tragisch war doch, dass Pia das Potenzial ihrer Charaktere, auch der kleinen, verkannte. Nicht die Rolle machte die Schauspielerin groß, sondern es brauchte die beste Schauspielerin, um eine vermeintlich unbedeutende Rolle erstrahlen zu lassen. *Das hatte Pia nicht verstanden*, dachte Hazel ohne Häme. Weil es traurig war. Weil auch die Kollegin alles für ihren Beruf gab und ihn doch so wenig durchdrang.

Pia schien es allen zeigen zu wollen. Schien sich, im wahrsten Sinne des Wortes, über die Menschen zu stellen und sich zu präsentieren.

Für Hazel verlangte die Schauspielerei das genaue Gegenteil. Sie interessierte sich für die ganz normalen Menschen, die ihr gegenüberstanden. Für ihre Bestrebungen, ihre Leidenschaft zu leben, ohne von ihr verschluckt, gänzlich aufgesogen und ausgesaugt zu werden. Für die Dinge, für die sie Opfer zu bringen bereit waren. Und für die Opfer selbst.

Alldem galt ihr Interesse, weil sie davon lernen konnte. Für ihren Beruf und für ihr Leben.

Erst ganz am Ende durfte sie sich an ihre jeweilige Rolle wagen.

Kapitel 14

Natürlich hatte sich Hazel vorgenommen, heute besonders genau auf ihre Kollegen zu achten.

Verhielten sie sich irgendwie auffällig, beobachteten sie vielleicht, wie sie eintraf und wie sie wirkte? Ob sie nach einer durchwachten Nacht vollkommen fertig war? Was der Wahrheit ja ziemlich nahekam, auch wenn sie hoffte, einen *normalen* Eindruck zu machen. Heute begann das Schauspiel für sie eben schon vor der Bühne.

»Es ist ja wohl nicht zu viel verlangt, dass sie einmal«, klagte Pia in diesem Moment laut und vernehmlich, »ein einziges Mal während dieses ganzen verdammten Jahres so etwas wie Interesse an ihrer Tochter und deren Arbeit zeigen.«

Hazel erkannte, dass niemand sie oder ihr Kommen beachtete. Dafür riss Pia gerade alle Aufmerksamkeit an sich, war absolut dominant und überpräsent. Was nicht ungewöhnlich für sie war.

»Ich meine, wenn sie wenigstens versuchen würden, so zu tun, als sei ich ihnen nicht vollkommen gleichgültig! Aber nein, da habe ich bestimmt zu große Erwartungen! Pah!!«

Pia schimpfte immer noch über ihre Eltern und erschien Hazel dabei äußerst unreif und infantil. Sie schämte sich fast ein wenig für ihre Kollegin. Es war ihr unangenehm, Zeugin davon zu sein, wie Pia sich vergaß. Ihr trotziger Stolz verriet, dass sie sogar wohl noch das Gefühl hatte, im Recht zu sein.

»Im Grunde ist es auch egal. Bleiben sie eben weg und kümmern sich um ihre eigenen Karrieren. Das können sie ja so gut. Es ist ja sowieso viel wichtiger.« Pia pfefferte eine halb volle Wasserflasche in ihren Rucksack und erhob sich. »War es ja schon immer«, knurrte sie und verließ die Garderobe.

Ganz offensichtlich war ihr nicht klar, wie überaus verletzlich sie sich zeigte, wenn sie in kindischem Egoismus mangelndes Interesse ihrer Eltern an sich beklagte. Hazel hatte keine Ahnung, ob oder wann die Familien der anderen Kollegen deren Auftritte besuchten, und für sie selbst stellte sich diese Frage seit einem halben Jahr nicht mehr. Sie schluckte schwer und schaffte es, stark zu bleiben. Aber hätte es sie verletzt, wenn ihre Mutter die Vorstellung das ganze Jahr über nicht besucht hätte?

Und wie! Deswegen geriet das Bild, das sie von Pia bislang gehabt hatte, gerade ein wenig ins Wanken. Ja, ihre Kollegin hatte bei eigentlich allem, was sie tat, eine Art an sich, die auf wenig Empathie schließen ließ. Bei ihr ging es in der Regel immer nur um sie selbst, jedenfalls kam sie niemals nicht vor. Die Frage, die Hazel sich nicht zuletzt aus aktuellem Anlass stellte, war, ob es Pia gefiel, Menschen zu schaden, und ob sie vorsätzlich böse handeln würde oder den Folgen ihres Handelns lediglich gleichgültig gegenüberstand?

Kleine Gemeinheiten, Zickereien, mal ausgenommen – würde Hazel Pia so etwas wie die Licht-Nummer von heute Nacht zutrauen? Eigentlich nicht. Ganz einfach deshalb, weil sie daraus keinen Vorteil für sich ziehen könnte. Das Erlebnis war nicht schön gewesen, ganz sicher nicht, und der Schreck saß immer noch tief, aber deswegen fiel Hazel nicht im Theater aus und Pia würde nicht ihre Rolle abstauben. Was hätte sie also für ein Interesse daran, heimlich zu Hazel nach Hause zu fahren und die Lichterfee zu spielen? Keines. Abgesehen von der Arbeit gab es zwischen ihnen außerdem keinerlei Berührungspunkte.

Das aber traf auch auf all ihre Kollegen zu. Hazel atmete tief durch. Bislang hatte der Tag zwei mehr oder weniger überraschende Erkenntnisse gebracht. Sie konnte Elliott weiterhin nicht einschätzen – wenig überraschend – und war – ziemlich überraschend – neuerdings in der Lage, so etwas wie Verständnis für Pias unangenehme, dominante Art aufzubringen. Zwar nicht im Sinne von Akzeptanz, aber sie glaubte, heute einen kleinen Einblick in die traurigen Gründe bekommen zu haben.

Wie auch immer, jetzt stand erst einmal der *Tod einer Schülerin* an, und heute Abend würde der Lichter-Spuk, wenn alles glatt lief, Geschichte sein.

Die Probe klappte prima, alle schienen heute besonders wach zu sein, wohl noch beschwingt von der kleinen nächtlichen Geburtstagsfeier, und Hazel absolvierte ihren Bühnentod routiniert. In Wahrheit war sie in Gedanken schon halb zu Hause und empfing den Schlüsseldienst. Die Leute hatten sich für 15.00 Uhr angekündigt und auch, wenn sie es bis dahin problemlos nach Hause schaffen würde, war sie jetzt schon unruhig.

Sie beeilte sich und fertigte Elliott auf dem Weg zu ihrem Garderobentischchen mit einem entschuldigenden Lächeln ab. Nach einem kurzen Abstecher in die Waschräume packte sie ihre wenigen Habseligkeiten zusammen und warf aus Gewohnheit noch schnell einen Blick auf ihr Handy.

Eine neue Nachricht! Von einer unbekannten Nummer? Sie runzelte die Stirn und öffnete WhatsApp. Sie überflog die paar Zeilen, schaltete daraufhin das Handy aus und ließ sich verärgert auf den Stuhl fallen. Alle gute Laune schien wie weggeblasen zu sein. Der Schlüsseldienst hatte ihr abgesagt. Beziehungsweise vorgeschlagen, zwar noch heute, jedoch erst später am Abend zu kommen. Sie verstehe sicher, dass ihnen ein Notfall den Plan durcheinandergeworfen habe. Aber weil der Grund für die Verschiebung auf ihrer Seite lag, seien sie so kulant, keinen Feierabend-Aufschlag von ihr zu verlangen.

Sie trommelte mit den Fingerknöcheln ein ungeduldiges Staccato auf der Tischplatte. Was hieß überhaupt *Notfall*? Wenn sie kein Notfall war, wer denn bitte dann? Es war ihr egal, ob sie ungerecht war. Immerhin befand sie sich in einer klassischen Zwickmühle. Eine weitere Nacht in ihrem Haus war so nicht vorstellbar. Andererseits war heute wohl der einzige Tag im Jahr, an dem sie Jenny nicht darum bitten konnte, ihren Part in der Vorstellung zu übernehmen.

Nicht, weil die junge Kollegin ihr an ihrem Geburtstag einen Korb erteilen würde, sondern weil sie befürchtete, dass sie dies eben nicht täte. Weil sie ein herzensguter Mensch war und einfach zu anständig, um abzusagen. Hazel wollte sie daher gar nicht erst vor die

Wahl stellen. Sie wusste, dass auch Jenny klar war, was ein Umschmiss der Vorstellung heute Abend bedeutete.

Der Tod einer Schülerin war im Jahresabo enthalten, das hieß, die Vorstellung würde, wenn sie beide ausfielen, mit einer kurzfristig herbeigezauberten Vertretung gegeben werden müssen. Dies war innerhalb weniger Stunden nicht zu realisieren. Oder es musste ein anderes Stück eingeschoben werden, was kaum weniger kompliziert wäre. In jedem Fall musste das Theater für seine Abonnenten einen Ersatz beschaffen.

Mit anderen Worten: sie würde Jenny eine Riesenlast auferlegen, unter der diese sicher nachgeben und an ihrem Geburtstag spielen würde. Ohne Rücksicht darauf, dass sie ihren Gästen würde absagen müssen.

Das kam für Hazel nicht infrage. Sie wusste ganz genau, dass sie und ihre Kollegen immer wieder Zugeständnisse machten und ihr Privatleben im Zweifelsfall zu kurz kam. Das zu unterstützen, wollte sie, wenn irgend möglich, vermeiden. Erst recht, wenn es um Jenny ging.

Kurzentschlossen schnappte sie sich ihr Handy und wählte die Nummer des Schlüsseldienstes. Wenn es heute zu der vereinbarten Zeit nicht klappte, musste sie sich eben anderweitig umsehen. Glücklich war sie zwar nicht mit der Situation, dennoch tat es gut, sich kurz Luft zu machen.

»Hey! Na, was ...?« Elliott hatte offenbar nicht mitbekommen, dass sie beschäftigt war.

Hazel deutete auf ihr Handy, das sie wenig missverständlich schon an ihr Ohr gehoben hatte, während sie darauf wartete, dass am anderen Ende abgehoben wurde.

»Sorry«, Elliott riss die Hände beschwichtigend in die Höhe und trat ein paar Schritte zur Seite. Dies war definitiv nicht mehr als eine Geste, denn auch hier konnte er noch jedes Wort mithören, das Hazel sprach. Entsprechend gab sie sich Mühe, das Gespräch möglichst allgemein zu halten.

»Oh, ein Korb«, flötete Elliott, kaum, dass sie aufgelegt hatte.

»Kann man so sagen, ja«, stieg Hazel auf seine Neckerei ein.

Es war zu offensichtlich, dass Elliott wissen wollte, wen sie da gerade abserviert hatte. Ebenso sicher würde sie ihn aber im Unklaren darüber lassen.

»Vielleicht habe ich ja mehr Erfolg?«

»Ich fürchte ...«

»Nein, sag nichts. Du würdest doch einem adretten jungen Mann wie mir ...« Er strich sich erfolglos seine wild in alle Richtungen vom Kopf abstehenden Haare zurück. »... die Bitte um ein gemeinsames Mittagessen nicht abschlägig bescheiden, oder?«

»Äh, doch. Jedenfalls heute wird da leider nichts draus.«

»Ah.« Elliott griff sich an sein Herz und stolperte dramatisch die Schritte, die er sich ihr wieder genähert hatte, zurück. »So eine Schmach!«

»Du wirst sie überleben, da bin ich ganz zuversichtlich«, sagte Hazel grinsend und steckte das Handy weg.

»Das sagst du so dahin und zerfetzt mein armes Herz, ohne mit der Wimper zu zucken.«

»Ach was. Wir können doch die Tage wieder einmal einen Kaffee trinken gehen.«

»Mal sehen. Ich ziehe mich jetzt erst mal in meinen Schmerz zurück. Bis bald, kühle Braut.«

Hazel musste lachen und spürte, wie Ärger und Sorge von ihr abfielen. »So ziehe einstweilen von dannen!«, rief sie Elliott hinterher, der ihr hinter seinem Rücken zuwinkte.

Sie würde den unerwartet freien Nachmittag zu Hause verbringen und hatte schon eine Idee, wie sie die Kontrolle über ihr Haus zurückgewinnen könnte. Wahrscheinlich war die Absicherung, die ihr gerade eingefallen war, sogar überflüssig. Aber sie würde ihr ein Gefühl der Sicherheit verschaffen, das sie sogar mit den alten Schlössern ruhig schlafen lassen würde.

Hatte sie alles zu Hause, was sie dazu brauchte? Sie war sich nicht sicher. Aber sie wusste, wer ihr bestimmt mit einem wichtigen Bestandteil aushelfen konnte. Hazel zog ihren Mantel an und hängte sich die Tasche über die Schulter. »Bis später«, rief sie in Richtung der anderen, die den Gruß nur vereinzelt erwiderten, und verließ die Garderobe.

Hoffentlich war Johnny nicht schon oder noch in der Mittagspause. Sie hastete durch die Katakomben, immer den Gang entlang, der direkt zum Bühneneingang und zu Johnnys Pförtnerloge führte. Sie hatte Glück! Da war er, wie es aussah, gerade in ein Gespräch mit einem Besucher vertieft. Es war Hazel unangenehm, hineinzuplatzen, aber wenn sie ihren Bus verpasste, würde sie zwanzig Minuten auf den nächsten warten müssen.

Sie fasste sich ein Herz und klopfte leise an die Glastür. Johnny sah auf und nickte ihr erfreut zu. Er bedeutete ihr, einzutreten, und sie schlüpfte leise durch die Tür. »Entschuldige, ich will gar nicht lange stören, aber hast du vielleicht ...« Ihr Blick glitt für einen Sekundenbruchteil zu Johnnys Besucher, der sich als Besucherin entpuppte und sie vollkommen aus dem Konzept brachte.

»Na, das ist ja ein schöner Zufall. Du störst doch nicht. Jedenfalls nicht sehr.« Ein tiefes Lachen, das Hazel aus jeder Menschenmenge heraus erkannt hätte, folgte.

Orla! Was machte sie denn hier? Hazel versuchte, sich ihre Irritation nicht anmerken zu lassen.

»Äh, hallo.« Sie nickte Orla zu. »Ja, also ... Johnny, hast du vielleicht noch etwas von diesem durchsichtigen Faden? Du weißt schon, mit dem du die speziellen Kostüme präparierst?«

»Ich denke ja, aber warte mal, ich schau gleich nach.« Johnny lächelte entschuldigend zu Orla hinüber, die großherzig abwinkte und sich wieder Hazel zuwandte.

»Wie schön, dass wir uns zufällig hier begegnen.«

»Das stimmt.« Hazel war sich gar nicht so sicher, ob hier wirklich der Zufall wirkte.

»Weißt du, ich habe mich gerade gefragt, ob du mich nicht zu einem schnellen Mittagessen begleiten möchtest? Es gibt hier in der Nähe ein gutes Café, du kennst es vielleicht. Natürlich nur, wenn es deine Zeit zulässt.«

Was sollte sie darauf antworten? Zeit hatte sie ja nun tatsächlich genug. Sie fürchtete eher, heute nicht in der besten Form zu sein, um ihrer alten Lehrerin gegenüber zu treten. Nicht optimal gewappnet zu sein, um gegen sie zu bestehen.

Nichtsdestotrotz hörte sie sich, mit Blick auf ihre Uhr, sagen: »Ja, das lässt sich, denke ich, einrichten.«

Kapitel 15

Von Johnny mit einer Rolle transparenten Garns versorgt, wartete Hazel auf der Straße vor dem Theater auf Orla. Sie hatte nun im wahrsten Sinne des Wortes etwas in der Hand. Was zwar nicht unbedingt gegen einen Einbrecher, wohl aber gegen die größte Panik half.

In Sachen Haussicherheit fühlte sie sich zumindest ein kleines bisschen besser. Das traf auf ihre Mittagspausenplanung keineswegs zu. Bei Johnny auf Orla zu treffen, war wohl mit das Letzte gewesen, was sie erwartet hatte, als sie arglos aus der Garderobe gekommen war. Aber gut, so war es nun einmal und es wäre albern, wegen ihrer alten Lehrerin nervös zu sein.

Diese trat nun aus der Tür.

»Ah, sehr schön. Ich hoffe, es hat nicht zu lange gedauert?«

Hazel schüttelte den Kopf.

»Kennst du das Café Goethe?«

Wenn sie wüsste, wie gut. »Ja, natürlich. Wollen wir?«

Den Weg legten sie schweigend zurück. Hazel kratzte gedanklich ihre spärlichen Argumente zusammen, die vermutlich gleich zum Einsatz kommen würden. Ihre Gedanken sirrten jedoch durch ihren Kopf wie Hummeln an einem schwülwarmen Augusttag, und sie war kaum in der Lage, sie in eine sinnvolle Ordnung zu zwingen.

»So, mal sehen, ob man uns hier Aufnahme gewährt!«
Orla lachte scheppernd.

Sie waren jetzt am Café angelangt und die alte Lehrerin schritt voran. Das zierliche Persönchen hatte ein Auftreten, das die Gäste an den Tischen ringsum ihre Köpfe hochschnellen lassen ließ. Für einen Moment nur, aber die Aufmerksamkeit war ihnen gewiss. Spätestens dann als Orla laut »Wie wunderbar! Dieser Platz ist perfekt, würde ich sagen!«, rief und gut gelaunt auf einen Zweiertisch in der Mitte des Raums zusteuerte.

Hazel fühlte sich unbehaglich. Sie selbst wählte in der Regel einen diskreten Platz an der Wand oder, lieber noch, in einer gemütlichen Ecke. Dass Orla sich im Mittelpunkt am wohlsten fühlte, ließ tief blicken, wenn es sie auch nicht überraschte. Wie auch immer, ganz offensichtlich hatte ihre alte Lehrerin etwas besonders Dringliches auf dem Herzen. Hazel würde sie daher einfach reden lassen. Womöglich war es ja gar keine große Sache.

Sie hatten kaum ihre Getränke bestellt, als Orla auch schon begann. »Wir hatten letztes Mal ja keine Zeit mehr. Sehr schade.« Sie schüttelte gespielt betrübt den Kopf. Hazel war klar, dass sie ihr den Grund für ihren überstürzten Abschied nicht abgenommen hatte.

»Weißt du, ich hätte dir gern noch etwas gesagt. Aber jetzt habe ich erfreulicherweise ja die Gelegenheit dazu.«

Hazel war nicht ganz so erfreut.

»Ich falle gleich mit der Tür ins Haus, denn wir haben schließlich alle viel zu tun und ich will deine Zeit nicht über Gebühr beanspruchen.«

Hazel zuckte mit den Schultern. »Das ist schon in Ordnung. Mein Termin heute wurde verschoben.«

Orla nickte nur beiläufig. »Jedenfalls geht es mir um dein Spiel. Es ist schwächer geworden.«

Tadaa! Das fing ja gut an. Hazel bemühte sich, gelassen zu bleiben, ihre alte Lehrerin ruhig anzusehen und sich nichts anmerken zu lassen. Immerhin wusste diese ja nicht, dass Elliott ihr am Morgen schon ähnliche Vorwürfe gemacht hatte.

»Ich habe deine Vorstellungen besucht, natürlich habe ich das getan. Ich hätte auch schon früher mit dir gesprochen, aber du warst immer so schnell weg. Man hat dich nach dem letzten Vorhang ja gar nicht mehr zu Gesicht bekommen.«

Hazel konnte sich lebhaft vorstellen, wie Orla sich im Foyer in den Blicken der anderen Gäste gesonnt und ihr Tuscheln genossen hatte. Es hätte ihr gerade noch gefehlt, dort von ihrer alten Lehrerin auf etwaige Schwächen in ihrem Spiel hingewiesen zu werden. Was auch immer sie genau damit meinte.

»Hast du mit jemandem gearbeitet?«, fragte sie jetzt. »Wenn ja, geh da bloß nicht mehr hin. Derjenige taugt nichts! Oder ist es eine sie?« Orla sah sie lauernd an. Als eine Antwort ausblieb, fuhr sie fort: »Unerheblich. Ich habe mir dich, wie gesagt, angesehen. Was denkst du denn? Mehrere Male über die Jahre hinweg. Aber in der letzten Zeit ist etwas geschehen.«

Das war unfair. Hazel ahnte, welche Richtung das Gespräch nahm, und sie wollte nicht darüber reden.

»Ähm ...«

»Nein, nein. Sag jetzt nichts. Ich weiß, dass du noch immer denkst, du seist wegen dieser Schauspiel-Lehrerinnen-Sache zu mir gekommen.«

»Da bin ich mir sogar ziemlich sicher.«

»Ja, natürlich, das ist mir schon klar. Aber jetzt mal zur Sache: Was, glaubst du, würde deine Mutter von diesem Hirngespinst halten?«

Das war ungerecht von ihrer alten Lehrerin. Hazel konnte darauf nichts erwidern, aber Orla hatte die Frage ohnehin rhetorisch gemeint. Was leicht daran zu erkennen war, dass sie schon wieder weitersprach.

»Du hast lange pausiert. Nachdem es passiert ist, meine ich.«

Irgendwie war es beruhigend, dass auch Orla darüber nicht komplett sachlich sprechen und das Geschehene nicht beim Namen nennen konnte.

»Ja.« Allein Hazel wusste, wie viel Kummer in diesem einen Wort steckte. Tatsächlich hatte sie damals, als sie ganz tief in der Trauer versunken war, lernen müssen, dass die Gesellschaft einem für derlei Prozesse zwar eine begrenzte Zeitspanne des Rückzugs zugestand, ebenso selbstverständlich wurde aber erwartet, dass diese Phase nach wenigen Wochen zumindest auf das Privatleben begrenzt bleiben, wenn nicht besser ganz abgeschlossen sein sollte.

Jedenfalls hatte sie, vermutlich zum ersten Mal in ihrem Leben, nicht *funktioniert*. Sie hatte die Erwartungen nicht erfüllt und sich nicht mehr zu hundert Prozent auf sich selbst verlassen können. Tage, die einigermaßen hell begonnen hatten, hatten früher oder später in einem Tränenmeer geendet oder, als es ganz schlimm war, in einer körperlichen Starre, die über Stunden hatte anhalten können.

»Aber du hast wieder herausgefunden.« Orlas Stimme klang jetzt ganz sanft, und Hazel wurde bewusst, dass sie nach ihrer einsilbigen Antwort lange geschwiegen hatte.

»Weißt du, wie? Weißt du, was dich angetrieben hat?«

Natürlich wusste sie das. Sie drängte die Tränen, die seitdem viel dichter unter der Oberfläche lauerten, mit aller Macht zurück.

»Ja.« Wieder nur dieses eine Wort. Aber sie spürte, dass Orla sie verstand. Sie sah nur einen Moment auf, und erkannte, dass ihre alte Lehrerin sie mit einem liebevollen Blick musterte, den sie von ihr nicht gewohnt war, und den sie kaum ertrug. Schnell senkte sie den Blick wieder und kämpfte weiter gegen die Tränen.

»Weißt du, ich erinnere mich noch an unsere erste Begegnung. Du warst gerade mal achtzehn, süß und kriegtest die Zähne nicht auseinander. Wenn du gespielt hast, hast du aber Feuerwerke abgefackelt. Kaum zu glauben, was in dem scheuen, zierlichen Mädchen steckte. Deine Leidenschaft war nicht zu bändigen und du hast gekämpft. Still, aber unerbittlich. Nur deine eigene Rolle hattest du noch nicht gefunden. Aber das machte nichts. Unsere Wege sind so herrlich verschieden. Manche wachsen in der Rolle, manche durch sie.«

Hazel führte ihre Cappuccino-Tasse zum Mund und sammelte sich. Nun, da das Gespräch von ihrer Mutter auf sie übergegangen war, fühlte sie sich wieder sicherer. Orla hatte in einem Punkt zweifellos recht. Es war nicht der Gedanke an eine eigene Schauspielschule gewesen, der sie aus der schwärzesten Zeit geholt hatte. Natürlich nicht.

»Weißt du, ich will dir nichts ausreden, Mädchen«, sagte Orla jetzt und Hazel wusste, dass das eine fast schon liebenswerte Lüge war. »Aber ich habe deiner Mutter vor langer Zeit etwas versprochen. Nämlich, dass ich ein Auge auf dich haben würde, falls etwas«, sie schluckte, »Unvorhergesehenes geschieht.«

»Das ... davon hat sie mir nie etwas gesagt«, brachte Hazel mühsam hervor. Es fiel ihr so unsagbar schwer, auch nur von ihrer Mutter zu sprechen. Die Rolle von sich als junger Frau, die souverän die schlimmen Ereignisse des letzten Jahres darlegen, vernünftige Schlüsse daraus ziehen und sie auch anderen gegenüber vertreten konnte, erforderte offenbar noch viele Stunden Übung.

»Natürlich nicht, Mädchen. Wir sprechen nicht gern über unser eigenes Ende, nicht wahr? Wir wollen unseren Lieben keine Sorgen oder traurige Gedanken aufbürden, solange wir das irgendwie hinausschieben können.«

Hazel nickte, überfordert von der neuen Information und dieser mitfühlenden Seite ihrer resoluten Lehrerin.

»Jetzt sagst du also, du willst deinem bisherigen Leben den Rücken kehren und als Schauspiellehrerin neu, wie sagt man, durchstarten?«

Es war nur eine Kleinigkeit, eine Nuance in ihrer Stimme, aber Hazel war dennoch erleichtert. Denn da war sie wieder, die unnachgiebige Meisterin, die Schwächen durchaus spöttisch begegnen konnte.

Hazel war ihr fast dankbar dafür, denn mit dieser Orla konnte sie umgehen. Diese Orla forderte sie heraus, und sie war inzwischen zumindest ein wenig besser in der Lage, ihr zu widersprechen. Vorausgesetzt, sie war von einer Sache wirklich überzeugt.

»Das ist der Grund, warum ich wieder zu dir komme«, sagte sie und umschiffte die Untiefen in Orlas mehrdeutiger Frage damit, wie sie fand, einigermaßen geschickt.

»Ja, ja, das hast du schon mehrfach behauptet. Ich kann dir da natürlich helfen. Aber zwei Dinge sind mir noch nicht klar. Oder vielleicht siehst du sie selbst auch nicht?«

»Wovon sprichst du?« War es hier die ganze Zeit schon so warm? Hazel fühlte sich nicht ganz wohl, was vielleicht am Kaffee, wahrscheinlicher aber an dem Gespräch lag. »Was sehe ich deiner Meinung nach nicht?«

»Weißt du, mich interessieren nicht die Dinge, derer du überdrüssig bist. Nicht dein Versagen. Nicht, wo du nicht weiterkommst oder wo du schwach bist. Ich will wissen, was du begehrst! Wo ist deine Leidenschaft, woher kommt dein Antrieb? Wofür flehst du, Opfer bringen zu dürfen? Wonach dürstet es dich?«

Spätestens bei dieser flammenden Rede ihrer Lehrerin dehnte sich der Kloß in Hazels Hals unerträglich aus. Sie wusste noch genau, wie es sich angefühlt hatte, für die Schauspielerei zu brennen. So sehr, dass sie sich als junges Mädchen sogar ihrer Mutter widersetzt hatte, was so nie zuvor und auch später nicht mehr passiert war.

»Deine Mutter war streng mit dir«, sagte Orla jetzt und Hazel fragte sich, ob sie Gedanken lesen konnte.

»Aus Liebe, Hazel, war sie besonders streng mit dir, und es war deine Leidenschaft, die dich damals dazu gebracht hat, dich gegen sie durchzusetzen. Es war auch deine Leidenschaft, die das Herz deiner Mutter schließlich erweicht hat.«

Hazel verstand, mit Tränen in den Augen.

»Ich hätte das damals nicht geglaubt, Mädchen. Dass sie nachgibt, meine ich. Aber deine Mutter kannte dich, wie kein anderer Mensch. Sie hat deine Schauspielerseele gesehen und deine Leidenschaft hat das möglich gemacht. Sie hat niemals wieder an deiner Berufung gezweifelt, Hazel.«

Kapitel 16

»Sie hat niemals wieder an deiner Berufung gezweifelt, Hazel«, waren Orlas letzte Worte gewesen.

Also zweifle auch du nicht, hatte sie nicht mehr aussprechen müssen. Ihre Botschaft war klar gewesen.

Inzwischen war Hazel zu Hause. Sie hatte ein weiteres Mal alle Räume kontrolliert und sich dabei, im Hellen und mit einigem Abstand zu dem Schrecken, den das hell erleuchtete Haus ihr mitten in der Nacht eingejagt hatte, wieder sicher gefühlt. Dazu beigetragen hatte bestimmt auch, dass sie in Gedanken noch immer bei dem Gespräch mit Orla war. Diese hatte sie heute eine ganz andere Seite von sich sehen lassen und sie wurde das Gefühl nicht los, dass das etwas zu bedeuten hatte.

Orlas Fürsorge hatte sie überrascht und gerührt. Aber es war noch mehr als das. Sie hatte heute die Spur, die ihre Mutter zu Lebzeiten in Orla hinterlassen hatte, wahrgenommen. Das traf ihr Empfinden wohl am besten. Irgendwann gegen Ende ihres Gesprächs war so etwas wie Heimat in ihr aufgeblitzt und ihr war bewusst geworden, dass sie die Anwesenheit ihrer alten Lehrerin fast genoss. Was das alles für ihre Entscheidung bedeutete? Hazel seufzte. Sie glaubte fest daran, den richtigen Weg zu gehen. Eigentlich. Schließlich hatte sie sich die Entscheidung nicht leicht gemacht, hatte sich

Zeit dafür genommen und am Ende sogar Villem davon überzeugt.

Ihn wollte sie auf jeden Fall noch einmal anrufen, bevor sie später wieder zum Theater fuhr. Warum eigentlich nicht sofort? Vielleicht hatte sie ja Glück. Sie wählte die so vertraute Nummer und tatsächlich nahm er das Gespräch schon nach dem zweiten Freizeichen entgegen.

»Hazel, Ma Belle, wie geht es dir? Ist alles in Ordnung?«

»Alles gut. Störe ich gerade?«

»Nein, nein. Ich habe noch ein paar Minuten, bis die nächste Besprechung beginnt. Warte mal ...«

Sie hörte es rascheln, dann wurde eine Tür geschlossen.

»So, jetzt sind wir ungestört. Erzähl, was gibt es?«

»Abgesehen davon, dass ich dich vermisse?« Sobald sie die Worte aussprach, überkam sie eine heftige Sehnsucht nach ihrem Mann und nach seiner warmen Umarmung, und sie stockte.

»Oh, Ma Belle, du fehlst mir auch. So sehr.« Der Geschäftsmann war für einen Augenblick verschwunden, da war nur noch ihr ganz privater Villem. Sie schwiegen einige Sekunden lang und spürten einander doch ganz nah. Hazel atmete tief ein und die Gedanken an Einbrecher, Orla und fragile Zukunftspläne verblassten.

»Ist der Schlüsseldienst eigentlich schon da gewesen?«, drangen Villems Worte nach einer Weile an ihr Ohr.

»Nein, sie haben abgesagt. Oder besser gesagt, sie wollten den Termin auf heute Abend verschieben. Das hätte aber einen Umschmiss nach sich gezogen, und so werde ich noch mindestens eine Nacht mit den alten Schlössern hier verbringen müssen.«

»Mein tapferer Schatz, du wirst das schon schaffen.«

Villem erschien Hazel erstaunlich wenig besorgt. Gestern hatte sie das noch darauf schieben können, dass er mit den Gedanken offensichtlich schon ganz bei der Arbeit gewesen war. Jetzt aber wurden Zweifel in ihr laut, ob ihm der Ernst der Lage überhaupt bewusst war. Doch bevor sie etwas sagen konnte, ritt er sich auch schon weiter in die Bredouille.

»Ich bin stolz auf dich! Im Vergleich zu gestern hast du dich ja schon wieder ein bisschen beruhigt.«

Wie bitte? Ihre Zweifel feierten jetzt einen traurigen Triumph.

»Wie meinst du das?« Sie beherrschte sich mühsam, ihren Ärger nicht allzu deutlich zu zeigen. Schließlich wollte sie den seltenen Telefonkontakt nicht in einer schlechten Stimmung enden lassen. »Immerhin ist jemand hier im Haus gewesen. Du warst doch selbst dafür, die Schlösser austauschen zu lassen.«

»Natürlich, denn ganz egal, ob jemand im Haus war oder nicht, du sollst dich doch immer sicher fühlen, und wenn wir dafür neue Schlösser brauchen, ist das nun mal so.«

»Das klingt ja fast so, als hättest du mir kein Wort geglaubt.« Jetzt spürte sie eine veritable Wut in sich aufsteigen. »Als sei ich ein hysterisches Weibchen, das ohne den Mann an seiner Seite sofort Gespenster sieht!«

»Ach nein, jetzt beruhige dich doch wieder. So etwas kann schließlich mal vorkommen.«

»*Was?*«

»Na, dass man vergisst, das Licht in einem Zimmer auszuschalten. Das ist mir bestimmt auch schon passiert.«

»Fast im gesamten Erdgeschoss, wie ich dir gestern bereits erklärt habe und im Schlafzimmer, in dem ich ganz sicher kein Licht gemacht hatte.« Sie hasste es, dass sie klang, als wolle sie sich rechtfertigen. Als *müsse* sie sich rechtfertigen.

»Ja, ja, du hast bestimmt recht. Aber schau mal, ich habe doch so wenig Zeit. Die wollen wir doch nicht mit solchen albernen Streitereien vergeuden, oder?«

Es war etwas in seiner Stimme, das sie immer noch auf die Palme brachte, aber sie zwang sich, darüber hinwegzusehen. Auch, wenn sie sich schon vorstellen konnte, dass er ihre Idee übertrieben oder gar albern finden würde, setzte sie zu einer Erklärung an.

»Natürlich nicht. Ich habe mir jedenfalls etwas überlegt, um sicher zu sein, dass hier heute Abend nicht wieder jemand im Haus herumspaziert, und zwar ...«

»Du, entschuldige, ich muss auflegen.« Ein hastig hingehauchter Kuss und dann ein Freizeichen. Sie starrte auf ihr Handy und fühlte sich schlecht, nicht ernstgenommen und abgewürgt. Auch wenn ihr klar war, dass es jederzeit passieren konnte, dass Villems Chef etwas von ihm wollte und sie verstand auch, dass er dann nicht gerade offensichtliche Privatgespräche führen wollte.

Ein Vogelgezwitscher kündigte den Eingang einer WhatsApp Nachricht an. Sie öffnete die App und musste lächeln. Weniger über die automatische Antwort

,die sie schon kannte, sondern über die vielen Herzchen und Blümchen-Emojis, die sich an den knappen Satz anschlossen. Sie schickte ein paar Smileys zurück und beschloss, sich nicht weiter zu ärgern. Sie konnten die Sache ausführlich besprechen, wenn er heute Nacht auf seinem Zimmer war. Oder spätestens, wenn er in einigen Tagen wieder hier sein würde.

Unabhängig davon würde sie jetzt zur Tat schreiten. Sie nahm sich die Rolle unsichtbaren Garns, eine Schere und eine Tube Flüssigklebstoff und begann ihre Aktion an der Kellertür, die nach draußen führte. Diese Stelle war nur wenig einsehbar, ein Einbrecher hätte hier alle Zeit der Welt für den Versuch, ins Haus zu gelangen.

Sie schnitt ein etwa fünf Zentimeter langes Stück des dünnen Fadens ab und trug etwas Klebstoff oben links am Türrahmen auf. Dann schloss sie die Tür von außen ab und wiederholte dieses Vorgehen auf dem Türblatt. Als Letztes legte sie den Faden unter Spannung in die zwei nicht sichtbaren Klebstoffflecken und drückte ihn fest. Fertig!

Das würde jemanden, der widerrechtlich hier eindringen wollte, zwar nicht von seinem Vorhaben abhalten, aber sie hätte ein Stückchen Kontrolle wiedergewonnen. Jetzt konnte sie verlässlich erkennen, ob wieder jemand zu Besuch gewesen war, wenn sie heute Nacht von der Arbeit zurückkam. Was sie täte, wenn dies tatsächlich der Fall sein sollte, war eine Frage, die sie auf später verschob. Allein schon, dass sie der Situation nicht mehr ganz hilflos ausgeliefert war, stärkte in ihr den in Wahrheit unbegründeten Glauben daran, dass nun niemand kommen würde.

Wenn sie nachher zum Theater fuhr, würde sie das gleiche provisorische Sicherungssystem von außen an der Haustür anbringen und ansonsten einfach Augen und Ohren bei der Arbeit offenhalten. Obwohl sie Pia, denn natürlich dachte sie bei derlei Vorkommnissen immer zuerst an die missgünstige Kollegin, eigentlich nicht zutraute, sie außerhalb des Theaters in dieser Form zu verfolgen. Ein Einbruch war schließlich schon ein ganz anderes Kaliber als ihre üblichen kleinen Seitenhiebe, die Hazel mittlerweile kaum noch etwas anhaben konnten.

Ein höchst unwillkommener Gedanke schlich sich seit einigen Stunden in ihre rationale Analyse der möglichen Ursachen für das nächtliche Lichtermeer. Wie zuvor schob sie ihn zur Seite. Es war nicht möglich, dass sie vergessen hatte, das Licht zu löschen. Auch wenn so etwas, wie Villem ja auch gesagt hatte, schon mal vorkam. Aber doch nicht im halben Haus! Sie wusste außerdem, dass sie am Nachmittag nicht im Schlafzimmer gewesen war.

Und Pia? Hazel hatte sie am Vormittag unauffällig im Blick behalten, aber sie wirkte eigentlich ganz normal. Wie immer. Wenn man von ihrer Schimpftirade vor der Probe einmal absah. Inzwischen wusste Hazel, dass der Auslöser hierfür offenbar ein Anruf ihrer Mutter gewesen war. Wie sie sich wortreich aufgeregt und dabei erfolglos den Anschein hatte erwecken wollen, das alles berühre sie nicht, da sie seit Jahren über diesen Dingen stehe, hatte Hazel ja ebenfalls mitbekommen.

Es war jedenfalls offensichtlich, dass Pia keinen Gedanken an sie verschwendet hatte.

Und sonst? Gab es überhaupt noch jemanden am Theater, dem sie zutraute, sich Zugang zu ihrem Haus zu verschaffen und ihr einen solchen Schrecken einzujagen? Das Ganze blieb ihr ein Rätsel.

Elliott konnte sie nicht so recht einschätzen. Seit einer Weile erweckte er den Eindruck, in einer wie auch immer gearteten Weise an ihr interessiert zu sein. Vielleicht stimmte das, vielleicht auch nicht, jedenfalls war er plötzlich irgendwie präsenter. Sie konnte sich allerdings sehr gut vorstellen, dass er ihr nur etwas vormachte. Womöglich probierte er sich in der Rolle ihres Verehrers aus. Gut möglich, dass er sich darin gefiel. Ebenso denkbar war es, dass es gar nicht um sie ging, sondern er lediglich seine narzisstischen Neigungen befriedigte.

Er war auf jeden Fall eine getriebene Seele, und seine emotionalen Ausbrüche irritierten sie regelmäßig. Es schien so, als habe er seine ganz eigene Bühne immer dabei. Dennoch war er authentisch. Quälend fast. Aber sein Verhalten war, anders als zum Beispiel das von Pia, nicht von Falschheit oder Hinterlist geprägt. Wenn überhaupt, schien er nur sich selbst zu schaden. Jedenfalls hatte er ihr noch in keinem Moment Angst eingejagt, und sie fühlte sich ganz sicher nicht von ihm bedroht. Sie konnte sich weiterhin den Kopf zerbrechen, aber hier, allein zu Hause, würde sie auf jeden Fall nicht schlauer werden. Sie sah auf die Uhr. Wenn sie in absehbarer Zeit loskam, konnte sie früh wieder im Theater sein.

Nur eine Sache wollte sie vorher noch erledigen.

Kapitel 17

Nachdem sie ihr individuelles Sicherungssystem auch an der Haustür angebracht hatte, war Hazel nun auf dem Weg zum Theater.

Ihre Gedanken waren, seit sie den unsichtbaren Faden an der Tür befestigt hatte, immer wieder zu dem eigentlich unmöglichen Licht im Haus zurückgekehrt. Irgendetwas daran ließ ihr keine Ruhe. Vernünftig betrachtet konnte sie sich schon vorstellen, wie eine innere Spannung allein durch die Überzeugung entstand, dass jemand in ihrem Haus gewesen war. Zumal dieses nicht besonders gesichert war. Es gab also diese Verletzlichkeit, der eine ungewisse Bedrohung gegenüberstand.

Hazel war klar, dass sie versuchte, diesen Spannungszustand zu mindern oder sogar aufzuheben, indem sie unablässig andere Gründe als ausgerechnet einen Einbruch für das Geschehen suchte. Aber die konnte es doch tatsächlich geben, oder nicht? Was würde zum Beispiel ein Wackelkontakt anrichten? War es möglich, dass eine Lampe deswegen von selbst anging? Sie glaubte das eigentlich nicht. Wenn allerdings nur eine minimale Möglichkeit bestand, würde sie die bohrende Angst viel entschiedener zur Seite wischen können.

Wahrscheinlicher, und eigentlich doch gar nicht so undenkbar, war wohl, dass sie tatsächlich vergessen hatte, die Lampen auszuschalten. Diese Erklärung klang durchaus plausibel. Schließlich war es helllichter Nachmittag gewesen, als sie das Haus verlassen hatte. Da hätte sie schon übersehen können, dass das Licht angeschaltet war. Womöglich hatte es im Schlafzimmer schon seit dem Morgen gebrannt, das war nicht auszuschließen, und da sie am Nachmittag, wie sie sich ganz richtig erinnert hatte, nicht in dem Raum gewesen war, war es ihr nicht aufgefallen.

Außerdem mochte vielleicht der Sekt mitschuldig sein, überlegte sie. Privat trank sie so gut wie nie Alkohol und stieß höchstens an ihren Geburtstagen oder zum Jahreswechsel einmal mit Villem an. Auch gestern hatte sie das zweite Glas Sekt noch halb voll heimlich am Buffet stehen lassen. Dennoch konnte der Alkohol für ihre heftige Reaktion, als sie in der Nacht nach Hause kam, verantwortlich sein.

Die Gründe, die für eine harmlose Ursache der nächtlichen Festbeleuchtung sprachen, waren auf den ersten Blick jedenfalls nicht nur plausibler, sondern auch zahlreicher. Sie musste überreagiert haben, beschloss Hazel halbherzig. Dass das unterschwellige Gefühl der Bedrohung weiterhin anhielt, wollte sie nicht überinterpretieren. Manche Dinge würde die Zeit lösen.

Jetzt wollte sie erst einmal einen ganz normalen Theaterabend hinter sich bringen, die Gedanken einzig und allein auf die Vorstellung fokussieren und die seltsamen Ereignisse außen vor lassen.

Sie glaubte sich selbst kein Wort, entschied aber, das ebenso zu ignorieren.

Ihr erster Weg im Theater führte sie zu Johnny. Sie hatte sich ein, zwei Meter des unsichtbaren Garns als Vorrat zu Hause hinterlegt und wollte ihm die jetzt deutlich schmalere Rolle wiedergeben, aber seine Pförtnerloge war dunkel, wahrscheinlich war er im Haus unterwegs. Ansonsten würde Marek, ihr aktueller Hospitant, hier vorn die Stellung halten. Obwohl – sie waren wie immer chronisch unterbesetzt, vielleicht war er auch gerade anderweitig im Einsatz.

Egal, sie schob die Garnrolle zurück in ihre Manteltasche und lief weiter, den verschlungenen Gang entlang, wie unzählige Male zuvor.

Es war ruhig. Nur unmittelbar an den Probezimmern drangen gedämpfte Laute durch die geschlossenen Türen, waren aber drei Schritte weiter schon nicht mehr zu hören. Hazel wurde bewusst, dass sie in letzter Zeit, spätestens seit sie die Entscheidung über ihre Zukunft getroffen hatte, kaum noch früh zur Arbeit gekommen war. Dabei hatte sie es selbst immer unsympathisch gefunden, wenn Kollegen spät kamen und früh wieder verschwunden waren. Heute konnte sie diese weitaus besser verstehen.

Falsch fand sie es dennoch und nahm sich vor, wenigstens in ihren letzten Wochen am Theater ein bisschen mehr anwesend zu sein. Jetzt wollte sie einmal sehen, wer schon da war. Hoffentlich nicht nur Pia, aber das war unwahrscheinlich. Bevor sie weiter darüber nachdenken konnte, öffnete sich die Garderobentür, und ein Lichtkeil schnitt einen großen Winkel in den düsteren Gang.

»Treten Sie ein, junge Frau«, raunte ihr Elliott zu. Er kam aus dem Raum und hielt ihr galant die Tür auf. Sie nickte höfisch, grinste dazu allerdings wenig damenhaft. Vielleicht wurde es ja sogar wieder nett heute Abend. Nur mit etwas weniger Drama als gestern

Nacht, unkte ein verräterischer Gedanke, konnte ihrer guten Laune aber nichts anhaben.

Auch der Anblick von Pia, wie immer umgeben von einer kleinen Entourage von Anhängerinnen, änderte daran nichts. Hazel war zuversichtlich und entschlossen, ihre letzten Wochen hier zu genießen, soweit das möglich war, aber daran hatte sie selbst schließlich auch einen kleinen Anteil. Sie konnte es zumindest beeinflussen.

Sie zog ihren Mantel aus, platzierte eine große Wasserflasche neben dem Vergrößerungsspiegel und richtete sich an ihrem Garderobentischchen ein. Dabei versuchte sie, mitzubekommen, worüber in der Gruppe um Pia gesprochen wurde.

»... doch viel wichtiger! Ich meine, klar, es ist verletzend, dass deine Eltern nicht kommen, aber wenn wirklich *Alexander Miller* ...« Eileen sprach den Namen auf eine Weise aus, die noch dem letzten Banausen verraten hätte, dass dieser Mann wohl wirklich wichtig war. »... also wenn ER im Publikum sitzt, dann vergiss sie einfach.«

»Ja, natürlich«, hörte Hazel Pia gleichgültig antworten. »Alexander Miller war in den letzten Jahren oft Gast bei uns zu Hause.«

Eileen und die anderen quietschten verzückt. Hazel schielte zu dem Grüppchen hinüber und erkannte selbst aus der Entfernung, dass Pia keineswegs so begeistert war. Den anderen fiel dies offenkundig nicht auf oder es war ihnen schlichtweg egal.

Hazel konnte Pia verstehen. Der wohl bedeutendste Schauspielagent des Landes, der nicht einmal davor zurückschreckte, Talente, wenn sie ihm vielversprechend erschienen, aus laufenden Spielzeiten herauszukaufen, kannte Pia und pflegte, wie es aussah, eine gute Beziehung zu ihren Eltern, die in dem Business ebenfalls große Fische waren. Er hatte bewiesenermaßen Verbindungen in alle bedeutenden Theater und Einblick in deren personelle Planung über die aktuelle Saison hinaus. Dennoch war Pia nicht einmal in die Nähe wichtiger Rollen gekommen. Weder durch die Unterstützung ihrer Eltern noch durch Miller.

Wenn sie in Erwägung zog, dass es der Kollegin mitnichten um oberflächlichen Erfolg ging, sondern sie im Theater tatsächlich ihre Leidenschaft lebte – leben wollte, musste man wohl sagen – dann konnte Hazel nur erahnen, wie demütigend das Verhalten ihrer Eltern und die Nichtbeachtung durch den bekannten Agenten sein musste. Schon wieder flog sie eine Ahnung von Mitleid an und das Gefühl, dass Pia und sie, bei aller Unterschiedlichkeit, ihren Traum ähnlich ambivalent erlebten.

Womöglich war sie angesichts der immer kürzer werdenden Zeit, die sie mit der Kollegin noch würde auskommen müssen, aber auch einfach nur milder gestimmt. Wie auch immer. Wo blieb eigentlich Elliott? Gerade jetzt könnte sie eine Ablenkung gut gebrauchen. Der Tag war bisher eindeutig zu gedankenschwer gewesen und wenn Elliott auftauchte, nun ja, passierte jedenfalls immer etwas. Zumeist etwas Unerwartetes.

Jetzt aber war er ganz offensichtlich anderweitig beschäftigt. Schade. Sie seufzte und begann sich umzuziehen. Der Raum füllte sich merklich, der Bienenstock begann zu brummen. In dem geschäftigen Durcheinander sah Hazel, inzwischen schon fertig als Schulmädchen gekleidet, Elliott erst in letzter Sekunde. Er lief zielstrebig auf sie zu und rief, schon bevor er sie erreicht hatte: »Hazel-Maus, gut, dass du da bist!«

»Wo sollte ich um diese Zeit denn sonst sein? Was gibt es so Wichtiges?«

»Vernimm nur meine Freude!« Jetzt war er da und strahlte sie aufgedreht an.

»Äh, ja?« Wie sie es vorhergesagt hatte. Elliott war die perfekte Ablenkung und Quell neuer Rätsel.

»Denn das mit uns, Hazel-Maus, fängt alles gerade erst an«, reklamierte er dramatisch.

»Muss ich mir Sorgen machen? Immerhin bin ich eine verheiratete Frau!«

»Mit Betonung auf glücklich?« Ein herzzerreißend bekümmerter Blick krönte Elliotts Pose, der mittlerweile halb auf ein Knie hinabgebeugt vor ihr kauerte und mit weit aufgerissenen Augen zu ihr aufsah. Das verhaltene Lachen konnte er bei alldem allerdings kaum verbergen. Es zupfte an seinen Mundwinkeln und blitzte verräterisch aus den Augenwinkeln, die jetzt deutlich mehr Mühe hatten, den tragischen Ausdruck beizubehalten.

»Durchaus«, spielte Hazel die kleine Vorstellung mit, musste dann aber lachen. »Wo warst du überhaupt die ganze Zeit? Da komme ich mal früher, aber dann ...?«

»Ich hatte Dinge zu erledigen«, gab Elliott sich geheimnisvoll.

»Dinge?«

»Ganz genau. Und jetzt ...« Er erhob sich übertrieben elegant und entschwand in einer wackligen Drehung.

»... muss ich los. Wichtige Bühnengeschäfte, du verstehst.«

Na dann. Hazel schmunzelte. Elliott war ein Spinner. Aber von der unterhaltsamen Sorte. Sie wandte sich ihrem Spiegel zu, und begann sich mit geübten Bewegungen zu schminken.

In ihrer Rolle als Christiane war der Aufwand hierfür ziemlich überschaubar, aber zumindest zu Beginn des Stücks hatte die todgeweihte Schülerin für eine Weile rosig schimmernde Wangen. Hazel trug daher also jeweils einen Hauch Rouge in einer Linie unterhalb der Wangenknochen auf und verblendete es mit einem großen Pinsel zu den Seiten hin. Jetzt noch einen Tupfer Puder auf die schmalste Stelle der Schläfe – fertig!

Im Saal war der zweite Gong bereits ertönt. Hazel liebte diesen Moment, wenn die Luft vor Aufregung knisterte. Die Minuten bevor die Realität ausgeschaltet wurde und sie zusammen mit dem Publikum eine neue Welt erschufen.

Mehr aus Gewohnheit als aus Notwendigkeit fuhr sie sich noch einmal mit der Bürste durch das Haar und lief dann zu den anderen hinüber.

Das Stück begann mit einer Pausenszene im Oberstufenseminar, und es waren fast alle Kollegen beteiligt, bevor der Fokus auf wenige Figuren zusammenschmolz. Hazel stand unter Strom. Es gab kaum ein Gefühl, das besser war. Heute kribbelte sogar ihr Gesicht vor Vorfreude. Sie registrierte es, ebenso wie den ein oder anderen unerwünschten Gedanken. Wie sie ohne das alles hier existieren sollte, gehörte zu den verbotenen Fragen. Jedenfalls für die nächsten zwei Stunden.

Hazel lief auf die Bühne. Sie hatte gleich im ersten Bild eine Sprechszene mit Pia alias Vanessa, die zu Beginn zu Christianes Freundinnen zählte, sich dann aber zu ihrer größten Rivalin entwickeln sollte.

Auf dem Weg ins Bühnenlicht strich sie beiläufig über ihre rechte Wange. Irgendetwas zwickte sie dort, sie konnte sich jedoch nicht recht erklären, was es war.

»Das wird unsere Zeit, Vanessa«, begann sie mit den vertrauten Worten. »Es ist seltsam, aber ich spüre richtig, dass jetzt etwas Großes beginnt.«

In Wahrheit spürte Hazel vor allem, dass etwas nicht stimmte. Auch ihre linke Wange kribbelte auf einmal unangenehm. Ihr Gesicht schien außerdem zu glühen und prickelte fast schon schmerzhaft. Jetzt war Pia an der Reihe, aber da sie selbst weiterhin im Scheinwerferlicht stand, durfte sie sich nicht an die Wangen fassen. Noch einige Minuten musste sie aushalten, dann hatte sie eine kurze Pause, in der sie auf der Hinterbühne nachsehen konnte, was da los war. Mittlerweile war das Prickeln in ein heftigeres Brennen übergegangen und zu Hazels Entsetzen begannen außerdem ihre Augen zu tränen.

Ihre Professionalität half ihr, die Zeit bis zum nächsten Szenenwechsel zu überstehen. Dann hatte sie eine kurze Gnadenfrist, während der sie versuchte, dem Brennen irgendwie beizukommen. Sie hatte zwar nicht viele Möglichkeiten, entdeckte auf der Hinterbühne aber mehrere Wasserflaschen, von denen sie eine nahm, ihr T-Shirt am unteren Saum befeuchtete und vorsichtig auf die schmerzende Haut tupfte. So erfrischend sich das im ersten Moment anfühlte, so wenig nachhaltig vermochte das Wasser das Brennen zu mindern. Wenigstens tränten ihre Augen jetzt etwas weniger. Für alles andere musste sie in der nächsten Pause eine Lösung finden. Sie zog sich ganz in ihre Rolle zurück und versuchte, den Schmerz zu ignorieren, konnte sich jedoch nur mühsam beherrschen, laut aufzuschreien, als sie versehentlich mit der Hand an ihr linkes Auge kam. Sie schaffte es, mit einer kleinen, außerplanmäßigen Unterbrechung, die eher ein Stocken war, weiterzuspielen. *Christianes Pein vermittelte sie heute jedenfalls besonders realistisch*, dachte sie und stellte fest, dass sie immerhin noch zu Ironie und Sarkasmus fähig war. Zum Glück weinte Christiane viel, heute verkörperte sie die lebensmüde Schülerin fraglos mit Bravour. Inzwischen war sie sich sicher, erkannt zu haben, was hier vor sich ging. Der Groschen war gefallen, als sie versehentlich an ihr Auge gekommen war. Dieses Gefühl hatte sie schon einmal gehabt. Damals hatte sie Chilischoten geschnitten und noch nicht gewusst, was das darin enthaltene Capsaicin ausrichten konnte. Heute war sie nicht mehr so naiv, und sie erkannte, dass sie einer besonders boshaften Methode des Bühnenmobbings zum Opfer gefallen war. Chilipulver in ihrem Rouge, das musste es gewesen sein. Eine uralte Art und Weise, Konkurrentinnen auf der Bühne auszuschalten. Aber sie hätte nie im Leben geglaubt, dass die Missgunst ihre Kollegin zu solch unfairen Mitteln greifen ließe. Irgendwie brachte sie die Vorstellung einigermaßen gut zu Ende. Das Publikum war begeistert und forderte Vorhang um Vorhang.

Als Hazel endlich in der Garderobe ankam, war von Pia weit und breit nichts zu sehen.

Kapitel 18

»Bemerkenswert, was du aus der Rolle machst!«

Hazel saß an ihrem Garderobentischchen und schrak auf, als jemand auf ihre linke Schulter tippte und ihr, als sie sich zur Seite wandte, von rechts zuwinkte.

»*Was*? Ach, du bist es, Elliott.«

»Ich glaube, du hast die Christiane nie authentischer gespielt als heute.«

Hazel blieb erst einmal stumm. Etwas hinderte sie daran, ihm zu sagen, was los war.

»Ich meine, wir wissen doch beide, wie sich Schultheater und Laienspielgruppen immer wieder an dem Stück vergehen, äh, versuchen. Es ist wirklich kein jungfräulicher Stoff. Die Leute hiermit noch zu überraschen und sie zu berühren, ist fast nicht zu schaffen.« Er ging in die Hocke und taxierte sie auf Augenhöhe. »Was ich sagen will, Hazel-Maus, ist, dass man mit jeder Faser gespürt hat, wie sehr du für das brennst, was du …«

Sie klinkte sich aus und Entsetzen flutete ihre Gedanken. Es dauerte eine ganze Weile, bis sie wieder aufnahmefähig war. Elliott hatte die ganze Zeit weitergesprochen, doch sie hatte keine Ahnung wovon, und sah sie jetzt erwartungsvoll an.

Ihre Gedanken rasten. Bestimmt war das nur ein dummer Zufall. *Diese Wortwahl.* Elliott hätte das doch niemals so ausgedrückt, wenn er von dem Chilipulver gewusst hätte. Oder doch? Sie rief sich zur Ordnung. Sie wollte keine paranoiden Züge an den Tag legen, nur wegen Pias kindischen Mobbings, selbst, wenn die Kollegin heute fraglos eine Grenze überschritten hatte, mit diesem Angriff auf ihre körperliche Unversehrtheit. Oder übertrieb sie etwa? Nein, ganz sicher nicht! Und doch hatte sie nicht vor, sich von Pia unterkriegen zu lassen. Deshalb würde sie morgen, sobald diese wieder auftauchte, ein ernstes Wort mit ihr sprechen.

»Na, sag schon.« Elliott erwartete offensichtlich eine Antwort. Hazel wünschte, sie hätte eine Idee davon, was er zuletzt gesagt hatte.

»Ja, stimmt schon«, versuchte sie es mit einer möglichst unverfänglichen Antwort. »Du hast sicher recht, aber sei mir nicht böse, ich habe es ein bisschen eilig. War anstrengend heute.« Mit diesen Worten schnappte sie sich Mantel und Tasche und lief um den noch immer vor ihrem Stuhl kauernden Kollegen herum aus dem Raum.

Kaum war sie in den Katakomben angekommen, zückte sie ihr Handy. Normalerweise war sie es gewohnt, zu diesen nächtlichen Zeiten mit dem Bus zu fahren, und es machte ihr auch nichts aus. Heute aber würde sie sich ein Taxi gönnen. Im gleichen Maße, in dem der Schmerz nachließ, war auch der heftige, für sie vollkommen untypische Zorn abgeflaut. Was blieb, war kribbelnde Nervosität. Wem konnte sie überhaupt noch trauen?

Fast wünschte sie sich die Wut zurück, an deren Stelle nun ein Gefühl der Beklommenheit und Schwäche trat, das sich auf keinen Fall in ihr einnisten durfte. Sie ging auf die Straße und atmete tief die kühle Herbstluft ein.

Sie versuchte, einen klaren Kopf zu bekommen, musste aber doch an Pia denken. Die Vermutung, dass diese hinter all den im Grunde albernen Botschaften und Attacken steckte, war fast beruhigend. Schließlich war sie nach der heutigen Vorstellung überraschend schnell verschwunden. Das war doch schon der Beweis, oder? Vielleicht hatte sie ihr schlechtes Gewissen eingeholt oder Pia hatte verstanden, dass sie ihr ernsthaft damit hätte schaden können.

Hazel bekräftigte ihren Entschluss, Pia morgen noch vor der Probe zur Rede zu stellen, und durchdachte während der verbleibenden Fahrtzeit verschiedene Szenarien. Die Möglichkeit, dass alles auch ganz anders sein könnte, schob sie weit von sich.

Sie suchte noch nach den perfekten Worten für die morgige Konfrontation, als das Taxi langsamer wurde und schließlich vor ihrem Haus hielt. Vielleicht sollte sie jetzt, in der dunklen Jahreszeit und noch dazu, wenn Villem nicht zu Hause war, öfter diese Option wählen. Angenehm war es auf jeden Fall.

Nachdem sie gezahlt hatte, nahm sie ihr Smartphone in die Hand und aktivierte die Taschenlampenfunktion. Wenn sie vergaß, ihr Sicherheitssystem zu überprüfen, war es in dem Moment, in dem sie ihr Haus betrat, nutzlos und zerstört. Sie ging langsam auf die Eingangstür zu und wartete, bis der Taxifahrer abgefahren war. Dann erst stellte sie sich auf die Zehenspitzen und leuchtete mit klopfendem Herzen auf die linke obere Ecke des Türrahmens.

Unversehrt! Der durchsichtige Faden spiegelte sich im grellen Lichtstrahl der Handy-Taschenlampe, und er war nicht gerissen. Es war also niemand im Haus gewesen, seit sie es am späten Nachmittag verlassen hatte.

Jedenfalls niemand, der durch die Tür gekommen wäre, kicherte eine irre Stimme in ihrem Kopf.

Schluss jetzt! Ihre kleine Falle war simpel, aber wirksam, und es gab keinen Grund für einen Einbrecher, plötzlich andere, im Zweifelsfall auffälligere Wege zu wählen. Sie würde jetzt noch die Kellertür kontrollieren und sich dann beruhigt bettfertig machen.

Die Welt um sie herum schien stiller und finsterer zu werden, als sie dem Lichtkegel ihrer Handy-Taschenlampe zu dem grünen Metalltörchen an der rechten Hausseite folgte. Ihr Puls hämmerte, als sie den Plattenweg betrat, der um das Haus herum in den Garten hineinführte. Der Bewegungsmelder, der längst hätte reagieren müssen, war offenbar mal wieder defekt. So nahm das Dunkel sie bereitwillig auf und taxierte ihre Schritte vom Rand der Lichtschneise aus Hunderten Augen.

So ein Unsinn, dachte sie und versuchte, sich vorzustellen, es sei helllichter Tag. Der Ort war derselbe, es gab also keinen Grund für ihre irrationale Furcht.

Die Panik wusste es allerdings besser. Sie jagte ihr Herz und ließ ihre Knie und Hände zittern.

Der Verstand trieb sie voran. Am Ende des Weges an der Hausecke ging es in einer Hundertachtzig-Grad-Wende die Außentreppe zur Kellertür hinab. Vierzehn schmale, ungleiche Stufen. Sie musste aufpassen, nicht zu stolpern.

Um den unsichtbaren Faden zu erkennen, brauchte sie nicht einmal ganz nach unten zu treten. Sie verharrte auf der vorletzten Stufe, suchte Halt an dem röhrenförmigen Metallgeländer und lenkte den Lichtstrahl auf das obere Drittel der Kellertür. Er streifte Spinnenweben, die sanft, aber nachdrücklich die traurigen Überreste mehrerer Insekten umschlossen und beleuchtete die Stellen, an denen der weiße Lack des Türrahmens aufgeplatzt war. Ihre Sicherung war nicht gerissen.

Zumindest nicht, soweit sie es erkennen konnte. Mit einem Schaudern sah sie eine Nacktschnecke genau über die entscheidende Stelle kriechen. Ihre schleimige Spur schimmerte hell im Licht. Dennoch war deutlich zu sehen, dass der Faden unbeschädigt war.

Sie wollte die Treppe gerade wieder hinaufsteigen, als ein Rascheln sie innehalten ließ. Die Pause, die darauf folgte, war voller lautem Schweigen und gespanntem Abwarten. Es lag etwas in der Luft, und wenige Sekunden später offenbarte sich, was es war.

Ein lautes Kreischen, dann Schreie, die an jene eines Babys erinnerten. Schließlich die bekannten Geräusche zweier kämpfender Katzen. Hazel atmete erleichtert auf. Es waren eben noch andere, überwiegend harmlose Geschöpfe heute Nacht unterwegs. Der Weg zur Haustür zurück fiel ihr jetzt deutlich leichter. Auch, da sie nun sicher sein konnte, keinen unerwünschten Gast im Haus gehabt zu haben.

Wie zu erwarten, brannte heute auch kein Licht im Haus. Sie hatte am Morgen natürlich peinlich genau darauf geachtet, alle Lampen auszuschalten.

Was allerdings blinkte, war das rote Signallämpchen des Anrufbeantworters im Flur. Hazel beeilte sich, ihren Mantel abzulegen und die Schuhe auszuziehen. Wer konnte das sein? Sie hatte keine Idee. Mit Villem und ihren Bekannten sprach sie ausschließlich über ihr Handy, taten das nicht alle heutzutage? Wahrscheinlich war es nur einer jener Werbeanrufe, in denen Reisen und andere Gewinne versprochen wurden. Oder hatte sie vielleicht einen Arzttermin vergessen?

Sie drückte die Tastenkombination zum Abspielen neuer Nachrichten auf dem klobigen Festnetztelefon und im nächsten Moment war der Flur erfüllt von einer nur allzu bekannten Stimme.

»Ma Belle, ich dachte ...«

Villem! Er hatte nach dreiundzwanzig Uhr noch angerufen, vermutlich kurz bevor er schlafen gegangen war. Sofort war ihre Sehnsucht, die der Alltag viel zu sehr in den Hintergrund drängte, auf Rekordlevel. Ihre Liebe für ihn erfüllte sie warm. Was gäbe sie dafür, ihn jetzt in die Arme schließen zu können!

»... ich spreche dir heute Abend einfach mal auf den AB. Wir tun so, als ob ich nur einen Raum entfernt sei, ja?«

Tränen stiegen ihr in die Augen. Das musste der Stress der letzten Tage sein. Sie war doch sonst nicht so nah am Wasser gebaut.

»Wie war dein Tag, hm? Vermisst du mich? Ich tu das nämlich und kann es kaum abwarten, dich bald wieder in den Armen zu halten.«

Ihre Augen liefen nun über, doch es war ihr egal. Jetzt, da Villem vermeintlich so nah war, da er an sie gedacht hatte und sie ihm fehlte, wurde ihr noch einmal mehr klar, wie verrückt die letzte Zeit ohne ihn gewesen war.

»Hoffentlich machst du dir keine Sorgen mehr über den *Einbrecher*.« Er betonte das letzte Wort seltsam und lachte außerdem. Gerade so, als wüssten sie in Wahrheit doch beide, dass der vermeintliche Eindringling nicht mehr als ein Hirngespinst gewesen war und Hazel jetzt bestimmt wieder Vernunft angenommen hatte.

Hazel war irritiert. Fast hatte sie den Eindruck, er mache sich über sie lustig. Die Erinnerung an ihr letztes Gespräch, das eher angespannt verlaufen war, stieg wieder in ihr hoch. Aber nein, da musste sie etwas falsch interpretieren. Außerdem wollte sie jetzt nicht an die atmosphärischen Störungen bei Villems letztem Anruf denken.

»Wenn ich wieder da bin, schau ich mal nach. Bestimmt ist alles in Ordnung.«

Ihre Tränen trockneten schon wieder. Wie stellte er sich das denn vor? Natürlich wäre es, wenn er in einigen Tagen wieder zu Hause war, längst zu spät. Also, falls tatsächlich ein Einbrecher hier gewesen sein sollte. Wenn hier alles in Ordnung war, dann weil sie alles kontrolliert und behelfsmäßig gesichert hatte.

»Hab keine Angst, vielleicht war es auch einfach nur ein Streich. Wer weiß, was unter der Dorfjugend in unserer Gegend gerade als Mutprobe angesehen wird.«

Jetzt reichte es ihr. Ihr wurde wärmer, als angenehm war. Sie spürte Wut in sich aufsteigen und würde ihm jetzt gerne sagen, was sie von seiner Meinung hielt. Immerhin war sie diejenige, die in seiner Abwesenheit hier die Stellung hielt. Ernst nehmen musste man sie offenbar dennoch nicht.

»Ich muss jetzt schlafen gehen, es war ein langer Tag für mich.«

Für mich übrigens auch, dachte Hazel und schnippte mit Nachdruck ein paar unsichtbare Fusseln von ihrer Hose.

»Schlaf gut, Ma Belle. Bis morgen. Je t'aime«, hauchte Villem bettschwer und die Aufnahme endete.

»Letzte Nachricht«, verkündete die blecherne Oberlehrerinnenstimme ihres Telefons, dann herrschte Stille.

Kapitel 19

Nach einer weiteren Nacht mit wenig Schlaf und zu vielen Gedanken, fühlte sich Hazel am nächsten Morgen wie gerädert. Ihr Kopf schien in einen Schraubstock gespannt zu sein, und auf dem Weg ins Badezimmer war sie mehr getaumelt als gelaufen.

Nachdem sie sich fertiggemacht hatte, ging es ihr ein wenig besser. Aber wie schon während der letzten Stunden, in denen sie eigentlich hätte schlafen sollen, drehten ihre Gedanken unermüdliche Kreise um das immer gleiche Thema. *Wie sollte sie Pia heute zur Rede stellen?* Denn, dass sie die gestrige Chili-Attacke nicht unkommentiert hinnehmen konnte, war klar.

Ihre Position schwächte der Umstand, dass sie natürlich keine Beweise hatte. Wie auch? Aber vielleicht bedurfte es dieser auch gar nicht. Pia war es bisher nicht gewohnt, Gegenwind zu bekommen. Erst recht nicht von ihr. Es wäre also auf jeden Fall interessant, ihre Reaktion zu beobachten. Vielleicht verriet sie sich ja sogar durch irgendeine unbedachte Kleinigkeit. Durch, wie nannte man das in den True Crime-Podcasts, die Villem so gern hörte, noch mal? Durch Täterwissen, genau! Sie lächelte grimmig. Vielleicht konnte sie die Anschuldigungen ja so formulieren, dass Pia durch ihre Antwort zwangsläufig zu erkennen geben musste, ob sie darüber Bescheid wusste.

Hazel beschloss, jetzt genug Gedanken auf das Thema verwendet zu haben. Sie war schließlich Schauspielerin, Improvisation sollte ihr also nicht allzu schwerfallen. Und hey, sie durfte auf sich vertrauen, auch in dieser ungewöhnlichen Situation. Dass sie schon wieder nur um das Thema kreiste und sich selbst gerade Mut zusprach, war nicht unbedingt ein Zeichen für Schwäche. Sie seufzte, da sie es besser wusste, und holte sich ein großes Glas Orangensaft.

Heute würde sie vor der Probe nicht im *Goethe* frühstücken, beschloss sie. Sie wollte nicht riskieren, dort auf Elliott oder andere Kollegen zu treffen. Auch, wenn es gestern Morgen nett gewesen war. Bei der Erinnerung daran breitete sich ein warmes Gefühl in ihrem Bauch aus. Aber jetzt wollte sie erst einmal dieses alles bestimmende Thema hinter sich bringen. Selbst, wenn sie sich bis auf die Knochen blamieren und Pia alles abstreiten sollte, würde es ihr doch besser gehen, nachdem Frust und Ärger heraus waren. Vielleicht hörten die Attacken, die in letzter Zeit in immer kürzeren Abständen aufeinanderfolgten, dann ja auch endlich auf.

Noch auf dem Weg zur Arbeit gingen ihr Argumente, verschiedene Gesprächseinstiege und alle möglichen Reaktionen der Kollegin durch den Kopf. Sie hatte es aufgegeben, an etwas anderes zu denken, und warf sich das auch nicht mehr vor. Als sie aus dem Bus ausstieg, war das Gefühl, überhaupt keinen Plan für die anstehende Konfrontation zu haben, fast übermächtig.

Erst wenige Meter vor dem Theatereingang registrierte sie zwei uniformierte Polizisten, die gerade durch die Drehtür traten. Eine Beamtin, korrigierte sie sich, und ihr Kollege. Seltsam. Nur in wenigen Ausnahmefällen hatte die Polizei während oder nach den Abendvorstellungen vorbeikommen müssen, und jedes Mal war es um kleinere Vorfälle infolge größeren Alkoholkonsums gegangen. Aber was erforderte wohl einen Einsatz um diese Uhrzeit?

Hazel beschleunigte ihre Schritte und betrat das Theater. Aha, die beiden standen bei Johnny, der stirnrunzelnd aus seiner Pförtnerloge heraustrat und die Tür, wohl aus Gewohnheit, gewissenhaft abschloss. Er bedeutete den Beamten, ihm zu folgen, und bemerkte sie, die stille Beobachterin, ganz offenbar nicht. Sie achtete hingegen umso genauer auf das Geschehen. So wie es aussah, lief Johnny mit dem beunruhigenden Besuch ausgerechnet in Richtung der Künstlergarderobe. Was mochte das bedeuten?

Sie konnte sich keine plausible Antwort darauf vorstellen. Nachdem sie dem Dreiergrüppchen einen kleinen Vorsprung gelassen hatte, folgte sie ihm auf dem verschlungenen Weg durch die Katakomben. Tatsächlich! Als sie am Garderobeneingang angekommen war, stieß sie auf die drei, die sie allerdings keines Blickes würdigten.

»Wollen Sie mit hineinkommen?«, fragte Johnny in diesem Moment. »Oder soll ich sie herausholen?«

»Vielen Dank, aber wir gehen lieber mit Ihnen hinein. Das heißt, wenn die Probe noch nicht begonnen hat. Sonst holen Sie sie vielleicht besser«, erwiderte der Beamte.

»Nein, nein. Hinter dieser Tür befindet sich die Künstlergarderobe, geprobt wird auf der Bühne in fünfundzwanzig Minuten.«

»Gut, also dann ...« Die Kollegin nickte auffordernd.

Johnny senkte den Kopf und öffnete die Tür. Hazel schloss sich der Gruppe an und schlüpfte als vierte hinter der Polizistin in den Raum.

Die Beamten suchten sich einen Platz an der Seite und sprachen leise mit Johnny, der daraufhin auf Pia und jene Teile ihrer Anhängerschaft, die um diese Uhrzeit schon hier waren, zusteuerte. Hazel war einige Schritte weitergegangen und hielt an Elliotts Platz inne. Dieser war weit und breit nicht zu sehen. Gut. Dann war das jetzt für ein paar Minuten einmal ihr Schminktisch. Sie bemühte sich, nicht zu den Polizisten hinüberzusehen, und spitzte die Ohren. Umso mehr, als Johnny jetzt tatsächlich mit der ehrlich verwirrt dreinschauenden und ungewohnt stillen Pia zurückkehrte.

Was war denn da bloß los? Hazel hatte ihre Probleme mit der Kollegin, das schon, aber, dass diese einmal von der Polizei abgeführt werden würde, lag außerhalb ihrer kühnsten Vorstellungen.

»So, hier ist Frau Parthey«, hörte sie Johnny jetzt sagen. »Soll ich ...?« Der Rest seines Satzes hing unausgesprochen in der Luft. Hazel vermutete, dass es darum ging, ob er die Beamten mit Pia allein lassen sollte.

»Vielleicht bleiben Sie noch einen Moment«, schlug die Polizistin mit weicher Stimme vor. Hazel hatte plötzlich ein ganz seltsames Gefühl. Sie suchte eine günstige Position vor ihrem bzw. Elliots Spiegel. So. Jetzt hatte sie alle vier im Blick. Der Polizist stand mit Johnny einen Schritt hinter seiner Kollegin, die sich nun mit gesenkter Stimme Pia vorstellte. Der ungewohnten Stille im Raum war es zu verdanken, dass Hazel dennoch zumindest Satzfetzen aufschnappte.

»... Tochter von ...?«

Hazel sah, wie Pia nickte. Sie war weiß wie die Wand.

»... müssen Ihnen leider ... wenigen Stunden ... tot aufgefunden.«

Pia schlug eine Hand vor den Mund, zeigte aber ansonsten keine sichtbare Reaktion.

Dafür musste Hazel sich beherrschen, sich nichts anmerken zu lassen. Die ganze Situation war total bizarr und irgendwie unwirklich. Wenn sie aus den wenigen Brocken, die sie mitbekommen hatte, vollständige Sätze bildete, waren Pias Eltern in der Nacht ums Leben gekommen. Egal, wie sie die Wortfragmente auch kombinierte, die entscheidende Aussage blieb bestehen.

Sie merkte, dass Tränen in ihr aufstiegen, und wollte sie mit aller Macht unterdrücken. Es ging hier schließlich nicht um sie. Wie unangemessen wäre es jetzt, anders als tröstend für die Kollegin da zu sein? Unvermittelt durchflutete sie eine Woge des Mitgefühls und das dringende Bedürfnis, etwas zu tun, um die scharfen Kanten des bösen Märchens, das sich als Realität tarnte, abzumildern.

Sie konnte aber nicht helfen, sondern nur tatenlos zusehen, wie Pia mit Johnny, gefolgt von den Polizisten, die Garderobe verließ.

Es blieb still im Raum. Hazel konnte nicht einschätzen, wie viel die anderen mitbekommen hatten. Aber auch ohne Ton vermittelte die gerade aufgelöste Szene, dass sich eine Tragödie abgespielt haben musste.

Nach einer Weile hob ein Tuscheln im Raum an. Einzelne Worte drangen an Hazels Ohr, denen sie entnahm, dass die anderen nicht verstanden, was gerade passiert war.

»Aber was sollte das denn sonst sein?«, fragte Nina in diesem Moment ein wenig zu laut. »Sie ist immerhin gerade abgeführt worden!«

»Vielleicht wollen sie sie ja auch nur befragen«, überlegte Luca laut.

»Oh ja, ganz bestimmt! Zu welchem brisanten Thema könnte das wohl sein, wenn diese sie dafür mit zwei Mann aus der Probe holen?«

»Ach, was weiß ich.« Luca klang genervt. »Wir werden es mit Sicherheit erfahren.«

»Was, Hazel-Maus, werden wir erfahren?«

Sie hatte Elliotts Ankunft überhaupt nicht bemerkt und zuckte erschrocken zusammen. Bestimmt wunderte er sich, dass sie in voller Montur vor seinem Spiegel saß.

»Klär mich mal auf! Im Gang ist mir eine ganz merkwürdige Prozession entgegengekommen, und Pia und Johnny haben mich keines Blickes gewürdigt.«

»Sie haben sie mitgenommen«, brachte Hazel mühsam hervor und erkannte im gleichen Moment, dass ihre Worte eine falsche Schlussfolgerung nahelegten. Sie senkte die Stimme und bedeutete Elliott näherzukommen. »Lass dir mal nichts anmerken, aber ich glaube, es ist etwas mit Pias Eltern geschehen. Uns hat man aber nichts gesagt. Ich habe nur ein paar Worte aufgeschnappt, da ich zufällig in der Nähe war.«

»Zufällig? Ah ja.« Elliott grinste und Hazel spürte, wie ihr Gesicht heiß wurde. »Na, dann tun wir mal, als wüssten wir von nichts. Sie müssen uns ja informieren, wenn Pia ausfallen sollte.«

Daran hatte Hazel noch gar nicht gedacht. Aber Elliott hatte natürlich recht. Die Vorstellungen liefen ganz regulär weiter, und Pias Rolle war nicht groß genug, als dass sie eine feste Zweitbesetzung hätte.

»Ich kann mir nicht vorstellen, dass sie die nächsten Tage spielen wird«, ertönte es vernehmlich vom anderen Ende der Garderobe aus, wo ein Teil der Schauspieler zusammenstand. *Eileen*, fiel Hazel der Name der Kollegin ein. Sie hatte nicht besonders viel mit ihr zu tun, denn im *Tod einer Schülerin* spielte sie ausschließlich in Ensemble-Szenen.

»Vielleicht sollten wir erst mal abwarten. Sie müssen uns ja irgendetwas darüber sagen, wie es weitergeht«, bekräftigte Luca seine Worte.

»Ich glaube, das Stück ist vor zwei Jahren schon einmal hier in der Gegend aufgeführt worden«, sagte Nina und ignorierte Lucas Vorschlag. »Ihr wisst schon, von der Konkurrenz.« Sie lachte. »Jedenfalls könnten wir von dort vielleicht eine Gastschauspielerin für unsere Vorstellungen gewinnen, bis ... na ja, bis Pia wieder einsatzbereit ist.«

»Klar könnte man das versuchen«, beteiligte sich Luca jetzt doch an der Diskussion. »Ich glaube nur, dass die Erfolgsaussichten ziemlich mau sind. Die Schauspieler von damals sind doch entweder längst an einem anderen Haus oder laufenden Aufführungen verpflichtet. Alles andere wäre jedenfalls sehr unwahrscheinlich.«

»Aber könnte es nicht einfach eine der Zweitbesetzungen von hier übernehmen? Ich meine, machen wir uns nichts vor, Pias Rolle ist weder besonders anspruchsvoll noch sehr textlastig. Selbst eine Hospitantin würde das hinkriegen oder eine Schülerpraktikantin.«

»Oh, come on, Eileen! Steck deine Giftpfeile weg. Das ist jetzt gerade nicht der richtige Moment, falls du es noch nicht kapiert haben solltest.«

Hazel pflichtete Luca insgeheim bei. Ihr tat Pia leid, trotz allem. Wenn sie wüsste, wie über ihren Part gesprochen wurde. Sie war überrascht, wie schnell sich das Blatt wenden konnte und wie wenig, eigentlich gar nicht, sich Pias Entourage für ihre Heldin einsetzte. Luca musste die schlimmsten Wogen glätten, und er hatte nun wirklich nicht besonders viel mit Pia zu tun, soweit sie das beurteilen konnte.

Vielleicht war die traurige Wahrheit auch, dass der Kollegin das alles längst bewusst war, überlegte Hazel. Schließlich war sie ehrgeizig genug, um sich über das geringe Gewicht ihrer Rolle schon alle Gedanken gemacht zu haben, oder nicht?

Wie auch immer. Die Erfahrung hatte Hazel mehr als einmal gelehrt, von Pia nichts Gutes zu erwarten. Auch wenn sie ihre großen Ambitionen allzu gut nachfühlen konnte, war deren Verhalten für sie normalerweise einfach indiskutabel. Dennoch empfand sie in dieser Ausnahmesituation so etwas wie Mitleid mit der Kollegin.

Und sie verstand, dass sie mit Pia noch längst nicht abgeschlossen hatte.

Kapitel 20

Ein Gedanke drängte sich Hazel immer wieder auf.

Wenn, wovon sie ziemlich sicher ausging, Pia hinter den sich immer weiter steigernden Attacken im Theater steckte, sollten diese sich jetzt erledigt haben oder zumindest pausieren, bis die Kollegin wieder hier wäre. Dasselbe galt auch für die bedrohlichen Botschaften.

Aber sie wollte darüber jetzt eigentlich gar nicht nachdenken. Diese Überlegungen erschienen ihr pietätlos und in der aktuellen Situation vollkommen unpassend.

Gab es keine lösbaren Probleme, mit denen sie ihr hyperaktives Gehirn besänftigen konnte? Doch, natürlich. Sie sollte schließlich noch einen neuen Termin zum Austausch der Schlösser vereinbaren. Bevor es hier weiterging, dauerte es sicher noch ein paar Minuten. Sie ging zu der Seite des Raums, von der aus sie bekanntermaßen das beste Netz hatte, und wählte die Nummer des Schlüsseldienstes.

»Guten Tag!«, ertönte eine offensiv-fröhliche Frauenstimme vom Band. Angesichts der Tatsache, dass die Zielperson vorübergehend nicht erreichbar war, klang die aufgesetzte Begeisterung fehl am Platz. Hazel schnalzte ungeduldig mit der Zunge. Sie hasste es, auf Anrufbeantworter zu sprechen, und scheute auch jetzt davor zurück. Es war absehbar, dass der Rückruf, wenn überhaupt, zu einem unpassenden Zeitpunkt kommen würde. Besser, sie versuchte es später noch einmal. Nach der Probe.

Dass die Leute heute noch vorbeikamen, war ohnehin unrealistisch, redete sie sich ein. Am liebsten wäre ihr gewesen, das Problem mit all seinen Notwendigkeiten, wie der Terminvereinbarung und natürlich dem Empfang der Handwerker, sei bereits erledigt. Zum Glück hatte sie die Idee mit der kreativen Türsicherung oder besser gesagt -kontrolle gehabt. So hatte sie heute Nacht einigermaßen beruhigt schlafen können, und das würde notfalls auch noch ein, zwei weitere Tage funktionieren, bis die Schlösser endlich getauscht wären.

Sie eilte zurück zu ihrem Platz, bevor womöglich noch Elliott Zeuge ihres Zauderns wurde. Ein schneller Blick zu ihm hinüber nahm ihr diese Sorge jedoch sofort. Ganz offensichtlich befand er sich geistig nämlich gerade an einem ganz anderen Ort. Wie oft vor den Proben und noch öfter vor der Abendvorstellung, meditierte er im Lotussitz vor seinem Schränkchen. Wunderbar.

Ein ganzes Stück hinter Elliott öffnete sich jetzt die Tür. Aléjandro trat ein, wie es aussah fest entschlossen, den traurigen Ereignissen des Morgens eine gewöhnliche Probe entgegenzusetzen. Hazel hoffte, dass dieser Plan klappte. Die anderen erschienen ihr, nachdem der erste Schock überwunden war, bedeutend aufgedrehter als sonst zu sein. Eileen war heute die Wortführerin, sie schwadronierte abwechselnd darüber, wie Pia ersetzt werden könne und was denn nun wirklich passiert sei.

Hazel fühlte sich abgestoßen von diesem respektlosen Umgang mit den erschütternden Nachrichten. Im selben Moment stichelte eine leise Stimme in ihrem Kopf: *Du bist doch auch nicht besser! Überlegst gleich, welchen Vorteil dir ihr Ausfall bringt.* Aber ein Stagnieren des Mobbings war doch wohl kein Vorteil, oder?

Aléjandro war nun in die Mitte des Raumes stolziert, streckte die Brust vor und klatschte mit leicht in den Nacken gelegtem Kopf und großer Geste in die Hände. Er musste nichts sagen, die anderen und mit ihnen auch Hazel und Elliott scharten sich um ihn. *Erfuhren sie jetzt wohl mehr?*

»Aquí vamos! Einige haben es schon mitbekommen, hat mir Johnny gesagt.« Aléjandro ließ seinen Blick über die Anwesenden schweifen, von denen eine ganze Reihe seine Worte mit einem Nicken quittierten.

»Pia wird heute nicht spielen. Theresa versucht gerade, Ersatz zu finden. Vielleicht Jenny, man wird sehen. En todo caso, die Vorstellung wird trotzdem stattfinden ... und jetzt: Vamos! Auf die Bühne!«

Ein Murmeln durchzogen von mürrischen Lauten erhob sich unter den Schauspielern. Auch Hazel war enttäuscht. Sie musste zugeben, dass sie auf genauere Informationen gehofft hatte. Dabei wusste sie ja immerhin schon mehr als die anderen, wollte die schlimmen Fakten aber keineswegs weitertratschen. Sie hoffte, dass sie sich nicht verplapperte, und auch Elliott dichthielt.

Wenn Theresa in der Kürze der Zeit mit der Suche nach einer Vertretung betraut worden war, schien das ein klares Zeichen dafür zu sein, dass Pia länger ausfallen würde. Was schließlich auch sonst? Die junge Frau aus dem KBB, dem Künstlerischen Betriebsbüro, war ein Organisationstalent, das seinesgleichen suchte, und zwar vergeblich. Sie hatte für jeden, sei es ein tobender Regisseur oder eine verzweifelte Schauspielerin, ein paar nette Worte parat und rettete ganze Vorstellungen mit fröhlicher Ruhe und Nerven aus Stahl. Denn die brauchte sie ganz bestimmt auch in dem chaotischen Trubel.

Hazel hatte selbst mehrmals näher mit Theresa zu tun gehabt. Vor einigen Wochen zum Beispiel, als sie sich, vollkommen unverbindlich natürlich, nach einzelnen Kündigungsbedingungen und der Anrechnung von Resturlaub erkundigt hatte. Theresa hatte wie aus der Pistole geschossen geantwortet, dann aber den Kopf schiefgelegt, sie angelächelt und gesagt: »Keine Dummheiten machen!« Hazel erinnerte sich noch allzu gut daran, wie ihr ganz heiß geworden war und sie sich dermaßen ertappt gefühlt hatte, dass sie schnell »Nein, nein, natürlich nicht«, gestammelt hatte. Theresas liebes Zwinkern hatte alles nur noch schlimmer gemacht.

Dennoch entspannten die Gedanken an diese Situation Hazels Gesichtszüge auf dem Weg zur Bühne. Theresas heilende Art wirkte also sogar aus der Ferne und in der Erinnerung. Hazel merkte, dass sie lächelte. Es war nicht alles schlecht am Theater. Wirklich nicht.

»Bien, ich bin Vanessa«, behauptete Aléjandro, als alle auf der Bühne standen. Was im ersten Moment lustig klang, war für sie alle eine relevante Information. Heute übernahm der Regieassistent in der Probe also Pias Part, das hieß, er würde das junge Mädchen nicht spielen, sondern lediglich ihre Einsätze sprechen. Die Vorstellung des durchtrainierten Aléjandro in der

Rolle der Zicke Vanessa war auch zu komisch. Sie entlockte Hazel unwillkürlich ein schiefes Grinsen, bevor schwerere Gedanken ihre Mundwinkel wieder sinken ließen.

Es half alles nichts. Die Geschichte um Pia und ihre Eltern ließ ihr einfach keine Ruhe.

Sie stoben auf der Bühne auseinander, die meisten von ihnen gingen zur Hinterbühne ab.

Was mochte bloß passiert sein?

Hazel, Aléjandro und einige andere *Schüler* nahmen ihre Stellung für das erste Bild ein.

Wenn beide gleichzeitig gestorben waren, erschien ein Autounfall naheliegend. Doch in diesem Fall hätte die Polizistin wohl nicht die Formulierung „tot aufgefunden" verwendet." Hazel runzelte die Stirn.

Es war ihr alias Christianes erster Einsatz. Sie versuchte, sich zu konzentrieren, doch vergeblich. Zum Glück hatte sie die Rolle mittlerweile so oft gespielt, dass sie ihren Text im Traum hätte aufsagen können.

In Wahrheit gingen die genauen Umstände des Todes von Pias Eltern sie ganz und gar nichts an.

Im Stück baute sich nun rasant der Konflikt zwischen Christiane und der coolen Mädchengang, deren Anführerin Vanessa alias Pia heute von Aléjandro gegeben wurde, auf. Hazel gelang es, diesen ungeplanten Rollenwechsel ganz einfach auszublenden. Ihre jahrelange Spielerfahrung half ihr dabei, den Part der Christiane unverändert intensiv zu spielen. Was für sie niemals Routine werden würde, war hingegen der Tod. Der heute in Gestalt der furchtbaren Nachricht für Pia auch ihr Leben ganz sanft, wie beiläufig, gestreift hatte.

Im Grunde ging es doch gar nicht darum, zu erfahren, was genau passiert war. Eigentlich scheiterte sie nämlich an dem sinnlosen Versuch, ein Gefühl mit Worten der Erklärung aufzuwiegen, um es abzumildern, doch sie wusste genau, dass das nicht funktionierte. Im wahren Leben hatte es noch nie funktioniert.

Auf der Bühne war das anders. Hier verließen die richtigen Worte ihren Mund. Worte, die zuvor einstudiert, auswendig gelernt, gefühlt und auf ihre Weise in Verhalten umgesetzt worden waren.

Das Gefühl, das durch keine Erklärung abgemildert werden konnte, entstand dann, wenn zwei Wahrheiten einander überlappten. Es machte im Nachhinein jenen Moment wahr, in dem die eine Realität – das Leben – und die neue, von da an gültige Realität – der Tod – für die Dauer eines ungläubigen Blicks nebeneinander existiert hatten.

Aléjandro, der an seiner neuen Position inmitten der Schauspieler eine veränderte Perspektive einnahm, passte offenbar irgendetwas an der Aufstellung der anderen nicht. Er fuchtelte wild mit den Armen und winkte zwei, drei *Schüler* an andere Plätze.

Es war wie bei Schrödingers Katze, überlegte Hazel. Hatte man Grund zu der Annahme, dass das Tier in dem Karton lebte, weil es immer schon so gewesen war, musste sein Tod den Besitzer in den Grundfesten erschüttern. Weil diese Option indiskutabel war.

Eigentlich ging es also darum, dass der surreale Tod längst schon alles Leben ausgelöscht hatte und unbemerkt zur neuen Gegenwart geworden war.

Auf der Bühne war alles vollkommen anders. Hatte sie nicht selbst noch vor Kurzem gezählt, wie viele Tode sie noch sterben musste? War es dabei nicht darum gegangen, frei zu sein? Ja, es war alles anders auf der Bühne!

Jetzt kamen sie schon zum Finale. Hazel hob eine Hand, um sie gleich an die Wange zu legen, als Aléjandro laut klatschte und die Probe damit für beendet erklärte. Hazel und ihre Kollegen klatschten ebenfalls kurz, leiser natürlich und verließen die Bühne in Richtung Garderobe.

Die Zeit war wie im Flug vergangen. War es tatsächlich schon fast drei Stunden her, dass Pia von der Polizei abgeholt worden war? Hazel konnte es kaum glauben, aber sie war ja auch die meiste Zeit von ihrer Grübelei abgelenkt gewesen.

Jetzt jedenfalls war es kurz vor halb zwei und damit vermutlich die perfekte Zeit, um ein weiteres Mal auf der Mailbox des Schlüsseldienstes zu landen. Hazel zögerte nicht lange, drückte die Wahlwiederholungstaste ihres Handys und erschrak, als sich nicht die blecherne Dame, sondern der Chef der Firma, der ihr gestern die Absage erteilt hatte, meldete. Wenige Minuten später hatte sie einen Termin, und zwar noch heute. Gleich, um kurz nach vierzehn Uhr. Dem Mann hatte es hörbar leidgetan, ihren Auftrag am Vortag zurückgestellt zu haben, und er wollte das so schnell wie möglich wiedergutmachen.

Das hieß aber auch, dass sie jetzt keine Minute mehr verlieren durfte. Sie fuhr sich hastig mit der Bürste durch ihr Haar, zog Pulli und Mantel an und verließ die Garderobe mit wehenden Schößen. Elliott würde ihr hoffentlich nachsehen, dass sie sich nicht einmal verabschiedet hatte. Sie hetzte durch die Katakomben, deren rätselhaft-kurviger Verlauf über mehrere Treppen und durch den ewig langen, engen Gang sie heute ganz schön nervte. Ziemlich außer Atem und verschwitzt noch dazu erreichte sie endlich Johnnys Pförtnerloge. Sie hob im Vorbeilaufen grüßend die Hand, als sie ohne Vorwarnung von hinten um die Taille gepackt und ein paar Zentimeter hochgehoben wurde.

Mit einem leisen Schreckenslaut wehrte sie sich gegen den bis dahin unsichtbaren Angreifer und strampelte wenig überzeugend mit den Füßen, um Halt zu finden.

»Ach, Hazel-Maus, gib's auf. Ich hab dich!«, raunte die vertraute Stimme wieder viel zu dicht an ihrem Ohr.

»Elliott, verdammt!«, schrie Hazel auf und verstummte sofort. *War das peinlich!* Hoffentlich hatte niemand sie beobachtet. Johnny hatte sich hinter der Scheibe halb von ihnen abgewandt, seine Schultern zuckten jedoch verräterisch.

»Das ist nicht lustig!«, beschwerte sie sich, um Haltung bemüht.

»Weißt du, ich glaube, das ist es eigentlich schon.« Elliott grinste und schürzte dann genüsslich die Lippen. Jedenfalls wirkte er äußerst zufrieden.

»Ich habe auch überhaupt keine Zeit«, sagte Hazel jetzt.

»Aber du wirst mir doch nicht schon wieder einen Korb geben, oder?« Ein bettelnder Hundeblick folgte. »Ich meine, nach gestern? Da du mich erst rüde abgewiesen hast, um dich dann mit deiner Freundin zum Mittagessen zu treffen?«

Was sollte das denn heißen? War er ihr am Vortag etwa wieder gefolgt? Hazel hielt inne und versuchte, sich ihre Irritation nicht anmerken zu lassen. »Du meinst Orla? Meine frühere Schauspiellehrerin? Das hat sich einfach kurzfristig so ergeben.«

»Ach so, kurzfristig. Ich verstehe«, Elliott feixte. »So, wie es sich heute bei uns ergibt? Kurzfristig?«

»Ich fürchte nein.« Hazel bemühte sich, nicht allzu kühl zu klingen, aber der Schreck steckte ihr immer noch in den Knochen. Außerdem musste sie sich jetzt wirklich beeilen.

»Ich würde ja gern ...« *Würde sie das wirklich?* Hazel war von ihren eigenen Worten überrascht. »... aber heute wird leider wieder nichts daraus. Ich erwarte Handwerker, und zwar in genau ...« Sie sah auf die Uhr und ihr Herz hüpfte vor Schreck. »... vierundzwanzig Minuten. Deswegen ...« Sie wandte sich halb von Elliott ab, deutete ein Winken zum Abschied an und eilte dann durch die Tür nach draußen.

Kapitel 21

Hazel hatte Glück. Es war knapp, aber dank des geduldigen Fahrers konnte sie in letzter Sekunde gerade noch in den Bus springen.

Die Männer vom Schlüsseldienst warteten bereits vor ihrem Haus. Sie begannen sofort mit der Arbeit, während es Hazel so erging wie immer, wenn Handwerker da waren. Sie konnte sich weder auf eine sinnvolle Tätigkeit konzentrieren noch sich wirklich entspannen. Ein Anruf auf Villems Handy landete direkt auf seiner Mailbox, und ihre Gedanken wanderten unweigerlich wieder zu Pia und ihren Eltern.

Sie fragte sich, was die Kollegin im Moment wohl gerade tat, was sie durchmachte und wie es ihr ging. Ihr Gewissen regte sich, als ihr klar wurde, dass sie keine Ahnung von Pias familiären Verhältnissen hatte. Von einem Partner oder einer Partnerin hatte sie diese nie erzählen hören. Ob sie Geschwister hatte? Hazel wusste es nicht. Es war nicht auszuschließen, dass sie vollkommen allein mit der Situation fertig werden musste.

So oder so konnte sie ihr im Moment leider nicht helfen. Aber es war schon verrückt. Während es ihr am Morgen noch absolut vorrangig erschienen war, Pia wegen der Chili-Attacke zur Rede zu stellen, hatte das Schicksal plötzlich die Regie übernommen und einen grausamen Wendepunkt in deren Leben verankert, mit dem sie nun irgendwie weitermachen musste; den sie umschiffen, verarbeiten oder ignorieren konnte, und niemand wusste, was am Ende dabei herauskam.

Hazel hätte nie geglaubt, wie schnell sich alles ändern und dass sie sogar Mitleid mit der Kollegin empfinden könnte. Deren Attacken standen auf einmal auf einem ganz anderen Blatt, und auch wenn Hazel sie nicht gänzlich vergessen konnte, wollte sie jetzt keine negativen Gedanken Pia gegenüber zulassen. Pia ging es vermutlich schlecht genug und ein solches Schicksal hatte niemand verdient.

Von der offenen Haustür drangen laute Gesprächsfetzen, unterbrochen von einzelnen Flüchen, bis zu ihr ins Wohnzimmer vor und zerschossen ihre Gedanken in schöner Regelmäßigkeit. Der Versuch, sich gedanklich auf die nächste Zusammenkunft mit Orla vorzubereiten, war dementsprechend wohl auch zum Scheitern verurteilt. Wobei – vielleicht traf das auch auf das ganze Treffen zu. Hazel hatte längst verstanden, dass ihre alte Meisterin ihr sicher nicht bei der Gründung einer neuen Existenz als freiberufliche Schauspiellehrerin zur Seite stehen würde. Deren Versuche, sie von ihren Plänen abzubringen, waren unmissverständlich gewesen.

Vielleicht war sie naiv gewesen, als sie geglaubt hatte, Orla als erwachsene Frau gleichrangig entgegentreten zu können. In Wahrheit war die alte Rollenverteilung beim ersten Treffen sofort wieder da gewesen. Offenbar konnten sie beide einander nicht anders begegnen, und wenn dem so war, sollte sie daraus Konsequenzen ziehen.

Hazel stand von der Couch auf, lief ein paar Schritte und blieb am Bücherregal stehen. Sie ließ den Blick über die Buchrücken schweifen, ohne sie wirklich wahrzunehmen, und trat schließlich ans Fenster. Dem ohnehin trüben Tag würde bald das letzte Licht entrinnen. Still, ohne Protest oder Hoffnung. Sie wandte sich um.

Wie lange würden die Männer wohl noch brauchen? Eigentlich war das unerheblich, denn sie würde nicht in zeitliche Bedrängnis geraten. Bis zur Abendvorstellung waren es immerhin noch mehrere Stunden. Die wichtigere Frage war, ob Theresa Jenny erreicht hatte und es mit der Vertretung heute Abend klappte. Oder ob Aléjandro sich in Vanessas Kleidung zwängen würde. Das entspräche immerhin nicht weniger als dem umgekehrten Prinzip, das schon Shakespeare etabliert hatte. Bei der Vorstellung des drahtigen Spaniers in den bauchfreien Jeans der fiesen Vanessa stahl sich nun doch ein schiefes Grinsen auf Hazels Gesicht.

Aber soweit würde es nicht kommen. Natürlich nicht. Sie alle waren es gewohnt, wenn möglich, einzuspringen, das gehörte zu ihrem Beruf nun mal dazu. Für Jenny tat es ihr dennoch besonders leid. Sie hatte die Abende der jungen Kollegin gerne übernommen, um ihr den Urlaub in der Geburtstagswoche zu ermöglichen. Dass Jenny selbstverständlich kommen würde, wenn sie gebraucht wurde, war dennoch klar. Hazel hoffte, dass sie bei der Verschiebung der freien Tage wenigstens auf eine flexible Leitung traf. Sie selbst würde in der kurzen Zeit, die sie noch dort war, jedenfalls alles dafür tun, den Druck für Jenny in einem erträglichen Rahmen zu halten.

»Frau Karelius?«

Hazel zuckte zusammen und ärgerte sich im gleichen Moment darüber. »Ich komme!«

Wunderbar, wenn die Männer vorne mit der Haustür fertig waren und sich nun die Kellertür vornahmen, konnte sie vielleicht sogar schon etwas früher wieder im Theater sein. Womöglich wusste man dann dort schon mehr über Pia und wie es weiterging.

Tatsächlich dauerten die weiteren Arbeiten nur noch eine gute Stunde. Die Handwerker ließen Hazel mit fünf neuen Schlüsseln, einer beachtlichen Rechnung und einem guten Gefühl zurück. Vor allem aber hatte sie sich einen Plan überlegt, den sie gleich heute umsetzen würde.

Als sie wenig später mit hochgeschlagenem Kragen durch die eisige Herbstluft zum Bus lief, hatte sie ausreichend Schlüssel dabei. Alte und neue. Sie war gespannt, ob es klappen würde. Ob alles ruhig bliebe oder sie irgendetwas beobachten konnte. Ihr wurde ganz warm vor Aufregung, denn eigentlich sollte es einfach nur eine Absicherung zur Beruhigung ihrer Nerven sein. Bestenfalls würde es also nichts zu sehen geben, sie würde später am Abend einfach nur erleichtert nach Hause fahren, und hätte ihren Ängsten, die wie Raubtiere am Wegesrand lauerten, endlich die Zähne gezogen.

Auf der Arbeit angekommen, wurde ihre Aufmerksamkeit sofort von Elliott in Beschlag genommen. Ob er sie bemerkt hatte, war nicht ganz klar. Er schien viel zu sehr in eine Rolle vertieft zu sein. Hazel sah sich um. Es waren erst zwei, drei andere da. Sie tat es ihnen gleich und gab den Anschein, nicht auf Elliott zu achten. Tatsächlich gelang es ihr überhaupt nicht, ihn zu ignorieren.

»Die eigentliche Wahrhaftigkeit gibt es nur auf der Bühne«, skandierte er gerade. »Alles andere, das, was die Menschen das *wirklich wahre Leben* nennen ...« Jetzt schrie er fast, nur um im nächsten Moment bebend in sich zusammenzusacken. »... alles andere sind doch nur Rollen, Rollen ...« Seine Stimme brach, die Szene war offenbar beendet.

Elliotts Auftritt im Augenwinkel, räumte Hazel hastig die neuen Schlüssel in die Schublade ihrer Schminkkommode und verschloss sie. Diesen kleinen Schlüssel versteckte sie in ihrer Tasche, in deren Untiefen sie schon unter normalen Umständen lange nach Dingen suchen musste. Die alten Schlüssel für das Haus legte sie hingegen für jedermann gut sichtbar auf die Schminkkommode. Wenn sie später auf die Bühne ging, würde sie *vergessen*, sie wieder einzustecken. Sie prägte sich noch die genaue Position der Schlüssel ein. Jetzt war die Frage, ob jemand darauf ansprang und der Köder später anders dalag, oder, ob er vielleicht sogar ganz verschwunden war ...

»Rabimmel, rabammel, rabumm. Bumm, bumm!«

Hazel fuhr zusammen.

»Na, na. Du brauchst dich doch nicht so zu erschrecken. Nicht vor einem harmlosen Kinderlied«, sagte Elliott, der sich unbemerkt an sie herangepirscht hatte.

»Wohl eher vor dem Interpreten«, gab Hazel zurück.

»Aber das ist doch lustig«, behauptete Elliott, »und außerdem ...« Er imitierte einen Trommelwirbel auf einem unsichtbaren Luftinstrument und strahlte sie entrückt an.

»*Was?*«

»... haben wir San Martín!«

Obwohl oder gerade, weil der spanische Akzent Elliott gründlich misslang, zuckten Hazels Mundwinkel jetzt doch verdächtig. Vor ihrem inneren Auge nahm ein undeutlicher Aléjandro Gestalt an, und sie ahnte, dass Elliott nicht grundlos auf das Laternenfest anspielte.

»Gibt es irgendetwas, das ich wissen müsste?«, fragte sie mit aufgesetztem Ernst.

»Bien ...«, setzte Elliott an.

»Jetzt hör schon auf!«

»Also gut, dann im Ernst.« Elliott schraubte sein Sprechtempo hinunter und verlieh seiner Stimme einen getragenen Unterton. »Es wird in diesem Jahr erstmalig eine Art Sondervorstellung zu Ehren des bekannten Mantel-Schlitzers geben.«

»Wie? Hier? Auf der Bühne?« Hazel erinnerte sich daran, dass bei den Sankt Martins-Umzügen in ihrer Kindheit der unbestrittene Held immer das echte Pferd gewesen war. Ausnahmslos in jedem Jahr schien die Vorstellung mit dem charakteristischen Klackern der Hufe auf dem eisigen Boden erst so richtig zu beginnen. Das riesenhafte Tier, von dessen Nüstern der Dampf in die holzig-rauchige Herbstluft aufgestiegen war, hatte für die Kinder damals die eigentliche Sensation dargestellt. Dicht gefolgt von den selbst gebastelten Laternen und den rosinenäugigen Weckmännern. Der gute

Sankt Martin hatte eher auf einem untergeordneten
Platz rangiert. Auch wenn die allen bekannte Szene
stets mit großen Augen und noch größerem Eifer verfolgt wurde.

»Natürlich nicht auf der Bühne.« Elliott klang empört.
»Schließlich brauchen wir ein Pferd, kalte Luft und
eine Menge Platz für die Zuschauer.«

Die Idee begann Hazel zu gefallen. »Aber wie ... ich
meine, wann soll das Ganze denn stattfinden? Und wer
wird beteiligt sein?«

»Das wird noch geklärt. Die Aufführung wird am elf-
ten sein. Was denkst du denn?«

»Also nächste Woche schon?«

»Das Datum ist historisch gesetzt. Aber der Text ist ja
keine große Herausforderung. Der größte Wackelkan-
didat wird wohl der Hauptdarsteller sein.«

»Das Pferd«, erwiderte Hazel und hatte keine Zweifel,
dass Elliott und sie dasselbe dachten.

»Jawohl. Aléjandro hat am Nachmittag noch einige
von uns, die nicht schnell genug weg waren ...« Er zog
eine lustige Grimasse. »... angesprochen und mit der
Aufgabe betraut, uns Gedanken darüber zu machen.«

»Ach?«

»Mit anderen Worten, wir sollen ein geeignetes, ruhi-
ges Pferd organisieren und für *Martins* Ehrentag reser-
vieren. Das alles muss bis spätestens übermorgen in
der Probe spruchreif sein.«

»Na wunderbar! Wie sieht es denn bis jetzt aus? Krie-
gen wir das hin? Ich habe jedenfalls kein Pferd in der
Hinterhand.«

»Eileen wird sich darum kümmern«, sagte Elliott und lachte freudlos auf. »Wenigstens macht sie sich zur Abwechslung mal nützlich.«

Hazel nickte beiläufig und warf Elliott einen schnellen Blick zu. Dass er größere Antipathien gegen Eileen hegte, war ihr bisher gar nicht aufgefallen, aber sie verstand ihn schon. Die klein gewachsene Kollegin hatte ein umso größeres Mundwerk und ließ selbst nur selten ein gutes Haar an den anderen.

»Wie auch immer«, sagte Elliott und verlor offenbar schon wieder das Interesse an Eileen, »viel wichtiger ist die zweite Neuigkeit. Hast du eine Idee?«

Hazel blies die Backen auf. »Keine Ahnung. Mir reicht der – wie hast du ihn noch genannt? Mantel-Schlitzer? – schon.«

»Na, überleg doch mal. Zuerst kommt Sankt Martin und dann?«

»Die Weihnachtspause!« Hazel strahlte und riss die Augen in übertriebener Begeisterung auf.

»Nein!«, jubelte Elliott und stieg auf ihren Spaß ein. »Das Weihnachtsmärchen!«

»Oh, stimmt, da war ja noch was. Ist die Entscheidung mittlerweile gefallen?« Natürlich hatte Hazel die weihnachtlichen Sondervorstellungen für die kleinsten Theaterbesucher nicht vergessen. Bisher hatte man sich allerdings noch nicht auf das diesjährige Stück einigen können, und so war das ganze Thema für sie irgendwann in den Hintergrund getreten.

»So ist es. And the winner is ...« Da hatte Elliott anscheinend seine Lufttrommel wiedergefunden. »... Frau Holle!«

»Ach, die Gute! Also ganz klassisch in diesem Jahr?«
Hazel kannte das weitere Vorgehen schon aus den letzten Jahren. Nachdem das Märchen feststand, würden sie alle sich ein paar Fragen dazu ausdenken, die die Theaterpädagogen den Kindern auf ihren Werbetouren durch die örtlichen Grundschulen stellten. Wenn die kleinen Besucher in spe das Märchen selbst errieten, war die Aufregung und Vorfreude erfahrungsgemäß nämlich noch ein bisschen größer. So wie die Wahrscheinlichkeit, dass die Kinder ihren Eltern von dem Theaterbesuch vorschwärmten und sie nicht vor leeren Rängen spielen mussten. Wenn der Zauberstaub weggepustet war, stand nämlich immer diese nüchterne Überlegung hinter derlei Aktionen.

»Soweit wir bisher informiert sind, ist nichts Verrücktes geplant«, antwortete Elliott. »Obwohl«, er hielt inne und sah sie abwartend an.

»Ja?«, fragte Hazel, während ihr Blick aussagte: *Mach! Es! Nicht! So! Spannend!*

»Och, nichts Wichtiges wahrscheinlich. Aléjandro sagte nur noch, dass wir morgen etwas früher zur Probe kommen sollen und dass es eine *Probe light* werden wird.«

Hazel runzelte die Stirn.

»Ja, das waren seine genauen Worte«, bekräftigte Elliott. So, als sei damit alles gesagt.

Kapitel 22

Nach einer Nacht, in der sie so gut wie lange nicht mehr geschlafen hatte, begann der folgende Tag entspannt, aber unspektakulär für Hazel. Warum auch nicht? Eigentlich sollte das der beruhigend-langweilige Normalzustand sein, überlegte sie noch ein wenig schlaftrunken.

Selbst die von ihr so wohlüberlegt platzierten Schlüssel hatten gestern nach der Vorstellung noch immer unverändert auf ihrem Garderobentischchen gelegen. Was im Grunde so zu erwarten gewesen war, schließlich hatte der Einbrecher ihrem Haus bereits seinen Besuch abgestattet. Eine Kopie der alten Schlüssel existierte also vermutlich längst. Wie auch immer, inzwischen musste dieses Thema sie nicht mehr belasten.

Viel wichtiger war es, dass es heute ja eine Überraschung am Theater geben sollte, das hieß, falls sie Elliotts kryptische Andeutungen richtig verstanden hatte. Aber so oder so war das sicher kein Grund zur Sorge. Welche Pein sollte schon vor der Kulisse von San Martín und dem Weihnachtsmärchen lauern? Eben.

Was genau sich hinter der *Probe light* verbergen mochte, würde sie schon bald erfahren, da sie heute ja alle etwas früher kommen sollten. Wenn es nur darum ging, dass Aléjandro wieder die Vanessa geben würde, sollte er sein Licht doch nicht so unter den Scheffel stellen. Aber spätestens seit der gestrigen Vorstellung war zumindest diese Überlegung hinfällig, denn Jenny hatte in der Rolle der bitterbösen Vanessa brilliert. Fast schien es so, als habe sie auf den Ausfall der Kollegin gelauert.

Wenn Hazel ehrlich war, hoffte sie, dass die *Probe light* eine wie auch immer geartete, aber in jedem Fall positive Überraschung für die Schauspieler bereithalten würde. Seit gestern Vormittag standen sie bekanntlich alle unter Schock, selbst wenn sie sich das nicht anmerken ließen. Natürlich nicht, schließlich waren sie Profis. Sie waren Fassadenbauer, und in der Lage, jede Emotion zu verkaufen.

Hazel hatte sich in Windeseile fertig gemacht und entgegen ihrer Gewohnheit, nicht zu frühstücken, zwei Scheiben Toast mit salziger Butter zu sich genommen. Nicht etwa, weil sie hungrig gewesen wäre, nein, aber sie fühlte schon wieder einen dumpfen Druck hinter ihrer Stirn und hoffte, dass der drohende Kopfschmerz sich mit dem knusprigen Snack bestechen ließe. Sie wollte unbedingt vermeiden, heute ausgeknockt zu werden. Schließlich versprach der Tag interessant und einfach schön zu werden. Vom Stresslevel her ging es ihr eigentlich ganz gut, es gab also keinen Grund für eine Migräne-Attacke. Sie steckte dennoch vorsichtshalber für alle Fälle zwei der starken Schmerztabletten in ihr Portemonnaie.

Als sie eine knappe Stunde später auf das Theater zusteuerte, überfiel sie schlagartig die sichere Ahnung, was hinter der *Probe light* steckte. Im Empfangsbereich war nämlich eine Menge los. Ein buntes Gewusel auf hundert Beinen, das in Tischhöhe endete, füllte den

Platz vor Johnnys Pförtnerloge, der vollkommen entspannt, wie es schien, mit dem Kopf dieses verrückten Tausendfüßlers sprach.

Sie hatte an alles Mögliche gedacht, mit diesen Besuchern hatte sie aber nicht gerechnet. Ganz offensichtlich handelte es sich dabei um eine Kindergartengruppe, die heute wohl zur großen Aufregung der kleinen Beteiligten das Theater erkunden, und bei dieser Gelegenheit bestimmt auch das diesjährige Weihnachtsmärchen erraten sollte.

Hazel suchte Johnnys Blick, fand ihn und zwinkerte ihm erheitert zu. Er wirkte aber auch wie der perfekte Märchenonkel, mit seinem Gesicht, in das die Falten über schätzungsweise sechzig Jahre lang ein ewiges Schmunzeln gezeichnet hatten. Zwischen Knie- und Hüfthöhe drängelten sich die jungen Besucher nun auch um sie herum.

Natürlich war die Künstlergarderobe ein Höhepunkt auf dem Plan der aufgeregten Gäste.

»Da!« ... »Boah!« Mit überraschten Lauten wurden die ehemaligen Requisiten bestaunt, die den Schauspielern heute als Schminktischchen, Schränke und Sitzgelegenheiten dienten.

»Nicht anfassen!« Die zwei Erzieherinnen, unerschrockene Bändigerinnen des Tausendfüßlers, hatten alle Hände voll damit zu tun, die wuselige Wolke zusammenzuhalten. Die Ausstattung des gesamten Raums bot schließlich ein ziemlich buntes Bild und steckte für die Kinder voller Geheimnisse.

Hazel lächelte. Es stimmte schon, dass man die Welt von Zeit zu Zeit mit Kinderaugen betrachten sollte. Erst recht eine so verzauberte Welt wie das Theater. Den kleinen Stich bei dem allzeit präsenten Gedanken an ihr selbst gewähltes vorzeitiges Ende in selbiger, ignorierte sie, so gut es ging.

»Bist du traurig?«, erklang plötzlich ein zartes Stimmchen von weiter unten und riss sie aus ihren Gedanken. Hazel hob die Augenbrauen und beugte sich zu dem kleinen Mädchen hinab, das abseits von den anderen Kindern bei ihr stand. Wie lange, vermochte sie nicht zu sagen. Sie lächelte beruhigend, wie sie hoffte, und sagte: »Nein, ich bin nicht traurig. Ich habe nur nachgedacht.«

Das kleine Mädchen runzelte auf bezaubernde Weise seine Stirn. So ganz schien sie nicht überzeugt zu sein, rang sich schließlich aber ein »Ach so« ab. »Aber wenn du traurig wärest ...« Sie betonte die Worte drollig, und es war eindeutig, dass sie ihre Botschaft auf jeden Fall loswerden wollte. »Also, dann musst du einfach ganz fest an etwas Schönes denken.« Jetzt wirkte sie schon bedeutend zufriedener. »Eine schöne Erinnerung«, flüsterte sie verschwörerisch und blinzelte Hazel kichernd zu.

Hazel musste sich beherrschen, die aufsteigenden Tränen zurückzudrängen, denn das kleine Mädchen hatte sie mit seinen Worten viel mehr erreicht, als es vielleicht gedacht hatte. Sie lachte mit ihm und meinte: »Das stimmt, du bist sehr klug.« Woraufhin das Mädchen stolz nickte. *So war es richtig*, dachte Hazel. Irgendwann hatte man mal selbstbewusst und voller Freude zu seinen Fähigkeiten gestanden. Kinder hatten so viele Fragen, und dabei waren sie für die Großen in Wahrheit doch selbst die Antwort.

»Ich bin Lili«, erklärte das Mädchen jetzt. »Wie heißt du?«

»Das ist aber ein schöner Name. Ich bin Hazel.«

»Das ist ein«, das Mädchen überlegte und rümpfte doch tatsächlich die kleine Nase, »komischer Name.«

Hazel gab sich Mühe, betrübt zu schauen, und hatte sofort Erfolg.

»Komisch, aber schön komisch«, räumte die kleine Philosophin großzügig ein. »Willst du meine Sankt Martins-Laterne sehen? Die hab ich ganz allein gebastelt«, sie strahlte Hazel an und schob schnell hinterher: »Im Kindergarten.«

»Das würde ich sogar sehr gern, aber du hast sie doch sicher nicht dabei, oder?«

»Nein, aber ...« Lili holte tief Luft und rief mit schriller Stimme: »Kathariiina!«

Das »iii« stach unvermittelt in Hazels Kopf, der sich plötzlich anfühlte, als sei er in ein unter Strom stehendes Metallband gespannt worden.

Sofort sah die Jüngere der beiden Erzieherinnen sich alarmiert um, näherte sich dann jedoch ohne Eile, nachdem klar war, dass sich ihr Schützling weder in einer Gefahrensituation befand, noch ihm gerade der Kopf abgerissen wurde. Beides hatte die Frequenz des Schreies möglich erscheinen lassen.

»Das ist Hazel«, erklärte Lili strahlend, als Katharina bei ihnen ankam. »Meine Theaterfreundin. Zeigst du ihr meine Laterne?«

Katharina lächelte Hazel entschuldigend an und widmete sich dann ihrem Schützling. »Sophie, du darfst die Leute hier doch nicht so stören!«

Sophie? Ah ja! Hazel versuchte, ihre Erheiterung zu verbergen. Das Mädchen schauspielerte wohl selbst ganz gern. Jetzt hatten sich seine Wangen tatsächlich gerötet und Lili/Sophie sah verstohlen zu ihr hoch. Für einen kurzen Moment gelang es Hazel, streng zu schauen, doch dann zwinkerte sie dem Mädchen zu. »Sophie stört überhaupt nicht«, beruhigte Hazel die junge Erzieherin.

»Ganz genau«, krähte Sophie, jetzt schon wieder guter Dinge. »Zeigst du ihr jetzt meine Laterne?«

»Wir haben in den letzten Tagen nur ein Thema in der Kita«, wandte Katharina sich entschuldigend an Hazel. »Sankt Martin, die Laternen und natürlich die große Frage, ob er auf einem echten Pferd angeritten kommen wird.«

»Na, das ist doch aber auch spannend«, meinte Hazel. »Jetzt möchte ich die Laterne noch lieber sehen.«

»Also gut.« Die Erzieherin zückte ihr Handy und wischte und klickte eine Weile auf dem Display herum, bis sie das richtige Foto gefunden hatte. Sophie trippelte derweil aufgeregt auf der Stelle und sah abwechselnd zu den beiden jungen Frauen auf.

»Ha! Da ist es!«, Katharina warf einen letzten Blick auf das Handy, bevor sie es Hazel hinhielt. Sophie reckte den Kopf, um auch etwas zu sehen, was jedoch ein erfolgloses Unterfangen blieb.

Hazel begutachtete die Bastelarbeit wohlwollend. Vorausschauend hatte man im Kindergarten ein Schild mit dem Namen des zugehörigen Kindes neben die Laterne gestellt, bevor man alle fotografiert hatte. Das ein wenig windschiefe Ergebnis hatte etwas Rührendes. Sophie hatte sich für dunkelroten Karton entschieden und auf jeder der vier Seiten ein Motiv ausgeschnitten. Ein Stern, eine Mondsichel, ein Herz und eine Blüte waren mit orange durchscheinender Folie hinterlegt und würden in tiefschwarzer Novembernacht sicher schön leuchten.

Während Hazel in die Betrachtung vertieft war, machten ihre Gedanken einen gewaltigen Sprung zurück in ihre Kindheit. Sie hatte ewig nicht mehr daran gedacht, jetzt aber fiel ihr alles wieder ein. Die Erinnerung daran, wie ihre beste Freundin Lara und sie unbedingt alles gleich haben mussten und so natürlich auch die alljährliche Sankt Martins-Laterne. Das Bild von den zwei kleinen Mädchen war vollkommen klar. Sie waren beide Einzelkinder und füreinander eine Zeit lang die besten Wahlschwestern gewesen, die man sich nur vorstellen konnte. Die Fallhöhe war daher maximal gewesen, als sie einander verloren, und der Schmerz lauerte nach all den Jahren noch immer in seiner Höhle.

Der schwelende Druck hinter ihrer Stirn verstärkte sich nun, während Hazel mit aller Macht versuchte, die traurigen Erinnerungen abzuwehren. Sie konzentrierte sich wieder auf das Foto und darauf, die Fassung zu bewahren. Die Laterne war von unbeholfenen Kinderhänden hingebungsvoll verziert worden. Vielleicht war es das, was sie zurückkatapultiert hatte. Das völlige Aufgehen in der kreativen Aufgabe. Die Freude über das Selbstgeschaffene. Ihre Sorglosigkeit noch Stunden vor dem Ende.

Etwas zupfte jetzt an ihrem Hosenbein. Sophie. Sie blickte mit großen Augen zu ihr auf, und Hazel wurde bewusst, dass sie noch gar nichts gesagt hatte. Das ging natürlich nicht. Sie riss sich zusammen und zwang ihre Mundwinkel in ein breites Lächeln. »Sie ist toll, Sophie! Hast du dir das ganz allein ausgedacht?« Sie zeigte auf die Motive und das Mädchen strahlte.

»Hmhm.« Ein heftiges Nicken folgte. »Katharina und Maren haben uns auch ein bisschen geholfen, aber wir haben die Farben ausgesucht!«

»Orange und Rot gehören zu meinen Lieblingsfarben«, sagte Hazel. »Ich glaube, deine Laterne wird im Dunkeln richtig toll leuchten.«

Sophie strahlte.

»So, jetzt haben wir Hazel aber genug aufgehalten. Lass uns mal wieder zu den anderen gehen. Wir wollen doch später noch das Märchen erraten«, versuchte Katharina Sophie zum Gehen zu überreden.

»Ok, aber Hazel soll auch mitraten«, stimmte das Mädchen nicht ganz bedingungslos zu.

»Ich glaube, wir sind beim großen Weihnachtsmärchenraten dabei«, erklärte Hazel und beugte sich dann zu Sophie hinunter. »Aber vorher ...« Sie stupste das Mädchen auf die Nase. »... wünsche ich dir und deinen Freunden noch ganz viel Spaß hier im Theater! Ich glaube«, sie sah sich verschwörerisch um und senkte die Stimme, »ihr werdet später sogar noch geschminkt. Aber psst, das ist noch geheim!«

Die Freude auf dem kleinen Gesicht war unübersehbar, und Hazel ahnte schon, dass ihr *Geheimnis* nicht lange bewahrt werden würde.

Kapitel 23

Hazel hatte sich gerade von Sophie alias Lili verabschiedet, als sich die Tür öffnete und Aléjandro mit raschen Schritten den Raum betrat. Den Blick erhoben, klatschte er in die Hände, um seine Schäfchen zusammenzutreiben.

Sie sah sich um. *Wo war Elliott eigentlich?* Sie hatte ihn heute noch nicht gesehen, aber das musste ja nichts bedeuten. Er war nun mal ein Einzelgänger. Dass er in letzter Zeit einen Narren an ihr gefressen zu haben schien, passte eigentlich gar nicht in das Bild, das sie über die Monate hinweg von ihm gewonnen hatte. Wie auch immer, er würde schon nicht verschwunden sein. Jetzt schloss sie sich den anderen an, die dem Regieassistenten zur Bühne folgten.

»Bien.« Aléjandro drehte sich zu ihnen um, kaum dass sie die Hinterbühne erreicht hatten. »Vengan aquí! Kommt mal alle zusammen!«

Hazel war gespannt. Jetzt würde er die Katze wohl aus dem Sack lassen! Ob es etwas mit den Kindern zu tun hatte? Sie mahnte sich zur Geduld. Inzwischen waren sie alle dichter zueinander gerückt und bildeten einen Halbkreis um ihren Meister. Einige gaben sich besonders lässig, die meisten schienen jedoch ebenso neugierig wie sie selbst zu sein. Ach, und da stand ja auch Elliott. Hazel suchte seinen Blick, den hatte er aber offenbar gerade nach innen gerichtet. Jedenfalls sah er durch sie ebenso hindurch, wie durch ihre Kollegen.

»Also«, erhob Aléjandro erneut die Stimme, »heute, wie angekündigt, haben wir eine besondere Probe.«

Es war still geworden, die Spannung schien beinahe greifbar, und erst in diesem Moment wurde Hazel klar, worauf sie eigentlich alle so gebannt warteten. Natürlich ging es gar nicht um die Probe. Jedenfalls nicht nur und vor allem nicht in erster Linie. Sie alle hofften darauf, etwas über Pia zu erfahren. Wie es ihr ging, wann sie wiederkäme, und in Wahrheit wollten sie wahrscheinlich vor allen Dingen wissen, was genau passiert war.

Sie konnte das verstehen, und sich selbst auch nicht ganz frei von diesem Impuls sprechen. Dennoch war ihr die Situation unangenehm. Sie sollten hier nicht in großer Runde über Pias Eltern und deren Schicksal spekulieren, das war einfach nicht richtig. Zumal wohl jeder spürte, dass das Motiv des Interesses keineswegs Mitleid mit der Kollegin war. Schließlich war sie nicht die Einzige, die von Pia abfällig behandelt worden war, und auch, wenn sie nicht glaubte, dass jemand von ihnen in dieser Situation ernsthaft Missgunst empfand, war die Schwelle für Klatsch und Tratsch bei der scharfzüngigen Kollegin mit Sicherheit nicht besonders nennenswert hoch.

»Wir beginnen«, fuhr Aléjandro fort, »erst in einer halben Stunde. Dann aber«, er ignorierte die verwunderten Einwürfe der Schauspieler, »werden wir Publikum haben. Los niños! Die Kinder schauen heute zu. Das bedeutet, wir proben nur ausgewählte Szenen.

Keine Schimpfworte et cetera und auch nicht zu lange. Die Kleinen haben nur wenig Geduld. Die entsprechenden Stellen gebe ich gleich durch. Aber vorher habe ich noch eine Aufgabe für euch.«

Nachdem klar war, dass die Ereignisse um Pia mit keinem Wort erwähnt werden würden, beobachtete Hazel, wie die aufgeregte Anspannung der anderen förmlich in sich zusammenfiel. Aléjandro schwadronierte nun mit wichtigen Worten von dem bevorstehenden Weihnachtsmärchen und davon, die jungen Zuschauer für das Theater zu gewinnen. Für Hazel war in erster Linie die Information relevant, dass sie in der halben Stunde vor Probenbeginn drei bis vier charakteristische Stellen aus Frau Holle einstudieren oder zur Not improvisieren sollten. Diese würden dann dem aufgeregten Publikum vorgetragen werden, das Aléjandro zufolge anschließend das Märchen erriet. Wenn alles gut ging. »Über San Martín sprechen wir später noch«, schob er abschließend hinterher. »Aber jetzt erst einmal Frau Holle!«

So richtig begeistert wirkten die anderen von der Idee nicht. Die Enttäuschung darüber, noch immer keine weiteren Informationen zu Pia zu haben, war deutlich zu spüren. Der Plan, den ihr Regieassistent für die jüngsten Zuschauer geschmiedet hatte, löste dementsprechend keine besonders große Begeisterung aus.

Hazel fand das schade, denn für die kleinen Besucher war der Vormittag im Theater ein tolles Erlebnis. Ihre strahlenden Augen hatten schon während des Besuchs der Künstlergarderobe Bände gesprochen. Jetzt noch die Probe und das kleine Ratespiel im Anschluss – der Tag würde den Kleinen bestimmt lange in Erinnerung bleiben. Und für das Theater war die Mundpropaganda in Sachen Weihnachtsmärchen damit auch gesichert.

Sie nahm einen großen Schluck aus der Wasserflasche. Ihre Kopfschmerzen waren seit dem Morgen kontinuierlich stärker geworden. Mittlerweile war ihr auch wieder übel. Sie hätte eben noch schnell eine Tablette nehmen sollen. Manchmal konnte sie die Migräneattacken, wenn sie den richtigen Zeitpunkt erwischte, damit noch eindämmen. Heute hatte sie ihn allerdings verpasst. Jetzt musste sie erst einmal die kommenden zwei Stunden überstehen. Danach würde sie weitersehen.

Mit ein wenig Glück gelang es ihr, sich aus den Impro-Szenen zu Frau Holle herauszuhalten. Solche Gelegenheiten waren perfekt für junge Kolleginnen geeignet, die noch nicht so lange dabei waren. In der Regel waren sie auch diejenigen, die bei so etwas gerne mitmachten. Hazel suchte sich einen Platz am Rand, von dem aus sie ungestört zuschauen konnte. Dabei war sie allerdings nur äußerlich betrachtet bei der Sache. In Wahrheit versteinerte ihr Körper um den Schmerz, der in ihrem Kopf tobte und baute eine untrennbare Einheit auf, während sie erfolglos versuchte, sich wegzudenken.

Der Weg in die Garderobe und zu der rettenden Pille erschien ihr plötzlich viel zu weit und der Aufwand zu groß. Sie schloss die Augen und hoffte, nicht unangenehm aufzufallen. Ihr blieben nur noch wenige Minuten, bis die Probe begann. Als Hauptrolle befürchtete sie, trotz der verkürzten Dauer, an den meisten Einsätzen beteiligt zu sein. Sie wollte jetzt nicht daran denken. Wie sie das gleich schaffen sollte, konnte sie sich nämlich nicht vorstellen. Aber es musste gehen. Irgendwie.

Vor den noch verschlossenen Türen kündeten ein vielfüßiges Getrappel und einzelne, von Katharina und Maren sofort beschwichtigte, Freudenlaute von ihrem aufgeregten Publikum. Und dann war es so weit: Die Türen wurden geöffnet und die Kinder strömten von den Erzieherinnen mühsam kontrolliert herein. Dabei wurde natürlich alles kommentiert. Um den Spaß zu erhöhen, hatte man den Vorhang nur zu drei Vierteln zugezogen. Die Schauspieler drängten sich dahinter, und natürlich spähte bald der erste von ihnen vorsichtig hinaus. Gerade nur so weit, dass die ganz aufmerksamen Kinder es mitbekamen und die anderen darauf hinwiesen.

Es klappte. Bald herrschte beinahe Ruhe in den Sitzreihen, ihre besondere Vorstellung einer Probe konnte also beginnen.

Hazel versuchte, ganz zu Christiane zu werden, und Christiane litt glücklicherweise nicht an Migräne. Auch wenn es dennoch ein schlimmes Ende mit ihr nahm, das heute für ihr junges Publikum jedoch ausgespart wurde. Dafür war sie gerade wirklich dankbar. So hatte sie keine Szene, in der sie schnell zu Boden gehen musste. Sie würde es also bestimmt einigermaßen hinkriegen, Übelkeit und Kopfschmerz zum Trotz.

Aléjandro gab den Conférencier. Er erklärte vor jeder Szene in wenigen Worten, was die Schauspieler gleich zeigen würden und was die besonderen Herausforderungen dabei waren. Hazel stellte fest, dass ihr mitunter divenhafter Regieassistent mit dieser Idee eine Seite von sich präsentierte, die sie äußerst positiv überraschte. Dazu kam noch, dass die Redeanteile von Aléjandro beträchtlich waren, während die Spieleinsätze überschaubar blieben.

Gleich an der ersten Szene, dem Streit mit Vanessa alias Jenny, war Hazel beteiligt. Sie hatte sich kaum hinter dem Vorhang hervorgeschoben, als auch schon ein helles Stimmchen an ihr Ohr drang.

»Haaazel!«, krähte Sophie fröhlich, bevor reflexhaft das unvermeidbare »Psscht!« von gleich beiden Erzieherinnen folgte.

Hazel musste sich ein Schmunzeln verkneifen. Christiane hatte wahrlich keine gute Zeit, also durfte sie diesem Impuls nicht nachgeben. Was gar nicht so einfach war, denn die Begeisterung ihrer jungen Freundin rührte sie, und spätestens jetzt nahm sie sich vor, die Migräne zu ignorieren.

Tatsächlich hatte Aléjandro sehr unterschiedliche, natürlich nicht zu dramatische Szenen ausgewählt, die die Kinder bereits gut verstehen konnten. Seine Hauptbotschaft war, dass es immer um Emotion ging, und darum, die Szenen für die Zuschauer nachfühlbar zu machen. Eine Zeit lang hörte das junge Publikum gebannt zu. Hazel beobachtete die Kinder heimlich, und die weit aufgerissenen Augen und Münder rührten ihr Herz an. Man vergaß im hektischen Theaterbetrieb viel zu oft, was einmal der Ursprung der Leidenschaft gewesen war. Irgendwann waren sie alle zum ersten Mal in dieses Zauber-Universum eingetaucht. Hatten die besondere Luft geatmet und beschlossen, dass diese Welt der vielen Leben ihre Bestimmung sein sollte.

Was Orla immer wieder hartnäckig mit Worten versucht hatte, gelang diesen Kindern mit ihrer unverfälschten Freude gerade viel zu gut. Dennoch war es die Stimme ihrer alten Lehrerin, die Hazel sofort im Kopf hatte. *Siehst du, Mädchen?* Dann, ganz leise, ertönte ihr tiefes, gurgelndes und siegessicheres Lachen.

Auf der Bühne präsentierten Jenny, Luca und ein paar der anderen gerade schon Szenen aus Frau Holle. Es schien der richtige Zeitpunkt dafür zu sein. Die Kinder waren inzwischen deutlich unruhiger und riefen ihre Vermutungen in Richtung Bühne. Auch die richtige Lösung hatte Hazel schon heraushören können, aber in Wahrheit ging es nicht nur darum. Dass ihr junges Publikum einbezogen und nach seinen Ideen gefragt wurde, war weitaus wichtiger. So würde der Tag für die Kinder noch viel länger in Erinnerung bleiben.

Zum Abschluss gab es noch einen Gruppenvorhang. Sie verbeugten sich und winkten ins Publikum, das seinerseits zurückwinkte. Hazel zwinkerte der strahlenden Sophie heimlich zu.

Es war ein richtig schöner Vormittag gewesen. Hazel war als eine der ersten auf dem Weg zur Garderobe und würde gleich zwei Dinge tun: als Erstes endlich eine Tablette nehmen, in der Hoffnung, dass sie doch noch etwas ausrichten konnte und sich dann in einen der schallgedämpften Proberäume zurückziehen. Vielleicht blieb sie heute sogar bis zur Abendvorstellung hier, mal sehen. Die Fahrerei nach Hause und zurück war eigentlich mehr Stress als Entspannung, und nachdem heute keine Handwerker kamen und sie auch sonst keine Termine hatte, war der Gedanke vielleicht gar nicht so dumm.

»Heute gibt es kein Entkommen!«, rief plötzlich eine Stimme hinter ihr.

Hazel hörte die Worte zwar, fühlte sich jedoch nicht angesprochen. Erst als sich zwei starke Hände von hinten warm um ihre Mitte schlossen, drehte sie sich zu Elliott um. Die körperliche Nähe war ihr unangenehm, aber das wollte sie nicht zu erkennen geben. Sie schob seine Hände beiläufig von sich und verstand sofort, worauf er hinauswollte. Trotzdem gab sie sich ahnungslos.

»Na, du wirst mir doch bestimmt nicht zum dritten Mal einen Korb geben, oder? Nach der alten Lehrerin und den Handwerkern komme heute endlich ich zum Zug!« Er grinste spitzbübisch, legte dabei aber genau diese latente Ahnung von Traurigkeit in seinen Blick, die ihr Herz erweichte.

»Es könnte sein, dass ich heute keine gute Gesprächspartnerin bin«, versuchte sie es halbherzig.

»Das kann ich mir nicht vorstellen«, gab Elliott fröhlich zurück.

»Na gut, dann auf eigene Gefahr.« Hazel wollte auf keinen Fall die Migräne thematisieren, denn das klang ihr zu sehr nach Ausrede. Außerdem hatte sie die Vorstellung überstanden, also sollte eine gemeinsame Mittagspause schon drin sein.

»Aber«, fügte sie hinzu, »gib mir noch zwanzig Minuten, ja? Wir können uns ja draußen treffen. Um zehn nach eins?«

Kapitel 24

Hazel erwachte von einem monotonen, hohlen Klopfen.

Es nahm kein Ende und hallte schmerzhaft in ihrem Kopf wider. Sie sah sich um und erkannte zuerst die qualmenden Überreste des verkohlten Fahrzeugs wenige Meter neben sich. Abgesehen von dem unablässigen Pochen war es hier vollkommen still. Die Farben waren hingegen intensiver, die Landschaft fast grotesk grell. Sie spürte Übelkeit in sich aufsteigen und zwang sich, wieder hinzusehen. Das Auto war kaum noch als solches zu identifizieren. Trotzdem wusste sie, wem es gehörte und wer darin sitzen musste.

Sie wandte hastig den Blick ab. Sie wollte das störende Geräusch abstellen und erkannte erst jetzt dessen Ursache. Ein Benzinkanister. Fast unbeschadet, nur eine Ecke war weggeschmolzen. Das andere Ende steckte im Maul eines schwelenden Plüschhundes, der seinen Kopf in gleichförmiger Bewegung von der einen zur anderen Seite schlug. Klong – klong. Klong – klong.

Hazel kannte das Spielzeug gut, es gehörte Lara. Sie hatte es eine Zeit lang überall mit hingeschleppt. Der Gestank würde bestimmt nicht mehr herausgewaschen werden können. Lara würde todtraurig sein, aber Hazel würde trotzdem versuchen, sie zu trösten.

Die Gedanken entflohen ihrer Kontrolle und wichen zurück. Sie wollten keine Bestätigung für das, was in dem Auto war.

Wie sie sich wünschte, dass das Klopfen aufhörte, aber das würde nicht passieren. Es würde nie mehr aufhören. Ihre Traurigkeit war unermesslich, ob dieser Gewissheit. Dann plötzlich änderte sich etwas in der surrealen Szene. Es gesellte sich ein weiteres Geräusch hinzu. Ein helles, perlendes Kinderlachen. Hazel stellten sich die Härchen im Nacken auf. Das durfte nicht sein, nicht hier.

Das Mädchen trug ein rotes Sommerkleidchen und sprang unbekümmert um das Autowrack herum. Schließlich näherte es sich Hazel. Sie spürte, wie unbändige Angst von ihr Besitz ergriff.

»Ich bin Lili«, flötete das Wesen, das sich als Mädchen ausgab. Während es sprach, schob es sein zartes Gesicht immer näher an Hazels. Sie konnte nicht zurückweichen und war daher gezwungen hinzusehen. Lilis Züge veränderten sich nun, ihr Gesicht unter den blonden Ringellöckchen wurde binnen Sekunden uralt. Ihre Konturen wurden unscharf, dehnten sich wie Gummi, um im nächsten Moment ineinander zu laufen.

Hazel kniff die Augen zusammen, aber es änderte nichts. Das Bild blieb bestehen. Sie konnte nichts tun, als das Wesen den Mund aufriss und sein verfaultes Gebiss bleckte. Ein tiefes, gurgelndes Lachen entwich ihm, wie ein schlechter Geruch. Es wurde lauter, schwoll an und tauchte Hazel, das qualmende Autowrack und die übergrüne Natur in seinen Wahnsinn.

»Ach, Mädchen«, echote die Stimme des Wesens. Dann erklang wieder das Lachen.

»Bist du da drin?« Das Klopfen des toten Spielzeughundes wurde energischer. Etwas veränderte sich. Hazel hatte das Gefühl, ihren schmerzenden Kopf aus zähem Sirup zu ziehen.

»Hazel?«

Sie brauchte eine Weile, um das Ganze zu verstehen und den Albtraum aus jedem Winkel ihres Körpers zu vertreiben.

Ein Blick auf das beleuchtete Display ihrer Armbanduhr verriet ihr, dass gerade einmal eine halbe Stunde vergangen war, seit sie eine ihrer starken Tabletten genommen und sich hierher, in den Proberaum, zurückgezogen hatte. Tatsächlich fühlte sie sich eher wie nach einer langen, unruhigen Nacht. Fetzen des seltsamen Traums färbten ihre Stimmung, und das Rufen von draußen strapazierte ihre Nerven.

»Einen Moment«, rief sie und erhob sich mühsam vom Boden. Hier hatte sie sich niedergelassen und ihren schmerzenden Kopf an die Wand gelehnt, fiel ihr wieder ein. Nur kurz, hatte sie da gedacht, und jetzt waren die zwanzig Minuten, auf die sie Elliott vertröstet hatte, längst überschritten.

Rasch griff sie nach ihrer Tasche und der Wasserflasche, lief die paar Schritte zur Tür und schloss auf.

»Da bist du ja! Ich hätte mir beinahe Sorgen gemacht«, begrüßte Elliott sie munter. »Du hast hier aber nicht die ganze Zeit im Dunkeln verbracht, oder?«

»Äh, doch. Ich wollte einfach ein paar Minuten ... abschalten.« Sie hatte die Deckenlampe gelöscht und nur das mit dem rot leuchtenden Besetzt-Schild verbundene Notlicht brennen lassen.

»Na, das waren jedenfalls mehr als zwanzig Minuten«, schmunzelte Elliott. »Aber warte mal.« Er zog sie am Oberarm nach draußen ins Licht und musterte sie eingehend. Schließlich verzog sich sein Mund zu einem breiten Grinsen. »Du hast geschlafen!«, stellte er fest. »Kein Wunder, dass du mich darüber vergessen hast.«

»Na ja, eigentlich war es ...«, setzte Hazel an, in diesem Moment unsicher, welche Ausrede nicht völlig unplausibel klingen würde.

»Genauso«, vervollständigte Elliott ihren Satz. »Macht doch nichts. Ich bin nur froh, dass ich gesehen habe, wie du hier vorhin reingegangen bist. Sonst hätte ich dich ja gar nicht finden können.«

Hazel lächelte peinlich berührt. So viel also zum Thema unauffälliger Rückzug.

»Bleibt es denn dabei? Bei unserer gemeinsamen Mittagspause?«

Hazel nickte. »Ins *Goethe*?«

»Wohin auch immer du möchtest.« Elliott trat einen Schritt zurück und gewährte ihr mit schwungvoller Geste den Vortritt. »Nach dir.«

Hazel deutete eine kleine Verbeugung an und ging voraus. Entgegen ihrer Hoffnung hatte der kleine runde Segensbringer seine Wirkung noch nicht ganz entfaltet. Ihr war schwindelig und ein wattiges Gefühl umnebelte ihren Kopf, der weiterhin schmerzte. Wenigstens erschienen ihr die Kanten des Schmerzes etwas weniger scharf. Dafür war die Übelkeit stärker geworden. Sie würde sich an einem Glas Wasser festhalten und hoffen, dass das Ganze vorüberging.

»Ach und übrigens«, hörte sie Elliotts Stimme hinter sich, während sie dem verschlungenen Weg in Richtung Ausgang folgte, »ich weiß was!«

»Ja?« Sie wandte sich halb zu ihm um und bereute die ruckartige Bewegung sofort. Sie taumelte kurz und suchte reflexhaft mit beiden Händen Halt an den Wänden. »Ich bin gespannt«, versuchte sie die Unsicherheit zu überspielen.

»Völlig zu Recht. Aber kein Grund, sich mir vor die Füße zu werfen.« Er lachte leise, dennoch nahm sie seine Sorge wahr. »Ist alles in Ordnung bei dir?«

Hazel war dankbar, dass er der Situation die Peinlichkeit nahm. »Ja, alles gut. Sind sicher umwerfende Neuigkeiten«, sagte sie und stieg auf seinen Spaß ein, in der Hoffnung, dass er sich damit zufriedengab.

»Hmhm, mehr wird erst verraten, wenn wir sitzen«, gab er zurück. »Erscheint mir sicherer.«

Hazel verdrehte gespielt genervt die Augen, auch wenn Elliott hinter ihr das gar nicht sehen konnte. Überrascht stellte sie fest, dass sie sich auf die gemeinsame Pause freute. Den Rest des Weges legten sie schweigend zurück, und sie genoss es, die kühle, rauchige Herbstluft ihre Lungen durchströmen zu lassen. Viel zu bald hatten sie ihr Ziel erreicht, aber sie überlegte, den Rest des Nachmittags an der frischen Luft zu verbringen ... fernab möglicher Albträume.

»So«, wandte Elliott sich ihr zu, nachdem sie an einem gemütlichen Zweiertischchen an der Seite Platz genommen hatten. »Was darf es sein? Du bist natürlich mein Gast.«

»Nun, wenn das so ist ...« Hazel hatte bis vor einer halben Stunde eigentlich keinen Appetit gehabt, verspürte jetzt jedoch einen heftigen Drang nach etwas Salzigem. »... würde ich ein großes Glas Wasser und ein Schälchen Oliven nehmen.«

»Was immer du möchtest. Aber reicht das denn?«

»Die gefüllten, meine ich natürlich«, erwiderte Hazel grinsend.

»Ah ja, das ist selbstverständlich etwas anderes.« Elliott schüttelte lachend den Kopf. »Hoffentlich legen sie noch eine Scheibe trockenes Brot für dich dazu.«

»Ja, ja. Wer den Schaden hat ...«

»Schaden?« Elliott sah sie mit einer Art heiterer Sorge an.

»Ach, nichts Schlimmes. Nur Migräne. Geht wieder vorbei.« Aus irgendeinem Grund wollte sie in diesem Punkt keine Schwäche zeigen, nicht einmal vor Elliott.

»Oh, verstehe. Das dunkle Probezimmer, dein Schwanken ...«

»Hör auf«, versuchte sie die Sache mit Humor aus dem Weg zu schaffen. *Hätte sie bloß nichts gesagt!*

»Hast du es schon mal mit japanischem Minzöl versucht? Soll wohl helfen. Leider habe ich keines dabei.«

»Ich würde mir auch Gedanken machen, wenn es anders wäre«, witzelte Hazel bemüht.

»Aber vielleicht können sie hier mit Chili-Öl dienen. Was meinst du, soll ich mal danach fragen? Ich weiß allerdings nicht, ob das die gleiche Wirkung hat.«

Hazel versteinerte. Warum starrte Elliott sie so an? War die Frage ein Zeichen für seine Schuld? Wollte er ihr zu verstehen geben, dass er nur allzu gut von der Chili-Attacke wusste, weil er sie akribisch geplant und umgesetzt hatte? Oder war das alles nur ein irrer Zufall und er war unschuldig?

»Also, soll ich mal fragen?« Jetzt wirkte sein Gesicht plötzlich wieder viel weicher und harmlos. »Na ja, kannst du dir ja noch überlegen.«

Hazel versuchte, sich zu entspannen. Sie wusste nicht, was sie von alldem halten sollte, aber sie wollte die Situation nicht überinterpretieren. Wenn er etwas mit der Chili-Attacke zu tun hätte, würde er ja wohl nicht so fragen, oder aber zum Punkt kommen.

Elliott war derweil leichtfüßig über ihr Schweigen hinweg gegangen und jetzt schon beim nächsten Thema. Hazel fixierte seinen Mund, der sich öffnete und schloss, seine Lippen, die sich zu einem Lächeln verzogen, und hatte doch keine Ahnung, wovon er gerade sprach.

»Aber warte mal«, unterbrach er sich selbst und Hazel hatte das Gefühl, er ließe mit diesen Worten die Blase zerplatzen, in die seine vorangegangenen Sätze sie eingeschlossen hatten.

»Dir geht's wirklich nicht gut, oder? Vielleicht solltest du dich krankmelden.« Er sah sie ernst an. Sie hatte ihn noch nie so mitfühlend erlebt.

Dennoch winkte sie ab. »Oh nein, es geht schon.« Sie lächelte. Beruhigend, wie sie hoffte. »Schließlich sitzen wir jetzt hier. *Sicher.*« Sie hob vielsagend die Augenbrauen.

»Das stimmt. Oh, Moment.« Er bestellte bei der jungen Kellnerin und wandte sich ihr dann wieder zu. »Obwohl ...«

»*Was?*«

»Na, vielleicht sind es ja auch keine so großartigen Neuigkeiten.« Er legte den Kopf schief und runzelte betrübt die Stirn.

»Elliott!«

»Na gut. Vielleicht weiß ich was über Pia, beziehungsweise über ihre Eltern.«

»Oh.« Darum ging es also. Hazels Heiterkeit erstarb augenblicklich. Elliott hingegen kostete die Situation, unangemessen, wie sie fand, weiter aus.

»Nur eine Kleinigkeit. Vielleicht gar nicht von Belang.«

»Aha.« *Merkte er nicht, dass ihr nicht länger nach Späßen zumute war?*

»Vielleicht aber auch schon.«

»Sag es doch einfach.« Ihr ernster Ton war eigentlich nicht misszuverstehen.

»Na gut. Nach allem, was man weiß, liegt dem Tod von Pias Eltern keine natürliche Ursache zu Grunde.«

»Und wer ist *man*?« Hazel verurteilte ihre Neugier, wollte jetzt aber doch mehr wissen.

»Ist doch unerheblich«, wich Elliott aus. »Aber stell dir doch mal vor, was das heißt!«

»Was soll das schon heißen? Da kann schließlich alles Mögliche passiert sein.« Hazel wollte Elliotts Klatschsucht auf keinen Fall befeuern. »Egal, welche Mutmaßungen wir anstellen, wir sollten nicht vergessen, dass Pia im Moment wahrscheinlich durch die Hölle geht. Da finde ich es nicht ganz angebracht ...«

»Tut sie das?«

»Das meinst du hoffentlich nicht ernst! Natürlich tut sie das. Ich meine, stell dir doch mal vor, es ginge um deine Eltern.« Im selben Moment wurde ihr klar, dass sie über Elliotts familiäre Verhältnisse überhaupt nichts wusste.

»Ja, schon, aber ...«

»Soweit ich weiß, ist das doch so oder so ein weites Feld. Ich habe einen Autounfall vermutet.« Dass sie an dieser Vermutung längst zweifelte, musste Elliott ja nicht wissen. »Liegt ja leider nahe, und daran ist wirklich nichts Sensationelles, sondern nur Schmerz.«

Elliott wurde still und wandte den Blick von ihr ab. Die junge Kellnerin schien auf ihre Gesprächspause nur gewartet zu haben. Sie schob sich diskret an den Tisch und platzierte mit geübten Bewegungen ihre Bestellungen samt Besteck und Servietten vor ihnen.

Hazel suchte Elliotts Blick. Es gab zwischen ihnen einfach immer wieder diese Momente, in denen er ihr ein Rätsel war, sie sein Verhalten nicht verstand oder ihn nicht einschätzen konnte.

Nach einer kleinen Ewigkeit sah er auf. Alle Heiterkeit war jetzt aus seinem Gesicht verschwunden, stattdessen wirkte er zutiefst betroffen. Wie ein Kind, das im unschuldigen Spiel mit einem Käfer das kleine Tier versehentlich getötet hatte. Hazel wusste nicht, wie sie auf dieses Bild kam, und sie konnte nicht sagen, ob gerade etwas zwischen ihnen zerstört worden war. Von Elliott ging plötzlich eine so tiefe Traurigkeit aus.

»Wir wissen nicht, was genau passiert ist«, sagte sie schließlich in einem Tonfall, der das Ende des Themas einläuten sollte, »und wir sollten uns da meiner Meinung nach auch zurückhalten. Besonders wenn Pia wiederkommt.«

Elliott nickte, wich ihrem Blick jedoch aus. Fast wünschte sie sich, weniger bestimmt reagiert zu haben. Auch wenn sie nach wie vor zu ihrer Meinung stand, hatte sie den Kollegen, der sich besonders heute so fürsorglich gezeigt hatte, doch nicht vor den Kopf stoßen wollen. Obwohl es nicht um sie beide ging, fühlte sie sich, als sei eine unsichtbare Grenze zwischen ihnen gefallen. Was das bedeutete, blieb, wie so vieles zwischen ihnen, unklar.

Vielleicht, überlegte sie, *war es manchmal besser, einander nicht zu nahe zu kommen.*

Kapitel 25

Für den Rest der Mittagspause sprachen sie nicht mehr viel und klammerten sich bei ihren wenigen Worten an die rettende Oberfläche.

Hazel fühlte sich unbehaglich. Elliott war niemand, mit dem man gut schweigen konnte. Eben weil er ansonsten so impulsiv und ungefiltert handelte, wirkte die Stille zwischen ihnen fast feindselig. Vielleicht auch nur gleichgültig, wobei Hazel nicht sagen konnte, was schlimmer war.

Hatte sie ihn mit ihrem Hinweis auf die Tragik von Pias Situation wirklich so tief getroffen? Falls ja, konnte sie das nicht ganz nachvollziehen. In einer Freundschaft musste es doch möglich sein, auch unterschiedliche Standpunkte zu vertreten. Sie hatte jedenfalls nicht erwartet und es auch keinesfalls beabsichtigt, mit ihren Worten eine solche Reaktion bei Elliott auszulösen. Wahrscheinlich musste sie einfach akzeptieren, dass es Dinge an ihm gab, die sie nicht verstand.

Sie war froh, dass sie sich für die Oliven entschieden hatte und konzentrierte sich nun ganz darauf, sie unfallfrei aus dem Schüsselchen in ihren Mund zu befördern. So hatte sie wenigstens etwas zu tun. Dennoch merkte sie, dass die ganze Situation sie zu ärgern begann.

Elliott hielt sein Schweigen durch, bis er zahlte. Zu diesem Zeitpunkt hatte Hazel längst entschieden, nicht mit ihm zusammen ins Theater zurückzukehren.

»So, dann ...«, begann Elliott.

»Ich glaube ...«, setzte Hazel im gleichen Moment an und biss sich leicht auf die Unterlippe.

Elliott nickte ihr mit ausdruckslosem Blick zu.

»Die frische Luft wird mir guttun«, sagte Hazel. »Ich denke, ich werde noch ein wenig spazieren gehen. Vielen Dank für die Einladung.«

Elliott winkte ab. »Schon in Ordnung. Dann ...«

Der Satz hing unvollständig zwischen ihnen. Elliotts flackernder Blick streifte ihr Gesicht, die Augen erreichte er allerdings nicht. Schließlich ging er an ihr vorbei aus dem Café hinaus.

Es mochte gemein sein, aber Hazel war froh, dass er nicht vorschlug, sie zu begleiten. Auch wenn sie es zugleich traurig fand, dass ihre gemeinsame Pause so endete. Allzu bald würden sie das bestimmt nicht wiederholen.

Sie holte ihr Handy aus der Tasche und tat so, als müsse sie eine wichtige Nachricht lesen. In Wahrheit wollte sie den Eindruck überspielen, einfach stehengelassen worden zu sein und außerdem etwas Distanz zwischen sie beide bringen. Genug, um von seinem Verhalten und dem einsilbigen Abgang nicht verletzt zu sein.

Im ersten Moment hätte sie es beinahe übersehen, aber da war tatsächlich eine neue E-Mail eingegangen. Gut, so musste sie nicht weiter schauspielern. Als ihr Blick auf die Absenderin fiel, beschleunigte sich ihr

Herzschlag prompt. Verrückt, dass Orla selbst in Abwesenheit so eine Macht über sie hatte, aber diese konnte schließlich nicht wissen, dass sie, seit sie wieder Kontakt zueinander hatten, schon zwei Mal die Protagonistin ihrer Albträume gewesen war.

Nervös tippte sie die Nachricht an, die Betreffzeile hatte ihre alte Lehrerin nicht ausgefüllt. Hazel konnte sich schon vorstellen, dass sie nicht zu viele Worte verschwenden, sondern sie lieber mit den richtigen mitten ins Herz treffen wollte.

Mädchen! Wir müssen uns noch einmal treffen!

Unverwechselbar Orla. Unter anderen Umständen hätte Hazel schmunzeln müssen. Heute aber lief sofort ihre Gedankenmaschine wieder an. *Noch einmal?* Was sollte das denn heißen? Sie konnte sich nicht daran erinnern, dass sie einen Zeitraum für Orlas Beratungsstunden vereinbart hätten, der in Kürze ausliefe. Vielleicht hatte diese einfach erkannt, dass bei ihrer ehemaligen Schülerin Hopfen und Malz verloren und weitere Treffen daher unnötig waren? Das war durchaus vorstellbar. Hazel zog eine Grimasse und steckte das Handy weg.

Sie schloss ihren Mantel, den sie nur locker übergeworfen hatte, als Elliott gegangen war, und warf der freundlichen Kellnerin ein schiefes Lächeln zu.

»Einen schönen Tag noch«, wünschte diese daraufhin und Hazel bedankte sich, als sei das eine plausible Option.

Aber warum denn eigentlich nicht? Sie würde einen ausgiebigen Spaziergang an der frischen Luft machen.

Zeit genug hatte sie doch, und auch das Wetter spielte mit. Vor der Tür des Cafés hielt sie kurz inne, atmete tief durch und beschloss, eine Zäsur hinter den Vormittag mit seinem seltsamen Abschluss zu setzen. Sie würde den Nachmittag genießen und jetzt erst einmal versuchen, das Monster zu bändigen, das so hartnäckig in ihren Kopf biss.

Gar nicht weit entfernt von hier gab es eine kleine Parkanlage. Dorthin würde sie laufen und dann weitersehen. Wenn das Monster Platz machen sollte, konnte sie sich immer noch den Gedanken widmen, die sich jetzt schon wieder vor den Toren ihres Bewusstseins drängelten, oder noch viel besser: Sie würde Pläne machen! Das wollte sie doch längst, und es war eindeutig eine positivere Beschäftigung, als sich in Gedankenkreisen schwindlig zu laufen.

Eine ganze Weile gelang es ihr, ihre Sorgen im Zaum zu halten. Sie versuchte, sich einzig und allein auf den Weg und die Welt um sich herum zu konzentrieren, und es klappte ganz gut. Plötzlich erinnerte sie sich wieder daran, wie sie in jüngeren Jahren ihre Probleme förmlich weggelaufen hatte. Wann immer der Stress gedroht hatte, überhandzunehmen, war sie gelaufen oder besser gesagt, spaziert. Ohne jeden Leistungsanspruch, das war so wichtig wie selten in ihrem Alltag. Bei jedem Wetter, bis sie sich wieder stark genug gefühlt hatte, um den Faden erneut aufzunehmen und ihr Leben weiterzuspinnen.

Wetter war das Stichwort, denn sie spürte jetzt einzelne Regentropfen nadelspitzenfein auf ihrem Handrücken und beschleunigte ihre Schritte. Bis zu dem japanischen Teehaus ziemlich genau in der Mitte des

Parks war es nicht mehr weit, das würde sie schaffen und dann würde sie sich den Luxus gönnen, einfach abzuwarten.

Wenig später hatte sie den zu den Seiten hin offenen, aber überdachten Steinbau erreicht. Allem Luxus zum Trotz öffnete sie die Regen-App ihres Smartphones und war insgeheim doch erleichtert, dass der kleine Schauer schon bald vorüberziehen würde. Kurz überlegte sie, ob der um die Stützsäule in der Mitte verlaufende Steinvorsprung zu kühl war, um sich zu setzen. Ach was, sie war ja nicht aus Zucker. Trotzdem erhob sie sich wenige Minuten später wieder und zückte ihr Handy erneut.

Heute war eigentlich ihr Social Media-Tag. Sie schürzte die Lippen. Daran hatte sie bis eben überhaupt nicht gedacht. Für sie waren diese notwendigen regelmäßigen Abstecher in die Sozialen Medien nur eine lästige Pflicht, nicht mehr. Als Privatmensch nutzte sie die diversen Plattformen überhaupt nicht, nur für ihren Beruf hatte sie sich überwunden und inzwischen eine einigermaßen akzeptable Routine im Posten ihrer Inhalte etabliert. Heutzutage ging es auch in ihrer Branche kaum noch ohne.

Sie seufzte. An Bildschirmarbeit war mit der Migräne heute nicht zu denken. Außerdem würde sie erst mitten in der Nacht zu Hause sein und von unterwegs wollte sie nur ungern etwas schreiben. Wobei, vielleicht würde sie eine Ausnahme machen und später wenigstens ein bisschen was vom Handy aus erledigen. Selbst, wenn sie nur ein paar Kommentare bei Instagram postete, war das doch besser als nichts.

Der Gedanke daran, den Nachmittag heute entweder draußen oder im Theater zu verbringen, war unbemerkt zu ihrer Tagesplanung geworden. Es bedeutete einfach weniger Stress, nicht nach Hause zu fahren. Sie hatte genügend Dinge, die sie gedanklich vorbereiten musste, und das ging schließlich auch hier. *Oder*, überlegte sie mit prüfendem Blick zum grauen Herbsthimmel, *sie zog sich später noch einmal in einen der Proberäume zurück.* Immerhin hatte sie diese Möglichkeit, auch wenn der eigentliche Zweck der kleinen Kammern ein anderer war.

Sie könnte ihr Notizbüchlein mitnehmen und eventuelle Geistesblitze für ihr nächstes Treffen mit Orla festhalten. Oder an ihrer Existenzgründung weitertüfteln, das hatte sie schließlich in dieser Woche mit besonderer Energie tun wollen, sich dem ganzen Thema jedoch bisher noch kaum gewidmet.

Orla war das Stichwort. Hazel öffnete erneut deren E-Mail und tippte kurz entschlossen auf *Antworten*.

Morgen, 15.00 Uhr?

schrieb sie, bevor sie es sich anders überlegen konnte, und setzte damit eine Wegmarke. Bis zu dem Treffen sollte sie einiges für sich klären. Bestenfalls wäre sie bis dahin nicht mehr nur die scheidende Theaterschauspielerin, sondern die ambitionierte, vor Tatendrang strotzende Schauspiellehrerin in spe. Hazel schob das Handy in die Tasche zurück und wünschte sich, sie könnte ebenso mit den viel zu vielen offenen Fragen und heimlichen Zweifeln verfahren ... sie einfach wegstecken.

In Wahrheit fühlte sie das alles nicht und wusste es doch eigentlich auch. Diese Erkenntnis lag schon viel zu lange Zeit auf der Lauer. Jetzt krallte sie sich mit kalten Klauen und der ungerührten Unterstützung von Orla in ihren Magen.

Hazel verließ das steinerne Teehaus fluchtartig. Die letzten Tropfen des abflauenden Regens spürte sie kaum. In ihr war alles andere zu laut. Die Stimmen des Zweifels, Orlas Stimme, vielleicht sogar die der Vernunft und, unsinnigerweise am durchdringendsten: das leise Weinen eines jungen Mädchens.

Das Mädchen war sie. Gerade mal sechzehn Jahre alt und erschöpft von den dauernden Auseinandersetzungen mit ihrer Mutter. Der erwachsenen Hazel schossen Tränen in die Augen. Ihre Mutter hatte es ihr nicht leicht gemacht, weil sie wusste, dass sie, wenn sie von der Schauspielerei leben wollte, unweigerlich auf weitaus höhere Hindernisse stoßen würde. Heute verstand sie das. Damals war sie fast daran zerbrochen. Weil sie so sehr für ihre Leidenschaft gebrannt hatte, dass in diesem Duell der beiden Dinge, die ihr im Leben am wichtigsten waren, jeder Sieg zugleich maximalen Verlust bedeutete.

Aber ihre Mutter war klug gewesen. Sie hatte sie auf die Probe gestellt, bis es kaum noch schlimmer hatte werden können. Endlich war es Hazel gelungen, sie zu überzeugen. Ihre Mutter, die leidenschaftliche Tänzerin, hatte den Funken, der unauslöschlich in ihrer Tochter glomm, in deren Verzweiflung sehen können und sie hatte es endlich verstanden.

Was, wenn sie noch da wäre?, zischte die Stimme in ihrem Kopf jetzt. *Wenn sie noch leben würde?*

Aber so war es nicht. Der Weg, die Blätter am Boden, dehnten sich aus und flossen dann wieder ineinander. Hazel wischte sich hastig über die feuchten Wangen und hoffte, niemandem zu begegnen.

Ihre Mutter war nicht mehr da. Sie hatte den letzten Kampf verloren, und Hazel fand seitdem keinen Halt mehr in ihrem Leben. Sie irrte durch sinnlose Tage, die sich, einer nach dem anderen, in höhnischer Verschwendung aneinanderreihten. *Und dann*, sie zog trotzig die Nase hoch, *kam auch noch Orla und stieß das Messer immer wieder dorthin, wo es am meisten wehtat.*

Schluss jetzt! Sie war weder sechzehn Jahre alt noch unfähig, ihre Emotionen zu kontrollieren. Ihre Entscheidung war vernünftig, bot Planungssicherheit und ... Sie glaubte sich selbst kein Wort, aber das würde sie nicht aufhalten! Denn selbst wenn sie eigentlich auf der Flucht war, hieß das doch nicht, dass sie scheitern musste.

Vielleicht sollte sie Orla gegenüber so argumentieren? Ein wenig Schwäche eingestehen, um dann reflektiert und vernünftig für sich einzustehen. Sie nestelte ein Papiertaschentuch aus ihrer Tasche, blieb stehen und machte die Tränen ungeweint für jene, die nicht genau hinsahen. Wahrscheinlich würde sie Orla nicht überzeugen können. Darauf sollte sie sich einstellen, anstatt sich bei dem Versuch immer wieder eine blutige Nase zu holen. Dann konnte sie auch erwachsen auf ihre Sticheleien reagieren.

Es klang wie ein Plan und nur sie wusste, dass es sich anfühlte, wie der freie Fall vor dem Aufprall.

Beiläufig begrüßte sie Johnny, als sie das Theater betrat. Zum Glück waren die anderen anscheinend alle unterwegs. Jedenfalls begegnete sie keiner Seele, als sie schnurstracks in den Proberaum lief, in dem sie heute schon einen bösen Traum überstanden hatte.

Der Nachmittag verging schneller, als Hazel befürchtet hatte. Dabei erschien ihr alles, womit sie die Stunden zu füllen versuchte, halbherzig. Routiniert aber viel zu distanziert umschiffte sie alle Felsen in den Untiefen ihrer Zukunftsplanung und des anstehenden Treffens mit Orla. Schließlich zückte sie sogar ihr Smartphone und likte einige der Beiträge in ihrer Timeline auf Instagram. Das musste für heute als Lebenszeichen der erfolgreichen Schauspielerin reichen. Zu mehr würde sie sich morgen aufraffen oder übermorgen.

Elliott, den sie zwischenzeitlich ebenso erfolgreich wie ihr missglücktes Stelldichein am Mittag verdrängt hatte, sah sie erst am Abend, auf dem Weg zur Bühne, wieder. Er nahm keinerlei Notiz von ihr. Vielleicht tat er auch nur so, als habe er sie nicht bemerkt. Wie auch immer, es gab gerade wichtigere Dinge, die ihr Herz beschwerten.

Das traf jedoch nicht auf die kommenden zwei Stunden zu. Die Christiane war zwar keine übermäßig anspruchsvolle Rolle, aber das war unerheblich. Es funktionierte, wie es das immer tat: Auf der Bühne ging sie vollkommen auf, ihre Gedanken wurden leicht und ihre Stimmung besserte sich merklich. Hazel nahm das wahr, ohne es zu bewerten, weil dafür auch gar keine Zeit blieb. Schließlich war sie Christiane, und die hatte gerade ganz andere Probleme.

Dass all das ein Ende haben würde, wenn sie ihren Plan weiterverfolgte, erschien in diesem Moment wie eine verrückte, dystopische Falle. Weit hergeholt und gänzlich unrealistisch. Etwas, vor dem jeder zurückschrecken würde, der auch nur über ein Fitzelchen Vernunft verfügte. Hazel wünschte sich, diese Gewissheit hielte für immer an. Dann wäre alles ganz einfach.

Nach der Vorstellung blieb der Eindruck von Leichtigkeit an ihr hängen, wie ein traumgesponnenes Netz aus kühlem Tau. Hazel registrierte, dass ihre Kopfschmerzen auf dem Rückzug waren. Es ging ihr schon bedeutend besser. Der Spaziergang heute Nachmittag war eine gute Entscheidung gewesen. Auch wenn er nicht in allen Bereichen Klarheit gebracht hatte.

Falls es nicht regnete, würde sie wieder den Bus anstatt eines Taxis nach Hause nehmen. Die Aussicht, noch ein Stückchen durch den Wald zu laufen und seine feuchte, reine Luft zu atmen, war äußerst verlockend, auch ungeachtet der späten Stunde.

Tatsächlich hatte sie Glück. Es war einigermaßen trocken draußen und der Bus hatte scheinbar nur auf sie gewartet. Der flotte Marsch durch den dunklen Wald war erfrischend, und als sie jetzt vor der Haustür stand, fühlte sie sich so gut, wie schon lange nicht mehr.

Außerdem war sie zuversichtlich. Was das Gespräch mit Orla anging, vertraute sie einfach darauf, dass sie schon die richtigen Worte finden würde. Schließlich hatte sie nichts zu verlieren, und wenn die alte Lehrerin ihr nicht half, würde sie damit umgehen können. Sie war vierunddreißig Jahre alt, hatte schon einiges erlebt und konnte für sich selbst einstehen!

Hazel öffnete die Tür, trat ein und wurde ohne jede Vorwarnung durch die Zeit katapultiert.

Plötzlich stand sie in der Wohnung ihrer Kindheit.

Kapitel 26

Es war dunkel, aber die Erinnerungen malten ihr Zuhause, in dem sie mit ihrer Mutter so viele Jahre glücklich gelebt hatte, in lebendigen Farben.

Sie war ungefähr zehn Jahre alt, es war Abend und sie war gerade vom Training in der Tanzschule gekommen. Es roch nach zu Hause und bedingungsloser Geborgenheit.

Unfähig sich zu rühren, stand Hazel starr in ihrem Flur. Einzig die Tränen, die schon wieder aufstiegen, gehörten in die Gegenwart. Da war ein Signal, das sie rot blinkend in die Realität zurückbeamte. Der Anrufbeantworter.

Hazel schlug eine Hand vor den Mund und versuchte, die Fassung wieder zu erlangen. Was war das denn gewesen? Sie hatte es so sehr gespürt, ja es geglaubt, dass die Rückkehr aus der Vergangenheit sich jetzt wie eine beschwerliche Reise anfühlte.

Vielleicht, nein, ganz sicher sogar, half es ihr, wenn sie erst einmal das Licht anschaltete. So! Hier war doch alles wie immer, oder etwa nicht? Ihr Blick überprüfte nervös den langen Flur mit seinen Schattenspielen, dann erst schloss sie die Haustür. Der Anrufbeantworter sendete sein gleichförmiges Signal unbeeindruckt weiter, das Flackern begann sie zu nerven. Bestimmt war sie heute dünnhäutiger als normalerweise, das musste die Erklärung sein. Dabei war es ihr doch eigentlich schon wieder richtig gut gegangen.

Wie auch immer, sie streifte eilig die Schuhe ab und lief auf ihren dünnen Strümpfen die paar Schritte in Richtung Telefontischchen. Dann aber hielt sie unentschlossen inne. Die Kühle der Bodenfliesen war beruhigend real, das penetrante Leuchtturm-Signal verankerte sie im Jetzt, und doch war da ein Erinnerungsfetzen, der sich einfach nicht abstreifen ließ. Sie schloss die Augen, blendete Telefon und Herbstkühle aus, und die Wahrnehmung wurde wieder vordergründiger. Sie ließ sich nicht länger verdrängen und kroch weiter in sie hinein, selbst, nachdem sie die Augen wieder geöffnet und ihren Blick geklärt hatte.

Sie war seit jeher äußerst empfänglich für Gerüche aller Art gewesen. Ihr limbisches System hatte früh damit begonnen, untrennbare Verbindungen zwischen Düften und Ereignissen, Personen, ja sogar Gedanken zu schmieden. Jetzt gerade, roch es unverwechselbar nach ihrer Kindheit und allen Gefühlen, die eben schlagartig über sie hereingebrochen waren. Dabei war der Auslöser – eine Hühnersuppe, wie sie ihre Mutter früher oft gekocht hatte – denkbar profan.

Aber, überlegte Hazel und ihr Herzschlag beschleunigte sich merklich, *wie konnte das sein?* Sie lebte schon lange vegetarisch und auch Villem hatte sie noch nie dieses einfache Gericht aus ihrer Kindheit essen sehen. Sie war sich sogar ganz sicher, dass in ihrem Haus noch nie Hühnersuppe gekocht worden war.

Hazel folgte ihrem ersten Impuls und öffnete die Haustür erneut. Es musste so sein, dass der Duft von draußen hereindrang. *Nachbarn*, dachte sie und wusste doch, dass diese nichts damit zu tun haben konnten, denn das nächste Haus stand viel zu weit entfernt und bisher hatten sie auch keine Küchengerüche der anderen Familien wahrgenommen. Außerdem war es mitten in der Nacht. Schon nach ein Uhr, da war sicher niemand in der Nachbarschaft mehr wach, geschweige denn dabei, sich ein Süppchen zu kochen.

Wider besseres Wissen lief sie dennoch ein paar Schritte zur Straße hin. Den Schlüssel, den neuen Schlüssel, wie ihr bewusst war, hielt sie fest in der Hand und schnupperte in die Herbstluft. Doch wie erwartet verflüchtigte sich der seltsame Geruch umso mehr, je weiter sie sich vom Haus entfernte. So albern der Grund anmuten mochte, so zwingend wurde ihr klar, dass es dafür eine Ursache geben musste ... und zwar in ihrem Haus!

Dass Villem früher als erwartet von der Dienstreise nach Hause gekommen war und sich etwas gekocht hatte – garantiert keine Hühnersuppe, aber vielleicht etwas anderes, das ähnlich roch – war unwahrscheinlich, aber nicht ganz ausgeschlossen. Hazel schöpfte ein wenig Hoffnung und lief einige Schritte nach links, bis sie den Carport im Blick hatte.

Leer! Natürlich. Schließlich hätte ihr, falls Villem schon zurück war, seine Kleidung an der Garderobe auffallen müssen. Der Gedanke an ihren Mann rief ihr aber wieder den unermüdlich blinkenden Anrufbeantworter in Erinnerung. Womöglich lieferte dieser ja eine Erklärung. Wie die aussehen sollte, war Hazel zwar weiterhin ein Rätsel, aber schließlich musste es einen Grund für all das geben.

Du kennst die wahre Ursache doch längst, ätzte eine Stimme in ihrem Kopf, die sie äußerst gut kannte und an manchen Tagen einfach nicht leise bekam. *Ist doch kein Wunder, dass du Gespenster siehst! Du bist ja völlig überspannt, und kaum ist der Mann mal weg, spielen deine Nerven verrückt! Verrückt ... verrückt ...*

»Schluss jetzt!«, presste Hazel zwischen zusammengebissenen Zähnen hervor und hoffte, dass es niemand mitbekam. Sie war nicht verrückt, ganz bestimmt nicht. Sie war auch nicht überspannt. Wenn Villem hier wäre, würde er den Geruch ebenfalls wahrnehmen. Natürlich würde er das.

Sie ging wieder zurück ins Haus und registrierte erst jetzt, dass sie vergessen hatte, ihre Schuhe wiederanzuziehen. Die Strümpfe fühlten sich unangenehm klamm an und ihre Zehen krallten sich zusammen, was es aber nicht besser machte. Hazel zerrte die feuchten Stoffsäckchen von ihren Füßen, ließ sie zu Boden fallen und kümmerte sich nicht weiter darum. Stattdessen schlüpfte sie in die warmen Lammfell-Hausschuhe, die unverändert an ihrem Platz in der Garderobe standen. Dann endlich lief sie die wenigen Schritte zum Telefon und aktivierte die Wiedergabe der verpassten Nachrichten.

»Ma Belle!«, tönte Villems weiche Stimme fröhlich und ein wenig zu laut durch den Flur. »Wie ich wünschte, dich jetzt in den Armen zu halten, mein Mäusefäustchen!«

Hazels Blick verschwamm schon wieder. Was war denn heute bloß los? Dieser Kosename war ihren ganz privaten Momenten vorbehalten. Ganz offensichtlich war Villem also in romantischer Stimmung und seine

Sehnsucht sprang sofort auf sie über. Wie sehr sie ihn vermisste!

»Ich hab dir doch von dem Projekt erzählt, du weißt schon, das noch nicht spruchreif war. Jedenfalls gibt es da eventuell wunderbare Neuigkeiten!«

Hazel lächelte durch die Tränen hindurch. Sie freute sich für ihn. Mit ihm, auch wenn er so weit weg war. Sie schniefte leise.

»Na, dafür ist ja noch genügend Zeit, wenn ich wieder bei dir bin. Jedenfalls freue ich mich schon so sehr auf dich! Vielleicht erwischen wir uns ja morgen früh. Und jetzt ...« Er gähnte ausgiebig. »... ruft mein Bett. Schlaf gut. Je t'aime, Ma Belle ...« Ein Kuss flog durch die Leitung, dann ertönte das charakteristische Tuten, das das Ende der Nachricht signalisierte.

Und nun? Hazel hatte das Gefühl, etwas tun zu müssen, Überempfindlichkeit hin oder her. Sie bildete sich den Geruch doch nicht ein, da war sie sich ganz sicher. Instinktiv ging sie zuerst in die Küche, doch hier war alles wie immer. Das Geschirr war akkurat eingeräumt, die Oberflächen gewischt. Es ließ sich nicht verbergen, dass hier generell wenig gekocht wurde. Hazel öffnete und schloss den Kühlschrank, was wenig Sinn machte, und fühlte mit der Hand die Temperatur der Herdplatten. Das machte etwas mehr Sinn, lieferte aber leider keine weiteren Hinweise.

Überall im Erdgeschoss war der Geruch etwa gleich intensiv, vielleicht mit Ausnahme des Badezimmers. Hazel war absolut ratlos. Mit einem mulmigen Gefühl im Magen und dem Smartphone in der Hand, kontrollierte sie die anderen Stockwerke, nachdem sie sich in den Kellerräumen umgesehen und nichts Verdächtiges gefunden hatte. Unweigerlich fühlte sie sich an die Lichtattacke vor ein paar Tagen erinnert. Aber sie wollte diese Gefühle gar nicht erst wieder aufkommen lassen. Wahrscheinlich war es doch ein Streich gewesen, genau, wie Villem vermutet hatte. Oder sie hatte am hellen Nachmittag tatsächlich vergessen, das Licht auszuschalten. Sofort regte sich Widerstand in ihr. Diese Erklärung war ihr damals schon wenig wahrscheinlich erschienen und daran hatte sich im Grunde nichts geändert. Auch nicht durch den unerklärlichen Kindheitsgeruch, der ihr Haus flutete, obwohl er gar nicht da sein dürfte.

In den anderen Stockwerken war er übrigens weniger stark. Als Hazel aus dem Treppenhaus ins Erdgeschoss hinunterkam, nahm sie die Hühnersuppe schon kaum noch wahr. Aber dafür gab es sogar eine wissenschaftliche Erklärung, wie ihr genau in diesem Moment einfiel. Sie hatte nämlich vor nicht allzu langer Zeit irgendwo gelesen, dass man sich nach wenigen Minuten an olfaktorische Reize gewöhnte und sie dann nicht mehr wahrnahm.

Hazel widerstand dem Impuls, die Fenster aufzureißen, und entschloss sich stattdessen dafür, sich endlich bettfertig zu machen. Zuvor ging sie in das dunkle Wohnzimmer, das durch das Licht im Flur nur spärlich erleuchtet wurde, griff nach der Wasserflasche, die neben dem Couchtisch auf dem Boden stand, und nahm sie mit ins Schlafzimmer.

Während sie sich im oberen kleinen Badezimmer fertigmachte, fiel ihr Blick zufällig auf die kleine Armee an Hygieneartikeln im Schrank. Gedanklich ergänzte sie auf dem Einkaufszettel, was wieder aufgefüllt werden musste, und hätte es beinahe nicht bemerkt. Die Erkenntnis kam verzögert, aber heftig und sie verstand nicht, warum sie den Zusammenhang nicht schon früher hergestellt hatte.

Ihre labile emotionale Kontrolle, die starken Kopfschmerzen, so kurz nach dem letzten Migräneanfall, und der Salzhunger! Sie überschlug die Tage im Kopf und ja, eigentlich war es noch nicht so weit, aber abgesehen davon passte alles, und schließlich konnten kleinere Unregelmäßigkeiten im Zyklus immer mal auftreten. Das war gar nicht so ungewöhnlich und auf jeden Fall eine plausible Erklärung für ihre übersensible Geruchswahrnehmung.

Scheinbar machte alles plötzlich einen Sinn. Sie kannte es von sich schon, an den Tagen, bevor ihre Regel einsetzte, vermehrt Appetit auf Salziges zu haben. Das war für sie ansonsten eher ungewöhnlich, weshalb es ihr auch in anderen Monaten immer mal wieder aufgefallen war. Das salzige Toastbrot am Morgen und der vollkommen untypische Appetit auf die Oliven im *Goethe* fielen ihr jetzt wieder ein. Seltsam nur, dass sie bei den anhaltenden Kopfschmerzen nicht an diese Ursache gedacht hatte. Aber das sollte sie jetzt nicht weiter kümmern.

Hazel spürte, wie sie sich entspannte, wie sie ihre innere Habacht-Stellung aufgab und sich die Müdigkeit von Tagen wie eine schwere Decke über sie legte.

Sie war froh, nun doch eine vernünftige Begründung für ihre starke Empfindung gefunden zu haben. Ein Einbrecher, der sich, nachdem die Schlösser ausge-

tauscht worden waren, dennoch Zutritt ins Haus ver-
schafft und dann nicht Besseres zu tun hatte, als Suppe
zu kochen, war jedenfalls keine.

Kapitel 27

Nach einer traumwilden Nacht, in der zwei jüngere Versionen von Orla und ihrer Mutter in einem Gerichtsszenario über ihre Zukunft verhandelt hatten, erwachte Hazel am nächsten Morgen einigermaßen erholt, vor allem aber mit neuer Entschlossenheit.

Während sie sich fertigmachte, rief Villem an. Nur ganz kurz, um ihre Stimme zu hören, wie er sagte, dann musste er gleich weiter. Hazels Sehnsucht flammte wieder auf, aber die geschäftige Morgeneile erlaubte leider keine größere Nähe, und das war jetzt gerade auch in Ordnung für sie. Denn der Tag würde mit einigen kleineren Herausforderungen aufwarten und sie wollte vorbereitet sein.

Gedanklich ging sie die nächsten Stunden durch und blieb dabei an zwei Punkten hängen. Bei zwei Menschen, um genau zu sein. Elliott und Orla. Bei beiden war sie in den vergangenen Tagen gefühlt an ihre Grenzen gestoßen, beide konnte sie nicht wirklich einschätzen, aber mit beiden wollte sie es sich aus unterschiedlichen Gründen auch nicht verderben. Es war äußerst kompliziert.

Entgegen ihrer Gewohnheit entschied sie sich erneut für einen salzigen Toast zum Frühstück. Dabei sandte sie ein schiefes Grinsen an ihr verschrecktes nächtliches Ich. Verrückt, was Hormone im Körper alles anrichten konnten. An diesem Morgen nahm sie den intensiven Geruch nach Hühnersuppe nicht mehr wahr und gab sich Mühe, ihre nächtliche Beobachtung kleinzureden. Das verräterische Wispern in ihrem Kopf: *Natürlich merkst du es heute nicht mehr!* und *Was, wenn doch jemand hier war?* – erstickte sie mit einem Lachen, das allerdings kläglicher ausfiel, als erhofft.

Umso energischer schickte sie ihre Gedanken in Richtung Elliott, denn da hatten sie genug zu tun. Fast war sie dankbar für die seltsame Situation, in der sie sich seit gestern befanden. Ob wirklich Funkstille zwischen ihnen herrschte, würde sie in wenigen Stunden herausfinden. Seltsamerweise fühlte es sich so an, obwohl sie dafür keinen richtigen Grund erkennen konnte. Es musste doch möglich sein, auch einmal unterschiedlicher Meinung zu sein. Aber dabei drehte sie sich samt ihrer überreizten Gedanken nur im Kreis. Besser, sie versuchte, heute schon früh im Theater zu sein. Vielleicht ließe sich dieser unangenehme Zustand ja noch vor der Probe auflösen.

Nachdem sie den sorgsam choreografierten Ablauf morgendlicher Routinen hinter sich gebracht hatte, lief sie eine Dreiviertelstunde vor Probenbeginn durch feuchtes Herbstgrau auf das Theater zu. Genug Zeit, um die Dinge zu klären oder Gräben zu vertiefen ... Aber sie wollte nicht so negativ denken. Wobei, wenn sie ehrlich war, könnten ihr alle Unstimmigkeiten eigentlich egal sein. Immerhin hatte sie einen Ausweg, nichts zu verlieren, und ...

Da stand Elliott. Direkt hinter dem Eingang. Gerade so, als hätte er auf etwas – oder jemanden – gewartet. Hazel wappnete sich innerlich, setzte eine freundliche

Miene auf und – er verschwand wortlos, bevor sie etwas sagen konnte. Auch wenn ihre Blicke sich nicht einmal gestreift hatten, war Hazel sicher, dass er sie bemerkt hatte. Erneut flammte Ärger in ihr auf, erst recht, als sie spürte, wie ihr Gesicht warm wurde. Natürlich gab es für diese kleine demütigende Szene einen Zeugen. Johnny war gerade aus dem Gang zu seiner Pförtnerloge gekommen und zwinkerte ihr fröhlich zu.

Hazel zwang ihre Mundwinkel nach oben, nickte in Johnnys Richtung und lief eilig weiter, obwohl es dafür keinen Grund gab. Eigentlich war das falsch. Wer sich seltsam verhalten hatte, war schließlich Elliott. Warum sollte sie sich also schlecht fühlen? Wenigstens zwei, drei Sätze hätte sie mit Johnny doch ruhig wechseln können, so souverän sollte sie mit vierunddreißig Jahren solche Situationen eigentlich meistern.

Schluss jetzt!, dachte sie entschieden. Es würde sich gleich zeigen, wie Elliott sich weiter verhielt. Jeder Gedanke, erst recht, wenn er in Selbstvorwürfe mündete, war verschwendet. Wo war er überhaupt? Eigentlich müsste sie ihn ein Stück vor sich sehen können, es sei denn, er hatte es darauf angelegt, ihr zu entkommen. Hazel schüttelte genervt den Kopf.

Doch es war so, denn bis zur Garderobentür war von Elliott nichts zu sehen. Sie betrat den Raum und gab sich Mühe, nicht den Eindruck zu erwecken, nach ihm Ausschau zu halten. Mit halbgesenktem Kopf lief sie auf direktem Weg zu ihrem Schminktisch, musste aber auf den letzten Metern einen Schlenker einbauen, um nicht mit Elliott zu kollidieren.

»Hi.«

»Guten Morgen, Elliott.« Hazel merkte sofort, wie aufgesetzt ihre kühle Erwiderung klang. Egal, er sollte ruhig merken, dass sie nicht einfach so zur Tagesordnung übergehen würde.

»Alles klar?«

»Keine Ahnung, sag du es mir.« Hazel hob den Kopf, ihr Blick traf auf seinen. Schwer zu interpretieren. Da war jedenfalls kein Lächeln. Sie hob die Augenbrauen und Mundwinkel eine Winzigkeit an und bemühte sich um einen offenen Gesichtsausdruck. Allzu eingeschnappt sollte sie nicht wirken, das war die ganze Sache schließlich nicht wert. Jedenfalls wollte sie das Elliott glauben machen.

Es dauerte eine ganze Weile, dann regte sich, wie auf ein geheimes Kommando hin, etwas in Elliotts Gesicht. Hazel erkannte es erst, als er zu sprechen begann.

»Ach, nimm doch nicht alles so schwer, Chrissie!«

Elliott flüchtete in die Rolle, die er im *Tod einer Schülerin* verkörperte. Hazel verstand nicht recht, was das sollte, hatte aber auch keine Lust, sich über Gebühr mit den Launen ihres Kollegen zu befassen. Wenn er ausweichen wollte, bitte schön.

»Tu ich nicht, keine Sorge.« Sie setzte demonstrativ ein breites Grinsen auf. »Gut so?«

»Wunderbar.« Elliotts Stimme hätte kaum gleichgültiger klingen können. Im Gegensatz dazu starrte er sie an, als wolle er etwas ganz anderes sagen. Er blieb ihr ein Rätsel.

»Na, Mäusefäustchen? Dir geht's ja bestens! Und du, Elliott? Alles klar?«

Was war das denn jetzt? Doch bitte nicht ...? Aber ja, es stimmte. Pia war ganz offensichtlich schon nach einem Tag Trauerpause wieder zurück am Theater! Sie hatte eine unsichtbare Bleischürze dabei, die sie Hazel mit ihren Worten überwarf. Sofort verdüsterte sich ihre Stimmung. Der halbherzige Versuch, Mitleid mit Pia über alle anderen Gefühle zu stellen, erstarb mit deren Worten augenblicklich.

Hazel hatte Pia in der Garderobe gar nicht bemerkt, als sie den Raum betreten hatte. Wahrscheinlich hatten sie die Gedanken an die seltsame Situation mit Elliott abgelenkt. Oder war Pia da noch nicht hier gewesen? Aber offensichtlich hatte sie ihr Gespräch schon eine ganze Weile mitbekommen, denn ihre Worte waren ganz sicher nicht zufällig die gleichen, die Elliott gerade an sie gerichtet hatte.

»Zerreißt ihr euch schön die Mäuler über mich?«, ätzte Pia auch schon weiter.

»Ach, Pia«, setzte Elliott in gelangweiltem Tonfall an, »wir haben weiß Gott interessantere Themen als dich.«

Autsch. Das war unnötig hart gewesen. Hazel fühlte sich unbehaglich. Sie hasste solche Situationen und fühlte sich hier vollkommen fehl am Platz.

»Ach komm, Elliott. Spuck's schon aus! Weißt du, ich habe gerade meine Eltern verloren. Beide. Auf einen Streich. Bäm, niemand mehr da. Einfach so.« Ihr Lachen klang zu schrill.

Hazel hatte das Gefühl, einschreiten zu müssen, bevor die Dinge vollkommen aus dem Ruder liefen. Auch wenn sie in dem seltsamen Dialog längst nicht mehr mitkam.

»Hör mal, Pia, es tut mir sehr leid, was passiert ist, aber ...«

»Ach, das ist ja nett! Aber unnötig.« Das laute Lachen sollte wohl Gleichgültigkeit signalisieren, ging aber gründlich daneben.

Inzwischen waren auch die anderen, die verstreut in der Garderobe standen, auf die Szene aufmerksam geworden.

Pia hat ihr Publikum wieder versammelt, ging es Hazel durch den Kopf. Im nächsten Moment ermahnte sie sich, nicht ungerecht zu urteilen. Ja, die Kollegin verhielt sich unmöglich, aber sie befand sich schließlich auch in einer Ausnahmesituation. Dass sie jetzt hier war, bedeutete nicht, dass es ihr gut ging oder es auch nur eine gute Idee gewesen war, zu kommen. Sie dachte gerade, dass man Pia eigentlich vor sich selbst schützen müsste, als diese erst richtig loslegte.

»Früher haben sie sich immer wieder gegen mich entschieden, jetzt ist ihnen diese Entscheidung für immer abgenommen worden. Ein für alle Mal.« Pia wand sich ihrem stummen Publikum zu und ihre Arme beschrieben theatralische Gesten, während sie die Worte förmlich ausspuckte. Endlich ließ Pia sie stehen. Hazel beobachtete unauffällig, wie sie zu ihren Anhängerinnen hinüberging und dort angekommen in sich zusammensackte.

»Jetzt dreht sie ganz durch«, sagte Elliott eine Spur lauter als nötig, dann entfernte er sich in Richtung seines Platzes.

Hazel fühlte sich noch immer unwohl. Natürlich traf sie keine Schuld, trotzdem hasste sie solche Situationen. Dazu kam noch eine plötzliche Traurigkeit, deren

Wucht sie selbst überraschte. Es versetzte ihr einen Stich, zu sehen, wie sehr Pia um die Anerkennung ihrer Eltern kämpfte, selbst nach deren Tod. Aber wenn es stimmte, was sie immer wieder mehr oder weniger frustriert hatte durchblicken lassen, war dies auch zu Lebzeiten ihrer Eltern ein hoffnungsloses Unterfangen gewesen. Pia musste wahnsinnig verletzt sein. Man konnte sich nur ansatzweise vorstellen, welches emotionale Chaos im Moment in ihr tobte.

Es war schon verrückt, wie sehr die eine negative oder, wie im Fall von Pias Eltern, stumme Stimme jeden Zuspruch übertönte. Wie sehr man sich an genau diesen Menschen festbiss und es zu einer aussichtslosen Lebensaufgabe wurde, sie zu überzeugen.

Ach, Mädchen, hörte sie ihren persönlichen Dämon schon amüsiert kommentieren. Auf das Treffen mit Orla heute Nachmittag musste sie sich eigentlich auch noch irgendwie vorbereiten. Argumente wie Munition bereitlegen und ihre Züge planen.

Sie schüttelte den Kopf, um die ganze unerfreuliche Szene und den Gedankenstrudel, den sie angestoßen hatte, loszuwerden. Seufzend zog sie ihre Tasche zu sich und begann in einer Art Übersprunghandlung, ihre Haare energischer, als nötig durchzukämmen.

Während sie leicht vornübergebeugt vor ihrer Schminkkommode stand, nahm sie aus dem Augenwinkel eine Person wahr. *Bitte nicht schon wieder Elliott!* Für den Vormittag hatte sie, um ehrlich zu sein, schon wieder genug von ihm. Sie hob den Blick und wollte gerade etwas sagen, als sie erkannte, dass jemand ganz anderes dort stand und sie beobachtete.

»Entschuldige.« Es war Jenny. Die liebe Kollegin, von der niemand genervt sein konnte.

»Nichts passiert.« Hazel lächelte automatisch und merkte, wie ein letzter Rest von Anspannung, der sich hartnäckig an sie gekrallt hatte, von ihr abfiel. »Was gibt's denn?«

»Ach, nichts, ich wollte nur …«

»Nun sag schon!«

»Pass einfach auf, dass dir nicht wehgetan wird.«

Hazel war gerührt. Jenny war zwar noch sehr jung, von ihrem Mitgefühl konnte sich der ein oder andere hier aber eine gehörige Scheibe abschneiden. Sie legte den Kopf schief und sah sie freundlich an. »Ach, weißt du, Pia hat, glaube ich …«

»Ich spreche nicht von Pia«, unterbrach Jenny sie mit fester Stimme, und Hazels Mund blieb einen Moment länger als nötig offen stehen. Damit hatte sie nicht gerechnet.

Jenny warf ihr einen vielsagenden Blick zu, dann verzog sich ihr Mund zu einem mitfühlenden Lächeln. »Pass einfach ein bisschen auf«, wiederholte sie leiser und fügte lauter, wahrscheinlich für eventuelle Zuhörer, hinzu: »Ich glaube, wir müssen auch schon anfangen. Mal sehen, ob ich heute überhaupt bleiben soll.«

Hazel stimmte beiläufig zu, hinkte in Gedanken aber einige Sätze hinterher. Offenbar meinte Jenny, die junge, vom Theater und seinen Schlangen noch nicht verdorbene Kollegin, dass sie sich vor Elliott in Acht nehmen sollte. *Hatte sie das eben richtig verstanden?* Zu gern hätte sie Jenny gefragt, was diese genau meinte, aber der Moment war bereits vergangen. Sie musste sie später noch einmal darauf ansprechen, denn jetzt wollte sie es genau wissen.

Ebenfalls nicht entgangen war Hazel, dass Jenny von Pias frühzeitiger Rückkehr offensichtlich ebenso überrascht war, wie sie. Nur so ließ sich ihre Anwesenheit hier überhaupt erklären, schließlich fungierte sie seit dem Vortag spontan als Pias Vertretung. Ganz offensichtlich hatte Pia also nicht daran gedacht, irgendjemanden über ihr Comeback zu informieren.

Wie auch immer, Jenny hatte recht, sie mussten zur Bühne! Hazel warf einen letzten Blick auf ihr Handy. Die Probe begann in einer Minute. Sie stopfte das Smartphone wieder in ihre Tasche und spürte gerade noch das Vibrationssignal. Blitzschnell zog sie die Hand zurück und warf einen Blick auf das Display. Das Symbol für eine neue E-Mail leuchtete auf, doch jetzt hatte sie keine Zeit, um sie lesen. Bestimmt hatte Orla endlich geschrieben. Bis zum Morgen war nämlich noch keine Antwort von ihr eingegangen, was umso merkwürdiger war, da die alte Lehrerin ihre letzte Mail so dringlich formuliert hatte.

Während der Probe war sie, wenig überraschend, nicht besonders bei der Sache, glücklicherweise schien dies aber niemandem aufzufallen. Dennoch sollte sie dringend an ihrer Konzentration arbeiten. Für den Moment war sie jedoch einfach froh, als Aléjandro sie endlich in die Mittagspause entließ.

An ihrer Schminkkommode angekommen, griff sie als Erstes in die Tasche nach ihrem Handy. Davon, ob das Treffen mit Orla stattfand oder nicht, hing immerhin die Planung ihres Nachmittags ab. Ungeduldig gab sie die sechsstellige PIN ein und wischte und tippte sich in der Mail-App bis zum Posteingang durch.

Wo ...? Sie überflog die Auflistung der E-Mails, doch es war nur eine neue Nachricht dabei und sie stammte nicht von Orla. Im ersten Moment glaubte Hazel, dass es sich um einen Irrtum handelte. Ganz sicher sogar. Sie konnte keinesfalls die richtige Adressatin sein.

Beinahe hätte sie einen Fehler gemacht.

Kapitel 28

Als Hazels Blick die Betreffzeile streifte und die Worte ihr Herz erreichten, war der erste Impuls, nach links zu wischen und die Nachricht ungelesen zu löschen.

Das hast DU gemacht!

Nur diese vier Worte, mehr nicht. Für sich genommen harmlos, zusammen aber ein gehässiger Chor, der Hazel tief ins Mark fuhr. Längst hatte ihr Blick ein Eckchen des Fotos erfasst, das das Textfeld der E-Mail übergroß ausfüllte. Wie ferngesteuert klickte sie auf die Nachricht, ohne es richtig zu merken, und schon war es zu spät. Die Chance, sich vor dem zu schützen, was da vor ihren Augen aufploppte, war im Moment der Erkenntnis vergangen.

Hazel fühlte sich tatsächlich schuldig und im Innersten beschmutzt, als das Bild einen unvergänglichen Abdruck auf ihre Netzhaut und in ihr Gedächtnis stanzte. Sie wusste, sie würde ihn nicht mehr loswerden. Alles in ihr sträubte sich, wollte die visuellen Eindrücke abwehren, aber es war längst zu spät.

Im Zentrum des Fotos lag jemand auf einem weißen Wollteppich. Einem Flokati, erkannte Hazel und wusste, dass sie sich an diesem unwichtigen Detail aufhielt, um das Furchtbare auszublenden. Aber es gelang ihr nicht. Auch, weil das Blut des Mannes den *ehemals* weißen Teppich, wie es richtigerweise heißen musste, mit Tod getränkt hatte. Die hochflorigen Fasern hatten sich ergeben und trieben stellenweise in kleineren und größeren Blutlachen hin und her. Hin und her ...

Hazel rief sich zur Vernunft. Es war nur ein Foto. Wenn auch unbestritten ein grauenhaftes. Selbst das Licht, das von einer seltsamen Wärme war, schien mit einem Mal blutig zu leuchten und förmlich in den Betrachter zu kriechen. Was ihr Gehirn jedoch daraus machte, war in Wahrheit nicht möglich. Ja, jemand hatte einen schlimmen Unfall gehabt. Aber was auch immer dem Mann zugestoßen war, war bestimmt schon lange Zeit her, und bewegen konnte sich auf dem Bild ganz bestimmt nichts.

Dass es sich um einen Mann handelte, hatte Hazel gleich erkannt. An den Hosen und den nackten Füßen, die daraus hervorragten und ein Ausrufezeichen hinter die Hilflosigkeit des Opfers setzten. Vom Gesicht hatte sie nichts ablesen können, denn die Leiche war oberhalb der Brust abgeschnitten.

Das Foto, korrigierte Hazel sich in Gedanken. *Es war das Foto, das knapp oberhalb des Schlüsselbeins endete.* Der vermutlich tote Mensch war nicht in Gänze zu sehen, wenn auch nicht aus Pietätsgründen.

Hazel verstand, dass ihr Gehirn krampfhaft Abstand suchte, wo keiner möglich war. Sie kniff für einige Sekunden die Augen zusammen und das Bild leuchtete umso heller unter ihren geschlossenen Lidern. Es gab kein Entkommen. Sie öffnete die Augen und sah erneut in den Header der E-Mail.

Das hast DU gemacht!

Den Worten im Betreff musste sie nicht mehr ausweichen, sie waren längst abgespeichert. Zusammen mit dem bedrohlichen Bild, das sie nicht mehr loslassen würde. Ihr Blick wanderte zwei Zeilen höher, zum Absender. Ihn hatte sie vollkommen ausgeblendet, was seltsam war, da sie doch wahrgenommen hatte, dass die Mail nicht wie erwartet von Orla stammte. Umso schockierter war sie, als sie *KuchenUndFreunde@Café-Goethe.com* las.

Das war doch nicht möglich! Hazel würde gleich kontrollieren, ob die E-Mail-Adresse ihres Stammcafés tatsächlich diesen ungewöhnlichen Wortlaut hatte. Das hätte sie sich doch gemerkt, oder? Auch wenn sie, um ehrlich zu sein, noch nie daran gedacht hatte, das *Goethe* auf diesem Weg zu kontaktieren. Ein irritierender Verdacht, der sich ihr unwillkürlich aufdrängte, schien sehr viel nahe liegender zu sein. Einerseits. Andererseits war diese Überlegung weder plausibler noch harmloser als die Vorstellung, dass jemand aus dem Café sich einen üblen Scherz mit ihr erlaubt hatte.

Es gab zwei Menschen, mit denen sie vor Kurzem in ihrem Lieblingscafé gewesen war: Elliott und Orla. Elliott traute sie zugleich alles und nichts zu, und Orla ... spontan würde sie sagen, dass ihre alte Lehrerin auf keinen Fall für solch einen bitterbösen Streich infrage käme.

Unter normalen Umständen war das jedenfalls unvorstellbar, aber im Moment? Konnte sie sich da wirklich sicher sein? Womöglich handelte es sich bei dem blutigen Motiv um eine Kunstinstallation, vielleicht sogar um den zentralen Teil einer bekannten Inszenierung?

Hazel gab offen zu, in Schauspielgeschichte nicht allzu bewandert zu sein. Sie wollte spielen und darstellen. Dem geschichtlichen und theoretischen Überbau hatte sie bislang nur wenig Aufmerksamkeit geschenkt. Der Gedanke, ob das ihrer neuen Berufung als Schauspiellehrerin im Weg stehen könnte, streifte jetzt ihr Bewusstsein. Sie schob ihn zur Seite. Die Frage war doch, ob ihr Desinteresse sich hier und heute rächte. Denn wenn das Bild gestellt sein und ihr eine Botschaft senden sollte, verfehlte es seinen Zweck grandios.

Was sollte der Betreff überhaupt heißen: *Das hast DU gemacht!* Hierauf konnte Hazel sich überhaupt keinen Reim machen. Sie schielte erneut auf das immer noch geöffnete Foto. Konnte das Kunst im weiteren Sinne sein? Ein Schauspieler vielleicht, der mit viel Kunstblut dramatisch drapiert auf dem Flokati präsentiert wurde? So ein verrücktes Werk, das erst durch die Reaktion des Betrachters, hier also eindeutig der Abscheu, vollständig wurde?

An irgendetwas erinnerte sie diese Szenerie jetzt aber doch. Moment mal ...

Ja, natürlich! Es war mittlerweile aus der Mode geraten, aber früher hatte man doch mit Vorliebe Babys nackt auf einem künstlichen Eisbärfell fotografiert. Vermutlich gehörte ein solches zu den Requisiten jedes Fotoateliers, das etwas auf sich hielt. Hazel spürte, wie sie sich langsam etwas entspannte, und sie erinnerte sich, dass auch von ihr selbst ein entsprechendes Bild existierte.

Unweigerlich wanderten ihre Gedanken zu ihrer Mutter, und die mittlerweile allzu bekannte Schwere ihrer Traurigkeit legte sich über sie. Nur sie war stärker als die Angst und das für sich genommen war ein wirkliches Dilemma. Hazel verstand das längst und hatte doch keine Lösung dafür.

Obwohl, versuchte sie das drohende emotionale Loch zu umschiffen, ihr geheimer Plan doch eine Art Ausweg sein könnte. Auch wenn sie ihre Päckchen fest an sich geschnürt hatte und sie immer dabei sein würden.

Es war kein Geheimnis, dass Orla es für falsch hielt, dass Hazel dem Theaterbetrieb den Rücken kehren wollte. Hazel beruhigte es, einen deutlichen Widerstand gegen ihre alte Lehrerin in sich zu spüren, was dieses Thema anging, denn wenn sie sich gegen Orla behaupten konnte, wären alle weiteren Herausforderungen ein Klacks.

Apropos, von ihr war bis jetzt noch immer keine Rückmeldung zu ihrem Terminvorschlag gekommen. Aber nach Orlas knapper, eindringlicher Nachricht von gestern beschloss Hazel, einfach am Nachmittag bei ihr vorbeizuschauen. Vielleicht hatte sie schlicht vergessen, zu antworten oder die Mail versehentlich an jemand anderen geschickt. Sie war schließlich schon in einem Alter, in dem das Gedächtnis begann, einem Streiche zu spielen.

Der Trubel um sie herum nahm plötzlich zu und alle beeilten sich, in die Mittagspause zu verschwinden. Hazel schaltete ihr Handy aus, schob es in die Tasche und achtete währenddessen unauffällig darauf, ob Elliott noch hier war. Schließlich hob sie den Kopf, doch der Raum hatte sich schon fast geleert. Außer ihr waren nur noch Jenny und einige wenige andere anwesend. Von Elliott keine Spur. Also hatte er von der E-Mail und ihrer Reaktion darauf wohl nichts mitbekommen. Das hieß, er hatte sie nicht beobachtet, was er vermutlich getan hätte, wenn …

Sie durfte jetzt nicht anfangen, Geister zu sehen. Warum sollte Elliott überhaupt über eine solche Aufnahme verfügen, geschweige denn, sie ihr kommentarlos zusenden? *Wobei kommentarlos ja nicht stimmte*, rief sie sich in Erinnerung. Trotzdem machte das alles keinen Sinn und sie hatte schließlich noch andere Themen, auf die es sich zu konzentrieren galt.

Unvorbereitet sollte sie später nämlich auf keinen Fall bei Orla auftauchen. Dabei war ihr klar, dass es weniger um Argumente ging. Offenbar war sie bisher einfach nicht überzeugend genug aufgetreten und wenn sie ehrlich war, stimmte es ja auch. Sie hatte in den vergangenen Tagen alles Mögliche andere im Kopf gehabt als ihre anstehende Laufbahn als Schauspiellehrerin. Eigentlich hatte sie die Zeit, in der Villem nicht da war, für verschiedene, auch ungeliebte geschäftliche Vorbereitungen nutzen wollen. Es war längst überfällig, sich endlich darum zu kümmern.

Aber unabhängig davon sollte sie sich freier von der Meinung anderer machen. Die Selbstständigkeit würde Hürden mit sich bringen, das war keine Überraschung. Wichtig war allein, dass sie sich in ihrer Entscheidung sicher war und …

»Hey«, riss eine helle Stimme sie aus ihren Gedanken. Das konnte nur eine sein.

»Was gibt's?« Hazel musste sofort lächeln, als sie Jennys liebes Gesicht sah.

»Ach, nichts Besonderes. Du warst nur so still heute, da wollte ich mal fragen, ob alles in Ordnung ist.«

»Das ist es. Finde ich aber nett, dass du dir Gedanken machst.«

»Aber klar.«

Hazel wusste, dass diese kollegiale Fürsorge längst nicht selbstverständlich war. Aber Jenny war auch anders als die meisten hier. Sie strahlte Vertrauenswürdigkeit und echtes Interesse für ihre Mitmenschen aus, was Hazel in ihrer Branche nur selten erlebt hatte. Sie wog kurz ab, bevor sie erneut zu sprechen begann: »Wo wir gerade dabei sind ... dürfte ich dich mal etwas fragen?«

»Aber klar«, wiederholte Jenny und sah sie offen an.

»Und zwar geht es um das, was du heute Morgen gesagt hast. Über Elliott. Dass ich aufpassen soll, weißt du noch?« In dem Moment, in dem Hazel die Worte aussprach, bekamen sie plötzlich viel mehr Gewicht, und das fühlte sich falsch an. So als interpretierte sie etwas in eine vollkommen harmlose Ausgangssituation.

»Ach, das. Weißt du, es ist nur so ein Gefühl.«

Oh. Das klang irgendwie ernst. Jetzt wollte Hazel es doch genauer wissen. »Was meinst du damit?«

»Es kann sehr gut sein, dass ich mich täusche, aber du hast doch in letzter Zeit mehr mit Elliott zu tun gehabt, und ich weiß nicht ...«

»Ja?«

»Ich will auch niemandem etwas unterstellen ...«

Hazel wünschte sich, dass sie es doch täte.

»... aber jetzt, wo Pia wieder hier ist, fände ich es einfach schlimm, wenn er so weitermacht.«

Hazel verstand nur Bahnhof. »Ich fürchte, ich weiß nicht, wovon du sprichst.« Ein schiefes Lächeln sollte ihre jetzt kühleren Worte abmildern. Sie konnte nur hoffen, dass Jenny sich nicht angegriffen oder unter Druck gesetzt fühlte.

»Na, neulich, bevor das mit ihren Eltern passiert ist, habe ich schon das eine oder andere Mal gedacht, dass er sie doch unbedingt zurückhaben will.«

»*Was?*«

»Dass er sie eifersüchtig machen will. Mit dir. Damit sie zu ihm zurückkommt. Du weißt schon.«

Jenny war das Gespräch jetzt sichtlich unangenehm. Wie es aussah, merkte sie erst jetzt, dass Hazel von den amourösen Abgründen Elliotts bis zu diesem Moment keine Ahnung gehabt hatte.

»Oh je, ich …«, schob sie hilflos hinterher, aber Hazel winkte ab.

»Mach dir keine Gedanken, es ist alles gut.« War es überhaupt nicht, aber damit musste sie Jenny ja nicht belasten. Dass Elliott sie aller Wahrscheinlichkeit nach nur benutzt und ihr seine Freundschaft die ganze Zeit über lediglich vorgespielt hatte, war das eine. Darum konnte sie sich später kümmern. Wenn es dann überhaupt noch nötig war.

Viel wichtiger war es, dass sie ihm gegenüber jetzt einen Wissensvorsprung hatte. Denn so wie es aussah, ging er davon aus, dass sie von der Sache zwischen ihm und Pia, ihrer ärgsten Konkurrentin, nichts wusste. Und auch, wenn sie das im Grunde weder interessierte noch etwas anging, war jetzt klar, dass er ihre Gutgläubigkeit für sich und seine Zwecke ausgenutzt hatte.

Dass sie ihn nicht einfach darauf ansprechen würde, war ihr sofort klar, aber Elliotts falsches Spiel war enttarnt und seine Manöver durchschaut. Er ahnte davon nichts, Hazel indessen hatte einen neuen Hinweis auf seinen Charakter bekommen.

Und jetzt war sie auf der Hut.

Kapitel 29

Die pudrige Luft in der Garderobe erschien Hazel plötzlich unangenehm stickig.

Gesättigt von Schweiß, Intrigen und, wie sie jetzt gelernt hatte, dem falschen Spiel vermeintlicher Freunde, verklebte sie zäh ihre Atemwege. Am liebsten würde sie hinauslaufen, an die frische Luft, aber diese Blöße würde sie sich nicht geben. Sie würde sich nichts anmerken lassen.

Das war doch alles albern und kindisch, und in wenigen Wochen würde ihr Theaterleben so oder so ein Ende haben.

Dies war das Mantra, das Hazel in letzter Zeit immer öfter innerlich herunterbetete, wenn ihr alles zu viel zu werden drohte. Auch in diesem Moment dachte sie probehalber an ihre Zukunftspläne, in der Hoffnung, dadurch Abstand zu gewinnen von Elliott und Pia und nicht zuletzt der bedrohlichen E-Mail, von der sie Jennys Neuigkeiten immerhin hatten ablenken können.

Sie versuchte, sich auf ihre Atmung zu konzentrieren, und auf diese Weise zu innerer Ruhe zu finden, aber so richtig klappte es nicht. Im Gegenteil, jetzt schob sich auch das dritte unerfreuliche Thema wieder in den Vordergrund. Orla und das anstehende Gespräch mit ihr.

Dass sie ihre alte Lehrerin am Ende noch dazu bringen würde, ihren Plänen zuzustimmen, glaubte Hazel längst nicht mehr. Aber unabhängig davon spürte sie, dass zwischen ihnen etwas brodelte. Ihre Auseinandersetzung war mit lauter kleinen Dornen gespickt, die scharf nach oben abstanden und ihr keine Ruhe lassen würden, wenn sie die Verbindung jetzt einfach unverrichteter Dinge wieder abbrach.

In diesem Moment war Hazel vollkommen klar, was zu tun war. Sie musste noch heute den Kontakt und damit wahrscheinlich die Konfrontation mit Orla suchen. Ob dies angesichts des Durcheinanders, das ihre Gedanken gerade dominierte, eine kluge Idee war, würde sich zeigen. Da gab es schließlich nicht nur die Neuigkeiten über ihre Kollegen und deren amouröse Verstrickungen, sondern auch noch das schockierende Foto mit der unheimlichen Botschaft *Das hast DU gemacht!*

Was sollte das bloß heißen? Sie hatte keine Ahnung. Dennoch, oder gerade deshalb, drängte sich die Frage immer wieder in den Vordergrund. Wahrscheinlich sollte sie die ganze E-Mail einfach ignorieren. Aber daran scheiterte sie, schließlich erreichten einen derlei Nachrichten nicht jeden Tag. Idealerweise sogar nie.

Ihre mühsam sortierten, immer wieder rationalisierten und im Zaum gehaltenen Sorgen rumorten jetzt jedenfalls lebhaft unter der Oberfläche. Allein schon aus diesem Grund musste sie zumindest mit Orla endlich zu einem Punkt kommen, mit dem sie beide leben konnten. Wenigstens diese Baustelle würde sie hoffentlich bald schließen können. Sie griff nach der halb vollen Wasserflasche und ließ sich vor ihrem Spiegel nieder.

Nachdem sie von ihrer alten Lehrerin nichts mehr gehört hatte, was angesichts der so dringend formulierten Mail vom Vortag seltsam war, würde sie eben die Initiative ergreifen und zu ihr fahren.

Etwas in ihr mahnte zwar unablässig, dass sie sich vorbereiten solle, sich Argumente bereitlegen und den Ablauf des Gesprächs durchgehen solle, aber mittlerweile war ihr klar, dass all diese Bemühungen sowieso verpufften, sobald ihre alte Lehrerin das Wort ergriff. Sie würde sich darauf verlassen müssen, in der Situation schlagfertig zu sein. Sie hatte doch nichts zu verlieren. Im Gegenteil. Der Sinn dieser Treffen war schließlich, hilfreiche Tipps und so etwas wie eine mentale Starthilfe für ihr neues Leben zu bekommen. Wenn Orla ihr das nicht geben konnte oder wollte, was die vergangenen Begegnungen leider nahelegten, würde sie eben andere Wege finden müssen.

Entschlossen legte sie die auf der Kommode verteilten Schminkutensilien an ihren Platz zurück. Wenigstens das äußere Durcheinander ließ sich in Ordnung bringen. Blieb noch die Aufgabe, innere Klarheit zu schaffen. Sie seufzte leise.

Was Jenny über Elliott und Pia und deren Verhältnis zueinander – oder besser miteinander – angedeutet hatte, ließ ihr keine Ruhe. Das Thema schaffte es sogar, Orla und ihre Zukunftspläne in den Hintergrund zu drängen.

Es interessierte sie brennend, ob die anderen alle von der Beziehung der beiden gewusst hatten und nur sie davon nichts mitbekommen hatte. Möglich war das schon. Gerade in den letzten Monaten war sie nicht besonders an dem üblichen Theaterklatsch und -tratsch interessiert gewesen. Lange hatte sie die Trauer um ihre Mutter wie eine unsichtbare Mauer eingeschlossen und die anderen hatten davon ja nichts gewusst. Sie hatte all das mit sich allein ausgemacht und konnte es ihnen daher nicht verdenken, wenn diese sie für kühl oder distanziert hielten.

Aber ebenso wenig hätte sie sich anders verhalten können. Sie war so nicht und hätte gar nicht gewusst, wie sie sich und ihre Situation offen hätte zeigen sollen. Dafür schützten die Rollen ihr wahres Ich schon viel zu lange.

Wie auch immer, sie hatte tatsächlich geglaubt, dass Elliott in der Lage war, hinter ihre Mauer zu sehen; ein Fitzelchen von ihr zu erkennen. Dass dem offensichtlich nicht so war, war eine Enttäuschung, aber eigentlich nicht wirklich wichtig. So wie alles hier in wenigen Monaten nicht mehr von Bedeutung sein würde.

Jenny hatte jedenfalls ziemlich sicher recht. Alles deutete darauf hin, dass Elliott ihre Gutgläubigkeit ausgenutzt hatte, um Pia eifersüchtig zu machen. Warum sonst hätte er auf einmal so hartnäckig ihre Nähe suchen sollen? Auch wenn es ihr egal sein konnte, fühlte Hazel sich dadurch schlecht und wurde im nächsten Moment wütend. Diese Macht über ihre Gefühle wollte sie Elliott auf keinen Fall zugestehen.

Sie merkte, wie sie in Gedankenstrudeln versank, die ihr nicht guttaten. Sie sollte dem einen Riegel vorschieben und jetzt gleich zu Orla fahren. Egal, was dort passierte, es würde ihrem Grübeln ein Handeln entgegensetzen, das Fakten schaffte. Das konnte nur von Vorteil sein.

Inzwischen war sie die Letzte in der Garderobe. Schon wieder hatte sie, tief in ihre Überlegungen versunken, vor dem Spiegel gesessen und gar nicht mitbekommen, wie der Raum sich geleert hatte. Sie sollte wirklich wacher sein und ihre Umwelt im Auge behalten.

Entschlossen zog sie den Mantel an und griff nach ihrer Tasche. Ein letzter Blick auf ihr Handy folgte. War von Orla inzwischen vielleicht eine Nachricht eingegangen? Fehlanzeige. Also würde sie auf gut Glück zu der alten Lehrerin fahren.

Während sie durch die langen, verschlungenen Katakomben lief, versuchte Hazel, ihren Geist zu leeren. Irgendwo hatte sie gelesen, dass dies ein erster Schritt zu mentaler Entspannung sein sollte. Für sie klang es eher wie die Krönung unermesslicher Anstrengungen, aber die Aussicht war verlockend. Fürs Erste versuchte sie, an nichts zu denken und es zu ignorieren, wenn doch der ein oder andere Gedanke aufblitzte.

Sie grüßte Johnny im Vorbeilaufen und stand wenig später vor dem Theater, in einer wunderbar herbstlichen Kulisse. Die Luft duftete nach Blättern, Regen und Gemütlichkeit. Sie trug eine rauchige Note in sich, und für Hazel war dies einfach die beste Zeit. Nach den hektischen, heißen Sommermonaten war nun Stille und Durchatmen angesagt. Sie fühlte förmlich, wie sich das Jahr dem Ende zuneigte und nachsah, was von den Zielen und Träumen übrig geblieben war.

Kurzentschlossen ließ sie die Bushaltestelle links liegen und lief einfach weiter. Sie genoss die Bewegung und den höchst ungewöhnlichen Luxus, ohne Ziel von ihrem ansonsten streng getakteten Tag abzuweichen. Sich nur für eine kurze Weile den Herbstwind um die

Nase wehen zu lassen und eine Idee vom Leben abseits des Theaters zu bekommen, den im wahrsten Sinne des Wortes verrückten Zeitfenstern, die ihren kompletten Tag zerstückelten und ein normales Sozialleben unmöglich machten, zu entfliehen. Es fühlte sich seltsam an, irgendwie schwerelos, aber auch gut.

Hazel entspannte sich. Ganz anders als zwischen ihren Kollegen, war sie hier draußen kein Fremdkörper. Vielmehr hatte sie den Eindruck, ein Teil des Gesamtbildes zu sein, und das ganz ohne sich zu verstellen oder Erwartungen zu erfüllen. Sie atmete tief durch und sah nach oben. Es gefiel ihr, wie sich die kahlen Zweige der Bäume scharf vor dem hellgrauen Hintergrund abhoben. Sie mochte die Klarheit der Szenerie, die sie als willkommener Gast durchschritt, und so für die Dauer von Minuten ein neues Bild schuf. Vergänglichkeit in all ihrer Schönheit und als Chance.

Sie blieb kurz stehen, schloss die Augen und lauschte. Einfach so, ohne zu wissen, worauf. Sie lächelte zuversichtlich und versuchte, diesen Eindruck abzuspeichern. Dann erst ging sie weiter. Jetzt mit dem Gefühl, gewappnet zu sein.

Schon in der nächsten Sekunde wurde ihr neu gewonnener Schild allerdings bereits auf die Probe gestellt. Sie war weiter gelaufen, als gedacht. An der Straßenecke vor ihr leuchtete ein warmer, trügerischer Schein aus den Fenstern des Café *Goethe*. Aller neu gewonnenen Zuversicht zum Trotz schnürte sich Hazels Kehle zusammen und ihr Herz stolperte, bevor es zu rasen begann.

Das hast DU gemacht!

Die Worte hallten in ihrem Kopf wider, wie von tausend Stimmen. Manche wisperten, andere hatten einen schrillen Unterton oder klangen unendlich traurig. Es waren weibliche und männliche Stimmen darunter, am tiefsten aber schnitten die Kinderstimmen in ihr Herz.

Ein ganzer Chor an Sprechern hämmerte die Worte in ihr Bewusstsein und sie versuchte, darin nicht zu ertrinken. Erschrocken sah sie sich um, aber hinter ihr war nur eine alte Frau, die mit schleppenden Schritten einen Einkaufstrolley hinter sich herzog und sie misstrauisch taxierte.

Hazel räusperte sich und der Chor der Stimmen wurde leiser. Sie ließ die Frau passieren und gab vor, etwas in ihrer Tasche zu suchen. Dabei zitterten ihre Hände merklich, und sie war froh, dass sie dem neugierigen Blick der Rentnerin entzogen waren. Diese hatte es nicht eben eilig weiterzukommen, und so widmete sie sich intensiver ihrer vermeintlichen Suche, bis die Frau endlich ein ganzes Stück entfernt war.

Was war das denn bitte schön gewesen? Hazels aufgeregtes Herz beruhigte sich nur langsam. Schließlich setzte sie sich wieder in Bewegung und erreichte das Café, in dem sie noch vor wenigen Tagen sowohl mit Elliott als auch mit Orla gesessen und naiv ihre Rolle in einem ihr unbekannten Spiel eingenommen hatte. Oder reagierte sie gerade über? Sie wusste es nicht, aber ganz offenbar war ihr Nervenkostüm fadenscheiniger, als sie geahnt hatte.

Sie versuchte, sich das eben abgespeicherte neue Glücksgefühl in Erinnerung zu rufen, scheiterte jedoch jämmerlich. Irgendwann verdrängte eine Art Ärger auf sich selbst ihre irrationale Angst.

Die E-Mail war ein Streich gewesen, sagte sie sich. Ein ganz billiger Versuch, sie einzuschüchtern, und sie würde sich doch davon wohl nicht aus der Bahn werfen lassen. Überhaupt, in wenigen Monaten wäre das alles Geschichte und sie würde weit weg sein, in einem anderen neuen Leben.

Da war es wieder! Ihr Mantra. Das mal mehr, mal weniger gut wirkte. Darüber hinaus erinnerte es sie wieder an ihr eigentliches Ziel für diesen Nachmittag. Sie sah auf die Uhr und erkannte überrascht, dass ihr Spaziergang nur knapp zwanzig Minuten gedauert hatte. Die Zeit konnte also auf keinen Fall als Grund gegen den Besuch bei Orla gelten.

Hazel machte auf der Stelle kehrt und lief zurück in Richtung Bushaltestelle. Dieses Mal bewirkte das *Café Goethe* nur noch eine deutlich abgeschwächte körperliche Reaktion. Sie fühlte sich mulmig und würde in diesem Zusammenhang wohl noch längere Zeit an die bedrohliche Nachricht denken müssen, aber vorhin war sie einfach nur unvorbereitet gewesen, und aus einem Hochgefühl heraus, das sie selten genug empfand, mit ziemlicher Wucht an das schlimme Foto erinnert worden.

Da konnte man schließlich schon mal überreagieren.

Kapitel 30

Hazel verlangsamte ihre Schritte und schlenderte nun, da sie das *Café Goethe* hinter sich gelassen hatte, betont entspannt die Straße entlang.

In ihr herrschte noch immer Aufruhr, aber sie war fest entschlossen, zu der Leichtigkeit zurückzufinden, die sie noch vor einer halben Stunde durch den Herbstnachmittag getragen hatte. Das war eine Sache, an der sie arbeiten musste: sich nicht gleich von jeder Kleinigkeit aus der Bahn werfen zu lassen.

Mit großer Wahrscheinlichkeit handelte es sich bei der E-Mail mit dem verstörenden Bild nur um Spam oder schlimmstenfalls um eine Phishing-Mail. Hatte sie eigentlich einen Anhang gehabt? Egal, am besten ignorierte sie diese und löschte sie später. Und Elliott? Mit ihm hatte sie bis vor Kurzem genauso viel oder besser gesagt wenig zu tun gehabt, wie mit den meisten ihrer anderen Kolleginnen und Kollegen.

Natürlich fühlte es sich nicht gut an, offenbar als Einzige nichts von seinem wahren Verhältnis zu Pia gewusst zu haben. Aber auch das sollte sie abhaken. Schließlich konnte es ihr egal sein, erst recht in ihrem neuen Leben. Auf das sie sich im Übrigen längst besser hätte vorbereiten sollen. Ihre Gedanken streiften jetzt solche unerfreulichen Themen wie Gewerbeanmeldung und Steuerregelungen für Freiberufler, und sofort meldete sich ihr Gewissen zu Wort. Gerade was diese geschäftlichen Bereiche betraf, musste sie sich noch weitaus besser informieren.

Aber jetzt gerade stand eine andere Pflicht auf dem Programm. Weiter vorn konnte sie im trüber werdenden Licht des Nachmittags schon die Konturen des Haltestellenhäuschens erkennen. Sie wollte direkt zu Orla fahren. Ein kurzer Blick auf die Uhr verriet ihr, dass ihr Bus in knapp zehn Minuten fahren würde. Das konnte sie locker schaffen.

Ob das auch auf das anstehende Gespräch zutraf, würde sich zeigen. Ihre Zuversicht war auf einen kleinen Rest zusammengeschrumpft. Gleichzeitig blitzte mehr und mehr ein, wie sie fand, gesunder Trotz in ihr auf. Diese Treffen mit Orla hatten für sie im Grunde nur das eine Ziel: ihr den Start in ihrem neuen Leben als freiberufliche Schauspiel-Lehrerin zu erleichtern. Wenn ihre alte Lehrerin das nicht unterstützen konnte oder wollte, war diese eben die falsche Ansprechpartnerin. Dann sollte sie in dieser Angelegenheit nicht ihre Mentorin sein, und auch damit würde Hazel leben können.

Soweit die Vernunft. Torpediert wurden ihre rationalen Überlegungen jedoch durch das Gefühl, den roten Faden, die stringente Argumentationslinie für ihr neues Ziel, immer wieder zu verlieren. Dabei hatte sie während der vergangenen Monate so viel Zeit investiert, Für und Wider abgewogen und konnte ihre Pläne vernünftig vertreten. Das wurde schließlich auch umso wichtiger, je näher der Abschied vom Theater rückte.

So ehrlich hatte sie sich das noch nie eingestanden. Sie hatte es nicht gewagt, denn was dann? An vielen Tagen erschien ihr die Perspektive, bald ihre eigene Chefin zu sein und mit Schülerinnen und Schülern zu arbeiten, die ihre Expertise suchten und schätzten, als einzige Rettung. Sehr viel weiter dachte sie, wenn sie ehrlich war, im Moment allerdings nicht. Was würde das auch bringen? Herausforderungen warteten schließlich überall und mussten zu gegebener Zeit gelöst werden, redete sie sich ihr Zögern schön und verdrängte das ungute Gefühl im Magen.

Jetzt hatte sie die Bushaltestelle erreicht. Der Himmel zog sich mehr und mehr zu, die Luft war auf einmal deutlich kühler. Hazel fröstelte und schob den weichen Kragen ihres Mantels dichter an den Hals. Morgen sollte sie doch lieber noch einen Schal mitnehmen, nicht, dass sie sich zu allem Überfluss jetzt auch noch erkältete. Sie war schließlich auf ihre Stimme angewiesen.

Es war ja nicht alles schlecht im Theater. In diesem Fall wären die Dinge einfacher. Hazel atmete hörbar aus. Der ältere Herr, der unter dem Dach des Haltestellenhäuschens Schutz gesucht hatte, mochte den Eindruck gewinnen, dass sie genervt war und dass ihr irgendetwas nicht passte, aber dem war nicht so. In Wahrheit kam sie gerade jenem Punkt gefährlich nahe, der ihre vernünftigen Argumente sprengte und einfach nicht wegzudiskutieren war: der Leidenschaft für ihre Arbeit. Sie brannte für das Spielen, nicht für das Lehren. So war es nun mal. Die Sorge, einen Fehler zu machen, lauerte gleich hinter der Erleichterung, der Schlangengrube zu entkommen, und sie beschwerte ihr Herz in diesen Tagen mehr als alles andere.

Der Bus rollte heran und Hazel stieg an der mittleren Tür, hinter dem auffallend elegant gekleideten Herrn, ein. Lief er hinter der Maske des Wohlstands vor seiner Einsamkeit davon? Möglich.

So wie sie ihrer Traurigkeit zu entkommen versuchte, in ihren zahlreichen Rollen, und es klappte immer weniger gut. Dabei war das Spielen doch immer ihre Rettung gewesen. Der einzige Bereich, in dem sie sich gegen ihre Mutter aufgelehnt und durchgesetzt hatte. Weil ihre strenge, liebevolle Tänzerinnen-Mutter den Funken in ihr gespürt hatte, der sie selbst als junges Mädchen den harten Unterricht an der Moskauer Ballettakademie hatte ertragen lassen.

Die Bereitschaft, alles ihrem großen Ziel unterzuordnen, auch wenn dies mit nicht unbeträchtlichem Leiden verbunden war, hatte sie immer ganz besonders mit ihrer Mutter verbunden und Orla wusste das. Natürlich. Als beste Freundin ihrer Mutter hatte sie damals, als Hazel gerade mal im Teenageralter gewesen war, alles mitbekommen. Den anfänglichen Widerstand der Mutter gegen Hazels Wechsel vom Ballett zum Schauspiel, ihr erstes Aufbäumen gegen die mütterliche Autorität, gefolgt von quälenden Tagen des schwelenden Konflikts zwischen Mutter und Tochter und dann endlich die Einigung.

Und jetzt? Stand sie kurz davor, all das, wofür sie mit ihrem ganzen Herzen gekämpft hatte, wegzuwerfen? Wie sehr brauchte sie den Applaus wirklich? Weniger als die vielen Rollen auf den vielen Bühnen. Das war ihr sehr bewusst und jagte ihr eine Heidenangst ein. Was, wenn sie für alle Zeit nur noch Hazel Karelius war? Wie sollte sie all ihre Emotionen abseits der Bühne ausleben und sie bändigen, um nicht in völligem Chaos oder tiefster Depression zu versinken?

Diese Angst war es, die ihr offenbar aus allen Poren drang, und für die Orla nur allzu empfänglich war.

Um ihre Hände zu beschäftigen und so vielleicht die Gedankenkreise zu durchbrechen, öffnete Hazel ihre Handtasche und tastete darin nach dem Handy. Hatte Orla vielleicht doch noch geschrieben? Sie entsperrte das Telefon und tippte sich dieses Mal zu den WhatsApp-Nachrichten durch. Nichts. Oder ... was war das?

Ganz oben in der Ansicht erschien der überschaubare Chat-Verlauf mit Orla. Im Allgemeinen schrieb ihre alte Lehrerin nur E-Mails, per WhatsApp hatten sie bisher nur einmal kommuniziert, um die Nummern auszutauschen. Jetzt aber war eine Nachricht hinzugekommen. Beziehungsweise eine Nicht-Nachricht, denn ein kursiver Schriftzug wies darauf hin, dass Orla vor einer knappen halben Stunde eine Nachricht an sie zurückgezogen hatte.

Hazel runzelte die Stirn. Vor einer halben Stunde? Das musste ungefähr zu dem Zeitpunkt gewesen sein, als sie am *Café Goethe* angelangt war. Das war möglich, da war sie durchaus abgelenkt gewesen. Ganz offensichtlich hatte Orla beschlossen, dass ihre Nachricht, aus welchem Grund auch immer, sie nicht erreichen sollte.

Sie schaltete das Handy aus und verstaute es wieder in ihrer Tasche. Draußen zog die herbstliche Landschaft an ihr vorbei und sie überlegte. Wahrscheinlich gab es eine ganz einfache Erklärung für die zurückgezogene Nachricht. Ihr selbst passierte es auch immer wieder mal, dass sie versehentlich auf das Return-Feld kam und unvollständige Texte verschickte. Bei Freunden war das nicht ganz so peinlich wie bei Arbeitskontakten. Hier konnte sie sich auch gut vorstellen, eine Nachricht wieder zu löschen. Zum Glück war das bisher noch nicht nötig gewesen.

Vielleicht hatte Orla auch einfach nur versehentlich den falschen Chatverlauf gewählt, auch das war Hazel schon mehrmals passiert. Bestimmt hatte es nichts zu bedeuten. Aber das würde sie Orla ja gleich selbst fragen können.

Die Bebauung wurde spärlicher, die Häuser rückten weiter von der Straße ab. Der Wohlstand in dieser Gegend war deutlich erkennbar. Jetzt war es nicht mehr weit bis zu Orlas Hexenhäuschen, wie sie die Mini-Villa heimlich nannte.

War es möglich, dass es während der kurzen Zeit, die sie im Bus gesessen hatte, so viel dunkler geworden war? Schuld daran waren die grauen Wolkenberge, die sich gerade bedrohlich zusammenschoben. Sie hoffte, dass es trocken blieb, bis sie bei Orla war, und ärgerte sich darüber, nicht wenigstens ihren Knirps eingesteckt zu haben. Jetzt war die Zeit, in der man damit nichts falsch machen konnte. Egal, vielleicht hatte sie ja Glück.

Als sie wenige Minuten später als Einzige aus dem Bus ausstieg, erfasste sie prompt eine Sturmböe, die von allen Seiten gleichzeitig zu kommen schien. Sie versuchte, sich dennoch gegen den Wind zu stellen, strich sich das Haar aus dem Gesicht und zog den Mantelkragen höher. Sie erinnerte sich daran, dass der

Herbst eigentlich ihre Lieblingsjahreszeit war. Fast immer jedenfalls.

Außer ihr war niemand auf der Straße. Nachdem der Bus um die nächste Ecke gebogen war, war sie allein. *Kein Wunder*, dachte sie. Am gemütlichsten war es jetzt doch unter einer warmen Decke, mit einem guten Buch und einem duftenden Heißgetränk. So wäre es perfekt.

Später, vertröstete sie sich und lief los. Wenn sie gleich in Orlas Hexenhäuschen deren intensive Parfümwolken benebelten, würde sie sich die frische Luft zurückwünschen, und zwar schneller, als sie jetzt glaubte.

Sie hielt den Blick gegen den schneidenden Wind gesenkt und stapfte durch die gelben, teils trockenen, teils glitschig-feuchten Blätter, die den Boden hier überall bedeckten. Das Licht, das auf die graue Landschaft traf und sie indirekt leuchten ließ, gab es so nur an wenigen Tagen im Jahr und während kurzer Augenblicke. Es schuf eine ganz besondere Stimmung, und Hazel fühlte sich, als ob sie in völliger Einsamkeit beobachtet würde.

Vorsichtig, um nicht auszurutschen, setzte sie ihre Schritte zwischen den kleinen Laubhaufen und fuhr heftig zusammen, als plötzlich raue Schreie die Atmosphäre durchschnitten. Eine kleine Gruppe Krähen oder Raben, den Unterschied konnte sie sich nie merken, ging auf eine der ihren los, die aufgeregt etwas verteidigte. Hazel blickte auf und sah einen großen Walnussbaum in einem der angrenzenden Vorgärten. Sie schmunzelte. Die Sache war klar.

Im nächsten Moment wurde ihre Aufmerksamkeit jäh von der kleinen Szene abgelenkt. Sie hatte kaum bemerkt, was passiert war, als die Umgebung schlagartig kippte und sie nur noch versuchen konnte, sich auf den Beinen zu halten. Die Tasche fiel über ihre Schulter nach vorne und verfing sich schmerzhaft in ihren Haaren. Sie ruderte wild mit den Armen und konnte einen Sturz in letzter Sekunde verhindern.

Was war das gewesen? Hazel befreite den Gurt der Tasche aus ihrem Haar und strich sich die Kleidung glatt. Sie war umgeknickt und bewegte daher vorsichtig ihren Fuß. Doch wie es aussah, hatte er diese peinliche Szene unbeschadet überstanden. Sie sah sich um und entdeckte den Auslöser ihres Beinahe-Sturzes: Eine große Walnuss, die offenbar unter einem der Blätter gelegen hatte, auf die sie getreten war, kullerte jetzt in Richtung Bordstein. Von dort würde das Prachtexemplar mit Sicherheit gleich von einem der Raben fortgeschafft werden.

Wenigstens war nichts Schlimmeres passiert, und sie konnte ihrer alten Lehrerin mit unverminderter Standfestigkeit gegenübertreten. Gleich wäre es so weit. Sie durchschritt die letzte Kurve, bevor der Weg den Blick auf Orlas Haus freigab.

Die Hex' ist tot!, hörte sie in Gedanken wieder den Kinderchor. Dieses Mal wisperten die Stimmchen verschwörerisch, und Hazels Herzschlag beschleunigte sich unwillkürlich. Ihre Schritte zogen nach, und sie näherte sich der kleinen, vermeintlich harmlosen Villa.

Hazel war bewusst, dass sie sich wie ein Scherenschnitt ihrer selbst über den grauen Hintergrund bewegte und sich dabei für jeden heimlichen Beobachter nur allzu deutlich von der herbstlichen Kulisse abhob. Ihr inzwischen hektisches Tempo und der lauernde Puls der Umgebung schienen nicht zusammenzupassen. Sie war ein Fremdkörper, und irgendetwas stimmte hier nicht.

Diese summende Gewissheit war plötzlich da, wie ein elektrisches Feld, das sie auf direktem Weg in die Falle leitete.

So ein Unsinn! Sie durfte ihren irrationalen Ängsten nicht nachgeben, besonders jetzt nicht, wo sie endlich am Ziel war. Sie stand vor dem Haus und starrte es von der Straße aus an.

Hier war das Rosenspalier. Sie trat hindurch und lief weiter in den belaubten Bogengang hinein. Etwas veränderte sich, die Luft erschien unter dem Laubdach auf einmal noch eine Idee kühler.

Von Orla keine Spur. Nicht hier im Garten zumindest, was nachvollziehbar war. Der Nachmittag war düster geworden, es war kalt, und die Herbstluft kündete vom nahenden Wintertod der Natur.

Das Haus ragte jetzt wuchtig vor ihr auf. Gewaltiger, als sie es in Erinnerung gehabt hatte. Dunkel und abweisend. Es war vollkommen still, und Hazel wusste, was passieren würde, bevor sie ihren Finger auf den Klingelknopf setzte. Der charakteristische Glockenklang schallte volltönend aus dem Haus, aber es folgte keine Reaktion.

Nicht die typische Geschäftigkeit, das Rascheln und die Schritte, die anzeigten, dass jemand anwesend war.

Entweder wollte Orla nicht öffnen oder sie war tatsächlich nicht da. Seltsam war die ganze Situation so oder so. Hazel merkte, wie sich Ärger in ihre Anspannung schlich. Sie hätte einfach Orlas Rückmeldung auf ihre Mail von gestern abwarten sollen. Womöglich hatte Orla sie gar nicht gelesen oder heute keine Zeit und vergessen, zu antworten. Ganz einfach.

Nur, dass irgendetwas daran Hazel keine Ruhe ließ.

Kapitel 31

Am nächsten Morgen erschien Hazel die Welt viel freundlicher als noch am vergangenen Nachmittag.

Mit weiterhin ungeklärten Fragen im Gepäck saß sie im Bus, der sich in gemächlichem Tempo der Stadt näherte. Die Sonne blitzte in hellgelben Streifen durch die Wolken und schuf einen Kontrast zu dem dämmrigen Dauergrau, das es so nur in dieser speziellen Jahreszeit gab. Hazel lehnte sich zurück und versuchte, den Moment zu genießen.

Sie war früh dran und würde in weniger als zehn Minuten am Theater ankommen. Dabei konnte sie nicht verhehlen, dass sie gespannt war, wie heute alles laufen würde. Nachdem sie lange mit sich gerungen hatte, ob sie noch einmal auf Orla zugehen und sie anrufen sollte, hatte sie sich schließlich dagegen entschieden. Ihre ehemalige Lehrerin war inzwischen zwar eine ältere Dame, in der Regel aber doch in der Lage, für sich selbst zu sorgen. Sie beschloss, sich darüber nicht länger den Kopf zu zerbrechen, sondern einfach abzuwarten, ob diese sich heute bei ihr melden würde.

Den Abend und die Vorstellung gestern hatte sie gut überstanden. Auch wenn es mit Elliott noch immer seltsam gewesen war. Er hatte sie nur abwesend gegrüßt, sich ansonsten aber von ihr ferngehalten. Von Pia und den anderen allerdings auch, darauf hatte sie heimlich geachtet. Vielleicht war das auch wieder so ein Elliott-Ding. Wahrscheinlich hatten sie nicht ohne Grund bisher keinen näheren Kontakt miteinander gehabt.

Vor dem Theater entdeckte sie Nina und Luca, die vor der Probe wohl noch ein wenig frische Luft schnappen wollten. Hazel stieg aus, grüßte die Kollegen lächelnd und lief durch die große Drehtür. Wenn sie ehrlich war, hatte sie keine Ahnung, wie die beiden zueinander standen. Sie bekam allgemein wenig von solchen Dingen mit. Aber bei der Vorstellung, danach zu fragen, fühlte sie sich äußerst unwohl.

Womöglich war es bei Elliott und Pia ja genauso gewesen? Dass sie von ihrer Beziehung einfach nichts mitgekriegt hatte, ohne, dass man sie ihr bewusst verschwiegen hätte.

Am Ende war jede Antwort auf diese Frage nicht mehr als Spekulation, daher konnte sie die Grübelei auch gleich sein lassen. Zum Glück würde zur Abwechslung gleich ein wenig Praxis stattfinden und ihre Theorien durchpusten. Neuer Input für unlösbare Rätsel.

»Hey.«

Elliott. Hazel fuhr zusammen. Sie hatte in den düsteren Katakomben niemanden wahrgenommen und geglaubt, allein hier zu sein. Zumindest in jenem Teil des langen, verschlungenen Ganges, den sie einsehen konnte.

»Hey, was gibt's?« Sie hoffte, dass er ihr Erschrecken nicht wahrgenommen hatte.

»Soweit nichts Neues, und bei dir?«

»*Was?*«

»Na, geht's dir wieder besser?«

Hazel stutzte. *Was meinte er damit?*

»Du warst gestern so still. Hattest du wieder Migräne? Oder ...« Elliott fixierte sie, vermeintlich besorgt.

»Nein, nein. Alles ok.« Hazel merkte selbst, wie wenig glaubwürdig sie klang, dabei wunderte sie sich einfach nur. In ihrer Wahrnehmung war es eindeutig Elliott gewesen, der Abstand zu ihr gehalten hatte.

»Na, dann ist es ja gut.« Er sah sie weiter an, ganz offenbar wenig überzeugt.

»Ja.«

Sie liefen nebeneinander weiter zur Künstlergarderobe. Dabei war es jetzt still geworden zwischen ihnen. Hazels Gedanken zündeten jedoch ganze Feuerwerke. Ihre Theorien wehrten sich standhaft gegen die einbrechende Realität. Sie hatte alles doch ganz anders erlebt.

Aber offenbar hatte Elliott sich tatsächlich Sorgen um sie gemacht. Auch wenn sich das für sie ganz anders angefühlt hatte. Die Erinnerung daran, wie er den ganzen Tag über geschmollt, sie ignoriert und auch nach der Vorstellung nicht mit ihr gesprochen hatte, war schließlich noch ganz frisch.

Aber womöglich hatte sie sein Verhalten wirklich nur falsch interpretiert. Offenbar war alles ein großes Missverständnis, und er hatte gehofft, dass sie ihn ansprechen würde. Obwohl sie das am Morgen doch getan hatte und dabei gegen seine Mauern geprallt war. Aber was hatte Jenny gestern noch über Elliott und Pia gesagt? Dass sie den Eindruck habe, er wolle sie *unbedingt zurückhaben*. Die Worte hatte Hazel sich gemerkt, immerhin würde diese Erklärung verblüffend gut zu seinem seltsamen Verhalten passen.

Just zu dem Zeitpunkt, als sie das bedrohliche Foto erhalten hatte, war er verschwunden. Als Freund nicht für sie da gewesen. Auch wenn er von der E-Mail nichts wissen konnte, hätte er sie gestern, falls er wirklich in Sorge gewesen wäre, doch ohne Weiteres von sich aus ansprechen können. Das hatte er aber nicht getan. Natürlich sendete die Szene ein ganz anderes Signal, wenn sie zu ihm gekommen wäre, und verängstigt seine Nähe gesucht hätte. Sodass Pia gesehen hätte, wie attraktiv er offenbar für andere Frauen war.

Womöglich war das alles Unsinn. Aber warum hatte er sie vor den anderen seit vorgestern nicht mehr wirklich beachtet und erschien heute, hinter den Kulissen, auf einmal so fürsorglich? Elliotts Verhalten war ihr schon immer ein Rätsel gewesen, jetzt aber hatte sie das Gefühl, in Dinge verstrickt zu werden, mit denen sie ganz bestimmt nichts zu tun haben wollte.

Hazel fühlte sich unbehaglich. All diese Gedanken waren so weit von dem entfernt, was sie für eine freundschaftliche Verbindung gehalten hatte, dass ihr das Ganze umso verrückter erschien. Sie beschloss, das verstörende Foto nicht zu erwähnen, dafür aber noch genauer zu beobachten, wie Elliott sich verhielt. Falls er etwas damit zu tun hatte, würde er sicher erwarten, dass sie ihn ins Vertrauen zog. Seine hartnäckige Frage heute ging fast schon in diese Richtung, aber noch wollte sie es nicht glauben.

Sie erreichten nun, weiterhin schweigend, die Künstlergarderobe. Elliott griff über ihre Schulter, öffnete die Tür, und Hazel trat ein. Zu ihrer Überraschung hatten sich die anwesenden Kollegen fast alle in der Mitte des

Raumes versammelt und bildeten einen schiefen Kreis um Aléjandro.

»… heute festzulegen. Damit wir alle Bescheid wissen, bien?«

Beiläufiges Nicken von der kleinen Zuhörerschar erfolgte. Hazel wandte sich zu Elliott um, musste aber feststellen, dass er schon auf dem Weg zu seinem Platz war. Sie tat es ihm gleich, legte jedoch schnell Mantel und Tasche ab und ging dann wieder zu den anderen hinüber. Dabei hörte sie aufmerksam zu, was der Regieassistent zu sagen hatte und was er überhaupt festlegen wollte.

»Pues, unsere diesjährige Frau Holle …«

Aha! Hazel horchte auf. Für sie selbst war diese Rolle in der momentanen Situation vollkommen uninteressant, weshalb sie sich hierfür auch nicht ins Gespräch gebracht hatte und nun entspannt die Entscheidung abwarten konnte. Bei einigen ihrer Kolleginnen sah es jedoch anders aus, schloss sie aus deren mehr oder weniger gut verborgenen Aufregung. Sie würde den Part Jenny am meisten gönnen, von der sie wusste, dass sie einer größeren Rolle in der Erstbesetzung entgegenfieberte.

»… wird Pia sein!«

Oh! Hazel war, positiv ausgedrückt, überrascht. Damit hatte sie nicht gerechnet. Pia freute sich natürlich, offen und ohne Rücksicht auf eventuell enttäuschte Hoffnungen. Hazel aber hatte den Schatten gesehen, der sich für einen Sekundenbruchteil über Jennys fröhliches Gesicht gelegt hatte. Die Begeisterung der anderen hielt sich offenbar auch in Grenzen. Nach einem halbherzigen Klatschen fuhr Aléjandro fort: »Als Zweitbesetzung bist du dabei, Jenny!«

Der Beifall brandete ein wenig auf. Jenny beherrschte ihre gute Miene perfekt und nickte grinsend in die Runde, die Aléjandro jetzt mit wenigen Worten auflöste: »In zehn Minuten drüben, vale!«

Verstohlen spähte Hazel zu Elliott hinüber. *Wie reagierte er auf diesen Triumph von Pia?* Er schien das zu merken und kam zu ihr hinüber. Wider Erwarten blieb er jedoch nicht stehen, sondern murmelte lediglich im Vorübergehen, so, dass nur sie es hören konnte: »Tja, da kann man nichts machen.«

Hazel verzichtete auf eine Antwort, Elliott schien sie auch nicht zu interessieren, denn er war längst weitergelaufen. Pia hatte die Garderobe, wie es aussah, auch schon verlassen. Neben Jenny und einigen anderen, war Hazel unter den Letzten auf dem Weg zur Probenbühne und fing daher ein paar getuschelte Wortfetzen auf.

»Selbst Pia ...«, »Anspruchslose Rolle!«, »Was soll's ...«,

»Sei nicht traurig.« Das war Lucas Stimme. Hazel konnte ihm nur zustimmen. Sie hätte Jenny auch gern ein paar tröstende Worte gesagt, aber jetzt war der passende Moment vergangen.

»Wenigstens kann sie da nicht viel falsch machen. Die Kleinen sind ein dankbares Publikum und verzeihen viel.« Jenny war die Enttäuschung jetzt, wo der Regieassistent und die Kontrahentin weg waren, deutlich anzumerken, und dabei gehörte einiges dazu, die immer freundliche Kollegin aufzuregen.

Hazel konnte sie gut verstehen. Es musste frustrierend sein, immer wieder als Zweitbesetzung zu enden, und jetzt auch noch im Weihnachtsmärchen. Jenny hatte in den letzten Wochen mehr als deutlich gemacht, wie gern sie die Hauptrolle gehabt hätte, und die meisten der anderen hätten sie ihr auch von Herzen gegönnt. Da war sich Hazel ganz sicher. Es war einfach ungerecht, und es tat ihr leid, die junge Kollegin so enttäuscht zu sehen.

Gleich auf der Bühne wäre das alles wieder vergessen. Schließlich hatten sie alle ihre Rollen, in die sie schlüpfen und mit denen sie sich tarnen konnten, während Trauer, Wut und mitunter sogar Schlimmeres dahinter brodelte.

Zu Beginn der Probe ging es gleich noch einmal um Frau Holle. Der Plan für die Sonderproben wurde festgelegt und die Verteilung der Einsätze grob skizziert. Immerhin hatte Jenny die Mittwochs- und zwei der Samstagsvorstellungen bekommen. Das war vor allem deswegen gut, weil am Mittwoch die Vorstellungen im Rahmen des Abonnements stattfanden und das Publikum dann noch etwas gemischter sein würde. Jenny wirkte ein wenig versöhnter, als sie sich zum zweiten Teil der Probe, in dem zum x-ten Mal der *Tod einer Schülerin* auf dem Plan stand, auf die Hinterbühne zurückzog.

Hazel war heute nicht wirklich bei der Sache. Zu durcheinander hatte dieser Probenvormittag angefangen, und sie spürte, dass die Konzentration bei ihnen allen heute beeinträchtigt war. Auch Aléjandro schien es nicht anders zu ergehen. Nachdem die Frau Holle terminiert und Christianes trauriges Schicksal angespielt worden war, klatschte er bereits lange vor Probenende in die Hände und rief: »Maravilloso! Ganz wunderbar! Den Rest kriegt ihr heute auch ohne mich hin.«

Dieses überschwängliche Lob war vollkommen untypisch für ihren ansonsten eher mäkeligen Regieassistenten. Er wirkte seltsam durcheinander, fahrig und war offensichtlich überhaupt nicht bei der Sache. Die Hand grüßend erhoben, lief er nun auch noch völlig unvermittelt von der Probenbühne und entschwand ohne weitere Erklärung.

Hazel sah verwirrt zu den anderen hinüber, auch unter ihren Kollegen machte sich Ratlosigkeit breit. Niemand schien Lust oder den nötigen Antrieb zu haben, das allzu bekannte Stück allein weiterzuspielen. Ninas Frage »Was ist eigentlich mit dem Pferd?«, hallte nun übertrieben laut auf der Bühne wider und passte irgendwie perfekt in diesen verrückten Vormittag. Jedenfalls markierte sie das stillschweigende Ende der Probe.

Sankt Martin! Daran hatte Hazel wirklich überhaupt nicht mehr gedacht.

»Wir, äh, haben eine Isländer-Stute«, druckste die sonst so schlagfertige Eileen herum. Wohlwissend, was nun folgen musste.

»Ein Pony?«, prustete Luca auch sofort los. Unter den anderen machte sich ebenfalls Heiterkeit breit. »Das wird ein Bild für die Götter!«

»Ich weiß gar nicht, was du hast«, entgegnete Eileen eingeschnappt. »Schließlich geht es doch um die Kinder und die lieben Ponys. Außerdem, Pferd ist Pferd, und ein echtes Tier ist für Stadtkinder allemal eine Sensation!«

Wahrscheinlich hatte Eileen recht, trotzdem musste Hazel über Lucas fröhlichen Einwurf lachen. Manchmal tat es einfach gut, die Dinge mit Humor anzugehen. Sie schloss sich den anderen auf dem Weg in die Garderobe an und hatte noch ein Lächeln im Gesicht, als sie registrierte, dass Elliott zu ihr lief. Ohne ein Wort grinste er sie an und tat so, als sei nichts. Sie war versucht, ihm das abzunehmen.

Ein ganzes Stück hinter ihnen rätselte Pias Entourage gerade, was wohl hinter dem seltsamen Verhalten ihres Regieassistenten stecken mochte. Plötzlich flüsterten sie, wohl um die Bedeutung ihrer Vermutungen künstlich zu erhöhen, was jedoch scheiterte, da zumindest Hazel nichts verstand und daher bald das Interesse verlor.

Das änderte sich jedoch schlagartig, als Pia laut und für jeden klar vernehmlich, erklärte: »Aléjandro ist aus dem gleichen Grund abgelenkt, der auch meine Eltern davon abgehalten hat, meine Vorstellung zu besuchen!«

Kapitel 32

Hazel erstarrte.

Sie sah Elliott an und wusste, dass er dasselbe gehört hatte, wie sie. Die Frage war, ob er verstand, was hinter Pias Worten steckte. Erst einmal veränderte sich sein Gesichtsausdruck nicht. Er schien sich offenbar dafür entschieden zu haben, für die nächsten Stunden wieder die Rolle des unkomplizierten Kumpeltyps einzunehmen und das richtig.

»Hey, wie sieht's aus? Schon was vor, in der Mittagspause?«

»Vielleicht. Ich muss nachschauen.« Das war die Wahrheit, sie wusste schließlich nicht, ob Orla sich inzwischen gemeldet hatte, und sie wollte dieses Treffen, das sich für sie jetzt schon wie das letzte anfühlte, gerne so bald wie möglich hinter sich bringen.

»Ach komm, lass mich nicht hängen!« Elliott sackte vor ihr ein Stück Richtung Boden, verdrehte sich in einem unmöglichen Winkel und sah sie flehentlich von unten her an. Als Clown trat er nur selten in Erscheinung, ihm schien also tatsächlich etwas an dem Treffen zu liegen.

Hazel zwang ihre Mundwinkel nach oben, eigentlich war ihr Elliotts Theater jetzt gerade viel zu viel. Sie wusste auch nicht, was es bringen sollte, wenn sie eine weitere Stunde gemeinsam verbrachten, in der sie vor allem die ungesagten Dinge interessierten. Und Elliott?

Sie konnte sich nicht vorstellen, was er sich davon versprach. Es sei denn ... Der Gedanke war gruselig, aber wollte er in Wahrheit vielleicht nur ihre Reaktion auf die schlimme E-Mail von gestern herauskitzeln, weil er etwas damit zu tun hatte?

»Ich weiß es wirklich nicht«, versuchte sie, Zeit zu gewinnen. Dabei hoffte sie insgeheim, dass Orla ihr am Vormittag endlich geantwortet hatte. *Warum dehnte sie die Wahrheit nicht ein wenig aus und schützte den Termin mit ihr einfach vor? Würde ein weiteres Treffen mit Elliott ihr wirklich guttun? Was war es bloß, das ihr keine Ruhe ließ?*

»Pass auf, ich schaue nach und sage dir gleich Bescheid, in Ordnung?«

»Ooookay.« Elliott erhob sich übertrieben umständlich aus seiner verdrehten Position und klopfte überflüssigerweise seine Hose ab, gerade so, als habe er schwere körperliche Arbeit verrichtet.

»Was hat sie eigentlich damit gemeint?«, fragte Hazel und gab nun doch ihrer Neugier nach.

»Wer?«

Oh, bitte! Die Ahnungslosigkeit stand Elliott schlecht zu Gesicht. »Pia«, entgegnete sie trocken. »Gerade eben. Als sie gesagt hat, Aléjandro sei aus demselben Grund durcheinander, der ihre Eltern davon abgehalten hat, ihre Vorstellungen zu besuchen.«

»Ach das«, gab Elliott sich gelangweilt. Für Hazel war klar, dass er nur versuchte, Zeit zu gewinnen.

»Genau das!«

»Ich glaube, Aléjandro hat Großes vor.« Elliotts Augenrollen machte mehr als deutlich, was er davon hielt.

»Ich verstehe immer noch nicht. Rede doch mal Klartext!«

»Ist ja gut. Unser Probenmeister hat sich wohl für die Intendanz bei diesem Europa-Projekt beworben.«

»So wie Pias Eltern?« Hazel hatte von den Plänen für eine Art *Theater der Nationen* auf europäischer Ebene bereits gehört, die ganze Sache aber nicht weiterverfolgt. Dass sie damit schon so weit waren, hatte sie nicht gewusst.

»Du hast ja gehört, was sie gesagt hat«, gab Elliott zurück, »also anscheinend ja. Aber, wie auch immer, mich interessiert viel mehr, was jetzt aus unserem Date wird.« In einer komischen Imitation von Aléjandro klatschte er mit abgespreizten kleinen Fingern in die Hände. »Guckst du endlich nach? Ich hole in der Zwischenzeit schon mal meinen Kram.«

Sie hatten die Garderobe inzwischen erreicht und liefen auseinander, zu ihren Plätzen. Das Europa-Projekt ging Hazel noch weiter durch den Kopf, denn es klang vielversprechend. Immerhin würden in diesem Rahmen nicht wenige neue Stellen für Schauspielerinnen und Schauspieler entstehen. In welcher Sprache sie wohl spielen würden? Vielleicht in mehreren? Sie erkannte das riesige Potenzial des ganzen Themas und konnte Aléjandros Begeisterung voll und ganz nachvollziehen. Wobei er als junger Regieassistent wahrscheinlich überschaubare Chancen auf die Traumstelle des Intendanten hatte. Gegen Pias namhafte Schauspieler-Eltern, die auf mehrere Jahrzehnte Bühnenerfahrung zurückblicken konnten, hätte er sehr wahrscheinlich das Nachsehen gehabt.

Aber, unterbrach sie sich, für sie war das schließlich überhaupt nicht mehr von Bedeutung. Sie würde eine zukünftige Intendantin oder einen zukünftigen Intendanten allenfalls als Schauspiellehrerin ausbilden. Trotzdem konnte sie die Faszination, die von diesem Projekt ausging, durchaus verstehen.

Apropos Lehrerin. Sie schnappte sich ihre Handtasche und suchte darin nach ihrem Handy. Worauf sie hoffte, als sie sich zu ihrem Mail-Account durchtippte, konnte sie gar nicht sagen. Obwohl, eigentlich doch. Es wäre schon gut, das Treffen mit Orla bald hinter sich zu bringen. Elliott lief ihr schließlich nicht davon.

Und das war auch gut so, denn wie sich herausstellte, war die neue Nachricht, die in der Übersicht aufploppte, tatsächlich von Orla. Hastig öffnete sie diese und überflog den kurzen Text.

Heute passt es mir gut! Fünfzehn Uhr?

Kein Wort darüber, dass Hazel eigentlich für gestern Nachmittag angefragt hatte. Es war wie immer ... Orla gab den Ton an, und sie sprang. Wenn auch heute wenigstens zum letzten Mal. Vielleicht war der leichte Groll, den sie schon wieder in sich aufsteigen spürte, ganz hilfreich, wenn es später darum ging, ihre Meinungen kontrovers sein zu lassen, Dissonanzen zu ertragen und einen Schlussstrich zu ziehen.

»Und?« Elliott strahlte sie an und nickte in Richtung ihres Handys.

Sie fuhr zusammen, dabei hätte sie es besser wissen können. Wie angekündigt, hatte Elliott nur schnell seine Sachen geholt und ging ganz offensichtlich davon aus, dass sie nun aufbrechen würden.

»Heute klappt es leider nicht.« Sie legte einen bedauernden Tonfall in ihre Stimme und streckte ihm das Smartphone, wie zum Beweis, entgegen. »Vielleicht morgen?«

»Oh, nein«, rief Elliott und riss dramatisch die Hände in die Höhe, den Blick verzweifelt auf das Handy gerichtet. »Dieses Teufelsding! Morgen ist es vielleicht schon zu spät!«

»Ich glaube nicht.« Wider Willen musste Hazel angesichts der albernen Einlage von Elliott nun doch lachen. »Aber sag mal«, schob sie, um Ernsthaftigkeit bemüht, hinterher, »gibt es einen bestimmten Grund für das Treffen? Ich meine, liegt dir etwas auf dem Herzen?« Sie stieg auf den Klamauk ein, hoffte insgeheim aber doch auf einen ernst zu nehmenden Hinweis. Doch vergeblich.

»Immer!«, jaulte Elliott auf. »Aber mach dir keine Gedanken.«

»Ok«, gab sie trocken zurück. »Mach ich nicht.« *Das war eine Lüge!*

»Weiß ich doch.« Das letzte Wort musste Elliott offenbar dennoch behalten.

Hazel merkte, wie ihr Geplänkel sie von allem, was sie im Moment eigentlich beschäftigte – die bedrohlichen Botschaften – oder beschäftigen sollte – das Gespräch mit Orla und ihre berufliche Zukunft –, ablenkte. Sie war sich allerdings nicht sicher, ob das gut war. Aber selbst das war in diesem Moment unerheblich. Entschlossen warf sie sich ihren Mantel über den Arm und verstaute das Handy wieder in der Tasche.

»Also dann«, sagte sie und verließ die Garderobe, bevor Elliott sie noch weiter aufhalten konnte. Vor der Pförtnerloge stellte sie ihre Tasche auf den Boden und schlüpfte in den Mantel. Sie wollte gerade einen Gruß in Johnnys Richtung werfen, doch dieser war in ein offenbar ernstes Telefonat vertieft. Seinen üblicherweise heiteren Gesichtsausdruck umwölkte eine Traurigkeit, die sie so noch nicht bei ihm gesehen hatte. *Hoffentlich war nichts Schlimmes mit der Familie geschehen*, dachte Hazel und nahm sich vor, später darauf zu achten, ob es ihm gut ging.

Jetzt wollte sie aber erst einmal los, um die große Aufgabe des Tages hinter sich zu bringen. Ihre Entschlossenheit änderte allerdings nichts daran, dass sie viel zu früh dran war. Wenn sie sofort losfuhr, würde sie noch vor vierzehn Uhr bei Orla ankommen. Sie überlegte. Um nach Hause zu fahren, war die Zeit eigentlich zu knapp. Außerdem wurde sie immer nervöser. Warum vertrat sie sich vor dem Treffen nicht einfach noch ein wenig die Füße?

Eigentlich eine gute Idee, aber hier im Umkreis des Theaters, wo sie unter Garantie Kollegen – natürlich dachte sie dabei auch an Elliott – über den Weg lief, würde sie kaum abschalten und sich auf das Gespräch vorbereiten können. Vielleicht … ja, warum eigentlich nicht? Die Gegend, in der Orla wohnte, war ruhig und idyllisch. Sie würde einfach zwei Stationen früher aussteigen und den Rest des Wegs laufen.

Das Wetter war nach wie vor freundlich und schien ihr beizupflichten, der Bus fuhr gerade heran, also los!

Hazel suchte sich einen freien Platz am Fenster und bemühte sich, sich zu entspannen und an nichts zu denken. Sah nach einigen Minuten aber ein, dass sie dabei grandios versagte. Aber vielleicht konnte es sie beruhigen, ihre Gedanken zu sortieren und wie kleine Armeen gegen Orlas Worte aufzustellen. Den Rest der Fahrt über versuchte sie sich daran. Wenn sie jedoch ehrlich zu sich war, besaßen ihre Soldaten nur wenig Rückgrat.

Sie schaffte es nicht, ihre eigenen Argumente wirklich zu fühlen. Stattdessen wallte ein unkontrollierbarer Schmerz in ihr auf, wenn sie daran dachte, dem Theater tatsächlich den Rücken zu kehren. Zu ihrem Entsetzen füllten sich ihre Augen jetzt mit Tränen. *Was war denn das? Wie konnte die eine Sache, die sie durch die letzten, schweren Monate hindurchgetragen hatte, jetzt so überwältigend und bedrohlich erscheinen? Vielleicht waren ihre Hormone daran schuld?* So war es doch neulich zu Hause auch schon gewesen. Bestimmt war das die Ursache! Warum sonst sollte sie so jäh und heftig reagieren?

Ihr war plötzlich schlecht. Es fühlte sich an, als würde etwas ihrem Inneren entrissen werden, sodass nur noch eine sinnlose Hülle übrig blieb. Sie krallte sich an ihrem Sitz fest, denn Schwindel war plötzlich ebenfalls hinzugekommen. Sie hatte noch nichts gegessen, das war sicher der Grund dafür. Auch für ihre Verwirrtheit. Sie wusste doch, was sie wollte, und was gut für sie war und was nicht. Orla mochte mit den alten Geschichten kommen, aber nur sie allein konnte doch beurteilen, wie die Dinge heute lagen. Es war wichtig, dass sie sich nicht so sehr verunsichern ließ!

Der Bus hielt nun an und sie stieg aus. Eine Windböe erfasste sie und sie kam ins Straucheln. In letzter Sekunde fing sie sich und atmete tief durch. Anders als in der Stadt, hatte die Luft hier eine eisige Note. Vielleicht konnte sie ihre Gedanken klären. Hazel streckte ihren Rücken durch, um den beklemmenden Druck loszuwerden. Jetzt würde sie erst einmal ein ganzes Stück laufen.

Gleich würde es ihr besser gehen. Sie würde wieder klar und mit Zuversicht auf jene Zukunft sehen können, die sie für sich gewählt hatte. Dass der Abschied ihr nicht leichtfiel, war doch verständlich. Es musste doch so sein, denn ansonsten hätte sie vieles falsch gemacht, in der Vergangenheit. Nein, sie würde ohne Groll ihr altes Leben hinter sich lassen und sich auf das neue freuen.

Sie musste sich das jetzt nicht zu hundert Prozent abnehmen. Es nicht zu hundert Prozent fühlen. Sie *durfte* Zweifel haben. Schließlich war es normal, dass solche großen Veränderungen mit einer gewissen Unsicherheit einhergingen, und es war ein Fehler gewesen, in dieser Phase den Rat ihrer alten Lehrerin zu suchen. Das hätte sie wissen müssen, aber Selbstvorwürfe brachten sie in dieser Situation jetzt auch nicht weiter.

Hazel straffte sich und schritt energischer aus. Gleich würde sie das Treffen mit Orla hinter sich bringen und dabei erwachsen und klar zu ihrem Entschluss stehen. Falls ihr das schwerfiel, musste sie sich eben in eine Rolle denken. Sie war schließlich Schauspielerin. Spätestens in ein paar Tagen hatte sich auch ihr Hormonspiegel wieder eingependelt, dann würde sich bestimmt alles wieder richtig anfühlen.

Etwas früher als vereinbart, erreichte sie Orlas Haus. Wie benommen durchschritt sie Rosenspalier und Laubengang, und heute wurde sie von ihrer alten Lehrerin schon vor der Haustür begrüßt.

»Da bist du ja!«, rief sie und lachte ihr typisches, schepperndes Lachen.

Sogar schon das zweite Mal in Folge, dachte Hazel, sagte aber nichts.

»Geh doch schon mal hinein, deine alte Lehrerin kommt gleich nach.«

Hazel nickte und lief ins Haus. Vorbei an den gruseligen Puppen mit ihren toten Blicken, in die große Wohnküche. Sie erinnerte sich, wie sie vor Kurzem zum ersten Mal seit langer Zeit wieder hier gewesen war und dass sich fast nichts verändert hatte. Nun, für heute konnte sie nicht garantieren, dass ihr Treffen wie üblich verlaufen würde.

Von irgendwoher hörte sie Wasser plätschern. Ihre alte Lehrerin machte sich anscheinend frisch für ihren Gast. Also ging es gleich los! Hazels Herz klopfte, wie vor einer wichtigen Prüfung.

»So, ich bin bereit.« Mit dieser Drohung, und in einer atemberaubenden Wolke ihres schweren Parfums eingehüllt, wehte Orla in den Raum. Hazels Blick wanderte für den Bruchteil einer Sekunde zu ihren Füßen hinab und der Albtraum von neulich flog sie auf einmal wieder an. Aber er konnte ihr nichts mehr anhaben. Es war bewundernswert, wie gangsicher ihre Mentorin noch immer auf den hohen Hacken der lilafarbenen Pfauenfeder-Pantoletten unterwegs war. Immerhin

hatte sie inzwischen ein Alter erreicht, in dem man darüber nicht sprach, da es keine großen Versprechungen
mehr bereithielt. Zumindest keine erfreulichen.

»Lass mich ganz offen sein, Mädchen.« Orla zog zwei
Stühle hervor und bedeutete ihr, sich zu setzen. »Hältst
du weiter an deinen Plänen fest?«

»Also, ja, ich ...«

»Denn wenn es so sein sollte, kann ich dir nicht helfen.«

Orla wusste offenbar ganz genau, was sie sagen
wollte. Hazel kramte in ihrem Kopf nach den notdürftig zusammengestellten Armeen an Argumenten,
konnte sie aber nicht finden. Also musste sie schauspielern. Das konnte sie doch.

»Es ist nicht so, dass ich es nicht möchte, Mädchen.
Wirklich nicht.«

Zu ihrer Überraschung strahlte alles an Orla auf einmal tiefe Traurigkeit aus. Hazel hatte sie so noch nie erlebt.

»Weißt du, ich habe einst ein Versprechen gegeben,
und ich kann und will«, hier hob sie die Stimme, »es
nicht vergessen!«

Hazel ahnte, worauf sie anspielte. Das war unfair.

»Was, wenn sie dich jetzt so sähe?«

Hatte Orla so etwas nicht schon einmal gesagt? Hazel
fuhr sämtliche Schutzmechanismen hoch und hoffte,
das würde reichen. Was sollte sie auf diese Frage ent-
gegnen? Ihre Trauer war lang und hart gewesen. Ohne
Villem hätte sie bis heute nicht herausgefunden, da war
sie ganz sicher. Orla hatte keine Ahnung, was ihre

Worte anrichten könnten. Das war schon immer so gewesen, aber heute würde Hazel den Sermon nicht widerspruchslos über sich ergehen lassen.

»Sie würde wollen, dass es mir gut geht!«, brachte sie mühsam hervor. Leise, aber mit Nachdruck.

»Das hat sie mir auch gesagt.« Orla klang beinahe barmherzig. Hazel kannte sie so gar nicht. Aber der Moment war offenbar auch schon vorbei.

»Das ist auch der Grund, warum ich ...« Ihre alte Lehrerin suchte nach Worten, das war ebenfalls neu. »Irgendetwas stimmt einfach nicht, Mädchen. Du warst nie ein Fluchttier. Aber jetzt ... Du verlässt das Theater mehr, als dass du auf dein neues Leben zuläufst.«

Beim Stichwort *neues Leben* verkrampfte sich etwas in Hazels Magen, denn Orla feuerte mitten in die Wunde hinein. Was bisher wie ein rettender Ausweg erschienen war, lud nun zunehmend Ballast auf sie. Es ging ein Druck von diesem *neuen Leben* aus, dem Hazel nicht mit Leidenschaft begegnen konnte. Auch wenn es stimmte, dass die neue Job-Idee ihr mehr Freiraum lassen würde, nahm sie ihr doch in Wahrheit jeglichen Sinn.

Orla sah sie erwartungsvoll an, doch Hazel schwieg. Überwältigende Traurigkeit und düstere Hoffnungslosigkeit machten sich in ihr breit, die sie sich aber nicht anmerken lassen wollte.

»Ich habe das Gefühl, dass du auseinanderfällst, in lauter Mikroteilchen, und dass dabei verloren geht, was dich eigentlich ausmacht«, legte Orla nach und beobachtete sie ganz genau.

Es war klar, dass sie ihrem Schützling eine Reaktion entlocken wollte, doch dieses Mal würde sie scheitern.

Alles an Hazel fühlte sich taub an. Sie glaubte, aus ihrem Körper zu rutschen ... zu entgleiten. Sie hatte das Gefühl, von außen auf sich zu blicken. Unvorstellbar, dass ihre alte Lehrerin davon nichts mitbekam. Aber vielleicht merkte sie es in Wahrheit ja doch. Vielleicht war es genau das, was sie meinte und wovon sie die ganze Zeit gesprochen hatte. Lauter kleine Mikroteilchen, die nicht mehr zueinanderfanden.

Orlas Worte hallten in dem, was von Hazel noch übrig war, wider. Sie klangen weich, mitfühlend und waren doch nichts anderes als zerstörerisch.

Allein ihre Fähigkeit, sich an die gewählte Rolle zu klammern, verhinderte, dass sie vor ihrer alten Lehrerin zusammenbrach. Die Erkenntnis war auf einmal ganz einfach und dabei niederschmetternd und tröstlich zugleich. Das Chaos tanzte in ihr und reichte ihr seine Hand. Es war äußerst einladend!

An der Seite wartete das Theater, geduldig lächelnd, mit all seinen Entbehrungen, aber auch diesem unschlagbaren Hochgefühl im Gepäck.

Es zwinkerte ihr zu, und Hazel war augenblicklich verloren.

Kapitel 33

Hazel starrte auf die grellroten Lippen.

Der Mund öffnete und schloss sich. Auf – zu. Auf – zu. Durch den Nebel ihrer Gedanken hörte sie kaum, was Vanessa alias Pia sagte. Aber das war längst nicht mehr nötig. Entscheidend war, dass sie ihren Einsatz nicht verpasste, und das würde nicht geschehen. Nicht hier auf der Bühne und nicht in ihrem Leben.

Pia spielte wie der Teufel … um ihr Leben … um ihr Seelenheil. Das Theater hielt sie zusammen, begriff Hazel in diesem Moment, wie nie zuvor. Was wäre die Kollegin bereit zu tun, um ihre Position zu stärken? Was würde sie selbst tun, um zu überleben?

Alles um Hazel herum erschien wie weichgezeichnet, ihre Konzentration darin messerscharf.

Jetzt war sie dran! Der Text floss aus ihr heraus, wie an allen Abenden zuvor. Christianes Gefühlsachterbahn war Hazel zu einhundert Prozent vertraut, ihr Nervenkostüm war wie eine zweite Haut für sie geworden.

Die Handlung versprach dem arglosen Zuschauer an dieser Stelle noch Versöhnung.

»Ich würde mich jedenfalls freuen, wenn du kommst!« Die falsche Vanessa lag Pia. Jetzt lud sie Christiane gerade zu der Party ein, die niemals stattfinden würde.

Hazel als Christiane vermittelte dem Publikum ihr Misstrauen, das sie sich ihrer Kontrahentin gegenüber natürlich nicht anmerken ließ.

Wie so oft im wahren Leben, überlegte Hazel, während sie routiniert ihre Rolle erfüllte. Auch Pia spielte eine Rolle, da war sie sich ganz sicher. Wie sonst sollte sie nach so kurzer Zeit einfach weitermachen können, als sei nicht gerade erst ihre ganze Welt gesprengt worden? Vielleicht waren sie einander ähnlicher, als sie bisher angenommen hatte.

Auf der Bühne leiteten sie jetzt das Schlussbild vor der Pause ein. Christiane trat aus der Szene, während Vanessa, das Gesicht zu einem verächtlichen Grinsen verzogen und sichtlich nichts Gutes im Sinn, ihr Handy zückte.

Pause.

Hazel beeilte sich, zu den Waschräumen zu kommen. Hier herrschte während der Spielunterbrechung immer ein reger Andrang, aber heute hatte sie Glück. Sie betrat eine der Kabinen, in Gedanken weiterhin bei ihren Kollegen. Sollte sie Elliott gleich ansprechen? Wahrscheinlich würde er sich ohnehin nicht davon abhalten lassen, zu ihr zu kommen, aber erst mal abwarten.

Wenig später öffnete sie die Tür zur Garderobe. Dahinter erwartete sie das übliche Bild: Einige suchten Ruhe und hatten sich, von den anderen abgewandt, scheinbar gänzlich in sich selbst zurückgezogen. Im Gegensatz dazu plapperten Pia und ihre Entourage fröhlich und ohne Rücksicht auf die anderen in einem fort. Wo war Elliott?

Da! Anders als an den meisten Tagen, meditierte er
heute nicht. Stattdessen sah er sie unverwandt an, einen Augenblick länger, als noch angenehm gewesen
wäre. Dabei sagte er nichts und kam auch nicht zu ihr.
Gerade als sie sich umdrehen und zu ihrem Schminktisch gehen wollte, hoben sich seine Mundwinkel zu einem breiten Grinsen. Es wirkte fast schon anzüglich,
und Hazel fühlte sich auf einmal äußerst unwohl. War
vielleicht etwas an ihrer Kleidung seltsam? Sie beschloss, gleich nachzusehen. Jetzt aber ließ sie sich erst
einmal nichts anmerken und ging zu ihrem Platz hinüber.

Heimlich achtete sie noch eine Weile auf Elliott, da er
aber weiterhin keinerlei Anstalten machte, zu ihr zu
kommen, beschloss sie, etwas total Verrücktes zu tun.
Sie würde für einige Minuten einfach nur entspannen.
Die Gedanken kommen und gehen lassen, und sie nicht
weiter beachten. Also genau das, was sie für sich normalerweise ausschloss. Nicht, weil es nicht verlockend
wäre, sondern weil sie sich gut genug kannte. Spätestens am zweiten oder dritten Gedanken würde sie hängen bleiben und die altbekannten Kreise drehen.

Egal, einen Versuch war es wert!

Sie rückte ihren Stuhl zurecht, sodass ihr unmittelba-
res Blickfeld frei war, und setzte sich bequem hin. Dann
entspannte sie ihre Augen, die Lider sanken ein wenig
herab, und es gelang ihr tatsächlich, einige Atemzüge
lang an nichts zu denken. Dann drängten sich verschiedene Themen in ihr Bewusstsein, und sie versuchte, es
zuzulassen, ohne sie zu bewerten. Sie erkannte, dass ihr
dies kaum gelang, und gab sich Mühe, auch das zu akzeptieren.

»Nanu?«

Hazel stellte ihren Blick scharf und sah zu Elliott auf.

»Du hast doch nicht etwa meditiert, oder?«

»Wie sah es denn aus?« Hazel war sich keineswegs sicher, ob das, was sie da gerade eben versucht hatte, auch nur annähernd an Meditation heranreichte.

»Hm ... süß.«

»Spinner!«

»Oder Fan, das klingt irgendwie netter. Was meinst du?«

Hazel merkte einmal mehr, dass Elliott ihr ein Rätsel war. Sie hatte keine Ahnung, was er von ihr wollte und wünschte, es gäbe einen konkreten Anhaltspunkt ... eine sachliche Frage, an der sie sich festhalten konnte. Irgendwie fühlte sich alles an ihrem Geplänkel zu nah an, auch wenn sie ihr Empfinden nicht besser in Worte fassen konnte. Sie überlegte krampfhaft, wie sie Distanz zwischen ihnen schaffen konnte, ohne dabei zu abweisend zu wirken.

»Ich bleibe bei Spinner.« Eine langweilige Antwort, die der Neckerei hoffentlich einen Schlussstrich verpasste. Um diese Absicht zu unterstreichen, wandte sie sich ein Stückchen ab. Sie hoffte, ihre Körpersprache war eindeutig.

Klappte es? Sie konnte es nicht richtig einschätzen. Elliott trat sogar noch einen Schritt näher an sie heran, sagte aber nichts mehr. Die Spannung zwischen ihnen spürte er bestimmt ebenso wie sie. Konnte er sich nicht denken, dass ihr das unangenehm war? Vielleicht tatsächlich nicht. Menschen hatten, was das betraf, oft eine sehr unterschiedliche Wahrnehmung. Das war

Hazel schon einige Male aufgefallen. War sie einfach zu sensibel?

So oder so würde sie die Situation jetzt auflösen. Sie erhob sich, kam Elliott dabei zwangsläufig noch etwas näher, und dieser trat natürlich nicht zur Seite.

»Lässt du mich mal durch? Christiane muss sich noch schick machen.« Das stimmte sogar. Nach der Pause würde die unscheinbare Schülerin nämlich Jeans und T-Shirt gegen Rock und Bluse ausgetauscht haben. Hazel musste beides noch von der Hinterbühne holen, wo die täglich frisch gewaschene Kleidung für die Schauspieler rechtzeitig bereitgelegt wurde.

Sie fand ihre duftenden Kleidungsstücke auf Anhieb ganz oben auf dem Wäschestapel. Wenige Schritte entfernt, waren einige Paravents behelfsmäßig aufgestellt worden, hinter denen sie sich umziehen konnten. Nötig wäre es für ihren Kleiderwechsel zwar nicht unbedingt, dennoch fühlte sich Hazel mit dem Blickschutz heute wohler. Sie schlüpfte aus der Jeans und in den braven Bleistiftrock. Dann zog sie das T-Shirt aus und wollte gerade die Bluse überwerfen, als etwas hakte. Sie stockte. Was war das? Mit beiden Armen schon in den Ärmeln, schien die Öffnung für den Kopf verschwunden zu sein. Unter dem weißen Stoff tastete sie halb blind nach dem Kragen. Keine Chance, da stimmte etwas nicht!

Ungeduldig streifte sie die halb angezogene Bluse wieder ab und traute ihren Augen nicht. Sie alle kannten solche Geschichten, und auch sie hatte natürlich schon davon gehört. Aber sie hätte niemals damit gerechnet, selbst auf diese Weise sabotiert zu werden. Obwohl sie die feine Naht, mit der die Öffnung der Bluse verschlossen worden war, jetzt deutlich erkannte, konnte sie es kaum glauben.

Unfassbar ... und jetzt? Hatte sie in der Garderobe irgendwo eine Schere? Mit Sicherheit, aber sie wollte nur ungern die Aufmerksamkeit der anderen auf sich ziehen. Das würde die Peinlichkeit nämlich nur vergrößern und die Genugtuung derjenigen, die mit großer Wahrscheinlichkeit dahintersteckte.

Während sie fieberhaft über eine möglichst diskrete Lösung nachdachte, tippte ihr jemand auf die Schulter. Noch bevor sie sich umdrehte, schwebte eine zierliche Handarbeitsschere in ihr Blickfeld. Gehalten von einer nicht ganz so zierlichen Männerhand.

»Elliott! Was machst du denn hier?« Hazel fühlte sich schlagartig leichter bekleidet, als sie eigentlich war.

»Dir aus der Patsche helfen?«

»Danke, aber woher ...?«

»Intuition!« Mit geschlossenen Augen legte er den Kopf in den Nacken, führte einen Zeigefinger an die Nasenspitze und tat, als empfange er geheimnisvolle Signale.

»Ich glaube dir kein Wort.« Dennoch nahm sie die Schere und machte sich daran, die Naht aufzutrennen. Immerhin hatte Pia nur wenige Stiche verwendet. Dass sie diesen albernen Streich zu verantworten haben musste, stand für Hazel außer Frage. Daran änderte auch Elliotts *Intuition* nichts. Wie sie ja inzwischen wusste, kannte er Pia besser, als sie alle gedacht hatten. Nein, korrigierte sie sich: besser, als *sie* gedacht hatte.

»Trotzdem danke.« Hazel sah Elliott abwartend an. Der lächelte unverändert und verharrte hinter dem Paravent, dicht neben ihr. Sie räusperte sich. Keine Reaktion.

»Kann ich mich dann weiter fertigmachen?« Wie deutlich musste sie denn noch werden?

»Klar.«

»Elliott!!«

»Ist ja schon gut.« Er verzog sich leise lachend, und wäre nicht alles gerade so kompliziert, hätte Hazel vielleicht sogar mit eingestimmt und ihr Misstrauen einfach weggelacht.

Während der zweiten Spielhälfte achtete Hazel anfangs noch explizit auf Pia, der natürlich nichts anzumerken war. Dabei gingen ihre Gedanken, wie so oft in den letzten Monaten, fast reflexhaft in die immer gleiche Richtung. Die Kollegin und ihr Mobbing würden ihr bald schon nichts mehr anhaben können.

Aber stimmte das wirklich? Nach Orlas Monolog heute Nachmittag hatte sie nichts mehr beizutragen gehabt. Zumindest war das ihr Gefühl gewesen, allen guten Vorsätzen zum Trotz. Ihre Zukunft als Schauspiellehrerin war, wenn sie ehrlich war, im Moment noch nicht mehr als ein glänzender Ballon. Den sie, an einer silbernen Schnur befestigt, überallhin mitnehmen konnte. Der Leichtigkeit versprach und immer die verlockendere Option darstellte. So lange, bis die Realität ihn zu Boden zwang.

Während Hazel Christiane bis in deren Tod spielte, starb auch etwas in ihr, und sie fühlte es fast körperlich.

So klar wie bei Orla heute, hatte sie sich noch nie mit ihrer Zukunft konfrontiert. Jedenfalls nicht mit deren Schattenseiten, die unweigerlich mitgeliefert wurden. Sie hatte nie in letzter Konsequenz zugelassen, dass ihre Gedanken an diesen verbotenen Ort wanderten. Es hatte ihre alte Lehrerin gebraucht, ihr immer wieder, auf ihre wenig sensible Art, den atemberaubenden Verlust vor Augen zu führen, den sie schulterzuckend in Kauf nehmen würde, um dem Schlangennest zu entkommen.

Überwältigende Traurigkeit machte sich nun in Hazel breit. Aber während Christiane ihre Träume und ihr Leben aufgab, kämpfte Hazel dieses Mal bewusst gegen die Kapitulation an.

Kapitel 34

So, als sei nichts gewesen, hatte Hazel die zweite Spielhälfte hinter sich gebracht.

Pia hatte zumindest keine Enttäuschung erkennen lassen, aber sie waren schließlich auch Profis darin, ihre Masken zu tragen. Hazel war dennoch davon überzeugt, dass die Kollegin hinter der klassischen Manipulation steckte, und zu ihrer Überraschung war ihr Ärger darüber schon wieder abgeflaut. Sie würde ihr Leben lang die Geschichte über die zugenähte Bluse erzählen und spätestens dann darüber lachen können.

Auf der Busfahrt verfestigte sich Hazels Gefühl, dass es ihr insgesamt wieder besser ging. Sie hatte es in der Hand, ob oder wie sehr Pias Attacken sie verletzten. Die Kollegin hingegen schien von Missgunst ja beinahe zerfressen zu sein, wenn sie sich nicht zu schade für solche armseligen Streiche war.

Mit Sicherheit hing der heutige Mobbingversuch mit dem großen Verlust zusammen, den Pia gerade erst vor wenigen Tagen erfahren hatte. Aller Fassade zum Trotz musste ihre Welt doch zurzeit kopfstehen. Hazel konnte nicht anders, als Mitleid mit der Kollegin zu empfinden, und vielleicht lag genau darin das Problem. Pia war schon immer stolz gewesen. Mit der Anteilnahme ihrer Umwelt konnte sie vielleicht überhaupt nicht umgehen, und noch weniger natürlich, wenn sie von der großen Konkurrentin kam. Hazel seufzte leise.

Sie sah aus dem Fenster in die schwarze Herbstnacht hinaus und versuchte, der Reflektion ihres bleichen Gesichts in der verschmierten Scheibe auszuweichen. Die Bäume, die die Straße auf dem Weg aus der Stadt in zunehmender Zahl säumten, verschwammen zu einem Streifen kompakterer Dunkelheit. Hazel versuchte, ihre Gedanken fließen zu lassen, sie verfingen sich jedoch, wie Treibgut an einer verdorrten Astgabel, alle an einem Thema.

Es war Hazel unangenehm, und sie verurteilte ihre Neugier, aber die Frage, was mit Pias Eltern geschehen war, ließ ihr einfach keine Ruhe. Sie war nicht besonders stolz darauf, schließlich ging sie das überhaupt nichts an, aber wenn sie ehrlich war, war sogar schon einmal die Frage in ihr aufgeblitzt, ob das bedrohliche Foto, das ein unbekannter Absender ihr per Mail geschickt hatte, irgendwie in einen Zusammenhang mit dem Drama um Pias Eltern stand.

Zeigte es womöglich Pias Vater? Aber nein, das war mehr als unwahrscheinlich. Schließlich deutete die Tatsache, dass beide Eltern zusammen ums Leben gekommen waren, vielmehr auf einen Verkehrsunfall hin. Ganz sicher nicht auf Mord, und ob es sich bei dem Toten auf dem Foto um das Opfer eines Verbrechens handelte, war ja ebenfalls überhaupt nicht klar. Sehr viel nahe liegender erschien es ihr, dass die blutige Szene gestellt war. Die Mittel hierfür hatten sie am Theater wohl alle.

Abgesehen davon, machten die Worte im Betreff keinerlei Sinn, weder in Bezug auf sie noch im Zusammenhang mit Pias traurigem Schicksal.

Das hast DU gemacht!

Hazel scheiterte daran, sich einen Absender vorzustellen, der diesen Vorwurf zu Recht gegen sie erheben konnte.

Je weiter sie aus der Stadt fuhren, umso düsterer schien die Nacht zu werden, und umso stiller, was eigentlich überhaupt keinen Sinn machte. Abgesehen von Hazel, saß nur noch ein Fahrgast in ihrem Bus. Ein junger Mann, zusammengekauert und scheinbar in seinen eigenen Gedankenwelten verloren.

Bald musste sie aussteigen. Sie hob ihre Tasche vom Nebensitz auf den Schoß und drückte den roten Halteknopf für die nächste Station. Nachdem sie ausgestiegen war, sah sie dem abfahrenden Bus unauffällig hinterher, der letzte Fahrgast saß weiterhin darin.

Sie war ganz allein hier draußen.

Seltsam eigentlich, dass man sich in der Regel sicherer fühlte, wenn andere Menschen in der Nähe waren, überlegte sie. Eigentlich wäre jemand, der einem etwas Böses wollte, doch genau da: in der Nähe. Er würde sein Opfer in Sicherheit wiegen und die Maske erst im letzten Moment abnehmen.

Stattdessen richtete sich die Angst, besonders in der Dunkelheit, meistens jedoch auf den unsichtbaren, verborgenen Täter, der aus dem Gebüsch hervorsprang, das Opfer überwältigte und seiner vermeintlich einzigen Rolle gerecht wurde.

Hazel wusste allerdings, dass Verbrechen vielschichtiger waren.

Dennoch hatte sie keine Angst, als sie sich jetzt auf den Weg machte. Erst ein ganzes Stück die wie ausgestorben daliegende Straße entlang, dann einen knappen Kilometer durch den Stadtwald. Außer ihr war niemand zu sehen. Zu hören nur ihre zunehmend eiliger werdenden Schritte und ihr Atmen, das in immer kürzeren Abständen kleine Wölkchen in die eisige Luft stieß.

Das Laufen tat ihr gut. Die Dunkelheit fühlte sich wie ein Schutzmantel an, und gleich würde sie zu Hause sein.

Kurz nachdem sie aus dem Wald heraustrat und kurz bevor sie ihr Haus erkennen konnte, wallte, wie jedes Mal seit jenem Tag, für ein, zwei Sekunden Angst in ihr auf. Aber diese war vollkommen unbegründet. Auch heute lag ihr Zuhause in tiefen Schatten vor ihr. Von der rätselhaften Festbeleuchtung neulich keine Spur. Heimlich atmete sie auf.

Sie öffnete den Briefkasten und nahm neben einem Wochenblättchen einen ganzen Packen in Plastik eingeschweißter Werbung heraus. In einem Moment der Unachtsamkeit rutschte ihr die metallene Klappe aus der Hand und stieß geräuschvoll an das Gehäuse des Kastens. Hazel zuckte zusammen und sah sich reflexhaft um. Grundlos, wie sie wusste, schließlich war der nächste Nachbar weit genug entfernt.

Sie würde niemanden wecken, sie war hier ganz allein.

Mit der Post in der einen Hand, fischte sie mit der anderen in ihrer Tasche nach dem Schlüssel. Da war er! Sie schloss die Tür auf, und als die wohlige Wärme und der Duft nach zu Hause sie umschlossen, fiel sämtliche Anspannung von ihr ab. Dabei hatte sie sich doch eben noch für überraschend entspannt gehalten. Die Müdigkeit, die sie schlagartig überkam, sagte jedoch etwas anderes.

Sie wollte sich beeilen, bald ins Bett zu kommen, hängte ihren Mantel und die Tasche in die Garderobe und streifte ihre Schuhe ab. Moment, ihr Handy sollte sie noch herausnehmen. Ok, wenn sie beinahe ihr Telefon in der Tasche vergaß, war sie tatsächlich müder, als sie gedacht hatte. Sie wusch ihre Hände im unteren Bad und ging danach ins Wohnzimmer.

In dem Moment, als sie den Raum betrat, verspürte sie eine tiefe Sehnsucht nach langen freien Tagen, die sie, am liebsten mit Villem und einem Schwung Bücher für sie beide, auf ihrer Couch verbringen würde. Mal ohne die Uhr und ständige Termine im Nacken. Wahrscheinlich war sie urlaubsreif, das wäre nach den letzten stressigen Wochen am Theater kein Wunder.

Hazel schaltete das Licht ein und verließ den Raum gleich wieder, um eine Flasche Mineralwasser zu holen. Sie war bereits einige Schritte zurück in den Flur gelaufen, als ihr bewusst wurde, was sie da gerade außerdem im Wohnzimmer gesehen hatte. Das Grauen traf sie verzögert, aber mit voller Wucht. Ihre Synapsen feuerten heftiger, jetzt allerdings nicht mehr, um die unbewusste Wahrnehmung in Verstehen umzuwandeln, sondern um ihre Flucht zu beschleunigen.

Die Gewissheit über das, was da in ihrem Wohnzimmer war, aber nicht sein durfte, peitschte Hazels Herzschlag in gefährliche Höhen. Ihr Blick flackerte durch ihr Sichtfeld, während sie das Gefühl hatte, zu versteinern. Dabei zitterte sie am ganzen Leib und fühlte zugleich eine lähmende Schwäche.

Noch immer stand sie im Flur. Sie drehte ihren Kopf um wenige Zentimeter. Plötzlich war sie sich sicher, beobachtet zu werden. Konnte jemand im Haus sein? War das möglich? Wenn ja, hatte sie eine Waffe oder etwas, das sie zur Verteidigung benutzen konnte? Nicht wirklich. Aber da war doch ihr Handy in der Hosentasche! Mit bebenden Fingern wählte sie die Nummer der Polizei, gab den Anruf jedoch noch nicht frei. Es war wie ein Déjà-vu.

Derart vorbereitet wagte sie es jetzt, ins Wohnzimmer zurückzugehen. Jede Hoffnung auf eine vernünftige Erklärung, die nicht absolut bedrohlich war, erschien ihr illusorisch. Daher wäre es ihr fast lieber, Gespenster gesehen zu haben.

Mit zittrigen Knien betrat sie den Raum. Dieses Mal fokussierte ihr Blick die beängstigende Installation sofort und ausschließlich.

BALD

Hazel starrte auf das breite Panoramafenster, hinter dem die heruntergelassenen Rollläden das Dunkel abschnitten. Sie registrierte, dass ihr Herzschlag unvermindert hämmerte. Die Buchstaben waren riesig, und sie waren aus Blütenblättern geformt an ihrem Fenster befestigt. Keine Chance, die Botschaft zu übersehen.

Verdächtig war die Farbe und natürlich auch die Sorte. Hazel kannte sie nur allzu gut. Bei den weißen Rosen handelte es sich mit großer Sicherheit um die gleichen, die im Theater an die Zuschauer verkauft wurden. Die diese dann den Schauspielern schenkten, um ihnen ihre Bewunderung zu zollen.

Ob es hierbei – Hazel hatte keinen Namen für das, was sie vor sich sah – um Bewunderung ging, bezweifelte sie. Die Nachricht *BALD* wirkte eindeutig wie eine Drohung auf sie und ...

Hinter ihr ertönte ein Schlag! Sie schrie auf. Was war das?

Irgendwo im Haus war eine Tür zugeknallt! Hazel griff instinktiv nach dem Handy in ihrer Hosentasche und zog es heraus. Nur eine winzige Bewegung und sie wäre mit der Polizei verbunden. Das Telefon bebte in ihrer Hand, als sie aus dem Wohnzimmer heraustrat, um nachzusehen, ob jemand in der Nähe war. Im Flur spürte sie einen feinen Luftzug, den sie bisher nicht bemerkt hatte. Aber sie war von draußen hereingekommen. Womöglich hatte die Wärme des Hauses diese Empfindung übertüncht.

Sie ging zur Haustür und achtete dabei darauf, kein Geräusch zu machen. Was sinnlos war, aber sie konnte nicht anders. Sie öffnete das neue Sicherheitsschloss und streckte vorsichtig den Kopf nach draußen. Doch es war niemand in der Nähe. *Zum Glück*, dachte sie, *so hatte sie vorhin wenigstens niemand schreien hören.*

Vollkommen verrückt, schoss es ihr sofort durch den Kopf. Von anderen gehört zu werden, war wohl gerade nicht ihr größtes Problem! Nicht immer stimmte es, dass Dunkelheit und Einsamkeit Schutz boten. Sie konnte sich einfach nicht beruhigen und wusste nicht, was sie jetzt tun sollte. *Villem!*, dachte sie. Aber er schlief vermutlich schon tief und fest und würde ihr in dieser Situation sowieso nicht helfen können. Außerdem ...

Sie fuhr ein weiteres Mal heftig zusammen, als sie ein tiefes Surren aus dem Haus hörte. Sie ahnte sofort, was das bedeuten musste. Wie ein Tier, das von einem Jäger hier- und dorthin getrieben wurde, rannte sie ins Wohnzimmer zurück ... und sie lag richtig: Die Botschaft war verschwunden, die Rosenblätter waren zwischen dem hochfahrenden Rollladen und der Scheibe abrasiert worden.

Hazel versuchte, sich zu sammeln. Vergeblich. Was hier passierte, war fraglos bedrohlich und sie hatte nichts in der Hand. Keinen Beweis.

Kein Versprechen, dass sie nicht vollkommen verrückt war!

Kapitel 35

»Hazel-Maus, komm, tanz mit mir!«

Elliott strahlte sie an. Er war vollkommen euphorisch und reichte ihr mit großer Geste seine Hand.

Er musste doch schwitzen in dem weißen Anzug. Vom Himmel brannte die Sonne auf ihre nackten Schultern hinab, über die sich die Spaghettiträger ihres Kleides wie Schlangen wanden.

Sie standen auf einer Landzunge, die Farben der Landschaft um sie herum waren grotesk verstärkt. Übersättigt. Soweit sie sehen konnte, war der Boden von grell-weißen Rosenblüten bedeckt. Und Elliott wollte tanzen. Warum nicht?

Hazel nahm seine Hand und betrachtete seltsam ungerührt das Einschussloch in seiner linken Schläfe. Hatte er denn keine Schmerzen? Die reinen Blütenblätter zu ihren Füßen verfärbten sich plötzlich rot, wie auf ein geheimes Kommando hin. Es rannen immer neue Tropfen über Elliotts Wange und fielen von seinem Kinn hinab.

Plitsch ... Plitsch ...

Sie hörte das Geräusch übermäßig laut, aber es war ihr egal. Elliott ging es gut, er wollte tanzen. Sie nahm seine Hand, und im gleichen Moment begannen sie in einer perfekten Einheit über den Boden, zum Abgrund hin, zu schweben. Elliott summte eine Melodie im Takt ihrer Schritte, nein, im Rhythmus des Blutes, das aus seiner Schläfe quoll, und es machte ihm scheinbar nichts aus.

Sie erreichten das Ende der Welt, und Elliott wirbelte sie in immer wilderen Kreisen am Abgrund entlang.

Bei jeder Umdrehung konnte sie hinabsehen und erkannte sie alle: Da standen Orla und Johnny, Pia und die Kellnerin aus dem *Café Goethe*. Jenny, Luca und Nina. Aléjandro lief im Kreis herum und dirigierte unsichtbare Schauspieler zu ihren Plätzen. Theresa betrachtete die ganze Szene leise singend. Sie lächelte milde und legte ihren Kopf schief.

Hazel folgte ihrem Blick.

Am Boden des Abgrunds lagen zwei tote Männer. Der eine, den sie aus dem Zeitungsartikel des billigen Klatschblattes in ihrem Briefkasten wiedererkannte, war in einen riesigen Berg aus Plüschtieren gebettet, der andere sah genauso aus, wie auf dem Foto in der E-Mail. Er lag auf einem ehemals weißen, jetzt blutgetränkten, Flokati, dessen hochflorige Fasern in kleineren und größeren Blutlachen hin und her trieben. Wie auf dem verstörenden Bild, war er oberhalb der Brust abgeschnitten. Hörte einfach auf.

Ein Stückchen von den anderen entfernt stand Villem. Ihr Villem! Ihr wurde eiskalt. Irgendetwas stimmte hier nicht. Ihn zu sehen, war entsetzlich falsch! Doch dann hob er den Blick zu ihr und seine Lippen formten ihren Kosenamen: »Ma Belle!« Ihre Sehnsucht wurde übermächtig.

Elliott zwang sie in immer schnellere Kreise über die von seinem Blut inzwischen glitschigen Blüten. In seinen Augen war ein irres Feuer entfacht, und sie wusste, dass er einverstanden war. Für sie war es ein Leichtes.

Ein kleiner Impuls nur, und sie würden in den Abgrund tanzen. Elliott drückte seine blutige Wange an ihre, und sie erkannte, dass er genau das gewollt hatte.

Der Fall war mehr ein Schweben. Sie hatte keine Angst, sie wollte nur zu ihrem Mann. Sie schloss die Augen und ... wurde grob aus dem tranceähnlichen Zustand gerissen, als ein schroffer Felsvorsprung sie aus der gleichförmigen Bewegung und aus Elliotts Armen riss.

Sie strampelte und versuchte, mit ihren Händen Halt zu finden, bis ein lauter Schlag ihren vergeblichen Bemühungen ein Ende bereitete.

Hazel schlug die Augen auf und fand sich in ihrem Bett liegend wieder. Die Decke hing halb auf den Boden hinab, über den außerdem ihr Wasserglas rollte, das sie gerade eben im Schlaf hinuntergestoßen haben musste. Sie rieb sich das schmerzende Handgelenk.

Ihr nächster Blick galt der provisorischen Sicherung der Schlafzimmertür. Um zu vermeiden, dass der Verfasser der bizarren Blütenbotschaft im Wohnzimmer sie im Schlaf überfallen konnte, hatte sie mitten in der Nacht noch ein halbhohes Schränkchen vor die Tür und unter den Griff geschoben. Zu diesem Zeitpunkt war sie überzeugt davon gewesen, dass sie dennoch keine Minute Schlaf finden würde. Dass von draußen jedoch fahles Herbstlicht durch die Gardinen schimmerte, war der Beleg dafür, dass sie mindestens drei Stunden tief und fest geschlafen haben musste.

An ihrer kreativen Türsicherung konnte sie jedenfalls keine Veränderung erkennen. Immerhin. Sie atmete erleichtert auf, versuchte, sich zu sammeln und von dem verrückten Traum zu erholen.

Dass das gar nicht so einfach war, merkte sie, als sie mit zittrigen Fingern die Sicherungsvorrichtung abbaute. In ihrem Kopf sirrten die Gedanken, wie in einem eben aufgescheuchten Wespennest. Auf dem Weg zum Badezimmer wich sie reflexhaft vor ihrem eigenen Abbild im großen Flurspiegel zurück. Ihr Herz brauchte eine ganze Weile, um sich wieder zu beruhigen.

Natürlich hatte ihre Nervosität nichts mit dem zugegebenermaßen verrückten Traum zu tun. Das war Hazel klar. Was sie beschäftigte, war die bedrohliche Blütenbotschaft an der großen Wohnzimmerscheibe. Oder genauer gesagt, was es bedeutete, dass sie überhaupt dort hatte auftauchen können.

Zweifellos musste jemand im Haus gewesen sein. Oder nicht? Die Blüten waren zwar von außen an die Scheibe geheftet worden, ansonsten hätte der Rollladen die Nachricht ja nicht verschwinden lassen können, aber um die Programmierung der Rollläden vorzunehmen, musste man zwangsläufig im Haus, genauer gesagt im Wohnzimmer, sein.

Oder war es möglich, die Steuerung irgendwie zu hacken? Hazel wusste es nicht, schloss es aber instinktiv aus. Sie dachte daran, wie sie, seit der Lichtgeschichte im Haus, morgens regelmäßig den Timer der Rollläden überprüfte. War es möglich, dass sie, noch im Halbschlaf, dabei versehentlich etwas verstellt hatte? Vermutlich ja. Auch wenn sie sich das nur schwer vorstellen konnte. Doch selbst in diesem Fall erklärte das nicht die zeitlich genau choreografierte Abfolge von Präsentation und Vernichtung des blumigen Schriftzugs.

Während sie mit wackligen Knien die Dusche betrat und das heiße Wasser ihr für einen Augenblick Geborgenheit vorgaukelte, flackerte neben der Angst noch eine andere Empfindung in ihr auf. Sie ärgerte sich, dass sie, obwohl sie das Smartphone in der Hand gehalten hatte, nicht daran gedacht hatte, ein Foto von der beunruhigenden Installation zu machen. Nun hatte sie keinen Beweis und musste auf sich selbst vertrauen.

Aber das fiel ihr langsam immer schwerer.

Der Tag hatte kaum begonnen, und doch drohte ihr jetzt schon alles zu viel zu werden. Die Vorstellung, heute wieder stundenlang vorgeben zu müssen, dass ihr all die kleinen und größeren Attacken nichts ausmachten, entzog ihr alle Energie. In Wahrheit hatte sie keine Ahnung, wie sie den Vormittag überstehen sollte. Wie könnte sie Elliott heute begegnen? Der Gedanke an ihn verursachte ein Gefühl der Übelkeit in ihr und den trotzigen Impuls, einfach nicht mehr zur Arbeit zu gehen.

Natürlich war das keine Lösung, und eine stärkere Version ihrer selbst würde sie später dafür verurteilen, der Konfrontation aus dem Weg gegangen zu sein. Also würde sie das lassen und hoffen, den Vormittag irgendwie hinter sich zu bringen. Danach konnte sie weitersehen.

Sie brachte keinen Bissen hinunter. Und was nun? Es war viel zu früh. Wenn sie jetzt schon zum Theater fuhr, würde Elliott sie auf jeden Fall erwischen. Besser, sie kam heute zeitlich so knapp wie möglich zur Probe. Eventuell sogar einige Minuten zu spät. Andererseits war das für sie absolut untypisch, und wer auch immer die Rosenbotschaft zu verantworten hatte, würde spätestens dann wissen, wie sehr er sie damit getroffen hatte.

Offensichtlich erwachte in ihr langsam wieder so etwas wie der Wille, sich zur Wehr zu setzen. Sie würde nicht absichtlich zu spät kommen, beschloss sie und zog entschlossen eine frischgewaschene Jeans und ein buntbedrucktes T-Shirt aus dem Regal im Kleiderschrank. Früher oder später würde sie Elliott begegnen und sich ihm gegenüber irgendwie verhalten müssen. Warum also nicht sofort?

Noch fühlte sich ihre neugewonnene Tatkraft ein wenig aufgesetzt an, aber das war auch verständlich. Die Ausgangssituation war schließlich immer noch dieselbe. Ein bisher unbekannter Täter war offensichtlich in ihr Haus eingedrungen – schon wieder – und hatte ihr eine eindeutig bedrohliche Nachricht hinterlassen. Zwar deutete für sie alles auf Elliott als den unliebsamen Besucher hin, aber in Wahrheit konnte sie das nicht sicher wissen. Angenommen, jemand wollte ihren Blick in Richtung Theater lenken, würde er – oder sie – dann nicht genau so vorgehen?

Was hieße es überhaupt, wenn tatsächlich Elliott oder jemand von den anderen dahintersteckte? Würde sie sich dann mehr oder weniger bedroht fühlen? Sie hatte keine Antwort auf all diese Fragen. Vielleicht sollte sie genau deshalb versuchen, sie auszublenden. Denn wenn sie ehrlich war, fühlte sie ihren hastig errichteten Schutzwall aus vermeintlicher Entschlossenheit und Initiative jetzt schon wieder bröckeln.

Rasch schlüpfte sie in Hose und T-Shirt und versuchte, die vielen Fragen in den Hintergrund zu drängen. Wenn die seltsamen Vorkommnisse überhaupt einen Sinn haben sollten, der über reine Schikane hinausging, sollte sie sich vielleicht lieber darauf konzentrieren, Antworten zu finden.

Das würde ihr, wenn überhaupt, nur im Theater gelingen. Also los! Oder ... Es wäre wirklich besser, wenn sie wenigstens eine Kleinigkeit hinunterzwingen könnte. Später würde sie sich besser fühlen, wenn sie etwas im Magen hätte. Sie hörte noch einmal halbherzig in sich hinein, aber es ging nicht. Inzwischen war sie hinunter ins Erdgeschoss gelaufen und betrat jetzt die Küche. Im Vorratsschrank müssten doch noch ... richtig! Sie nahm zwei Müsliriegel aus der angebrochenen Schachtel, war in wenigen Schritten bei der Garderobe und warf sie in ihre Tasche. So würde sie, falls der Hunger sie später überfiele, nicht ganz auf dem Trockenen sitzen.

Während ihres flotten Marsches durch den Wald sprangen ihre Gedanken mal hier- und mal dorthin. Sie hatte längst aufgegeben, ihnen eine Ordnung verpassen zu wollen. Spätestens als der Bus sie dem Theater mit jeder Minute näherbrachte, konnte sie nicht länger verleugnen, dass ihre Nervosität wieder gehörig anstieg. In ihrem Magen tobte ein ganzer Hummelschwarm und zugleich wuchs das Gefühl der Schwäche. Sie war zittrig und konnte gar nicht sagen, ob schon wieder oder immer noch.

Bei der Vorstellung, sich Elliott, oder dem Urheber oder der Urheberin der neuesten Attacke, rein örtlich zu nähern, sträubte sich alles in ihr. Es fühlte sich einfach falsch an. So als würde sie sehenden Auges in einen Abgrund fahren. Der Gedanke erinnerte sie wieder an die beklemmende Traumszene, und ihr wurde übel. Jetzt musste sie vernünftig sein, ermahnte sie sich. Es würde ihr schließlich nichts passieren. Selbst wenn der unbekannte Täter anwesend sein sollte, war sie nicht allein mit ihm. Oder mit ihr ...

Hazel versuchte, sich in die Situation fallen zu lassen, und hoffte, dass die Routine sie durch den Tag tragen würde. Kurzzeitig verstärkte sich ihre Übelkeit noch mehr, als sie wenig später das Theater betrat und durch den gewundenen Gang in Richtung Künstlergarderobe lief. Auf der Treppe wurde ihr schwindlig, und sie griff reflexhaft nach dem Geländer.

Das schummrige Licht auf dem engen Gang, dem sie sonst keine Aufmerksamkeit schenkte, zerrte heute noch zusätzlich an ihren Nerven. Sie hatte keine Ahnung, was sie gleich erwartete. Sicher war nur, dass mindestens eine der anwesenden Personen sie heute ganz besonders im Blick haben würde.

Vor der Garderobentür atmete sie noch zwei Mal tief durch, natürlich erst, nachdem sie sich versichert hatte, dass sie keine Zeugen hatte, dann trat sie ein und verspürte den Fluchtreflex noch stärker als je zuvor. Doch sie hielt den Kopf gesenkt, während sie unauffällig den Raum überprüfte. Die meisten schienen schon da zu sein. Ihr Blick verharrte für einen Moment bei Pia und ihren überwiegend weiblichen Anhängerinnen.

»... wäre jedenfalls nichts Neues«, hörte Hazel Pias Stimme unangenehm schrill aus dem Geräuschteppich heraus. Auf ihre Worte folgte das wohlbekannte abfällige Lachen. *Ein wenig zu laut, um noch ehrlich zu wirken,* dachte Hazel. Fraglos war Pia eine gute Schauspielerin. Im Leben noch mehr als auf der Bühne. Jedenfalls öffnete sie nicht das Visier. Ziemlich sicher wusste niemand hier, wie es ihr in Wahrheit gerade ging.

Heute würde sich Hazel gern eine Scheibe von der Kollegin abschneiden. Sie kontrollierte ihre Gesichtszüge und versuchte, möglichst normal auszusehen. Was immer das heißen mochte.

Elliott war auch schon da. Ihn hatte sie aus dem Augenwinkel gesehen, wie er irgendetwas an seiner Schminkkommode richtete, und gehofft, dass er sie nicht ansprechen würde.

Sie hatte Glück. Nachdem sie ihre Sachen abgelegt und sich fertiggemacht hatte, war es auch schon Zeit, zur Probenbühne zu gehen.

»Hi!«, wisperte Elliott, als er an ihr vorbeilief, und allein der Klang seiner Stimme verursachte ihr heute eine Gänsehaut.

»Hi«, gab sie zurück, als ob nichts sei, aber da war er schon außer Hörweite.

Die Probe begann, und Hazel entspannte sich ein wenig. Das hier war ihre Arbeit. Der Text war vorgegeben, sie konnte sich hier nicht verraten. Obwohl der Gedanke seltsam war, schließlich hatte sie ja nichts Unrechtes ...

»Christiaaaane«, flötete Vanessa alias Pia in einem falschen Ton, der hier überhaupt nicht hinpasste. »Komm, wir wollen uns ein bisschen streiten. Machst du mit?«

Hazel runzelte kaum merklich die Stirn. Sie hatte ihren Einsatz verpasst, weil sie in Gedanken immer noch bei heute Nacht war. Pias Improvisationstalent sorgte jetzt für den ein oder anderen Lacher, während Hazel vergeblich versuchte, eine schlagfertige Antwort zu finden.

»Sorry«, murmelte sie und nahm demonstrativ wieder ihre Position kurz vor dem Aussetzer ein.

Pias Augen blitzten schadenfroh, während die Heiterkeit ringsum langsam abebbte.

Hazel kämpfte sich förmlich durch die knapp zwei Stunden. Bei ihrem ersten Sprecheinsatz versagte ihr beinahe die Stimme, die danach auch weiterhin seltsam schwach und zittrig klang, wenn sie diese nicht mit höchster Konzentration steuerte. Weitere Einsätze verpasste sie um ein Haar und war davon selbst so irritiert, dass sie ihre Leistung während der ganzen Probe nicht wie gewohnt abrufen konnte.

Es war ein Trauerspiel. Der Versuch, sich nicht anmerken zu lassen, dass etwas nicht stimmte, war aufs Auffälligste gescheitert.

Als sie nach der Probe förmlich zu den Waschräumen flüchtete, hielt niemand sie auf. Vor allem nicht Elliott, dem sie nun noch weniger begegnen wollte. Sie schloss die Kabinentür hinter sich und schlug die Hände vors Gesicht. Sie würde nicht weinen, aber sie wollte am liebsten die Welt, das Theater und alle Kollegen aus ihrem Leben ausblenden, und wenn auch nur für eine Weile.

Sie hatte gerade einen Entschluss gefasst, als es leise an der Kabinentür klopfte.

Kapitel 36

Hazel erstarrte, als sie das Geräusch vernahm. Elliott war ihr doch wohl nicht hierher gefolgt, oder?

Nach einer kurzen Pause klopfte es erneut. Jetzt wurde außerdem der Türgriff vorsichtig hinuntergedrückt.

»Hazel? Alles ok bei dir?«

Sie atmete auf, als sie die Stimme erkannte. »Ja, alles gut, Jenny. Ich komme gleich.«

Hazel wartete einen Moment, betätigte pro forma die Spülung und verließ dann schließlich die Kabine. Jenny stand mitfühlend lächelnd am Waschbecken und trat in dem engen Vorraum einen Schritt zur Seite, um ihr Platz zu machen. Sie musterte Hazel prüfend.

»Du siehst blass aus.«

»Ach, keine Sorge. Es ist einfach nur diese Zeit des Monats«, beantwortete Hazel die unausgesprochene Frage. »In zwei, drei Tagen ist das Schlimmste wieder vorüber.« Sie grinste schief.

»Also, wenn du möchtest ... Ich meine, du arbeitest doch jetzt auch schon über eine ganz schön lange Strecke. Mir würde es nichts ausmachen, für dich einzuspringen.«

Hazels Gewissen meldete sich leise zu Wort. Was sie da gerade angedeutet hatte, entsprach nicht ganz der Wahrheit. Unbestritten ging es ihr gerade aber wirklich nicht gut, auch, wenn sie ihre junge Kollegin auf keinen Fall in die verrückten Vorkommnisse einweihen konnte, die sie so sehr belasteten.

»Ich weiß nicht«, gab sie zögerlich zurück. »Du bist doch auch in die Proben für Frau Holle eingespannt. Würde dir das denn nicht zu viel werden?« Hazel wusste, wie die Antwort der lieben, selbstlosen Jenny lauten würde, und ihr schlechtes Gewissen zwickte jetzt noch nachdrücklicher.

»Ach was!«, erwiderte Jenny strahlend, wie erwartet. »Ich mache das doch gern. Noch lieber, wenn ich dich dadurch entlasten kann. Außerdem – Hormone können echt schei…, äh, schlimm sein.« Sie zwinkerte ihr zu. »Da müssen wir doch zusammenhalten!«

Hazel war gerührt und fühlte sich noch ein wenig schlechter. Sie hoffte, dass Jenny nicht allzu bald von der harten Stadttheaterrealität eingeholt werden würde, und sich ihre liebe Art noch ein bisschen bewahren konnte.

»Also gut … es wird auch nicht lange dauern. Heute Abend und eventuell morgen während der Probe?«

»Na klar, nimm dir die Zeit, die du brauchst«, sagte Jenny lächelnd und fügte hinzu: »Auch wenn ich hoffe, dass es dir schon bald wieder besser geht.«

»Bald …« Hazel durchfuhr ein an dieser Stelle völlig unangemessener Schauer. »Ja, bestimmt.« Es war ein ganz normales Wort, das man täglich mehrmals ohne jeglichen Hintergedanken verwendete. »Danke dir, Jenny. Du hast was gut bei mir!« Sie sah die junge Kollegin freundlich an, fühlte sich aber schlecht dabei.

Jenny winkte fröhlich ab. »Mach dir keine Gedanken. Ich springe doch gern ein. Ich sage später auch Aléjandro Bescheid, wenn du möchtest.«

Hazel nickte. »Das wäre lieb. Dann rufe ich gleich Theresa an.«

»Prima. Danach fährst du nach Hause und entspannst einfach mal. Tee, Kuscheldecke, Buch ...«

Hazel wusste nicht, was sie zu Jennys Fürsorglichkeit sagen sollte. Sie nahm sich vor, sich baldmöglichst bei ihr zu revanchieren, oder ihr vielleicht eine Kleinigkeit als Dankeschön zu besorgen. Ja, das war eine gute Idee, das würde sie machen.

Jetzt musste sie aber noch einen Anruf tätigen, bevor sie ihren vorhin getroffenen Entschluss in die Tat umsetzen konnte. Nachdem Jenny und sie die Waschräume verlassen und sich voneinander verabschiedet hatten, fischte Hazel ihr Handy aus der Tasche und gab die Nummer des Künstlerischen Betriebsbüros ein. Theresa, die gute Fee, die für jedes Problem eine Lösung hatte, hob bereits nach dem ersten Klingeln ab. Auch sie reagierte so lieb und mitfühlend auf ihre Krankmeldung, dass Hazel sofort wieder einen Kloß im Hals verspürte. Sie hasste es, Theresa anzulügen. Besonders als auch diese ihr riet, sich nach der langen Zeit, die sie nun schon spielte, doch einmal gründlich zu erholen.

Ja, es stimmte schon. Sie hatte sich kaum Pausen gegönnt, in der letzten Zeit, und ihre Nerven waren im Moment nicht die besten. Aber sich aus dem Geschehen zu nehmen und ihre Arbeit anderen aufzuhalsen, war eigentlich überhaupt nicht ihre Art. Als Hazel das Gespräch nach wenigen Minuten beendete, wog ihr schlechtes Gewissen förmlich tonnenschwer.

Fast bereute sie es, so ein Aufhebens um ihre Person gemacht zu haben. Aber nun gab es kein Zurück mehr, und sie ermahnte sich, die gewonnene Zeit gut zu nutzen. Die Idee dazu war ihr irgendwann während ihres stümperhaften Spielens gänzlich unerwartet gekommen, hatte sich inzwischen aber längst im hintersten Eckchen ihrer Gedanken festgesetzt.

Sie würde einen Spaziergang machen und etwas frische Luft schnappen, bevor sie wieder nach Hause fuhr, und sie würde versuchen, Abstand zur letzten Attacke, der verstörenden Blütenbotschaft, zu gewinnen. Beim Gedanken daran, eine weitere Nacht allein in ihrem Haus verbringen zu müssen, krallte sich eine eiskalte Hand in ihren Magen. Aber hier und jetzt war das nicht wichtig. Auch wenn es keinerlei vernünftigen Grund für ihre Annahme gab, hoffte sie darauf, in den nächsten Stunden Ruhe und vielleicht sogar Antworten finden zu können.

Sie trat aus dem engen Flur, in dem sie die notwendige Ruhe zum Telefonieren gefunden hatte, in die Künstlergarderobe und bemühte sich, einen geschäftigen Eindruck zu machen. Als sie ihren Mantel überwarf und die halb volle Wasserflasche in ihrer Tasche verstaute, sah sie kaum auf. Es wirkte tatsächlich, denn auf dem Weg nach draußen sprach sie niemand an. Vor allem nicht Elliott.

Als sie vor dem Theater stand, atmete sie erst einmal tief durch. Die Luft roch herbstlich würzig, der Himmel hing trüb über der Stadt und hätte ihre Stimmung kaum besser widerspiegeln können. Ein Blick in ihre Wetter-App zeigte ihr, dass es immerhin trocken bleiben sollte. Gut. An einen Regenschirm hatte sie nämlich wie so oft nicht gedacht, und jetzt erst noch nach Hause zu fahren, um dann, mit der Aussicht auf einen regnerischen Nachmittag, wieder vor die Tür zu gehen, war wenig verlockend.

Noch in Gedanken war sie zur Bushaltestelle gelaufen. Ihr Weg würde sie zunächst in Richtung Orla führen, sie musste jedoch danach noch einmal umsteigen und konnte dann direkt bis vor die Friedhofspforten fahren.

Eigentlich seltsam, überlegte Hazel, dass sie ausgerechnet dort Trost suchte. Abgesehen von pflichtschuldigen Besuchen zum Zweck der Grabpflege, mied sie den Friedhof eigentlich eher und musste sich jedes Mal aufs Neue zwingen, hinzufahren. Anders als gefühlt die meisten anderen Menschen, die von der beeindruckenden, weitläufigen Parkanlage mit ihrem prächtigen Baumbestand regelrecht schwärmten, konnte Hazel diesem Ort nichts abgewinnen. Weil es nicht stimmte. Es war dort nicht *schön*, denn die satte Natur wurde überlagert von Trauer und Abschied, und niemand kam aus einem anderen als einem traurigen Grund dorthin. Der Ort barg keinerlei angenehme Erinnerungen. In den Winkeln und auf den Wegen hatte kein Lachen und kein Glück je eine Spur hinterlassen, während der Boden von Tränen getränkt war.

Die Trauer um ihre Mamuschka war in den letzten Tagen wieder äußerst erdrückend geworden. Nach über einem halben Jahr war ihr Schmerz noch immer so frisch, wie das junge Holz, aus dem das helle Kreuz, auf dem immer noch deutlich erkennbaren Grabhügel, gefertigt war. Das alles war und blieb falsch. Hazel spürte, wie ihr Gesicht versteinerte und sich ihre Stirnpartie verspannte. Sie versuchte, ihre Züge zu lockern.

Die Wahrheit war, dass sie nicht wusste, ob sie hier Antworten finden konnte. Bisher war das jedenfalls noch nie passiert. Aber sie konnte jetzt auch nicht zu Hause sein, denn sie hielt es dort nicht aus. Im Theater erst recht nicht. Dort war sie nämlich gezwungen, den Kollegen in die Augen zu sehen. Den guten und den bösen.

Sie stieg als Einzige aus, als der Bus die Haltestelle erreichte. Sie war fest entschlossen, diesem Ort noch einmal eine Chance zu geben.

Nachdem sie die großen Steinpforten am Eingang durchquert hatte, nahm sie als Nächstes den intensiven Geruch wahr, der dem kleinen Blumenladen und seinen Auslagen entströmte. Er war für sie so charakteristisch und gleichzeitig so abstoßend, dass Hazel einen Schritt schneller lief, bis nur noch die frische Herbstluft ihre Lungen durchströmte.

Nach dem Eingangsbereich fächerte sich das kiesbedeckte Rondell in mehrere eindrucksvolle Alleenwege auf. Obwohl sie es vermied, häufiger als nötig hierherzukommen, hätte Hazel den Weg zu ihrer Mutter jederzeit mit verbundenen Augen gefunden. *Zum Ort des Gedenkens an Mamuschka*, verbesserte sie sich in Gedanken, fühlte es aber selbst nicht wirklich. Ihre Mutter war überall dort, wo sie beide Erinnerungen teilten, und sie war natürlich in ihrem Herzen.

Doch auch wenn sie keinen Bezug dazu aufbauen konnte, sollte dieser seltsame letzte kleine Ort gepflegt werden. Ihrer Mutter glaubte sie hier zwar nicht näher zu sein, als an jedem anderen Ort. Was sie verband, war zeitlebens, und nun eben auch darüber hinaus, viel zu stark gewesen, als dass es einfach so aufhören konnte.

Aber diese kleine Inszenierung gehörte eben dazu, und während sie überlegte, glaubte Hazel fast, das geliebte und jetzt so schmerzlich vermisste Lachen ihrer Mamuschka hören zu können.

Mit ihr zusammen war sie übrigens nie auf einem Friedhof gewesen. Oder doch, fiel ihr dann ein. Einmal, während eines Aufenthalts in Wien, hatten sie einen ganzen Tag auf dem berühmten Zentralfriedhof verbracht. Aber das war etwas anderes gewesen. Wie es sich anfühlte, ehemals lebendige Familienmitglieder auf dem Friedhof zu besuchen, war Hazel vollkommen fremd. Seit ihre Mutter vor vielen Jahren aus Russland in ihre neue Heimat gekommen war, hatten sie beide nur einander gehabt. Ihr Erzeuger hatte Mamuschka bald für eine andere sitzen gelassen. Und uralte, entfernte Verwandte, an denen man Trauerrituale hätte üben können, hatte es nicht gegeben. Stattdessen, ohne Probe, gleich die große Abendvorstellung.

Eine Bewegung auf dem hellen Kiesweg, über den die Äste der gewaltigen Kastanienbäume ihre Schatten legten, riss sie aus ihren Gedanken. Ein goldbrauner Schatten huschte von rechts nach links vor ihr in Richtung Gebüsch, blieb für einen erschrockenen Augenblick stehen, um gleich darauf einen Haken zu schlagen. Im nächsten Moment flitzte das Eichhörnchen den Stamm eines nahestehenden Baumes hinauf, und der Zauber war vorbei.

Die kleine Szene war so friedlich, dass Hazel sich merklich entspannte. All ihre tristen Gedanken zu Friedhöfen waren wahr, trotzdem konnte offensichtlich auch etwas Positives hinzukommen. Hazel bemühte sich, die Scheuklappen abzunehmen und der wirklich prächtigen Natur eine Chance zu geben. Sie kickte eine der unter den Bäumen zahlreich verstreuten Kastanien ein Stück den Weg entlang und verscheuchte so versehentlich ein weiteres Eichhörnchen. Nach dem ersten Schrecken hielt es jedoch inne und kehrte in Richtung des interessanten Geschosses zurück. Den charakteristischen buschigen Schwanz hoch aufgestellt, sah es sie einige Sekunden lang an, bevor es mit der stacheligen Beute davonsprang.

Hazel lächelte und wünschte sich, ihre Mutter jetzt bei sich zu haben, während Tränen in ihr aufstiegen, die sie inzwischen allzu gut kannte und daher nicht weiter beachtete. Sie konnte sich daran erinnern, wie ihre Mamuschka ihr als kleinem Mädchen zum ersten Mal Eichhörnchen gezeigt hatte. Das war natürlich an einem schöneren Ort gewesen, und die Hörnchen waren einfach nur putzig gewesen. Damals hatte es noch keine traurigen Erinnerungen gegeben.

Seit ihre Mutter nicht mehr lebte, wusste Hazel, wie schmerzhaft auch positive Erinnerungen sein konnten. Wahrscheinlich, weil sie vergangene Freude und Sehnsucht mit dem bodenlosen Gefühl des Verlusts vereinten. Anders konnte sie es sich nicht erklären, warum es sie so unermesslich traurig machte, an glückliche Tage erinnert zu werden. An das vertraute warme Lachen ihrer Mutter, das ganze Säle hatte füllen und jeden darin in eine herzliche Umarmung hatte ziehen können.

Ihr Lächeln wurde schief und floss leise aus ihrem Gesicht.

Kapitel 37

Wie um Hazels Gedanken Lügen zu strafen, ertönte jetzt unvermittelt ein unbeschwertes Lachen von irgendwoher.

Der Weg machte hier eine Biegung, sodass alles, was sich dahinter abspielte, für Hazel nicht einsehbar war. Jedoch nur wenige Schritte lang. Zuerst nahm sie den leuchtend roten Anorak wahr. Dann das ganze Kind. Einen kleinen Jungen, der eine bunt bedruckte Miniatur-Gießkanne in seiner Rechten hielt und diese freudig schwenkte. Er mochte vielleicht drei, höchstens vier Jahre alt sein.

Hazel lief weiter und bemerkte ein Stück entfernt, in einer der inneren Grabreihen, die Eltern des Kindes, das jetzt einige Schritte in Richtung der beiden Erwachsenen lief.

»Opa, komm mal!« Der laute Ruf des kleinen Jungen war wie ein Riss in der Szene, durch den eine gehörige Portion Leben in die Trauer strömte.

Hazel stutzte und sah genauer hin. Das Paar, das sich gerade gemeinsam über ein schmales Grab beugte und in einer hilflos erscheinenden Geste den Blumenschmuck von vertrockneten Blüten befreite, war tatsächlich nicht mehr ganz jung, aber auf keinen Fall alt.

»Ooopa!« In der Stimme des kleinen Jungen klangen Vorfreude und Ungeduld mit.

In der Bewegung des Großvaters hingegen erkannte Hazel tiefe Traurigkeit, aber auch den Willen, genau diese vor seinem Enkel zu verbergen. Er erhob sich ächzend, seine Schritte waren schleppend, bis er auf dem Weg stand. Dann straffte er die Schultern und lächelte seinen Enkel an. »Na, lauf schon! Du weißt doch, wo er ist.«

Das Kind strahlte seinen Opa an und stapfte in Richtung des nächsten Brunnens. Die kleinen Gummistiefel waren von einem leuchtenden Rot und ebenso bunt wie die Gießkanne. In einer anderen Umgebung wäre dies ein fröhlicher Ausflug. In einer anderen Umgebung würde die Frau, die allein am Grab zurückgeblieben war, sich nicht verstohlen über die Augen wischen, sobald das Kind abgelenkt war.

Die Emotionen, vor denen diese vermeintlich harmlose Szene förmlich barst, berührten Hazel tief in ihrem Inneren, und mehr noch jene verborgenen Teile der Geschichte, die sie nur erahnen konnte. Die Härchen an ihren Armen stellten sich auf und sie fröstelte.

Aber sie hatte ein Ziel und sah jetzt wieder starr auf den Weg vor sich. Es war nicht mehr weit bis zu dem immer noch frischen Grab mit dem hellen Holzkreuz. Sie fühlte, wie sich jene Spannung in ihr aufbaute, die sie von ihren früheren Besuchen hier schon kannte. Natürlich kümmerte sie sich um die Grabpflege. Das war schließlich selbstverständlich. Aber dennoch fühlte sich für sie hier alles falsch an. Wie eine Rolle, mit der sie sich nicht arrangieren konnte. Die sie nur aus Pflichtgefühl übernommen hatte, in Wahrheit aber ablehnte.

Ihre Mutter und sie würden diesen Ort weder wählen noch brauchen, um einander nah zu sein. Das wusste Hazel ganz sicher. Vielleicht hatte sie es deswegen immer wieder aufgeschoben, den Stein setzen zu lassen. Einen Strich unter die Trauer zu ziehen, denn genauso wäre es ihr vorgekommen. Auch wenn sie wusste, dass dieses Andenken für viele Menschen vor allem tröstlich war, hatte es sie schon gequält, nur eine Auswahl zu treffen. Zum Glück war bei all den Schritten, die nach einem Trauerfall zu gehen waren, Villem stets an ihrer Seite gewesen.

Jetzt wäre es bald zu spät dafür, den Stein setzen zu lassen. Im Winter konnte diese Arbeit wegen der Wetterverhältnisse nicht getan werden. Der Frost ließ den Boden auf eine Weise erstarren, die ihr vertraut und irgendwie tröstlich erschien. Die ganze Welt hielt dann inne. Drückte die Stopptaste, und was, wenn nicht ein solcher Verlust, rechtfertigte das?

Dennoch erschien ihr das helle Holzkreuz, das jetzt in ihrem Blickfeld auftauchte, heute fast wie eine Mahnung. Auf den letzten Schritten zu Mamuschkas Grab schien die Lufttemperatur noch um einige Grad abzufallen. Es war dämmerig, und vielleicht fiel es ihr deswegen schon von Weitem auf.

Die kleine Grablaterne, die ein wenig wie eine Kombination aus winziger Telefonzelle und Regenschirm aussah, war erloschen. Das sollte eigentlich nicht passieren, denn angeblich betrug die Brenndauer der LEDs mindestens ein halbes Jahr, und sie hatte mit ihnen erst vor wenigen Wochen die standardmäßig eingebauten Öllichter ersetzt.

Hazel runzelte die Stirn. Wie ärgerlich. Sie suchte eine trockene Stelle auf der steinernen Begrenzung des Grabs und stellte ihre Tasche ab. Eigentlich hatte sie gehofft, Antworten zu finden, als sie sich auf den Weg hierher gemacht hatte. Aber gut, dann würde sie sich erst einmal um dieses Problem kümmern.

Sie ging in die Hocke, klopfte vorsichtig an zwei der vier Glasscheiben und, als die Laterne dunkel blieb, an das Edelstahlgehäuse. Nichts. Sie überlegte, hob den Blick, und jetzt erst sah sie es! Das Grauen schoss in ihre Glieder. *Wie hatte sie das eben übersehen können?*

Knochenbleiche Kieselsteine waren sorgfältig mitten auf dem Grab ausgelegt und so hineingedrückt worden, dass ihre Ordnung auch bei Wind erhalten blieb.

Dein Wunsch, ich weiß!

Die kalkweiße Botschaft hob sich im Dämmerlicht klar von der dunklen Erde ab. Fast schien es so, als ob die Buchstaben über dem Boden schwebten.

Wie hatte sie das übersehen können, als sie gerade nach einem Ablageort für ihre Tasche gesucht hatte?

Das war doch jetzt völlig unwichtig, fuhr sie sich in Gedanken an.

Was sollte das überhaupt heißen?

Dein Wunsch, ich weiß!

Jemand war hier gewesen. Jemand, der sie offensichtlich kannte und der glaubte, ihre Wünsche zu kennen. Jemand, der ihr schon im Theater und zu Hause auf diese Weise nachgestellt hatte. Hazel wurde übel. Instinktiv sah sie sich um, konnte aber niemanden entdecken. Sie war hier ganz allein.

Und jetzt? Bestimmt war es auch kein Zufall, dass das Grablicht erloschen war. Tatsächlich schien bei näherem Hinsehen etwas in der Laterne zu stecken. Hazels Finger zitterten, als sie den Magnetverschluss an der vorderen der vier kleinen Scheiben öffnete.

Die Scheibe sprang ihr förmlich entgegen und mit ihr die Ecke eines Blattes Papier. Hastig griff Hazel danach und zog es ganz heraus. Der Gedanke, etwas in Händen zu halten, das ihr Verfolger berührt hatte, war unglaublich abstoßend. Aber es ging nicht anders.

Das Blatt war einmal säuberlich gefaltet. So, dass durch das Bild, das eine halbe Seite einnahm, keine Falz verlief, und auch so, dass sie jedes Detail unverfälscht erfassen konnte.

Es war wieder eine scheußliche Szene, die ihr hier präsentiert wurde: Ein Mann und eine Frau lagen einander zugewandt auf dem Boden, jedoch so, dass ihre Köpfe erneut aus dem Bild ragten und ihre Körper an den gebogenen Hälsen zu enden schienen. Im Zentrum standen die Hände, genauer gesagt die zueinander gestreckten Zeigefinger der beiden. Arrangiert wie in *Die Erschaffung Adams*, dem berühmten Kunstwerk von Michelangelo. Auch wenn die Körper unversehrt wirkten, war der Boden, auf dem die beiden Protagonisten dieser bedrohlichen Installation lagen, blutbesudelt, und einige tiefrote Spritzer benetzten ihre nackten Oberkörper und Arme.

Hazel hoffte, dass es sich dabei um Schauspieler handelte. Jede andere Möglichkeit versuchte sie aus ihren Gedanken zu verbannen. Das Bild und die Botschaft *Dein Wunsch, ich weiß!* machten für sie einfach keinen Sinn. Aber sie war es auch leid, über solche Fragen überhaupt nachdenken zu müssen. Wer auch immer dahintersteckte, war mit dem heutigen Tag eindeutig zu weit gegangen.

Pia und Elliott, blitzten vor ihrem geistigen Auge auf und Hazel spürte plötzlich, wie sich etwas änderte. Die andauernde Angst vor Mobbing, ihre albernen Sorgen, alles wurde mit einem Streich ausgelöscht ... von einem roten Feuerball, der in Sekundenschnelle in ihr herangewachsen und übermächtig geworden war. Die Wut war unbändig und erfüllte sie ganz und gar.

Hazel spürte eine bis dahin nie gekannte Gewissheit, dass niemand sie zerstören konnte, und ganz sicher durfte niemand das Andenken ihrer Mutter beschmutzen.

Ihr erster Impuls war, sofort zum Theater zurückzufahren und Elliott mit ihrem Verdacht zu konfrontieren. Ihm klarzumachen, dass er ihr keine Angst mehr einjagen konnte.

Die neu gewonnene Stärke fühlte sich unfassbar gut an.

Aber trotzdem stimmte irgendetwas an ihren Überlegungen nicht, denn weder Elliott noch Pia hatten damals überhaupt mitbekommen, was mit ihrer Mutter geschehen war. Sie hatten also gar keine Ahnung von ihrem riesengroßen Verlust. Sie wussten nicht, womit sie in Wahrheit insgeheim schon seit Monaten kämpfte. Noch viel wichtiger aber war ein anderer Punkt: Ihre Kollegen konnten nicht wissen, wo ihre Mutter begraben war.

Hazel schloss für einen Moment die Augen und dachte nach. Hatte sie vielleicht doch einmal von der Beerdigung gesprochen? Ganz sicher nicht. Sie hatte niemandem vom Tod ihrer Mutter erzählt. Offiziell war sie von ihrer Hausärztin, der sie sich neben Villem als Einzige anvertraut hatte, drei Wochen mit einer unverdächtigen Diagnose krankgeschrieben worden. Sie war zwar als Schauspielerin in der Branche eher regional bekannt, dennoch hatte ihre Ärztin Verständnis dafür gezeigt, dass sie ihre Trauer nicht mit der Öffentlichkeit teilen wollte.

Am Theater sollte also eigentlich niemand davon wissen. Trotzdem legte die neueste Botschaft, wie schon die vorangegangenen, eine Verbindung genau dorthin nahe.

Ihr Körper schien die Erkenntnis anzukündigen. Ihre Beine wurden auf einmal schlapp, und sie ließ sich, ungeachtet der kühlen Temperaturen, aus der unbequemen Hocke auf den Boden sinken. Begleitet wurde ihre Schwäche von dem scheppernden Lachen der einen Person, die ihrem Verdacht bisher erfolgreich entkommen war. Die außer Villem und ihr vermutlich die Einzige war, die wusste, wo das Grab ihrer Mutter lag. Die aber bisher über jeden Zweifel erhaben gewesen war.

Orla!

Warum nur, hatte sie diese bei ihrer vergeblichen Tätersuche noch nicht einmal berücksichtigt? Hazel konnte das jetzt kaum noch nachvollziehen. Auch wenn sie ihre alte Lehrerin während der Beerdigung nicht bewusst wahrgenommen hatte, kannte diese die letzte Ruhestätte ihrer Mutter mit Sicherheit. Vielleicht würde sie Villem bei ihrem nächsten Telefonat unauffällig danach fragen, ob Orla damals auf dem Friedhof gewesen war. Sie selbst hatte in dieser Zeit, ganz besonders an dem Tag der Beisetzung, so sehr neben sich gestanden, dass sie sich an kaum etwas erinnern konnte.

Hazels Herz begann zu rasen, als sie an das seltsame Verhalten ihrer alten Lehrerin in den letzten Tagen dachte. Wie sie neulich, trotz ihrer Verabredung, einfach verschwunden und später darauf auch nicht mehr eingegangen war. Jetzt machte alles plötzlich einen Sinn. Wahrscheinlich hatte sie genau an jenem Nachmittag den Zettel mit dem grauenvollen Inhalt am Grab deponiert und mit knochenbleichen Kieselsteinen gespielt, und das, bevor sie ihr wieder begegnete, als ob nichts gewesen sei.

Auch wenn die Teilchen sich jetzt langsam zusammenzufügen schienen, war Hazel sich nicht sicher, ob sie das Bild wirklich sehen wollte.

Unsinn! Natürlich wollte sie alles wissen und die Zusammenhänge endlich verstehen. Trotzdem war sie schockiert von Orlas Vorgehen. Wahrscheinlich war das auch der Grund, warum sie vor Kurzem im Theater gewesen war. Sie hatte Informationen über ihren einstigen Schützling sammeln wollen!

Mit jedem bisschen Klarheit wuchs die Ernüchterung in Hazel. Sie hatte zwar sowieso längst entschieden, sich von Orla ihre Entscheidung nicht madig machen zu lassen und ihrer früheren Mentorin auch nicht mehr so großen Einfluss auf ihr Leben zuzugestehen, trotzdem war sie menschlich unglaublich enttäuscht.

Dass Orla hinter den Botschaften stecken sollte, die sie so sehr beschäftigt und ihr außerdem Angst eingejagt hatten, konnte sie kaum glauben. Was mochte nur das Motiv ihrer alten Lehrerin sein? Wollte diese ihr

zeigen, wie viel Glück sie hatte, gesund und in der Lage
zu sein, ihren Beruf auszuüben? Falls ja, wäre das ein
mehr als ungewöhnliches Vorgehen. Andererseits war
Orla selbst alles andere als gewöhnlich und für ihre un-
orthodoxen Methoden schon lange bekannt.

Hazel schloss das Türchen der Grablaterne, stopfte
das Papier mit dem verstörenden Bild in ihre Tasche
und beschloss, Orla morgen zur Rede zu stellen.

Kapitel 38

Bevor Hazel sich auf den Rückweg machte, sammelte sie die Kieselsteine ein und entsorgte sie im nächsten der großen Grünabfallcontainer.

Am Grab ihrer Mutter war die Ordnung damit wieder hergestellt, in Hazel aber hatte sich diese erneute Botschaft, wie auch die vorherigen, unlöschbar eingebrannt. Anders als in den vergangenen Tagen schaffte sie es heute jedoch, den Schock in Wut und Entschlossenheit umzuwandeln. Sie hatte keine Angst mehr. Falls Orla versuchen sollte, ihr noch ein einziges Mal irgendeine fragwürdige Überraschung zu bereiten, würde sie es mit ihr zu tun bekommen.

Die Liebe ihrer Mamuschka hatte ewige Spuren in Hazel hinterlassen. Sie hatte sie gehalten und gestärkt. Jetzt war es an ihr, ihr Andenken zu verteidigen, und zwar mit allen Mitteln, wenn nötig. Fast wünschte sie sich in diesem Moment, Orla würde es heute Nacht wieder versuchen. Sie registrierte, wie sich ihre Hände zu Fäusten ballten. Der Gedanke, ihre alte Lehrerin auf frischer Tat zu ertappen, war seltsam verlockend.

Sie sah ein letztes Mal über die Grabstätte, noch immer mit einem Gefühl der Fremdheit, aber wenigstens hatte sie hier wieder alles in Ordnung bringen können. Das Grablicht leuchtete wieder, als sei nichts gewesen und vervollkommnete die morbide Idylle. Stumm nahm Hazel für heute Abschied von diesem Ort.

Als sie den Weg, auf dem sie vor einer knappen Stunde hergekommen war, zurücklief, konnte sie förmlich dabei zusehen, wie die Schatten um sie herum immer dunkler wurden. Sie stiegen aus den hohen Bäumen in den Himmel empor und färbten den sterbenden Tag schwarz.

Von der tapferen Familie mit dem kleinen Nachwuchsgärtner war nichts mehr zu sehen. Natürlich. Niemand blieb an diesem Ort länger als nötig.

Was bedeutete es, dass Orla ausgerechnet hier ihre perfide Botschaft an sie platziert hatte? War es wirklich möglich, dass sie hinter alldem steckte? Wie hatte sie sich überhaupt sicher sein können, dass Hazel regelmäßig hierherkam?

Trotz aller offenen Fragen merkte Hazel, dass es ihr in diesem Moment gar nicht mehr so sehr um ihre alte Lehrerin ging. Ihre Gedanken drifteten ab. Sie wehrte sich gegen die Vorstellung, wer richtig trauere, müsse dafür auch regelmäßig auf den Friedhof kommen. Anfangs öfter, später war es gemeinhin akzeptiert, dass die Besuche seltener wurden.

In Wahrheit wollte sie ihr schlechtes Gewissen zum Schweigen bringen, das war ihr klar. Zugleich ärgerte sie sich aber darüber, dass sie solcherlei gesellschaftliche Konventionen überhaupt so nah an sich heranließ. Außerdem hatte sie gerade ganz andere Probleme.

Vielleicht wurde ihre alte Lehrerin auch einfach langsam wunderlich, zwang Hazel ihre Gedanken wieder in wichtigere Bahnen. Das wäre doch möglich. Sie kannte zwar Orlas wirkliches Alter nicht, aber grundsätzlich rechtfertigte es entsprechende Alterserscheinungen.

Geistige Verwirrung bei noch erhaltener körperlicher Fitness konnte manchmal seltsame Blüten treiben.

Dennoch überzeugte Hazel diese Erklärung nicht wirklich. Aber sie würde das Rätsel jetzt nicht lösen können. Vielleicht sollte sie sich lieber überlegen, wie sie Orla morgen auf alles ansprechen wollte.

Den Plan, heute noch zu ihr hinauszufahren, verwarf sie schnell wieder, denn ganz egal, wie sicher sie sich jetzt gerade ihrer Sache auch war, erschien es ihr doch sinnvoll, eine Nacht über alles zu schlafen. Sei es nur, um nicht im Affekt Fehler zu begehen.

Sie trat durch die große Ausgangspforte des Friedhofs in die Welt der Sterblichen und ihrer Herausforderungen zurück und lief geradewegs zur Bushaltestelle. Dort musste sie zum Glück nicht lange warten, bis ihre Linie kam, und erst als sie in die warme Geborgenheit des Busses stieg, merkte sie, wie kalt ihr schon eine ganze Weile war. Es war diese Art des Frierens, die nicht allein durch höhere Temperaturen gelindert werden konnte, auch das war ihr klar. Trotzdem tat es gut, sich in das weiche Polster des Sitzes sinken zu lassen und zu glauben, dass bald alles wieder gut sein würde.

Das Gedankenkarussell würde unweigerlich wieder an Fahrt aufnehmen, alles andere wäre höchst ungewöhnlich. Sie grinste schief, schließlich kannte sie sich in dieser Hinsicht nur zu gut. Aber vielleicht gelang es ihr ja für den Moment trotzdem, zu entspannen. Wenn sie nicht völlig falschlag, hatte sie die Tarnung ihres unbekannten Verfolgers – oder ihrer Verfolgerin – schon ein wenig gelüftet. Jetzt ging es darum, die Maske mit einem beherzten Ruck ganz herunterzureißen.

Das Vibrieren ihres Handys ließ sie zusammenzucken. So viel zu ihren gestählten Nerven. Egal. Sie zog es aus der Tasche und sah, dass eine WhatsApp-Nachricht von Elliott eingegangen war. Ihre Finger bebten, als sie das Smartphone entsperrte, um den ganzen Text zu lesen. Noch war die Vorstellung ungewohnt, dass ihr seltsamer Kollege nicht mehr ganz so prominent im Kreis der Verdächtigen stehen sollte.

Hey, Hazel-Maus, alles klar bei dir? Habe eben mit Jenny gesprochen, wie geht's dir denn?

Hazels Herzschlag beschleunigte sich, aber dieses Mal wehrte sie sich bewusst gegen das Gefühl, dass Elliott ihr irgendwie nachstellte. Er zeigte schließlich einfach nur kollegiales, oder besser gesagt freundschaftliches Interesse und lieferte ihr somit keinerlei Grund für ihre fast schon paranoide Reaktion.

Ein weiteres Vogelgezwitscher, als eine neue Nachricht eintraf.

Hoffentlich gut, weil ... Du fehlst hier!

Dahinter folgte ein Küsschen-Smiley.

Hazel hielt inne. Elliott und sie hatten nicht nur noch nie WhatsApp-Nachrichten miteinander ausgetauscht, ihr kam dieser Zusatz, wenn sie ehrlich war, auch viel zu vertraulich vor. Oder war sie einfach nur spießig und nicht up to date, was die Verwendung der gelben Emojis anging? Das war sehr gut möglich. Auf Instagram, wo sie gezwungenermaßen etwa einmal in der Woche aktiv war – was in ihrem Fall hieß, dass sie ein

Bild aus dem Theaterumfeld postete und eventuell eingegangene Kommentare likte –, wurden schließlich auch ständig Herzchen und Küsschen-Smileys vergeben. Sie sollte das also nicht überinterpretieren.

Hi, danke der Nachfrage. Ich komme morgen oder übermorgen wieder. Viele Grüße, H.

Sie fügte noch einen unverfänglichen Zwinker-Smiley hinzu und gab die Antwort frei. Einen Moment wartete sie ab, ob Elliott noch etwas schrieb, und schob das Handy dann, nachdem das nicht der Fall war, wieder in ihre Tasche zurück.

Dieser kleine Austausch hatte sie jedoch wieder an morgen erinnert. Wie sollte sie das Ganze angehen? Es war klar, dass sie Orla mit ihrem Verdacht konfrontieren und Antworten fordern musste. Aber sollte sie nicht auch wieder zur Arbeit gehen? Ihr Gewissen meldete sich zuverlässig zu Wort. Doch sie war sich nicht sicher. Heute Vormittag hatte sie wirklich neben sich gestanden und war zu nicht viel zu gebrauchen gewesen. Auch für die Vorstellung heute Abend konnte sie es vertreten, nicht zu kommen. Schließlich war das ja alles auch mit Jenny abgesprochen.

Aber morgen? Es fühlte sich nicht gut an, ihre privaten Probleme über die Arbeit zu stellen. Normalerweise kam das für sie nicht infrage. Auf der anderen Seite hatte sie, gerade im vergangenen Jahr, unzählige Male ihre Gesundheit in den Hintergrund geschoben, nur um eine Vorstellung zu retten. Trotzdem war ihr nicht wohl dabei.

Wenn sie diese Sache mit Orla jedoch klären und einen Schlussstrich unter die Vorkommnisse der letzten Zeit ziehen konnte, würde das am Ende auch ihrem Spiel zugutekommen. Oder redete sie sich das nur ein? War es vielleicht nur eine willkommene Ausrede? Sie fühlte sich wie eine Betrügerin, als sie erneut das Handy hervorzog und ihre erste WhatsApp-Nachricht überhaupt an Jenny schrieb.

Liebe Jenny, noch mal ganz herzlichen Dank für deine Hilfe. Wäre es möglich, dass du mich auch morgen noch vertrittst? Zur Probe übermorgen wäre ich dann wieder da. Falls es nicht passt, kein Problem. Sag einfach Bescheid. Viele Grüße, Hazel.

Nach kurzem Überlegen fügte sie einen winkenden Smiley hinzu und schickte den Text ab.

Da sie an der nächsten Haltestelle aussteigen musste, wartete sie Jennys Antwort nicht ab, bevor sie das Handy wegsteckte. Ihr war aber auch klar, dass ihre Kollegin eine solche Bitte niemals ausschlagen würde. Ihr Gewissen zwickte wieder, und sie hoffte, dass Jenny sich in ihrem Berufsleben nicht zu sehr ausnutzen lassen würde. Hazel nahm sich vor, gleich bei ihrer Rückkehr die umgekehrten Vertretungen mit ihr auszumachen. Ihr Gewissen erleichterte dieser Vorsatz allerdings nur ein kleines bisschen.

Auf dem Weg durch den nur schummrig beleuchteten Stadtwald überlegte Hazel, was sie nun mit der unerwarteten freien Zeit heute Abend anstellen sollte. Was hatte sie vor Kurzem noch gedacht? Mit einer Decke und einem Buch entspannen, das wäre schön. Vielleicht versuchte sie das nachher einfach mal. Auch wenn sie sich nicht vorstellen konnte, momentan die nötige Konzentration dafür aufzubringen. Nicht, bevor sie die morgige Konfrontation mit Orla hinter sich gebracht haben würde.

Der erste Blick auf ihr Haus war heute wieder etwas weniger von Anspannung begleitet, verglichen mit den Tagen kurz nach der Lichtattacke. Hazel hoffte, das würde auch in den Stunden bis Sonnenaufgang so bleiben. Immerhin stand ihr noch eine Nacht bevor.

Eigentlich sollte sie Villem anrufen, überlegte sie, als sie die Haustür aufschloss. Ihm alles erzählen. Aber er würde sich nur umsonst um sie sorgen, wenn er erfuhr, dass sie aus vermeintlich gesundheitlichen Gründen nicht bei der Arbeit war. Außerdem hatte sie das unbestimmte Gefühl, diese Sache selbst klären zu müssen. Auf keinen Fall wollte sie als die Frau dastehen, die, sobald ihr Mann mal außer Reichweite war, begann, Gespenster zu sehen. Lieber würde sie es mit eventuellen Spukgestalten aufnehmen.

Sie war fest entschlossen, sich nicht länger Angst einjagen zu lassen!

Es gelang ihr sogar ganz gut, den Abend und vor allem die Ruhe, zu genießen. Natürlich hatte sie vorher jedes einzelne Zimmer kontrolliert, die Rollläden im Wohnzimmer manuell heruntergefahren und sich vergewissert, dass die Kellertüren abgeschlossen waren. Dann aber hatte sie sich, fast schon aus einem Pflichtgefühl heraus, bemüht, zu entspannen. Was wie ein Gegensatz klang, hatte überraschenderweise einigermaßen gut funktioniert.

Aus dem Stapel ihrer ungelesenen Bücher hatte sie sich den ersten Band einer das vergangene Jahrhundert umspannenden Familiensaga herausgesucht und war fast zwei Stunden in der Geschichte versunken. Mit zunehmender Müdigkeit drang allerdings doch der ein oder andere Gedanke an den morgigen Besuch bei Orla in ihr Bewusstsein. Wie sollte sie das Gespräch beginnen? Wie konnte sie sicherstellen, dass ihre alte Lehrerin nicht, wie so oft, den Spieß einfach umdrehte? Sie durfte sich auf keinen Fall verunsichern lassen, und sie sollte heute zur Abwechslung einmal früh schlafen gehen. Seufzend legte sie das Buch zur Seite, ohne Hoffnung darauf, in den nächsten Tagen nennenswert weiterlesen zu können.

Das Haus lag in tiefer Dunkelheit, und die Stille machte Hazel fast nervös, als sie durch das nur schummrig beleuchtete Treppenhaus ins obere Bad lief. Nachdem sie sich bettfertig gemacht und ins Schlafzimmer zurückgezogen hatte, schob sie erneut die improvisierte Türsicherung in Form des halbhohen Schränkchens unter die Klinke. Dennoch verspürte sie einen Unterschied. Heute war sie viel ruhiger. Sie hatte sich gegen die Angst entschieden, und falls tatsächlich Orla ihre Finger im Spiel haben sollte, wäre sie der Bedrohung zumindest körperlich überlegen.

Auch wenn diese Überlegung ihre Sorge nicht zu hundert Prozent stumm stellte, war Hazel doch längst nicht mehr so paralysiert wie gestern Nacht. Sie war nicht hilflos, und das zu verstehen war äußerst wichtig!

Während sie im Bett lag und darauf wartete, dass der Schlaf ihre Gedanken ausschaltete, ging sie verschiedene Szenarien der anstehenden Konfrontation durch.

Allen gemein war, dass sie die Oberhand behielt. Das war entscheidend und …

Irgendwann hatten die Gedankenkreise sie in einen tiefen, traumlosen Schlaf gezogen. Fast war sie verwundert, als sie am nächsten Morgen frisch und ausgeruht aufwachte. Eine gute Ausgangslage für das, was heute anstand.

Ein schneller Blick zu dem Schränkchen bestätigte, dass niemand versucht hatte, in das Privateste ihres Hauses einzudringen. Das war gut. Sie zog ihr Handy, das wie immer auf dem Nachttisch neben ihr lag, zu sich und tippte nach kurzem Überlegen eine Nachricht an Villem. Dieses Mal ging sie nicht sparsam mit Herzchen und Küsschen-Emojis um und hoffte insgeheim, dass er nicht zurückrufen würde. Sie konnte nämlich nicht garantieren, dass sie dann nicht doch schwach werden und ihm von den neuesten Vorkommnissen erzählen würde, wenn sie seine Stimme hörte.

Nein, so war es unter diesen Umständen am besten. Es war wichtig, dass sie fokussiert auf den besonderen Besuch blieb, den sie heute zu erledigen hatte.

Während sie sich schnell fertigmachte, spürte sie eine kribbelnde Nervosität in sich aufsteigen. Aber das war nicht unbedingt negativ. Sie fühlte sich eher aktiviert und hellwach. Was ja nur von Vorteil sein konnte.

Zur Stärkung frühstückte sie heute vernünftig und bestrich die duftenden Toastbrotscheiben zusätzlich zu der salzigen Butter noch mit Aprikosenkonfitüre. Als sie gegen Ende der Mahlzeit überlegte, was sie noch Dringendes zu tun hatte, bevor sie aufbrechen konnte, wurde ihr bewusst, dass sie gerade im Begriff war, die Aufgabe des Tages aufzuschieben.

Nichts würde dadurch besser werden, ermahnte sie sich. Dass sie daran scheiterte, über die ersten zwei, drei Sätze hinaus das Gespräch mit Orla zu planen, war vollkommen normal. Sie würde in der Situation einfach flexibel reagieren müssen und, wiederholte sie ihr ewiges Mantra, das auch schaffen!

Mit dem stärker werdenden Gefühl, nicht ausreichend vorbereitet zu sein, machte sie sich fertig und brach wenig später auf. Während der Busfahrt ging sie die verschiedenen Botschaften, die sie im Theater und zu Hause erreicht hatten, wieder und wieder durch. Wenn sie es schaffte, ihre Angst in Wut zu verwandeln, konnte sie Orla gleich ganz anders gegenübertreten.

Trotzdem waren ihre Knie zittrig, als sie an der Zielhaltestelle die großen Stufen des Busses hinabstieg. Egal, das würde sich gleich geben, sprach sie sich Mut zu. Ihr Atem stand in weißen Wölkchen vor ihrem Gesicht, als sie sich auf das letzte Stück des Weges zu Orlas Hexenhaus machte.

Hier war sie, die letzte Kurve. Hazel musste daran denken, wie sie ihre alte Lehrerin vor gar nicht so langer Zeit erstmals wieder besucht hatte. Niemals hätte sie sich damals vorstellen können, wie sich die Dinge einmal entwickeln würden. Gleich würde der Weg den Blick auf das Haus freigeben.

Doch was war das?

Noch vor dem Ende der Kurve wurde Hazels Blick von einem seltsamen bläulichen Flackern am herbstgrauen Himmel abgelenkt. Kalte Angst schoss wie eine ätzende Säure in ihren Magen. Die Welt wurde schlagartig totenstill, und sie schien in ein Vakuum gesogen zu werden.

Als das tosende Rauschen in ihren Ohren einsetzte,
ahnte sie längst, was passiert sein musste.

Kapitel 39

Wie in Trance näherte Hazel sich der grausamen Kulisse, hypnotisch angezogen vom Zentrum der verrückten Szenerie.

Alles um sie herum war weichgezeichnete Belanglosigkeit, die Realität ein unwirklicher Rahmen, durch den Hazel in das Bild trat und Teil des Motivs wurde. Ob sie wollte oder nicht, und obwohl sich alles in ihr dagegen sträubte.

Etwas lag dort vorne auf dem Boden, und sie wusste ganz genau, was es war … was es sein musste. Auch wenn es keinen Sinn ergab.

»Stopp, bitte! Bleiben Sie stehen!«

Die Worte verfingen sich in der klebrigen Luft. Sie drangen nur verzögert und irrwitzig gedehnt, zu ihr durch, und sie wusste, dass sie unwichtig waren.

»Sie können hier nicht weiter. Hören Sie!«

Hazel sah auf ihren Arm hinab. Erst jetzt spürte sie die behandschuhte Hand, die sie mit festem Griff am Weiterlaufen hinderte. Sie blieb stehen, während ihr Blick den Tatort vor ihr scannte. Stumm. Denn für das hier gab es keine Worte.

Es war klar, was die dunkle Plane verbarg, die wenige Meter vor ihr auf dem Boden ausgebreitet worden war. Hazel hatte Gewissheit, denn das Erste, was sie gesehen hatte, waren die charakteristischen lilafarbenen Pfauenfederpantöffelchen gewesen. Wie im Film tauchte jetzt vor ihrem inneren Auge Orla auf, wie sie bei ihrem ersten Treffen auf den zierlichen, hochhackigen Schuhen durch ihr Haus geschwebt war. Diese kleine Vorstellung war fest in Hazels Erinnerung verankert und sie würde nie wieder geschehen. Denn heute hatte jemand ihre alte Lehrerin für immer zu Fall gebracht.

Orla war tot.

»Bitte kommen Sie ein Stück zurück. Es gibt hier nichts zu sehen«, drangen die Worte einer Polizistin jetzt klarer an Hazels Ohr. Der Druck an ihrem Oberarm verstärkte sich, und sie stolperte einige Schritte rückwärts. Sie konnte ihren Blick nicht abwenden. Erst als sich ein Kollege der Polizistin in ihr Sichtfeld stellte, gelang es ihr.

Die Beamten waren real, und das, was hier geschehen war, musste es ebenfalls sein.

»Kommen Sie, wir gehen ein Stück weiter«, sagte die Polizistin. Ihr Griff hatte sich gelockert und war jetzt eher fürsorglich, wenn man solche Nuancen überhaupt wahrnehmen konnte. Warum dachte sie darüber überhaupt nach? Hazel schüttelte leicht den Kopf, folgte der Beamtin aber widerspruchslos.

»Kannten Sie Frau Klimatov?«, fragte die Polizistin sie, während sie in Richtung eines großen Autos liefen.

»Ja, ich ... Aber was ist denn passiert? Ich wollte ...« Hazel empfand ihre eigenen Worte als sinnlos und brach ab. Es war eindeutig, was vorgefallen sein musste. Zumindest das Ende der Geschichte lag hier, in Orlas Garten, deutlich vor ihr.

»Sind Sie eine Verwandte?«

Hazel mochte das Mitgefühl in der beharrlich weiterbohrenden Stimme nicht, obwohl sie wusste, dass sie ungerecht war.

»Nein, also ...« Sie straffte sich und atmete tief durch. »Orla ist ... war ... eine enge Freundin meiner Mutter. Also ...«

Sie waren inzwischen an dem Auto angekommen und setzten sich, wie auf ein geheimes Kommando hin, auf die äußerste Kante der Ladefläche. Die Polizistin hatte ihre Handschuhe abgestreift und Kuli und Notizblock aus einer ihrer Taschen befördert. Sie sah Hazel freundlich an.

»Würden Sie mir ein paar Fragen beantworten? Wir können das gleich hier vor Ort machen. Sie würden uns damit sehr helfen.«

Die Polizistin, Frau Meral, wie Hazel einem kleinen Schild am Revers der Jacke entnahm, lächelte kurz und aufmunternd, um ihren Worten das Floskelhafte zu nehmen, vermutete Hazel. Sie nickte. »Natürlich.«

»Also, Sie sagen, Sie kannten Frau Klimatov. Wann haben Sie sie denn zum letzten Mal gesehen oder gesprochen?«

»Wir hatten in letzter Zeit mehrmals Kontakt, nach einer längeren Zeit der Funkstille«, begann Hazel und erzählte eine ganze Weile, ohne, dass die Polizistin sie unterbrach.

»Mein Eindruck war jedenfalls, dass sie meine Pläne nicht unterstützen würde. Deswegen wollte ich eigentlich den Kontakt einschlafen lassen.«

»Eigentlich?«

»Das Ganze hat mir keine Ruhe gelassen. Irgendwie ...«

»Ja?«

»Es wäre mir einfach lieber gewesen, sie hätte mir ihren Segen gegeben«, brachte Hazel schließlich hervor. Was wohl irgendwie die Wahrheit war, aber natürlich war sie heute keineswegs aus diesem Grund hierhergekommen.

»Das verstehe ich.« Die Stimme der Polizistin hatte einen beinahe tröstenden Unterton angenommen. Hazel überlegte, ob sie mit dieser Methode Verbrecher dazu brachte, ihr mehr anzuvertrauen und sich vielleicht sogar zu enttarnen.

»Deswegen wollte ich sie heute noch einmal sprechen.« Hazel vertraute darauf, dass ihre Geschichte plausibel klang, und konnte nur hoffen, dass man sie ihr abnehmen würde.

»Gut, Frau Karelius, dann bräuchte ich noch Ihre persönlichen Daten. Nur für den Fall«, fügte die Beamtin hinzu, »dass sich von unserer Seite noch Fragen ergeben. Außerdem möchten wir gern auch noch mit Ihrer Mutter sprechen.«

»Oh, sie ...« Hazel stockte. Sie konnte es nicht aussprechen. Immer noch nicht.

»Sie sagten doch, sie sei mit Frau Klimatov befreundet.«

»Das stimmt. Sie ... meine Mutter ist ... war ...« Wenn die Beamtin ungeduldig wurde, überspielte sie es glaubhaft. »Sie lebt nicht mehr. Seit ein paar Monaten.« Hazel hoffte, nicht mehr dazu sagen zu müssen.

Frau Meral nickte langsam. »Mein herzliches Beileid. Das ist sicher schwer.« Ihr verständnisvoller Blick berührte Hazel. Sie sah schnell zur Seite.

Die Polizistin gab ihr die Zeit, sich zu sammeln, bevor sie ihre Kontaktdaten aufnahm. Danach brachte sie Hazel zur Straße, und alles, woran sie denken konnte, war, wie sie vor Kurzem, nach langer Zeit erstmals wieder, durch den belaubten Bogengang gelaufen war. Damals in entgegengesetzter Richtung und nervös vor der ersten Begegnung seit Jahren mit ihrer alten Lehrerin.

Sie bekam kaum mit, wie die Beamtin sich von ihr verabschiedete, und reagierte wie ferngesteuert. Plötzlich stand sie allein an der Straße, vor Orlas Gartentörchen, und wollte nicht, dass dieser letzte Vorhang fiel. Sie erhob sich auf die Zehenspitzen, um noch einen Blick auf die makabre Szene zu werfen ... um vielleicht verstehen zu können, was passiert war ... und zu begreifen, dass es real war ... dass es zu Ende war, und Orla dabei war, Erinnerung zu werden.

Natürlich konnte sie von hier aus nichts erkennen. Nicht nur, dass der Bogengang einen idealen Blickschutz bot, mit Sicherheit hatten die Polizisten mittlerweile auch dafür gesorgt, dass man den Tatort von der Straße aus nicht einsehen konnte.

Tatort? Wie kam sie darauf? Fundort war doch weitaus wahrscheinlicher, oder?

Hazel kannte das schon von sich. Kaum war sie aus der Situation, ploppten in ihrem Kopf jene Fragen auf, die sie eigentlich vorhin hätte stellen sollen.

Allen voran natürlich, was eigentlich passiert war und wann? Wer hatte die Polizei verständigt? Warum lag Orla vor ihrem Haus?

Dabei musste es sich ja keineswegs um ein Verbrechen handeln. Bestimmt war es einfach nur ein Zufall, dass ausgerechnet jetzt, wo Hazel fast täglich Bilder von vermeintlichen Tatorten und – ja, sie sollte es beim Namen nennen – von Leichen zugespielt wurden, ihre alte Lehrerin starb.

Das war ja durchaus möglich und nicht einmal unwahrscheinlich. Orla war in einem Alter, in dem man begann, Mythen darüber zu spinnen, und die wahre Zahl auf keinen Fall nannte. Weniger poetisch ausgedrückt, sie hatte einen Lebensabschnitt erreicht, in dem es jederzeit zu Ende gehen konnte. Auf vollkommen natürliche, wenn auch tragische Weise.

Hazel wurde bewusst, dass sie immer noch starr vor dem Gartenpförtchen stand. Auch wenn ihre Gedanken rasten. Sie sah ein letztes Mal in Richtung des Hauses.

Die Hex' ist tot!, schrillten die irren Kinderstimmen in ihrem Kopf, und sie begriff noch immer nicht, dass es jetzt stimmte.

Mit gerunzelter Stirn wandte sie sich ab und begann zu laufen. Die Bewegung würde ihr guttun, sie erden und wieder ins Hier und Jetzt zurückholen. Denn die ganze Sache blieb weiterhin unwirklich für sie. Hazel wurde das Gefühl nicht los, dass es noch nicht vorbei war. Der Vorhang war gefallen, aber er war Teil der Inszenierung. In Wahrheit hatte der unsichtbare Marionettenspieler die Vorstellung noch nicht für beendet erklärt.

Dazu fehlte noch eine Sache, und Hazel war sich sicher, dass sie nicht lange auf sich warten lassen würde. Die Frage war nur, wann und wo das Foto sie erreichen würde. Sie hegte keinerlei Zweifel daran, dass ihr in der nächsten Zeit eines zugespielt werden würde.

Ihr Verdacht, dass Orla hinter den bedrohlichen Botschaften stecken könnte, war zwar gerade so eindeutig, wie es nur möglich war, entkräftet worden, aber Hazels Entschlossenheit, den Täter oder die Täterin zu enttarnen und ihr perfides Spiel zu stoppen, wuchs mit jedem Schritt, den sie sich vom Haus ihrer alten Lehrerin und Mentorin entfernte.

Orla hatte sie und ihre Bühnenarbeit entscheidend geprägt und war über lange Jahre hinweg eine überaus zentrale Figur in ihrem, aber auch dem Leben ihrer Mutter gewesen. Dass sie nicht mehr existieren sollte, war daher unvorstellbar. Hazel wusste, dass sie es irgendwann begreifen würde und dann auch trauern konnte. Noch aber war ein anderes, unbekannteres Gefühl vorherrschend. Als der Täter das Ansehen ihrer Mutter beschädigt hatte, indem er seine schmutzigen Bilder und Nachrichten auf deren Grab platziert hatte, war er zu weit gegangen.

Schon jetzt konnte Hazel nicht mehr nachvollziehen, dass sie Orla diese Tat zugetraut hatte. Vielleicht war es insgeheim ihr Wunsch gewesen, dass es so einfach wäre. Vor ihrer alten Lehrerin hatte sie keine wirkliche Angst empfunden. Die Vorstellung, dass diese hinter allem steckte, hatte die Botschaften und die Fotos harmloser erscheinen lassen. Dass die abgebildeten Menschen tatsächlich tot sein sollten, hatte sie im gleichen Moment ausgeschlossen, in dem Orla in den Kreis der Verdächtigen gerückt war.

Hazel schritt hastig voran. Sie fühlte sich so stark, wie schon lange nicht mehr. Seltsam, denn eigentlich war die ganze Situation beängstigender geworden. Aber darüber wollte sie jetzt nicht nachdenken. Ihre Angst und Traurigkeit schienen sich tatsächlich in Wut zu verwandeln. Endlich.

Es funktionierte. Vielleicht auch, weil sie nichts mehr zu verlieren hatte? Den Bus nach Hause bestieg sie tief in Gedanken. *Wo war der rote Faden? Was verband die Botschaften miteinander? Welche Bedeutung hatten die anderen Vorkommnisse?* Sie konnte es kaum erwarten, nach Hause zu kommen und alles in Ruhe durchzugehen.

Dabei blitzte immer wieder die Szene vor Orlas Haus in ihren Gedanken auf, und sie versuchte, konsequent, das Grauen in Entschiedenheit umzumünzen. Sie handelte von nun an nicht mehr nur für sich. Jetzt ging es auch um ihre Mutter und um Orla.

Für den Moment klappte es. Es gelang Hazel, ihre Angst im Zaum zu halten und sich ganz auf das Ziel zu konzentrieren: den Täter – oder die Täterin – zu stellen und einer angemessenen Strafe zuführen!

Ihr war klar, dass es in Wahrheit um viel mehr ging. Sie glaubte nicht daran, dass ihr Leben in Gefahr war. Hätte der rätselhafte Verfolger ihr etwas antun wollen, wäre das längst geschehen. Offenbar testete er aus, wie weit er gehen musste, um sie so sehr zu verunsichern, dass sie ... ja, was? Das Theater verließ und Platz für andere machte? Möglich. Auch wenn ihr die Mittel hierfür irrwitzig und völlig unangemessen erschienen. Aber was wusste sie schon?

Augenscheinlich steckte ein kranker Mensch hinter alldem, der sogar vor Mord nicht zurückschreckte. Das war spätestens seit heute, seit sie Orla leblos am Boden hatte liegen sehen, klar. Wenn Hazel ehrlich war, war dies auch der eine Punkt, an dem ihre Theorie schwächelte: die Verhältnismäßigkeit. Aber darum würde sie sich später kümmern. Der Bus hielt jetzt an ihrem Ziel, der Straße am Stadtwald.

Vom Himmel schien eine schon tief stehende Sonne, deren Strahlen nur an einigen Stellen durch die grauen Wolken drangen. Im Dämmerlicht lief sie ein Stück die einsam daliegende Straße entlang und dann in den Wald hinein. Sie ließ die kühle, saubere Luft in ihre Lungen strömen. Der kurze Spaziergang tat gut und sie bedauerte es fast, so bald schon den Waldrand erreicht zu haben. Bei Tag schien der Weg zu ihrem Haus noch kürzer zu sein. Jetzt gleich würde sie es im Blick haben, aber wie beim letzten Mal, würde sie keine Angst verspüren. Kein ungutes Gefühl im Magen haben, denn sie würde in diesem makabren Spiel nicht länger die Rolle der Verfolgten übernehmen.

Fast hätte ihr kleines Mantra funktioniert.

Es streckte erst die Waffen, als sie aus dem Wald hinaustrat und die dunkle Gestalt an ihrem Briefkasten erblickte.

Kapitel 40

Hazel hielt reglos inne.

Sie hatte zwar schon damit gerechnet, dass ihr auf dem ein oder anderen Weg wieder ein Foto zugestellt werden würde, aber dass es so bald und so direkt passieren würde, war doch unerwartet. Sie machte einige Schritte zur Seite und schob sich hinter einen großen Ast, soweit zum Waldrand hin, wie nur irgend möglich, in der Hoffnung, hier für die Gestalt nicht sichtbar zu sein, selbst aber mehr erkennen zu können.

Nach kurzem Überlegen holte sie ihr Handy aus der Tasche, entsperrte es, nahm den unheimlichen Besucher ins Visier der Kamera und zoomte heran.

Es war ganz still, nur ihr heißer Atem pulsierte in einem rastlosen Staccato. Weit und breit war niemand hier außer ihr und der Gestalt, die sie seit Tagen in einem morbiden Tanz immer näher zum Abgrund gezogen hatte ... die jede Grausamkeit ausgekostet, ihren kranken Plan unbeirrt weiterverfolgt und ihre Maske niemals gelüftet hatte. Bis heute.

Wie gebannt starrte sie weiter durch den Sucher der Handykamera, auch wenn sie längst Gewissheit hatte. Denn auch, wenn das Gesicht des ungebetenen Gastes nicht frontal im Bild war, verrieten ihn seine Statur und die wild in alle Richtungen abstehenden Haare. So, als sei er in einer Rolle gerade bis zum Äußersten gegangen.

Vielleicht hatte Elliott ja genau das getan.

In jedem Fall hatte er eine Grenze überschritten, indem er hierher, zu ihr nach Hause, gekommen war. Er gehörte in die Theaterwelt. In ihrem Privatleben hatte er nichts verloren. Ihn vor ihrem Haus zu sehen, war ein größerer Schock, als sie sich eingestehen wollte.

Hazel beobachtete, wie er in aller Seelenruhe am Briefkasten herumhantierte, dann etwas an seiner Tasche zurecht schob und schließlich einen Schritt zurücktrat. Sie veränderte den Zoom, den sie zunächst auf Elliotts Oberkörper ausgerichtet hatte, so, dass er in Gänze im Bildausschnitt erschien.

Jetzt sah er nach oben, wo er vielleicht das Schlafzimmer und darin sie vermutete, und ließ seinen Blick über die Hausfront wandern. Wie es aussah, hatte er es wirklich nicht eilig. Nach einer kleinen Ewigkeit senkte er den Kopf wieder und wandte sich von der Tür ab.

Der Schreck durchfuhr Hazel mit Verzögerung. Elliott war bestimmt ohne Auto unterwegs. Was, wenn er jetzt geradewegs auf sie und ihr provisorisches Versteck im Gebüsch zukam? Unwillkürlich versuchte sie, sich kleiner zu machen und tiefer in den lichten Wald zurückzuweichen, aber genau hier würde Elliott ja entlanglaufen.

Als sie wieder hinsah, gab es wenigstens in dieser Hinsicht Entwarnung, denn Elliott schlenderte die Straße in entgegengesetzter Richtung hinunter.

Was nun? Hazel verharrte in ihrem Versteck und überlegte. Was Elliott da eben im Briefkasten deponiert hatte, konnte sie sich schon denken, und auch, dass sie heute seine zweite Station war. Die erste war Orla gewesen.

Was sie überraschte, war seine Abgebrühtheit. Ganz offensichtlich war er sich seiner Sache sehr sicher. Wie sonst war es zu erklären, dass er keine Sorge hatte, am helllichten Tag und nur unzureichend – eigentlich gar nicht – getarnt, seine perfiden Botschaften zuzustellen? Immerhin hatte er davon ausgehen müssen, dass sie zu Hause war.

Aber wer sich zu sicher fühlte, beging nun mal Fehler, und sie war ihm jetzt einen Schritt voraus.

Nach einer Viertelstunde war sie sich sicher, dass Elliott nicht zurückkommen würde, daher verließ sie ihren spontanen Beobachtungsposten und lief auf das Haus zu. Weit und breit war niemand zu sehen, dennoch fühlte sie sich zittrig und hatte einen Kloß im Hals, wenn sie an Elliotts Mitbringsel dachte.

Sie würde als Erstes den Garten kontrollieren, einmal um das Haus herumlaufen und nachsehen, ob alles in Ordnung war. Dass diese vermeintlich rettende Idee das Unvermeidliche nur weiter hinauszögerte, war ihr durchaus bewusst, aber sie konnte im Moment einfach nicht anders. Sie war noch nicht bereit dazu, ihre alte Lehrerin im Tod auf ein Foto gebannt zu sehen. Vor Ort hatte die schwarze Plane sie immerhin vor dem schlimmsten Anblick verschont.

Vorbei an den Mülltonnen, folgte sie dem Plattenweg in den Garten hinein. Ein rascher Blick über die Kellertreppe ... alles ok. Dann weiter, vorbei an dem großen Apfelbaum, unter dem das gusseiserne Bänkchen Erinnerungen an romantische Spätsommerabende wachrief. *Der Kontrast könnte nicht größer sein*, dachte Hazel, als sie um die Hausecke lief. Die Schatten wurden bereits lang, an diesem grauen Novembernachmittag, und wiesen ihr den Weg. Linkerhand die großen Wohnzimmerfenster, zu ihrer Rechten die herbstlich kahle Wildblumenwiese, die sich bis zu der langen Reihe dunkler Tannen am Grundstücksende erstreckte. So weit erschien alles unverdächtig.

Aber sie wusste ja, wo sie nachsehen musste.

Vorher jedoch ließ sie ihren Blick noch einmal über die Wiese schweifen und beobachtete zwei Amseln, die aufgeregt im Boden nach Würmern pickten. Ihr war klar, dass sie es jetzt nicht mehr aufschieben konnte. Im gleichen Moment war einer der beiden Vögel tatsächlich erfolgreich, woraufhin der andere ihm seine Beute abspenstig zu machen versuchte. Hazel atmete tief durch und straffte sich. Vogel Nummer eins obsiegte und flog mit der Beute im Schnabel triumphierend davon. Sie wandte sich ab und lief um die andere Seite herum wieder vor das Haus.

Jetzt aber! *Es war albern, Angst vor einem Foto zu haben,* redete Hazel sich ein. Natürlich war der Anblick, der sie gleich erwartete, nicht schön, aber ihr würde schließlich nichts passieren.

Ihre Finger bebten, als sie nach dem Schlüsselbund griff und den kleinen Briefkastenschlüssel heraussuchte. Er war nicht ganz leichtgängig, das bekannte leise Kratzen, als sie ihn in das Schloss schob, nahm sie heute überdeutlich wahr. Im nächsten Moment klappte der Briefkastendeckel auf, und sie sah Elliotts Mitbringsel, verborgen in einem vermeintlich harmlosen weißen Umschlag.

Sie zog ihn heraus und war sich zuerst nicht sicher, ob sie das verstörende Bild im Haus ansehen oder den Schrecken lieber vor der Tür lassen wollte. Dann aber schob sich der Anblick der letzten Botschaft, gestern, auf dem Grab ihrer Mutter, vor ihr geistiges Auge und erinnerte sie daran, was jetzt wichtig war. Es konnte nicht sein, dass jemand das Ansehen ihrer Mutter derart beschmutzte, und egal, was sich in diesem Umschlag verbarg, es würde den Täter ... würde *Elliott* weiter belasten.

Gestärkt von dem Plan, Beweismittel sicherzustellen, stopfte sie den Brief in ihre Tasche und schloss die Haustür auf.

Drinnen angekommen, streifte sie eilig Mantel und Schuhe ab. Plötzlich konnte sie es kaum erwarten, den Umschlag zu öffnen. Nicht nur, weil sie den schlimmen Anblick hinter sich bringen wollte. Nein, sie war wie elektrisiert von einem Gedanken, der ihr Bewusstsein nur kurz gestreift hatte, und jetzt nicht mehr rückgängig zu machen war.

Ungeduldig riss sie den Umschlag auf. Dieses Mal lag das Bild wohl in einer Karte. Oder nicht?

Als Hazel ihren Irrtum bemerkte, lachte sie trocken auf. *Gute Besserung*, stand in durcheinanderpurzelnden Lettern auf der bunten Grußkarte, die sie jetzt herauszog und aufklappte.

Hey, Hazel-Maus, ich wünsche dir alles Gute und dass du bald wieder dabei bist! Du fehlst hier.
Elliott

Nur diese wenigen Worte, nicht mehr. Hazel runzelte die Stirn. Auf den ersten Blick konnte sie an der Nachricht nichts Bedrohliches erkennen. Vielleicht war es nicht ganz angemessen, nach nur einem Tag, den sie sich krankgemeldet hatte, schon eine Genesungskarte zu senden, beziehungsweise sie sogar persönlich vorbeizubringen. Erst einmal war das nicht mehr als eine nette, fürsorgliche Geste. Für sie aber fühlte es sich auf seltsame Art zu nah und zu persönlich an, und ihr war nicht ganz klar, was Elliott damit bezweckte.

Es sei denn ... wollte er vielleicht ganz gezielt von sich als Täter ablenken? Sich absichtlich ganz anders verhalten, als sie in dieser Situation vermutlich erwartete? Das durfte sie zumindest nicht ausschließen. Jetzt aber schob sie die Frage fürs Erste zur Seite. Denn gleich wollte sie sich die seltsamen Botschaften, die sie in der letzten Zeit so gehäuft erreicht hatten, endlich einmal ganz systematisch vornehmen, und dafür würde sie all ihre Konzentration brauchen.

Nach der obligatorischen Kontrollrunde durch das Haus zog sie sich also mit einem Stapel Karteikarten, einem Stift und Decke auf die Couch zurück. Sie schlang die Decke um ihre Schultern und überlegte. *Womit genau hatte alles begonnen?*

Die erste Nachricht – *Ich komme* – war mit Lippenstift auf ihren Schminkspiegel geschrieben gewesen.

Das war etwas über eine Woche her, und genau wie damals konnte sie sich auch heute noch vorstellen, dass diese Botschaft nichts mit alldem, was inzwischen gefolgt war, zu tun hatte. Nach wie vor erschien es Hazel viel wahrscheinlicher, dass Pia dahintersteckte.

Aber egal. Sie schrieb die zwei Worte auf eine der Karteikarten und platzierte sie oben links auf dem Couchtisch vor sich.

Die zweite Botschaft war schon kurz darauf erschienen und gehörte eindeutig zur ersten Nachricht.

Dich zu holen, schrieb sie auf die zweite Karteikarte.

Sie erinnerte sich gut an das Zettelchen, das penetrant nach Pias schwerem Parfum gerochen hatte, und das Elliott aus ihrem Pullover gepflückt und ihr überreicht hatte. Zusammen mit der ersten Nachricht würde sie diese Drohung eindeutig als typisches Theatermobbing abtun. Dasselbe galt für die Vorkommnisse mit den Rosendornen in ihrem Pullover und dem Chilipulver in ihrem Make-up. Dennoch hielt sie alles vorerst einmal fest.

Die Kärtchen auf dem Tisch vor ihr wurden zahlreicher und füllten sich mit ihren hingekritzelten Angaben. Bald unterschied sie zwischen einfachen Botschaften und solchen, die ihr im Zusammenhang mit einem Foto zugestellt worden waren.

Zwischendurch erhob sie sich und lief in die Küche, wo sie tief unten im Papiermüll das Skandalblatt entsorgt hatte, auf dessen Titelseite der tote Mann inmitten eines Berges an Plüschtieren und blutbesudeltem Kinderspielzeug prangte ... das Mordopfer, das auch schon eine Nebenrolle in ihren Albträumen übernommen hatte. Mit spitzen Fingern zog sie die Zeitung hervor und riss nach kurzem Überlegen die erste Seite heraus. Der Rest landete wieder im Müll, das verstörende Tatortbild aber nahm sie an sich.

Zurück im Wohnzimmer wurde ihr klar, dass sie eine weitere Unterscheidung treffen musste. Während die Botschaften sie anfangs noch ausschließlich im Theater erreicht hatten, fiel die Blütennachricht auf ihrem Wohnzimmerfenster aus diesem Muster heraus. Hazel wurde unbehaglich zumute. Diese Nachricht war nicht nur in vielerlei Hinsicht untypisch, sondern noch dazu eine Spur bedrohlicher.

Bald

Einfach nur dieses eine Wort, und doch hatte Hazel verstanden, dass der Täter ihr eine Schlinge übergeworfen hatte, und sie nun langsam, ganz langsam, immer weiter zuzog. Und danach? War die Botschaft verschwunden und sie sich nicht mehr ganz sicher gewesen. Sie erinnerte sich daran, dass es ihr an diesem Abend nicht gut gegangen war, und dass sie nicht verstanden hatte, wie jemand bei heruntergelassenem Rollladen die Blüten an ihrem Fenster hätte befestigen sollen. Außerdem hätte auch die Rollladensteuerung manipuliert sein müssen.

Hazel setzte die Blütenbotschaft in Klammern. Zu diesem Vorfall hatte sie einfach noch zu viele Fragen und war sich, wenn sie ehrlich sein sollte, mittlerweile unsicher, ob sie nicht überreagiert hatte. Aber selbst, wenn sie sich diese Botschaft eingebildet haben sollte, was sie trotz allem nicht glaubte, änderte das nichts daran, dass die Bedrohung näherkam, und immer nachdrücklicher wurde.

Mittlerweile dröhnte ihr Kopf. Sie merkte, dass sie mit den Karteikarten an eine Grenze kam, und versuchte, sich vorerst allein auf die Sätze zu konzentrieren. Die Frage, was es mit den grauenhaften Fotos auf sich hatte, schob sie für den Moment erst einmal nach hinten.

Sie ging die Nachrichten chronologisch durch und erschauderte. Tatsächlich war ihr nicht bewusst gewesen, wie perfekt sie zusammenpassten. So perfekt, dass
sie die Trennung in verschiedene Urheber eigentlich
nicht mehr aufrechterhalten konnte. So wie es aussah,
hatte jemand ein Netz über ihr berufliches wie ihr Privatleben ausgeworfen, dem sie nicht entkommen
konnte.

Allem neu gewonnenen Mut zum Trotz, musste Hazel
sich eingestehen, dass sie Angst hatte. War sie die
Nächste? Hatten die anderen Mordopfer vor ihrem Tod
ebensolche Botschaften erhalten?

Aber warum war ihre Mutter in all das mithineinge-
zogen worden? Ihre Gefühlswelt kippte. Sie sah wieder
das Grab vor sich. Die knochenbleichen Steine, die
höhnten *Dein Wunsch, ich weiß!*, und ihre Wut wurde
übermächtig, bis in ihr kein Raum mehr für Angst war.
Jetzt musste sie Prioritäten setzen. Schließlich konnte
sie doch ohnehin an nichts anderes mehr denken.

Für den Rest des Abends brütete sie mit neuer Entschlossenheit über den Botschaften und Fotos des unbekannten Täters.

Doch obwohl sie davon überzeugt war, dass er einen
ganz bestimmten Zweck verfolgte, kam sie kaum einen
Schritt weiter. Besonders die Tatortbilder konnte sie
überhaupt nicht einordnen. Sie erschienen ihr unverändert rätselhaft und sinnlos. Zugleich machte es sie
verrückt, zu wissen, dass da ein roter Faden sein
musste, der ihr aber verborgen blieb.

Mit zunehmender Müdigkeit drängten sich in ihren
Gedanken die Bilder des Tages wieder stärker in den

Vordergrund, und irgendwann wurde ihre Entschlossenheit von heftig aufflammender Traurigkeit torpediert.

Mit Orla war auch ein Teil ihrer Mutter ein zweites Mal gestorben.

Es war schwer, zu erklären, aber so sicher Mamuschka auf dem gesellschaftlichen Parkett unterwegs gewesen war, so still war es geworden, wenn die Lichter ausgingen. Privat hatte es immer nur sie zwei gegeben: Mutter und Tochter.

Aber ganz früher war manchmal Besuch da gewesen. Orla, die mit ihrer Mutter die russischen Wurzeln und einen stillen Lebensschmerz teilte, der niemals nach außen dringen würde. Jetzt, wo es zu spät war, erkannte Hazel, dass sie ihrer alten Lehrerin ganz andere Fragen hätte stellen müssen. Über ihre Mutter, darüber, wie diese als junges Mädchen gewesen war, über ihre Träume und Rückschläge, und wie sie so stark geworden war. Denn für sie war sie das immer schon gewesen, und es musste eine Zeit davor gegeben haben.

Die Gewissheit, jetzt keine Antworten mehr zu bekommen, trieb Hazel die Tränen in die Augen. Kurz ließ sie es zu, dann fasste sie sich wieder. Niemandem, und am wenigsten ihr selbst, war damit geholfen, wenn sie sich jetzt der Trauer hingab. Sie sollte sich vielmehr daran erinnern, dass es starke Frauen waren, die sie geprägt hatten. Es war also in ihr, auch, wenn sie das allzu oft nicht spürte. Jetzt aber war ihre Stärke mehr denn je gefordert. Der Fehdehandschuh lag zu ihren Füßen, und sie war im Begriff, ihn aufzuheben.

Mit diesem Gedanken glitt sie in einen unruhigen Schlaf voller wirrer Träume.

Kapitel 41

Das Vogelgezwitscher durchdrang die äußeren Schichten von Hazels Schlaf beinahe unbemerkt.

Noch ganz benommen tastete sie nach ihrem Handy. Villem war aber früh dran, oder hatte sie etwa verschlafen? Der Schreck machte sie sofort wacher. Sie hielt das Smartphone vor ihr Gesicht, entsperrte es und erkannte, dass es noch deutlich vor der Weckzeit war. Dann musste es wichtig sein, was Villem ihr sagen wollte. Vielleicht kam er ja früher nach Hause? Ein Teil von ihr wünschte sich nichts sehnlicher, während sie gleichzeitig lieber erst Licht in das dunkle Grauen bringen wollte, das gerade unerbittlich näherzukommen schien.

Was war das? Die Push-Nachricht des Messaging-Dienstes offenbarte eine ihr unbekannte Nummer als Absender. Sie runzelte die Stirn und öffnete die App. Obwohl sie hiermit eigentlich gestern schon gerechnet hatte, fuhren ihr die Worte durch Mark und Bein.

Freust du dich?

stand da, neben dem Link zu einer Bilddatei. Hazel spürte die altbekannte Bedrohung unmittelbar in ihrem Magen. Sie setzte sich hin, atmete tief durch und tippte auf den Anhang.

Wie zu erwarten, ploppte vor ihren Augen ein Tatortbild auf. Nur, dass sie in diesem Fall schneller als der Absender gewesen war und die Szenerie selbst, live vor Ort, betrachtet hatte. Offenbar wusste er davon nichts, was vielleicht beruhigend war. Das Foto zeigte jedenfalls nicht mehr, als Hazel bereits gesehen hatte.

Zu ihrer großen Erleichterung wurde ihr hier keine Nahaufnahme von Orlas Gesicht präsentiert, stattdessen standen die untere Hälfte der schwarzen Plane und Orlas charakteristische Pfauenfedern-Pantoffeln im Fokus des Bildes. Dazu noch Gerätschaften der Polizei am Bildrand, die offenbar der Beleuchtung des Tatorts dienten.

Ein Gedanke blitzte in Hazel auf, und sie reagierte geistesgegenwärtig. Anders als im Falle der bizarren Blütenbotschaft, machte sie sofort einen Screenshot. Wie richtig das war, zeigte sich nur wenige Sekunden später, als die komplette Nachricht, inklusive Foto, vom Absender wieder zurückgerufen wurde.

Wie unheimlich. Hazel fühlte sich augenblicklich beobachtet, obwohl ihr klar war, dass der Absender nach Erscheinen der zwei kleinen blauen Häkchen, die seine Nachricht als gelesen markiert hatten, gehandelt haben musste, und nicht etwa, weil er sie sehen konnte. Dennoch erschien ihr das, was gerade geschehen war, wie eine Art stumme Kommunikation. Sie fühlte sich unwohl und dem Täter näher als je zuvor. Ihr Herz klopfte in einem schnellen Staccato, wie um sie aus dem Bett zu scheuchen und sie gehorchte. Sie machte sich in Rekordtempo fertig.

Angekleidet fühlte sie sich schon ein wenig besser gewappnet. Auch wenn die neueste Botschaft *Freust du dich?* sie unaufhörlich beschäftigte. Wie schon der Satz *Dein Wunsch, ich weiß!*, der die letzte Ruhestätte und das Andenken ihrer Mutter beschmutzt hatte, brachten die Worte sie ganz persönlich in Zusammenhang mit einem heimtückischen Mord. Der Täter unterstellte ihr, sich über den Tod unterschiedlichster Menschen, die sie bis auf Orla noch nicht einmal gekannt hatte, zu freuen, und das machte alles irgendwie noch viel schlimmer.

Wahrscheinlich sollte sie das alles gar nicht so nah an sich heranlassen. Nur weil ein geistig nicht gesunder Mensch seine Freizeit ganz offensichtlich damit zubrachte, Tatortbilder zusammenzusuchen, und den Wunsch hatte, sie so zu quälen, hatte sie damit noch lange nichts zu tun. Selbst dann nicht, wenn ihr dieser Mensch, wie im Fall von Orla, bekannt gewesen sein sollte.

Heute würde sie jedenfalls wieder ganz regulär zur Arbeit gehen und auch wenn es seltsam sein würde, auf Elliott zu treffen, freute sie sich irgendwie auf die Ablenkung. Die Aussicht, etwas Konkretes zu tun zu haben, das Steuer für einige Stunden aus der Hand geben zu können, entlastete ihre überspannten Nerven.

Sie bereitete sich ein schnelles Frühstück zu, zog zwei warme, knusprige Brotscheiben aus dem Toaster und stellte den Teller auf das einzige Eckchen des Couchtisches, das noch frei von den eng beschriebenen Karteikarten des Vorabends war. Wenn sie am Nachmittag nach Hause kam, würde sie eine weitere Karte ergänzen müssen. Wieder glitten ihre Gedanken zu der aktuellen Nachricht *Freust du dich?* und der ewigen Frage, wer ihr das unterstellte.

Jetzt würde sie an diesem Punkt nicht weiterkommen, so viel war klar. Wenn sie aber an heute Nachmittag dachte, war sie gespannt, ob es bis dahin irgendetwas Neues geben würde, und ob der Kontakt zu Elliott und den anderen neue Informationen lieferte oder auf andere Weise irgendetwas veränderte.

Auf dem Weg zum Theater blieben ihre Versuche, sich abzulenken, erfolglos. Wenn sie ehrlich war, hatte sie das auch nicht anders erwartet, und es störte sie nicht einmal mehr besonders. Schließlich hatte sie allen Grund, sich Gedanken zu machen. Als sie durch die große Drehtür trat, war sie trotzdem froh, gleich ihre Kollegen zu treffen und ein Stück Kontrolle über alles erst einmal abgeben zu können.

Der Eingangsbereich war leer, da hatte sie aber einen seltenen Moment erwischt. Aus Gewohnheit grüßte Hazel in Richtung Pförtnerloge, erkannte aber gleich darauf, dass Johnny in ein Telefonat vertieft war. Offenbar war es wichtig, denn er hatte sich abgewandt und präsentierte ihr seinen Rücken. Vermutlich hatte er sie gar nicht bemerkt.

Es war ein völlig normaler Moment an einem durchschnittlichen Arbeitstag, und doch erkannte Hazel gerade fast schmerzhaft, wie sehr das Theater über die letzten Jahre zu einem Zuhause für sie geworden war. Besonders in dieser Jahreszeit, wenn es draußen kalt und unwirtlich war, zog es Besucher wie Schauspieler in eine warme Umarmung. Mitunter drückte es zu fest zu und drohte einen zu ersticken, aber niemals in böser Absicht. Es war die Leidenschaft, die es manchmal unmöglich machte, sich zu bremsen, und da waren sie alle, auf ihre jeweilige Art, gleich.

Hazel wusste nicht, wo diese Gedanken jetzt gerade herkamen. Aber sie erkannte, dass sie das Gefühl ernst nehmen musste. Denn es würde nicht verschwinden, ganz egal, wie sie in nächster Zukunft entschied.

Ein paar Hundert Mal war sie den Weg zur Künstlergarderobe schon gelaufen, aber nur selten war sie so kribbelig gewesen. Etwas schien in der Luft zu liegen, aber vielleicht lag es auch nur an ihrer Wahrnehmung, die nach den neuesten Vorfällen geschärft und hochaktiv war. Sie erreichte den Eingang, sammelte sich für einen atemlosen Moment und schob dann energisch die Tür auf.

Wie in einem Bienenstock brummte der Raum vor Geschäftigkeit. Viele der anderen waren bereits da und bereiteten sich auf die Probe vor. Was wiederum den Austausch von aktuellem Klatsch und Tratsch miteinschloss. Vielleicht sollte sie ...

»Na, Hazel-Maus, hast du euer gemeinsames Krankenlager schon wieder verlassen?«, drang Pias schrille Stimme unangenehm laut an ihr Ohr, kaum, dass sie den Raum betreten hatte. Hazel verspannte sich augenblicklich.

»Wie bitte?«

Natürlich hatte sie es gleich bemerkt. Pia verwendete den Namen für sie, der eigentlich Elliott vorbehalten war, und den Hazel im Übrigen auch bei ihm unpassend fand. Was meinte Pia mit *gemeinsamem Krankenlager*?

»Es reicht jetzt mal, Pia!«, unterbrach Elliott die Szene. Er musste alles beobachtet haben und gleich zu ihr rübergekommen sein, so schnell, wie er einschritt. Aber es funktionierte. Überrascht beobachtete Hazel, wie Pia widerspruchslos das Feld räumte und sich geschlagen gab. Das war zuvor noch nicht vorgekommen. In einem analytischen Winkel ihres Gehirns registrierte Hazel, dass Elliott besondere Macht über die Kollegin hatte.

»Sie ist nur eifersüchtig«, erklärte er nebenbei, so als spiele es keine Rolle. »Aber jetzt sag mal, wie geht es dir denn? Bist du wirklich schon wieder fit?«

Die Sorge in seiner Stimme hätte gutgetan, wäre Hazel nicht innerlich in Habacht-Stellung. Aber das würde sie sich natürlich nicht anmerken lassen.

»Ja, danke. Auch für deine Karte«, antwortete sie und ergänzte schnell: »Das wäre doch nicht nötig gewesen.« Floskeln, die harmlos waren, sie aber auch nicht weiterbrachten.

»Ach, ich finde schon.« Elliott lächelte. »Weißt du, ich habe dich schon vermisst.«

Oh je. Hazel nahm ihm das durchaus ab, und es fühlte sich nicht gut an. Ihren Plan würde sie trotzdem weiterverfolgen. Sie war heute nicht nur zum Arbeiten hier.

»Wie wäre es«, begann sie, »wenn wir heute endlich die lange versprochene Mittagspause zusammen verbringen?«

»Wieder im *Goethe*?«, fragte Elliott strahlend.

»Wo du willst«, antwortete Hazel und erwiderte sein Lächeln ein bisschen weniger intensiv. »Aber jetzt müssen wir uns, glaube ich, langsam sputen. Jedenfalls ich.« Sie deutete mit einer lustigen Grimasse auf Mantel und Tasche und verschwand zu ihrem Schminktisch.

Aus dem Augenwinkel sah sie gerade noch, wie Elliott, der Spinner, sich in einer dramatischen Geste an sein Herz griff, dann die Schultern zuckte und in die entgegengesetzte Richtung davonging.

Als Hazel wenig später zur Probenbühne lief, schloss Elliott auf, sagte jedoch nichts. Sie überlegte gerade, wie seltsam es war, dass sie seine Nähe einigermaßen entspannt hinnehmen konnte. Jedenfalls wenn man berücksichtigte, welche Rolle er in ihren Gedanken und Ermittlungen in den letzten Tagen eingenommen hatte. Was das bedeutete, und ob es überhaupt von Belang war, konnte sie nicht einschätzen.

Verbarg sich hinter seiner Fassade tatsächlich ein skrupelloser Stalker?

Ihre Überlegungen wurden unterbrochen, als sie die Probenbühne betraten. An der Seite stand Johnny bei Aléjandro. Er hatte den Kopf gesenkt, wirkte bekümmert, und sprach in leisem Ton mit dem Regieassistenten. Hazel wusste sofort, dass etwas nicht stimmte. Ebenso sicher betraf sie der Vorfall, oder was es sein mochte, jedoch nicht persönlich, daher ging sie weiter, als ob nichts wäre. Dass Pia darauf zu warten schien, mit Aléjandro zu sprechen, mochte ebenfalls dazu beitragen, dass Hazel sich von der kleinen Szene abwandte.

Gleich hatte sie noch genug mit der Kollegin zu tun, wobei dann immerhin die Texte vorgegeben waren.

Die Probe nahm ihren Lauf. Vanessa war wie immer falsch und versprühte ihr Gift beständig in Richtung Christiane. Dabei fand zwischen Hazel und Pia keinerlei Kommunikation statt. Beide hatten ihre Rollen wie Rüstungen übergestülpt, und keine Regung, kein Blick, war privat oder wich von dem Vorgegebenen ab. Das funktionierte jeden Tag, in jeder Probe und Aufführung so, dafür waren sie Profis genug.

Heute aber schien Pia irgendwie durcheinander zu sein. Hazel konnte nicht sagen, ob es an der Rüge von Elliott vorhin lag, nach der sie, fast wie ein geprügelter Hund, abgezogen war. Eindeutig war jedoch etwas anders als sonst. Pia kam ins Stocken, übersprang eine Textstelle, und kurz vor der Pause, als Hazel einen längeren Part hatte, verzog sich ihr Gesicht plötzlich, und sie konnte gerade noch die Hände vors Gesicht schlagen, um ihre Tränen zu verbergen. Im nächsten Moment lief sie wortlos von der Bühne und ließ Hazel und die anderen ohne Erklärung stehen.

Aléjandro reagierte gelassen. Er läutete eine vorgezogene Pause ein und verließ ebenfalls den Raum.

Ein Tuscheln erhob sich, bei den anderen war die Verwunderung groß. Aufgeklärt wurde der Vorfall allerdings nicht, aber nach der Pause übernahm Aléjandro die Einsätze der Vanessa.

Während Hazel ihre Rolle über die Bühne brachte, ließ sie Pias Zusammenbruch nicht los. Man konnte der jungen Kollegin einiges vorwerfen, dass sie jedoch unprofessionell war oder sich nicht im Griff hatte, gehörte ganz sicher nicht dazu. Konnte es sich um eine verzögerte Trauerreaktion handeln? Es war schon bemerkenswert, wie schnell Pia nach dem tragischen Tod ihrer Eltern wieder zur Arbeit gekommen war. Vielleicht hatte ihre Beherrschung früher oder später in sich zusammenbrechen müssen.

Hazel war weder Psychologin noch Ärztin, aber dass es nicht gesund sein konnte, sich selbst emotional derart zu überholen und weiterzumachen, als sei nichts geschehen, konnte sie sich schon vorstellen.

So abgebrüht war nicht einmal Pia.

Kapitel 42

Pias seltsames Verhalten war ein willkommenes Einstiegsthema, als Hazel sich wenig später zusammen mit Elliott auf den Weg zum Café machte.

»Wie kam sie denn überhaupt auf diese, na ja, ungewöhnliche Begrüßung?«, wagte sie sich vor, als sie das Theater einige Schritte hinter sich gelassen hatten.

»Meinst du wegen der *Hazel-Maus*?« Elliott warf ihr einen schnellen Blick zu. »Das darfst du nicht so ernst nehmen. Sie ist einfach eifersüchtig und kann nicht damit umgehen, wie es zwischen uns ist.«

»Hmhm.« Hazel gab sich gelassen, während sie in Wahrheit hochinteressiert an dem war, was Elliott da gerade so nebenbei gesagt hatte.

»Sie ist es nicht gewohnt, nicht mehr im Mittelpunkt meiner Aufmerksamkeit zu stehen. Auch wenn sie es endlich mal kapieren könnte. Aber ...« Er verlangsamte seine Schritte und sah sie an, bis sie den Blick erwiderte. »... das soll uns doch nicht stören.«

»Äh, ja. Also, nein. Stimmt.« Das Gespräch steuerte zielsicher in emotionale Untiefen, die Hazel am liebsten vermieden hätte. Andererseits würde sie im weiteren Verlauf klüger werden, was ihren Kollegen und seine Absichten betraf. Auch wenn sie jetzt schon begann, sich unwohl zu fühlen.

Das letzte Wegstück zum *Goethe* legten sie schweigend zurück. *Dabei konnten die Hoffnungen und Absichten zwischen ihnen vermutlich nicht unterschiedlicher sein*, dachte Hazel.

Sie hoffte, Elliott würde nicht genervt reagieren oder gar dichtmachen, wenn sie das Thema Pia noch einmal anschnitt. Aber der rosa Elefant, der es sich mitten im Raum bequem gemacht hatte, musste ihre Frage rechtfertigen.

»Hast du eine Idee, was das vorhin war? Während der Probe?«

Elliotts Züge umwölkten sich. Er schien mit sich zu hadern und offenbarte dadurch umso deutlicher, dass er mehr wusste.

Hazel wartete einen Moment und versuchte es dann noch einmal. »Ich habe nur mitbekommen, dass auch Johnny zu Beginn der Probe ziemlich niedergeschlagen wirkte. Aber das kann natürlich Zufall ...«

»Nein!«, fuhr Elliott unerwartet heftig auf. »Entschuldige. Es ist nur ... eigentlich müsste ich das wahrscheinlich für mich behalten. Aber, ich meine, was soll's. Die Vögelchen werden es sowieso bald schon von den Dächern und durch die Flure flöten.« Er gestikulierte seltsam hilflos. Der Versuch, das offenbar noch geheime Thema herunterzuspielen, ging gründlich schief.

Hazel gab ihm die Zeit, die er brauchte. Es war klar, dass Elliott darüber sprechen würde, jetzt, wo er einen Anfang gemacht hatte.

»Es ist wegen Alexander Miller. DEM Alexander Miller«, begann er.

Dem bekannten Schauspielagenten? Das war unerwartet. Hazel wartete neugierig ab.

»Er ist tot und die Polizei ermittelt. Vermutlich keine natürliche Todesursache.« Er fuhr zusammen und senkte seine Stimme, als die freundliche Servicekraft ihre Getränke zwischen sie stellte.

»Und wegen Pia ... Miller ging bei ihren Eltern ein und aus.«

Hazel nickte. Sie erinnerte sich daran, dass Pia betont beiläufig so etwas erwähnt hatte. Sie alle waren beeindruckt und viele von ihnen wohl auch schlicht neidisch gewesen. Wer dermaßen hoch dosiertes Vitamin B besaß, hatte die besten Karten, es in der Branche weit zu bringen. Pia allerdings war das bisher nicht gelungen. Aber Elliott war noch gar nicht fertig.

»So war es wohl nur eine Frage der Zeit. Ich meine, unattraktiv ist Pia ja nicht und jung noch dazu, sie passte perfekt in Millers Beuteschema.«

»*Was*?« Hazel riss die Augen auf. »Du meinst, da war mehr zwischen den beiden?«

»Yap!«

»Ja aber, ich meine, ihre Eltern ... haben die nicht ...?«

Elliott schüttelte den Kopf und schürzte die Lippen. »Nope. Sie hätten vielleicht behauptet, ihrer Tochter ihre Freiheit zu lassen. In Wahrheit waren sie wohl einfach nicht daran interessiert.«

In Hazels Ohren klang das schlimm. Sie begann zu verstehen, warum Pia so geworden war, wie man sie heute kannte.

»Dabei müssen sie gewusst haben, dass Miller wechselnde, nur lose Bekanntschaften pflegte. Pia war eine von ihnen.«

»Nur eine von vielen«, ergänzte Hazel leise.

»Aber eine, die dumm genug war, ihr Herz ins Spiel zu bringen.«

Hazel war negativ überrascht von dem harten Ton, den Elliott in seine Stimme legte. Es war offensichtlich, dass er und Pia einander Verletzungen zugefügt haben mussten, die noch lange nicht verheilt waren.

»Weißt du ...« Sofort klang Elliott wieder weicher. »Ich würde viel lieber über angenehmere Themen sprechen.« Seine Hand wanderte zur Tischmitte, in Richtung ihrer Hand.

Vermeintlich zufällig nahm Hazel im gleichen Moment schnell ihre große Cappuccino-Tasse hoch und tat so, als genieße sie es, ihre Hände daran zu wärmen.

Wenn Elliott enttäuscht war, ließ er es sich zumindest nicht anmerken.

»Ich habe mich sehr gefreut, dich heute wiederzusehen. Aber geht es dir denn auch wirklich schon gut genug?« Sein besorgter Blick ging ihr irgendwie zu nah, besser konnte Hazel es nicht erklären. Jedenfalls verspürte sie das dringende Bedürfnis, einen weniger bedeutenden Ton in ihr Gespräch zu bringen.

»Ja, klar. Ich bin wieder fit. Aber sag mal, was meinte Pia denn mit *gemeinsamem Krankenlager*?«

»Oh, das. Nichts Besonderes. Ich habe mich gestern nicht so richtig wohlgefühlt ...«

Ach! Daran, zu ihr zu fahren, die Karte einzuwerfen und wer weiß was noch zu tun, hatte diese Unpässlichkeit aber nichts geändert. Hazel machte sich eine innere Notiz.

»... und mich für den Tag herausgenommen. Willkommenes Futter für Pias verdorbene Fantasie!« Elliott versuchte ein schiefes Grinsen.

Hazel nickte erneut und überließ Elliott vorerst das Feld. Aus ihrer Sicht hatte sich das Treffen jetzt schon gelohnt.

Als sie später auf dem Weg nach Hause war, rief sie sich die wichtigsten Infos, die die gemeinsame Pause mit Elliott ihr geliefert hatte, noch einmal in Erinnerung.

Erstens: Alexander Miller war tot. Zweitens: Elliott hatte offensichtlich kein Interesse daran, die Beziehung mit Pia vor ihr geheim zu halten. Drittens: Elliott hatte sehr wohl ein Interesse daran, sich ihr anzunähern. Viertens: Pia war zutiefst verletzt. Von Miller, von ihren Eltern und nicht zuletzt von Elliott. Wie schon vor Kurzem im Theater musste Hazel wieder an das Sprichwort denken: *Wer verletzt ist, verletzt.* Die entscheidende Frage war, wie weit Pia zu gehen bereit war.

Bislang war der Tag also bereits erfolgreich verlaufen. Aber es gab noch mehr zu tun. Sie musste recherchieren. Die Idee war ihr vorhin im Café gekommen, während sie versucht hatte, Elliotts Hoffnungen auf Abstand zu halten.

Es war doch seltsam, dass sich genau zu dieser Zeit, als ihr in regelmäßigen Abständen Bilder von Tatorten zugespielt wurden, mehrere Todesfälle ereignet hatten. Nachdem sie Orla tot auf der Straße hatte liegen sehen, konnte Hazel die Möglichkeit, dass den Aufnahmen wahre Tötungsdelikte zugrunde lagen, nicht mehr verdrängen. Wenn dem so war, musste es irgendeine Art der Berichterstattung geben, die sie ausfindig machen konnte. Damit würde sie sich in der Zeit, bis sie wieder ins Theater musste, beschäftigen.

Zu Hause angekommen, lief sie als Erstes nach oben in das kleine Arbeitszimmer, in dem ihr Rechner stand, und schaltete ihn sowie den Drucker ein. Da sie ihn heute, im Zeitalter von Tablet, Handy und Co., nur noch selten nutzten, dauerte es in der Regel seine Zeit, bis er hochgefahren war und die neuesten Updates installiert hatte.

Nachdem sie diesen Prozess gestartet hatte, ging sie wieder ins Erdgeschoss hinunter, holte sich eine Flasche Wasser aus der Küche und setzte sich ins Wohnzimmer, wo ihre Zusammenstellung von Abbildungen, Nachrichten und Ergänzungen, die sie hinzugefügt hatte, unverändert auf dem Couchtisch ausgebreitet war.

Sie ließ ihren Blick über die Bilder wandern. Die bedrohlichen Botschaften würde sie fürs Erste ignorieren.

Das Foto aus der reich bebilderten Klatschzeitung, mit dem, wie sie heute wusste, alles begonnen hatte. Zu einem Zeitpunkt, als sie noch nichts Böses geahnt hatte. Von dem Opfer war im Grunde nicht viel zu erkennen. Es war ziemlich sicher ein Mann, dessen Körper jedoch zu großen Teilen von den Plüschtieren bedeckt wurde. Das Gesicht war notdürftig verpixelt. Hazel überlegte.

Auf der Couch lag ihr Tablet, das sie jetzt zu sich heranzog. Sie öffnete Google, gab »Alexander Miller« ein und tippte auf den Reiter *Bilder*.

Da war er! Auf zahlreichen Fotos strahlte er selbstgefällig in die Kamera, die Zähne ein bisschen zu weiß, als dass es noch natürlich gewirkt hätte, und im Arm eine attraktive junge Frau. Eine *beliebige* attraktive junge Frau, wie Hazel erkannte. Eine feste Partnerin hatte er allem Anschein nach nicht gehabt, was ja auch Elliott vorhin bestätigt hatte.

Ob Miller allerdings das blutbesudelte Opfer auf dem Zeitungsbild sein konnte, war schwer zu sagen. Von der ungefähren Statur und dem Geschlecht her könnte er es sein. Dann aber fiel ihr Blick auf den oberen Rand des Ausschnitts, und Hazel verstand, dass er es auf keinen Fall sein konnte. Das Datum! Es lag vor dem Tag, an dem sie alle Miller in Fleisch und Blut im Theater gesehen hatten.

Gut, dann konnte sie diese Zuordnung ausschließen. Sie legte den Zeitungsausschnitt zurück an die erste Position und öffnete nach kurzem Nachdenken ihr E-Mail-Postfach. Was war mit dem bedrohlichen Bild, das ihr auf diesem Weg zugespielt worden war? Konnte Miller der Mann ohne Oberkörper auf dem blutigen Flokati sein? Möglich. Hazel erinnerte sich daran, wie sie zunächst geglaubt hatte, die Szene sei gestellt. Wie naiv dieser Gedanke gewesen war! In dieser ganzen Geschichte war, wie es aussah, leider ganz und gar nichts gestellt. Sie hielt das pulsierende Gefühl der Bedrohung allein durch ihren Verstand mühsam auf Abstand.

Zurück zu dem Bild. Hazel scannte die Szene mit ihrem Blick. Sie suchte nach unveränderlichen Kennzeichen, die ihre Ahnung stützen würden, aber vergeblich. Dennoch machte sie sich eine Notiz. Es war zumindest nicht auszuschließen, dass es sich bei dem Toten um den bekannten Schauspielagenten handelte. Verrückt, was sie hier recherchierte. Aber darüber durfte sie jetzt am besten nicht nachdenken.

Hazel schloss das Mailprogramm und kehrte zu Google zurück. Jetzt würde sie einen Sprung machen, aber dieses Bild hatte sie vielleicht am härtesten getroffen. Allein schon wegen des Ortes, an dem es ihr zugestellt worden war, wenn man das so sagen konnte. Ein bitteres Lachen blieb ihr im Hals stecken, als sie an das Entsetzen dachte, mit dem sie den Ausdruck aus der Grablaterne ihrer Mutter gefischt hatte.

Sie löschte den vorangegangenen Suchbegriff und gab stattdessen zwei Worte ein: *Mord* und *Michelangelo*. Ihr Herz machte einen Sprung, als schon nach Sekundenbruchteilen mehrere Hundert Treffer angezeigt wurden. Automatisch kontrollierte sie die Daten und ja, das sah gut aus! Derart bestärkt tippte sie wieder auf den Reiter *Bilder* und eine Flut digitaler Abbildungen des bekannten Künstlers öffnete sich. Aber sie hatte Glück, mitten auf der ersten Seite erschien ein Treffer, der vielversprechend aussah.

Ah ja, als Quelle wurde das gleiche Klatschblatt angegeben, das ihr auch in den Briefkasten gelegt worden war. Ein findiger Reporter hatte es tatsächlich geschafft, einen Schnappschuss von einem weiteren Tatort zu machen. Sosehr Hazel es begrüßte, dadurch bei ihrer Suche weiterzukommen, so entschieden lehnte sie die dahinterstehende Pietätlosigkeit der Zeitung ab. Für den Moment aber versuchte sie, darüber hinwegzusehen und sich ganz auf ihre Recherche zu konzentrieren.

Auf dem Bild waren zwei tote Menschen zu sehen, die so auf dem Boden lagen, dass ihre Hände aufeinander zu weisen schienen, während die Körper ansonsten voneinander abgewandt waren. Kurzentschlossen kopierte Hazel die Aufnahme in ein neues Word-Dokument, das sie unter dem Namen *Bild-Recherche* abspeicherte. Dann ging sie in das Foto hinein und vergrößerte den entscheidenden Bereich um die Hände und Arme herum, bis hin zu den Hälsen der unglücklichen Protagonisten. Jetzt konnte sie diese Abbildung eins zu eins mit dem Bild aus der Grablaterne vergleichen. Ihr Urteil war schnell gefällt: Bei dem blassen Bildabzug, der ihr auf dem Friedhof *zugestellt* worden war, handelte es sich zweifelsohne um einen vergrößerten Ausschnitt des Zeitungsfotos.

Jetzt erst widmete sie sich dem Text. Von einem gewaltsamen Tod war hier die Rede, herbeigeführt von einem *Mörder mit exquisitem Kunstverständnis*. Sie verzog den Mund. Ja, *Die Erschaffung Adams* aus Michelangelos berühmtem Deckenfresko war selbstverständlich ein Klassiker der Kunstgeschichte. Auf der anderen Seite war gerade diese Szene derart populär, dass es wirklich keinerlei gesteigerter Expertise bedurfte, sie nachzustellen. Hazel erinnerte sich, dass selbst bei ihrer Mutter zu Hause ein Nachdruck im Flur gehangen hatte.

Wie auch immer. Sie musste bei der Sache bleiben, auch, weil ein Blick zur Uhr ihr offenbarte, dass sie nicht mehr viel Zeit hatte. Konnte es sich bei den zwei Toten auf dem Bild um Pias Eltern handeln? Zumindest von ihrer Mutter, der bekannten Schauspielerin, hatte Hazel ein grobes Bild im Kopf. Allerdings konnte sie nicht sicher sagen, welche Frisur oder auch nur Haarfarbe sie zuletzt gehabt hatte. Wie in ihrer Branche üblich, war Pias Mutter auf der Bühne, wie vermutlich auch im wahren Leben, überaus wandelbar gewesen.

Hazel googelte ihren Künstlernamen und die aktuelle Jahreszahl dieses Mal sofort in der Kategorie *Bilder*.

Wieder ploppten zahlreiche Treffer auf, die allerdings, ungeachtet ihrer detaillierten Suchbegriffe, aus verschiedenen Jahrzehnten stammten. Also klickte sie nacheinander auf mehrere Bilder, um zu ermitteln, welches am ehesten das Aussehen von Pias Mutter am Tag ihres Todes wiedergab.

Hier! Ein Bild zeigte die bekannte Diva auf dem diesjährigen Charity-Ball der Rotarier. Auffällig war ihre weit über den schlanken Rücken fließende dunkle Haarpracht. Hazel würde zwar nicht ausschließen, dass hier mit Extensions oder einem Haarteil nachgeholfen worden war, aber irgendwie musste sie schließlich anfangen. Sie kopierte das Foto in das gleiche Dokument, in dem sie zuvor den Zeitungsartikel gesichert hatte, und versuchte, in dem offenkundig weiblichen Opfer Pias Mutter zu erkennen. Es war schwierig, denn natürlich waren die Gesichter auch in diesem reißerischen Beitrag unkenntlich gemacht worden.

Nach eingehenden Vergleichen konnte Hazel nur eines sicher sagen: Es war nicht auszuschließen, dass es sich bei den zwei in Michelangelos berühmtem Kunstwerk verewigten Toten um Pias Eltern handelte.

Kapitel 43

Langsam musste sich Hazel wirklich beeilen, wenn sie noch rechtzeitig zur Abendvorstellung im Theater sein wollte.

Sie speicherte das neue Dokument *Bild-Recherche* sicherheitshalber noch einmal, bevor sie es sich selbst zumailte. Danach schaltete sie das Tablet aus und ging nach oben, wo der betagte Rechner inzwischen hochgefahren und auf den neuesten Stand gebracht worden war.

Hazel ging ins Internet, gab die Adresse ihres Mailproviders ein und öffnete das Dokument. Sicherheitshalber speicherte sie es auch hier noch einmal in einem neuen Ordner auf dem Desktop, bevor sie es ausdruckte. Ihre Untersuchung war zwar noch längst nicht abgeschlossen, aber der erste Teil der Recherche war hiermit maximal gesichert. Sie konnte es kaum erwarten, später weiterzumachen. Die Nacht würde wahrscheinlich sehr kurz werden.

Das Zeitfenster, innerhalb dessen sie heute Abend noch pünktlich bei der Arbeit sein konnte, wurde allerdings auch immer schmaler. Widerstrebend schaltete sie den Rechner aus und legte den Ausdruck nach kurzem Überlegen in eine der verschließbaren Schreibtischschubladen.

Sie machte sich in Rekordgeschwindigkeit fertig und erwischte nach einem flotten Marsch durch den eisigen Stadtwald sogar noch den früheren Bus in die Stadt. Nachdem klar war, dass sie pünktlich sein würde, sprangen ihre Gedanken sofort wieder zu den Fotos und Botschaften.

Eine Frage, die sich im Verlauf des Nachmittags immer wieder in ihr Bewusstsein gedrängt hatte, wurde auch jetzt wieder laut: *Warum war ihr von den Bildern der Tatorte, denn so nannte sie sie längst, jeweils nur ein klar umrissener Ausschnitt zugeschickt worden? Was konnte das zu bedeuten haben?* Vorausgesetzt, es hatte überhaupt etwas zu bedeuten. Was war mit den begleitenden Sätzen, die sie bei ihrer Recherche vorhin ganz bewusst ausgeblendet hatte? Sie hatten eine derart persönliche Note, dass es ihr nicht länger gelang, sie zu ignorieren.

Das hast Du gemacht!, zum Beispiel. Die Botschaft oder besser vielleicht der Vorwurf, der dem Bild des Toten auf dem blutgetränkten Flokati, der möglicherweise Alexander Miller war, vorangestellt war.

Oder *Dein Wunsch, ich weiß!*, in der kleinen Grablaterne an der letzten Ruhestätte ihrer Mutter. Ihr Mund verzog sich in einer Mischung aus Abscheu und Trauer. Heute Morgen, ganz aktuell, die Frage *Freust du dich?*, bezogen auf Orlas Tod.

Die Botschaften konnten in vielerlei Richtungen gehen. Anfangs waren sie Hazel einfach nur bedrohlich erschienen. *Ich komme* und *Dich zu holen*, die Nachrichten, die sie im Theater erreicht hatten, und als deren Urheberin sie lange Pia vermutet hatte, zum Beispiel.

Aber vielleicht war der Verfasser auch einfach nicht zurechnungsfähig. Gerade die späteren Botschaften hatten einen leicht veränderten Unterton. Waren sie wirklich vorwurfsvoll gemeint, was auf eine verrückte Weise passen könnte, oder am Ende vielleicht gar ironisch?

Hazel konnte es nicht einschätzen. Aber sie verstand, dass es eine Verbindung von den grauenhaften Szenen zu ihr geben musste, die sich ihr allerdings nicht erschloss.

Als der Bus kurz darauf am Theater hielt, war sie froh über die zu erwartende Ablenkung. Sie musste versuchen, ihre Gehirnwindungen aufzulockern, um später weitermachen zu können.

Sie trat durch die Drehtür und erkannte, dass es Johnny wieder besser zu gehen schien. Er war zwar auch jetzt wieder am Telefon, zwinkerte ihr jedoch zu und streckte seine Hand grüßend in ihre Richtung. Sie deutete ebenfalls ein kleines Winken an und lief dann weiter zur Künstlergarderobe. Die Atmosphäre in den Gängen war am Abend, kurz vor der Vorstellung, eine gänzlich andere als am Morgen. Selbst, wenn noch keine Gäste das Foyer bevölkerten.

Gleich nachdem sie die Garderobe absolut pünktlich betreten hatte, wurde Hazel bewusst, dass heute etwas anders war. Zugleich fiel ihr wieder ein, dass in zwei Tagen ja die Sankt Martins-Vorstellung für die jüngsten Zuschauer stattfinden würde. Daran hatte sie gar nicht mehr gedacht. Eben war aber wohl die Generalprobe zu Ende gegangen, und die Stimmung unter den Schauspielerinnen und Schauspielern war gelöst. Fröhlich fast schon, und auf jeden Fall ansteckend.

Wie alle, die keine der raren Hauptrollen in der Mini-Vorführung für die Kinder bekommen hatten, würde Hazel eine Frau des einfachen Volkes verkörpern, die mit den anderen zum Marktplatz kam, um Zeugin der bekannten Mantelszene zu werden. Das hieß, sie musste nicht viel machen und konnte die stimmungsvolle Aufführung einfach nur genießen.

Vorne, in der ersten Reihe des einfachen Volkes, schwenkte Jenny eine der typischen, selbst gebastelten Sankt Martins-Laternen aus dem Requisitenfundus. Für Kinder, die, aus welchem Grund auch immer, keine eigene dabeihatten, hielten sie Jahr für Jahr eine kleine Reserve bereit. Irgendetwas an dem Bild von der fröhlichen Jenny, in Verbindung mit dem Gedanken an die laternenlosen Kinder, versetzte Hazel einen Stich. Es stieß eine Erinnerung an ihre früheste Kindheit an, und dunkle Traurigkeit quoll wie ein verirrter Tintenklecks in das bunte Bild, das sich ihr hier bot. Im nächsten Moment sorgte zum Glück ein Disput unter den anderen für Ablenkung.

»Und außerdem ist es so ja auch sicherer. Für die Kinder, meine ich, und für dilettantische Möchtegern-Reiter auch!«, rief Eileen jetzt mit trotziger Stimme. Aber die Erheiterung der anderen konnte ihr womöglich treffendes Argument nicht eindämmen.

»Gib's mir Eileen, da geht doch noch mehr!« Luca, der den heiligen Mantel-Ripper verkörpern sollte, nahm seinen Worten durch einen neckenden Unterton die Schärfe. »Oh, come on, Eileen«, trällerte er jetzt hemmungslos und erntete einen mehr als genervten Blick seiner Kollegin dafür, »es ist doch gar nicht schlimm, dass Artus nun mal ein ...« Seine Stimme erstarb und er konnte sich das Lachen nicht verkneifen. »... ein Pony ist.« Er räusperte sich und fuhr mit wackliger Stimme fort: »Nein, im Ernst, die Kinder freuen sich doch so oder so.«

Ganz versöhnt schien Eileen noch nicht zu sein, also ging Luca zu ihr hinüber und stieß sie kumpelhaft an. »Frieden?«

»Weiß nicht«, erwiderte Eileen schmollend, und Hazel überlegte zum ersten Mal, ob es vielleicht ganz andere Gründe haben mochte, dass sie und Luca sich so oft neckten. Obwohl sie Luca eigentlich an der Seite von Nina verortet hatte, aber was wusste sie schon? Eileen ließ ihn jedenfalls noch kurz zappeln, bevor sie ihm vergab. »Ok, peace. Aber rede nicht mehr schlecht über mein Pony!«

Hier und da wurden sofort wieder einzelne Lacher laut. Auch Hazel musste wegen der unfreiwilligen Komik grinsen, beobachtete aber, dass Luca seine Gesichtszüge bemerkenswert gut unter Kontrolle hatte. Was immer da war, es schien auf Gegenseitigkeit zu beruhen.

Während Hazel noch auf das Geplänkel der beiden konzentriert war, stellte sich plötzlich eine unangenehme Empfindung an ihrem linken Arm ein. Derart aus ihren Gedanken gerissen, wandte sie ihren Blick um und erkannte Elliott, der mit Zeige- und Mittelfinger von ihrem Ellbogen nach oben krabbelte und gerade zu ihrem Schlüsselbein abbog.

Instinktiv wich sie zurück und rief laut und deutlich: »Elliott! Ich bin eine verheiratete Frau!« Dabei hoffte sie, es würde für die anderen nach Spaß klingen, Elliott seine Grenzen aber dennoch klarmachen. Zugleich nahm sie aus dem Augenwinkel wahr, dass zumindest Jenny die Szene durchschaut hatte. Ihr Blick blieb einige Sekunden auf Elliott und ihr haften, dann sah sie Hazel fragend an. Gerade, als sie ihr durch ihre Mimik zu verstehen geben wollte, dass alles in Ordnung war, schob Elliott sich viel zu dicht an ihr Ohr und raunte: »Für mich bist du noch viel mehr, kleine Maus!«

Im nächsten Moment wandte er sich ruckartig von ihr ab und verschwand in Richtung seines Platzes. Hazel war noch sekundenlang überrumpelt von Elliotts Distanzlosigkeit. Zum Glück waren hier gerade jede Menge Menschen um sie herum. Jenny hatte sich näher zu ihnen hinbewegt, wie um ihr Sicherheit zu vermitteln, und Hazel war ihr sehr dankbar dafür.

Während der Vorstellung waren sie alle ja glücklicherweise an ihre Rollen gebunden, auch wenn Hazels Gedanken immer wieder zu der unangenehmen Situation mit Elliott abdrifteten. Zum ersten Mal machte sie sich Sorgen über ihren Nachhauseweg. Nicht etwa wegen des großen Unbekannten, der ihr womöglich im Stadtwald auflauern könnte, sondern einfach, weil sie Elliott im Moment überhaupt nicht einschätzen konnte. Noch vor wenigen Tagen hätte sie wie selbstverständlich ausgeschlossen, dass er ihr folgen und sie bedrängen könnte, sobald sie außer Reichweite der anderen waren, jetzt schloss sie gar nichts mehr aus.

Trotzdem wollte sie sich nicht von ihrer Angst leiten lassen. Sie würde einfach schauen, dass sie nachher schnell hier verschwand und darauf vertrauen, dass nichts passierte. Beides kam ihr ohnehin entgegen, denn schließlich gab es für sie zu Hause ja noch einiges zu recherchieren. Bevor sie da nicht weitergekommen wäre, würde sie sowieso kaum Ruhe finden. Die Bedeutung von Schlaf, nicht zuletzt für die mentale Ausgeglichenheit und Gesundheit, war einfach nicht zu unterschätzen. Soweit jedenfalls die Theorie.

Wie zu erwarten, ging auch diese Vorstellung ohne Zwischenfälle zu Ende. Die liebe Jenny hatte als bitterböse Vanessa brilliert, das konnte Hazel nicht anders sagen. Zum Glück war sie scheinbar allzeit bereit. Jederzeit verfügbar und immer irgendwie präsent. Die junge Kollegin hatte eine große Zukunft als Schauspielerin vor sich, und sie wünschte ihr nur das Beste.

Insgeheim überlegte Hazel, ob sie sich ihr anvertrauen, und ihr von den Bildern und Botschaften erzählen sollte. Aber sie war sich unsicher. Sie wollte Jenny da eigentlich nicht mit hineinziehen, und sie auch auf keinen Fall in Gefahr bringen. Außerdem, was sollte die junge Kollegin schon tun? Ganz abgesehen davon hatte Hazel auch keine Idee, wie sie das Thema anschneiden sollte, das jetzt schon Ausmaße angenommen hatte, die für eine Außenstehende wahrscheinlich kaum nachvollziehbar waren.

Nein, sie würde an ihrem einmal gefassten Plan festhalten.

Jetzt aber schnell! Hazel nahm ihre Sachen und warf sich den Mantel im Laufen über. Kurz vor der Garderobentür nickte sie Jenny noch einmal zu und verschwand, still wie ein Schatten, in dem langen, gewundenen Flur. Im Eingangsbereich schlängelte sie sich durch die letzten Besucher, die gerade dabei waren, das Theater zu verlassen. Jetzt musste nur der Bus pünktlich sein, sodass sie idealerweise nicht lange an der Haltestelle stehen musste.

Ganz so klappte es dann leider nicht. Sie musste tatsächlich etwa zehn Minuten warten, wenn auch inmitten einer fröhlichen Senioren-Runde, und es dauerte lange, bis ihr Herzschlag wieder eine normale Frequenz erreicht hatte. Aber schließlich saß sie im Bus, und von Elliott war weit und breit nichts zu sehen. Die Türen schlossen sich, und Hazel atmete auf.

Es war seltsam. Obwohl das Gefühl der Bedrohung eindeutig anstieg, war sie viel besser als früher in der Lage, sich neben der Angst eine kühle Vernunft zu bewahren. Sie reflektierte, traf rationale Urteile und verfiel nicht in Panik. Jetzt sorgte ihre Vernunft dafür, dass die Sorge, Elliott nicht entkommen zu können, abflachte und Raum für andere Gedanken machte.

Zuallererst flackerte eine Erinnerung in ihr auf, die Hazel, als sie früher am Abend im Theater angekommen war, eilig zur Seite geschoben hatte. Ausgelöst hatte sie der Anblick der selbst gebastelten Sankt Martins-Laterne, die Jenny so fröhlich geschwenkt hatte. Hazel hatte daran denken müssen, wie sie als kleines Kind – sie konnte nicht älter als vier Jahre gewesen sein – genau so eine Laterne im Kindergarten gebastelt hatte.

Sie war ihr ganzer Stolz gewesen und der Tag des Umzugs natürlich ein heiß ersehntes Fest. Inmitten all ihrer Freundinnen, die ihre selbst gemachten Laternen ebenfalls fest umklammerten, hatte sie vor Stolz gestrahlt. Dann waren sie alle weiter nach vorne gegangen, ganz dicht zu dem echten Pferd, das schnaubend in der Kälte auf alle Kinder gewartet hatte und natürlich die Attraktion des Abends gewesen war. Nach der kleinen Vorstellung, in der Sankt Martin den Mantel mit dem Bettler geteilt hatte, hatten sie das schwarze, dampfende Pferd sogar streicheln dürfen.

Es musste irgendwann da passiert sein. Sie musste ihre Laterne für einen kurzen Moment abgestellt haben, als die Kinder sich in einer großen Traube um das imposante Tier gedrängt hatten. Später konnte sie sich daran gar nicht mehr erinnern, aber es musste so gewesen sein, denn als sie ganz beseelt von dem Pferd zurückgetreten war, hatte sie die Laterne nicht mehr in ihrer Hand gehalten, und, schlimmer noch, sie hatte sie auch nicht mehr finden können. Der Schmerz darüber war heftig durch ihren kleinen Körper gefahren, dabei war sie gerade eben doch noch so glücklich gewesen.

An diesem Abend hatte sie zwei wichtige Dinge gelernt: zum einen war es ihre erste wirkliche Verlusterfahrung, und daneben hatte sie verstanden, dass es Unheil heraufbeschwören konnte, wenn man sich zu sehr freute.

Die erwachsene Hazel verzog den Mund. Zu allem Überfluss hatte ihre Mutter damals noch so sehr geschimpft und das Unglück ihrer Tochter komplett verkannt. Sie hatte von Schuld gesprochen und davon, dass so etwas nun einmal kleinen Mädchen passiere, die nicht aufpassten und ihren Kopf immer nur in den Wolken hatten.

Aber sie wollte nicht schlecht von ihrer Mutter denken. Überhaupt brachten sie traurige Erinnerungen heute nicht weiter. Sie hatte schließlich noch einiges zu tun, und es war wichtig, dass sie mit den Gedanken bei der Sache blieb.

Die fröhliche Rentner-Runde hatte sich peu à peu aufgelöst, bis nur noch ein Ehepaar mit ihr im Bus saß. Als sie ausstieg, wünschte man sich gegenseitig einen schönen Abend, und Hazel dachte im gleichen Moment: *Wenn ihr wüsstet!*

Nachdem der Bus weitergefahren war, wurde es still um sie. Sie war ganz allein auf der Straße, empfand das unter den gegebenen Umständen jedoch eher als beruhigend. Ihre Schritte hallten laut durch die eisige Nacht, und ihr Atem bildete kleine Wölkchen in der Dunkelheit.

Hazel versuchte, sich darauf zu konzentrieren, wie sie zu Hause gleich weitermachen würde. Womit sollte sie anfangen? Sie wollte auf jeden Fall weiterkommen. Vielleicht sollte sie nach verbindenden Elementen in den Tatortbildern suchen? Sie überlegte. Das klang doch nach einer guten Idee.

Sie hatte die Wegstrecke durch den Stadtwald schon fast hinter sich gebracht, als sich ein Stückchen weiter vorn ein Fleck kompakter Dunkelheit von der Düsternis abhob. Sie behielt die Stelle im Auge und erkannte, dass es sich dabei um eine menschliche Gestalt handelte.

Die Information war noch nicht ganz in ihr Bewusstsein gesickert, als völlig unvermittelt ein markerschütterndes, schrilles Geräusch die nächtliche Stille durchschnitt und Hazels Synapsen auf einen Schlag feuerten, als ginge es um ihr Leben.

Kapitel 44

In den ersten Sekunden lief alles wie in Zeitlupe ab.

Ein Vogel flog laut krächzend auf, während gleichzeitig etwas – ein kleines Tier? – durchs Unterholz floh. Auch die Schattengestalt weiter vorn verschwand wie auf ein geheimes Kommando hin. Offenbar jemand, der unerkannt bleiben wollte. Endlich funktionierte Hazels Verstand wieder.

Spätestens beim zweiten Klingelton war ihr klar, dass ihr eigenes Handy für die Aufregung verantwortlich war. Dennoch flaute ihre Nervosität noch nicht ganz ab. Wer sollte sie bitte um diese Uhrzeit anrufen? Es war gleich halb eins, das hieß, Villem konnte sie ganz sicher ausschließen, denn der schlief vermutlich seit über einer Stunde tief und fest.

Sie sah sich um. War hier jemand? Ihr Handy klingelte ohne Unterlass. Der in der Stille überlaute Ton zerrte an ihren Nerven. Ein schneller Blick aufs Display bestätigte ihr, dass der unbekannte Anrufer seine Nummer unterdrückt hatte.

Ihr erster Impuls war es, das Gespräch nicht anzunehmen, aber der Anrufer war hartnäckig, das Handy klingelte immer weiter. Hazel kannte sich gut genug, um zu wissen, dass ihr diese alberne Szene die ganze Nacht nicht mehr aus dem Kopf gehen würde, wenn sie jetzt nicht handelte, und sie brauchte doch ihre ganze Konzentration für die Recherche.

Kurzentschlossen tippte sie auf das Telefonsymbol ihres Smartphones. Als sie es an ihr Ohr hob, merkte sie, dass sie durch die Bewegung und Aufregung leise keuchte, und drehte das untere Ende des Handys zur Seite.

Bevor sie etwas sagen konnte, war da ein seltsames Geräusch in der Leitung. Ein Knacken und gleich darauf eine Art atmosphärisches Rauschen. Hazel blieb stumm und schrak im nächsten Moment zusammen, als ein ausgelassener Chor an Kindern laut und fröhlich das von Sankt Martins-Umzügen bekannte Laterne-Lied krähte. Die Aufnahme war nicht besonders gut, stellenweise war die Audio-Spur übersteuert, wodurch die Stimmen unangenehm schrill klangen.

Hazel hielt das Handy ein gutes Stück von ihrem Ohr entfernt und starrte das Display an, als könne es ihre Fragen beantworten.

»... Rabimmel, Rabammel, Rabumm ... bumm ... bumm!«, dröhnte es aus dem Smartphone, als drohte es im nächsten Augenblick gesprengt zu werden.

Es musste sich um einen geschmacklosen Scherz handeln, anders konnte Hazel sich diese Telefonattacke nicht erklären, und es war nicht allzu schwer zu erahnen, dass sie den Urheber kennen musste. Trotzdem verursachte es ihr eine Gänsehaut, als die Kinderstimmen nach einem weiteren Knacken verstummten und jemand noch sekundenlang deutlich hörbar in das Telefon atmete.

Dann erst wurde der Anruf beendet.

Die Stille im Wald erschien plötzlich viel bedrohlicher. Hazel hatte das irrationale Gefühl, beobachtet zu werden ... dass der Anrufer ihr ganz nah war und sich an ihrer Angst labte.

Der Impuls, stocksteif auf der Stelle zu verharren, um bloß keine Aufmerksamkeit auf sich zu ziehen, lief ihrem Wunsch zuwider, dem Wald und der ganzen Situation möglichst schnell zu entkommen. Nervös ließ sie ihren Blick wieder und wieder über das finstere Unterholz wandern. Was war mit dem Schatten von eben? Dass er geflohen war, bestätigte ihren Verdacht, dass es ein höchst lebendiger Mensch gewesen sein musste.

Hatte Elliott sie womöglich doch beobachtet, als sie zur Bushaltestelle gegangen war und sich, während sie erleichtert gewesen war, dass er sie nicht verfolgte, diese hübsche Überraschung für sie ausgedacht? Hazel spürte, wie sich, trotz der Panik, die sie eben noch fest im Griff gehabt hatte, Wut in ihr aufbaute. Sie hatte nicht vor, sich kleinkriegen zu lassen. Von Elliott nicht und auch von keinem anderen.

Sie gab sich einen Ruck, schließlich konnte sie nicht die ganze Nacht hier stehenbleiben. Es klappte! Die Bewegung verminderte ihre Nervosität ein wenig. Jetzt lief sie in großen, selbstbewussten Schritten den Waldweg entlang, ohne darauf zu achten, kein Geräusch zu verursachen. Dies hier war ihr Refugium! Sie nahm den Raum ein, der ihr zustand. Schließlich hatte sie nichts zu verbergen.

Dass sie nichts zu befürchten hatte, würde sie so zwar nicht unterschreiben, aber sie war es leid, zurückzuweichen. Im wörtlichen wie im übertragenen Sinne. Je weiter sie aus dem dunklen Wald hinauskam, umso eher war sie bereit, an eine harmlose Ursache für die unheimliche Episode von gerade zu glauben.

Die Schattengestalt war wahrscheinlich einer der Stadtstreicher gewesen, die im Park kampierten. Vielleicht hatte er sich nur an einem Baum erleichtern wollen und dabei einen mindestens genauso großen Schreck bekommen, wie sie selbst. Das würde auch erklären, warum er wie der Blitz verschwunden war.

Dass es sich dabei um Elliott gehandelt hatte, der sie von dort aus angerufen hatte, machte bei näherer Betrachtung jedenfalls keinen Sinn. Warum hätte er sich ihr zuerst zeigen, dann aber fliehen sollen, ohne auf ihre Reaktion auf den Anruf zu warten, den er außerdem wohl kaum unbemerkt aus einer Entfernung von maximal dreißig Metern hätte tätigen können.

Wahrscheinlich steckten die lieben Kollegen dahinter, thematisch würde es ja in die Zeit passen.

Die Erklärung stellte Hazel fürs Erste zufrieden, zumal auch auf dem Rest des Weges zu ihrem Haus nichts Ungewöhnliches mehr passierte. Dennoch war sie froh, als sie endlich im Warmen stand. Am Ende des Flurs, blinkte außerdem der Anrufbeantworter, und sie freute sich darauf, gleich Villems Stimme zu hören. Jetzt waren es nur noch knapp zwei Tage, bis er wieder bei ihr war.

Sie beschloss, sich das Abhören seiner Nachricht als Belohnung aufzusparen, bis die letzte Pflicht für heute Abend erledigt war. Denn noch absolvierte sie täglich den inzwischen routinemäßigen Kontrollgang durch alle Zimmer, auch wenn sie dabei mittlerweile deutlich entspannter war als noch vor wenigen Tagen. Im Arbeitszimmer fuhr sie nebenbei schon einmal den Rechner hoch und begab sich schließlich wieder hinunter ins Erdgeschoss.

In Gedanken war sie schon halb bei ihrer Recherche und startete den Anrufbeantworter fast ungeduldig, was ihr irgendwie leidtat. Die eingebaute Dame verkündete mit blecherner Stimme, dass sie »Eine neue Nachricht!« habe. Hazel rückte die Schuhe in der Garderobe zurecht, bis sie in einer ordentlichen Reihe standen, war aber mit ihrer ganzen Aufmerksamkeit bei Villems Anruf.

Doch was war das? Es schien ein Problem mit dem Anruf gegeben zu haben, denn da war nur ein seltsames Rauschen in der Leitung. Hazel erhob sich, warf einen letzten Blick auf die Schuhe, und ging zum Anrufbeantworter hinüber, als könne sie an der Aufnahme etwas ändern. Dabei war ihr natürlich klar, dass es nicht möglich war, die Störung in der Leitung zu beeinflussen. Doch dann, plötzlich, ertönte ein lautes Knacken, und sie fuhr erschrocken zusammen. *Genau wie gerade!*, dachte sie noch, als die schrillen Kinderstimmen laut im ganzen Haus widerhallten.

»... und meine Laterne mit mir.«

Was sollte das? Jetzt wurde Hazel richtig mulmig zumute. Das gleiche Sankt Martins-Lied wie vorhin im Wald, aber irgendetwas war daran anders.

»... hier unten leuchten wir!«

Sie konnte es zuerst nicht ganz benennen, aber dann, nach der bekannten Schlusszeile »Rabimmel, Rabammel, Rabumm!!«, die alle Kinder am lautesten brüllten, traf es sie direkt in ihr Herz. Ein Mädchen rief lachend »Hazeeel!«, und sie erkannte die Stimme sofort wieder. *Das war doch nicht möglich! Oder doch? Nach dreißig Jahren?*

Tränen schossen ihr in die Augen und vollkommen gegensätzliche Gefühle schwappten über sie. Angst, Entsetzen, aber zuallererst Trauer, denn es war eindeutig Lara, ihre erste beste Freundin, die hier so ausgelassen ins Mikrofon lachte.

Sofort wurde sie wieder in ihren wirren Albtraum von neulich katapultiert. Jenen, in dem der grauenhafte Plüschhund neben einem qualmenden Autowrack lag, seinen Kopf monoton von links nach rechts schlug und dieses charakteristische Klopfgeräusch erzeugte.

Hazel wurde übel. Plötzlich war da eine unerschütterliche Gewissheit, dass sie diesen Traum zuvor schon einmal gehabt hatte. Nein, zwei Mal sogar! Ihre Erinnerung, die jahrzehntelang verschüttet gewesen war, erschien jetzt völlig klar: Als sie noch ganz klein gewesen war, hatte dieser Traum sie zum ersten Mal heimgesucht. Sie war vier Jahre alt gewesen, und ihre Mutter hatte kurz zuvor versucht, ihr auf kindliche Weise zu erklären, dass Lara nicht mehr kommen würde. Aber sie hatte es da schon gewusst.

Von den Großen hatte niemand bemerkt, dass sie ihre Gespräche heimlich belauscht hatte und daher längst von der Katastrophe wusste. Sie ahnte zwar, dass man so etwas eigentlich nicht tun durfte, aber es hatte ihr Angst gemacht, wie traurig die Erwachsenen auf einmal gewesen waren und dann ... dann war sie verstummt und tagelang mit der schlimmen Wahrheit und ihrem schlechten Gewissen allein gewesen.

Das Unglück war zu groß für sie gewesen. Es quoll an den Rändern über, wuchs über ihr kleines Leben hinaus, und konnte von dem kindlichen Verstand nicht gefasst werden. Lara und ihre ganze Familie waren bei einem Autounfall ums Leben gekommen. Der Satz sagte alles und erklärte nichts.

Ihrer Mutter hatte sie nie gestanden, dass sie Bescheid wusste. Aber damals hatte sie zwei Mal diesen Traum gehabt, der sie in großen Teilen vor einigen Tagen wieder heimgesucht hatte. Ergänzt um die neuen Ängste der erwachsenen Hazel.

Jener Hazel, die heute zitternd am ganzen Leib im Flur ihres Hauses kauerte und wieder nicht verstand. *Was bedeutete das alles? Verdammt, was sollte das?*

Sie versuchte, ihre Wut erneut zu Hilfe zu rufen. Das alles hier war längst kein Spaß mehr!

Kapitel 45

Klar war, dass sich mit der letzten makabren Botschaft, der Nachricht auf dem Anrufbeantworter, etwas Entscheidendes im Muster des Täters geändert hatte.

Etwas Entscheidendes, in erster Linie aber Beängstigendes.

Denn wie konnte es sein, dass Laras Stimme aufgezeichnet worden war? Das ergab nicht nur keinen Sinn, es war auch schlicht unmöglich. Hazel ging die spärlichen Fakten erneut durch. Lara war ihre beste Freundin im Kindergarten gewesen. Sie waren damals beide vier Jahre alt gewesen. Lara war gestorben. Ende.

Sie kannte heute niemanden mehr, der eine Verbindung zu ihrem damaligen Leben haben könnte. Wer sollte sich denn bitte schön auch für ihre Kindheitsfreundschaften interessieren, um sich dann, dreißig Jahre später, auf derart gestörte Weise zu melden?

Aber abgesehen davon, musste die Geschichte ja noch ganz andere Dimensionen haben. Ihr wurde übel bei dem Gedanken daran, wie ein Unbekannter ihre Gegenwart und Vergangenheit zusammennähte, als läge dazwischen nicht ein halbes Leben.

Sie fragte sich, wie das überhaupt möglich sein konnte. Jemand musste damals während eines St. Martins-Umzugs eine Aufnahme von ihnen gemacht haben. Aber warum? Zu welchem Zweck? Und was sollte ihr der kleine Tonschnipsel sagen?

Ich war da und ich bin dir noch immer ganz nah?

Es war vollkommen unverständlich. Sie kam an dieser Stelle jetzt nicht weiter. An Schlaf war aber auch auf keinen Fall zu denken, schließlich hatte sie doch bereits Pläne für diese kurze Nacht gemacht.

Auch wenn die neueste Entwicklung zwangsläufig ein ganz anderes Licht auf die vorangegangenen Geschehnisse warf, mussten sie ja dennoch von Bedeutung sein und dieser würde sie jetzt weiter nachforschen. Langsam wurde sie auch ein wenig ruhiger. Die ganze Sache rational anzugehen, war bestimmt eine gute Idee. Wenn auch eine besondere Herausforderung.

Hazel betrat das Wohnzimmer. Die Anordnung der Karteikarten auf dem Couchtisch war, nach ihrer nachmittäglichen Arbeit daran, ein wenig verschoben. Sie setzte sich und rückte sie wieder gerade. Vielleicht würde sie die Fotos fürs Erste einmal außer Acht lassen.

Die kurzen Textfetzen geisterten ihr während der letzten Tage ohnehin immer wieder durch den Kopf, daher würde sie jetzt damit beginnen und diese, unabhängig von den begleitenden Bilddokumenten und Umständen, chronologisch auflisten und versuchen, zu verstehen.

Vielleicht musste sie dafür anders denken. Bisher war sie automatisch davon ausgegangen, dass die Sätze so etwas wie Überschriften über das bildeten, was passiert war. Also über verschiedene Morde, wie sie heute wusste. Aber was, wenn die Worte in einem viel größeren Zusammenhang standen? Einem, den sie nicht sehen, ja, nicht einmal erahnen konnte.

Es lag an der Aufnahme von Laras Stimme, dass sich die gesamte Perspektive plötzlich verschoben hatte. Und ja, es war ganz klar Lara, die auf dem Band zu hören war. Sie hatte ein ganz charakteristisches Lachen gehabt. Es war so ein Kieksen darin gewesen, das sie eindeutig von anderen unterschieden hatte, und das beim Abhören des ABs sofort in ihr Herz gestochen hatte. Es war ihre Lara, daran gab es keinen Zweifel.

Es war verständlich, dass es sie aufwühlte, die Stimme ihrer toten Freundin zu hören. Dennoch, ermahnte sie sich, waren jetzt erst einmal die anderen Botschaften an der Reihe. Sie nahm die Kärtchen aus dem großen Muster, das auch alle Fotos und ihre Ergänzungen beinhaltete, heraus und legte sie untereinander. Es ging schnell, und das Ergebnis war nicht überraschend. Der Text, der sich hieraus ergab, war mindestens ebenso verstörend, wie die Sätze für sich genommen.

Ich komme
Dich zu holen
Das hast DU gemacht!
BALD
Dein Wunsch, ich weiß!
Freust du dich?

Das Gefühl, das sich beim Lesen bei ihr einstellte, war, dass jemand sie verfolgte und ihr immer dichter auf den Fersen war. Aber das kranke Hirn des Täters musste noch einen weiteren Sinn in die Sätze gepflanzt haben, den sie noch nicht sah.

Sie starrte konzentriert auf die Karten vor sich. Nach einer Weile drehte sie die dritte und fünfte Karte um und beobachtete, was passierte und ob die Worte nun etwas anderes in ihr auslösten. Jetzt stand dort nur noch:

Ich komme
Dich zu holen
BALD
Freust du dich?

Gut. Das war der bedrohliche Anteil. Sie kannte die Textschnipsel, es war also nicht nötig, die Angst wieder aufsteigen zu lassen, redete sie sich selbst Mut zu. Was, wenn sie die Karten jetzt einmal nach dem umgekehrten Muster aufdeckte?

Das hast DU gemacht!
Dein Wunsch, ich weiß!

So wurde es kompliziert. Hier kam aus Sicht des Täters plötzlich sie ins Spiel, und zwar im Zusammenhang mit dem Flokati- und dem Michelangelo-Mord. So gesehen war der zweite Satz zwangsläufig noch persönlicher, allein schon, weil er auf dem Grab ihrer Mutter inszeniert worden war.

Was die Form betraf, war es also möglich, Gemeinsamkeiten und Unterschiede auszumachen. Der Inhalt aber erschloss sich ihr genauso wenig wie zuvor. Sie wusste sehr sicher, dass sie nichts mit den abgebildeten

Morden zu tun hatte. Weder hatte sie irgendetwas *gemacht* noch den *Wunsch* nach einer derartigen Tat gehegt.

Nach kurzem Überlegen suchte sie doch noch die zwei Fotos zu den persönlichen Sätzen heraus. Zuerst den Flokati-Mord. Sie betrachtete das Bild mit gerunzelter Stirn. Wie sollte sie Einfluss auf das Schicksal dieses, ihr vermutlich vollkommen unbekannten, Mannes genommen haben?

Konnte es sich hierbei vielleicht um einen Suizid handeln? Aber warum wurde ihr auf dem Foto dann nicht auch das Gesicht des Unbekannten präsentiert? Der Vorwurf war ohnehin haltlos, aber die ganze Präsentation machte für Hazel unabhängig davon auch keinen Sinn. Dazu kam noch, dass ein Suizid, allein schon wegen der speziellen Position der Leiche, äußerst unwahrscheinlich war.

Zu dem Bild des Michelangelo-Mordes, auf dem die Hände zweier vermutlich getöteter Menschen zueinander wiesen, hatte sie sich noch nicht viele Gedanken gemacht. Viel zu sehr hatte es sie empört, das Ansehen ihrer Mutter derart geschändet zu sehen. Spätestens an diesem Punkt waren ganz andere Emotionen bei ihr ins Spiel gekommen.

Jetzt wollte sie versuchen, sachlich zu bleiben. Das Bild war das einzige, auf dem zwei Leichen abgebildet waren. Auch hier waren die Gesichter dem Täter scheinbar unwichtig gewesen. Der Fokus lag eindeutig auf den zueinander weisenden Händen. Naheliegend erschien es Hazel, dass es sich bei den beiden um ein Paar handelte. Natürlich kamen ihr nach den aktuellen Vorkommnissen sofort Pias Eltern in den Sinn.

Aber der Satz *Dein Wunsch, ich weiß!* machte dann erst recht keinen Sinn! Hazel blies die Backen auf und stieß die Luft frustriert wieder aus. Sie erkannte es einfach nicht. Sie sah nicht, was der Täter ihr zeigen wollte. Aber für ihn schien das alles auf eine gestörte Art und Weise Sinn zu ergeben und ihr ließ das seit Tagen keine Ruhe.

Wenigstens hielten die Ermittlungsversuche ihre Angst im Zaum.

Hazel legte die Tatortfotos an ihren Platz zurück und deckte alle Textkarten wieder auf. Sie hatte noch eine andere Idee. Warum versuchte sie es nicht mal umgekehrt? Anstatt von den Worten und Taten auf einen Urheber zu schließen, würde sie jetzt mögliche Täter durchgehen und überlegen, wie wahrscheinlich die Botschaften und Fotos von ihm stammen könnten. Oder von ihr.

Da war zum einen Pia. Anfangs war sie sich sicher gewesen, dass diese für die Attacken und Botschaften im Theater verantwortlich gewesen war. Die Nachrichten *Ich komme* und *Dich zu holen* hatte Hazel lange Zeit für bloße Einschüchterungsversuche der eifersüchtigen Kollegin gehalten. Aber dass sie die Grenze zwischen Theater und Privatleben überschritten haben sollte, konnte sich Hazel eigentlich nicht vorstellen. Sie zu Hause zu schikanieren, passte überhaupt nicht zu Pia, die ansonsten doch gern Zeugin der Auswirkungen ihrer Manipulationen war.

Doch obwohl sie wenig Gutes über die Kollegin sagen konnte, traute Hazel ihr noch lange keine Morde zu. So verrückt war Pia nicht, und selbst wenn sie sich hier täuschen sollte, blieb noch die Frage, welches Motiv dahinterstecken sollte. Allgemeiner Frust darüber, keine größeren Rollen zu bekommen? So etwas wie Rache an der Theaterwelt? Oder konnte es einen Zusammenhang mit dem schwierigen Verhältnis zu ihren Eltern geben, die offen gezeigt hatten, dass sie nicht stolz auf ihre Tochter waren? Weder auf deren schauspielerische Leistung noch sonst irgendetwas, das sie tat. Welchen Einfluss konnte der Schock über den Tod ihrer Eltern oder eine überspielte psychische Krise auf Pia haben?

Hazel schüttelte den Kopf. Es war äußerst viel Problematisches dabei, aber ihrer Meinung nach nichts, das Pia zu gleich mehreren Tötungsdelikten veranlassen würde. Abgesehen davon passte das Zeitschema nicht, denn die Attacken im Theater hatten ja lange vor dem Tod von Pias Eltern begonnen. Diese verhältnismäßig harmlose Art des Mobbings kannte Hazel von ihrer Kollegin schon seit Monaten, vielleicht in etwas abgeschwächter Form.

Viel eher als Pia konnte sie sich Elliott als Urheber der Botschaften vorstellen. Der Wortlaut passte zu ihm, ebenso wie die Vorstellung, dass jemand derlei Rätsel unterhaltsam finden mochte. Aber auch hier – Hazel wollte es einfach nicht für möglich halten, dass er fähig wäre, zu morden.

Andererseits hatte sie sachlich bleiben wollen und aus diesem Blickwinkel heraus gab es schon bemerkenswerte *Zufälle*, die Elliott in Zusammenhang mit den Vorkommnissen im Theater, wie auch bei ihr zu Hause, brachten.

Erst einmal war festzuhalten, dass er, ungefähr seit dem Zeitpunkt, als die Attacken begonnen hatten, auffällig stark ihre Nähe suchte, und zwar deutlich häufiger als zuvor, da sie mit Elliott nicht mehr als mit den meisten anderen zu tun gehabt hatte. Dann, erinnerte sie sich, war er es gewesen, der die zweite Botschaft *Dich zu holen* gefunden hatte. Sie war auf ein Zettelchen geschrieben gewesen, das sich in der Kapuze ihres Lieblingspullis verhakt hatte ... jedenfalls, wenn sie Elliott Glauben schenken wollte, der ihr bei dieser Gelegenheit unangenehm nah gekommen war. Er hatte sie außerdem auch noch auf den dem Papier anhaftenden penetranten Duft hingewiesen – das Parfum von Pia. Das natürlich auch er selbst hatte aufsprühen können!

Wenn sie an die Situation zurückdachte, war es durchaus möglich, dass Elliott sich dabei eines Taschenspielertricks bedient hatte, mit dem er von sich hatte ablenken wollen. Wer der Finder war, würde ja wohl nicht der Täter sein.

Später hatte Elliott ihr erzählt, dass Pias Eltern keines natürlichen Todes gestorben waren. Zum damaligen Zeitpunkt hatte er angegeben, diese Information von Jenny zu haben, die es wiederum von Theresa erfahren haben wollte. Heute wirkte diese Information auf Hazel fast so, als habe Elliott versucht, Jenny verdächtig wirken zu lassen. Damals hatte sie sich allerdings nichts dabei gedacht.

Seither war jedoch viel passiert.

Hazel wollte sich nichts vormachen. Viel schwerer als diese Anekdoten, wog für sie Elliotts zunehmende Distanzlosigkeit. Er war immer da, fing sie meistens mit flapsigen Worten irgendwo ab, während sie eigentlich schon viel zu lange damit beschäftigt war, ihn zu vertrösten oder ihm aus dem Weg zu gehen. Es schien ihn nicht zu interessieren, wo ihre Grenzen lagen. Ein gesundes, freundschaftliches Verhältnis unter Kollegen war das zwischen ihnen jedenfalls nicht. Dafür flackerte an den Rändern viel zu oft etwas auf, was sie nicht wollte, und was er permanent forcierte.

Wenn sie ehrlich war, würde sie ihm durchaus zutrauen, die unsichtbare Grenze zwischen Arbeit und Privatleben zu überschreiten. Er war ihr in den vergangenen ein, zwei Wochen immer nähergekommen und hatte auch nicht davor zurückgeschreckt, die vermeintlich harmlose Genesungskarte persönlich bei ihr einzuwerfen, weil sie sich für gerade mal zwei Tage krankgemeldet hatte.

Verhältnismäßig war das auf jeden Fall nicht mehr.

Kapitel 46

So, wie sie Elliott in der letzten Zeit erlebt hatte, lag ein psychisch nicht zwingend ausgeglichener Geist bei ihm tatsächlich nahe.

Aber reichte das aus? Was wusste sie eigentlich ansonsten über ihren exzentrischen Kollegen? Nicht viel. Dass er offenbar ein gesteigertes Interesse an ihrer Person hatte, war die eine Sache, und er wies durchaus Eigenschaften eines klassischen Stalkers auf. Er war distanzlos, übergriffig und ignorierte die Tatsache, dass sie ihre Beziehung rein freundschaftlich verstand, beharrlich.

Wie dieses Verhalten jedoch zu mehreren Morden an Menschen passen sollte, die ihm, mit Ausnahme von Orla, persönlich nicht einmal bekannt waren, blieb ihr ein Rätsel. Es musste noch mehr geben. Das eine Verbindungsstück, das dem Gesamtbild Sinn verlieh. Den einen Schlüssel, den sie übersah.

Hazel fand einfach keine Ruhe. Zunehmend rastlos sah sie sich immer wieder die Tatortbilder an, las die Satzfetzen und hatte das Gefühl, immer weniger zu verstehen. Das war auch kein Wunder, wanderten ihre Gedanken doch immer wieder zu den zwei verstörenden Telefonanrufen zurück. Zu dem Laterne-Lied. Zu Lara.

Sie musste eine besondere Rolle spielen. Das war offensichtlich. Nur welche?

Wenn Hazel ehrlich war, war das Auftauchen ihrer Kindergartenfreundin der Moment gewesen, in dem all ihre laienhaften Erklärungsversuche in tausend Teilchen auseinandergesprengt worden waren.

Nichts schien jetzt mehr stimmig zusammenzupassen. Lara war das runde Puzzleteil unter lauter rechtwinkligen.

Während Hazel darüber nachgrübelte, blieb ihr Blick ein weiteres Mal an Orlas Tatortfoto hängen und an ihren charakteristischen Pfauenfeder-Pantoffeln, die sie so häufig in Aktion gesehen hatte. Sie schloss die Augen. Jetzt schämte sie sich fast dafür, dass sie ihre alte Lehrerin in Zusammenhang mit den Morden gebracht hatte. Für eine kurze Weile war ihr das jedoch vollkommen schlüssig erschienen. Noch einmal wollte sie einen solchen Fehler daher nicht begehen. Auch nicht bei Elliott.

Vor ihrem geistigen Auge ploppte auf einmal ein Bild auf. Eine Sankt Martins-Laterne. Sie riss die Augen auf und versuchte, sich abzulenken. Es war schon spät. Sie war völlig übermüdet und, sie musste es sich eingestehen, komplett überfordert. Besser, sie machte sich bettfertig, denn heute würde sie in dieser unseligen Geschichte ohnehin nicht weiterkommen.

Es passierte, als sie die Karteikarten zum x-ten Mal in dieser Nacht geraderückte. Plötzlich sah sie nicht nur, sondern verstand.

Der Auslöser war Orlas Tatortbild. Etwas daran war unstimmig, ein Stückchen links von ihren Füßen. Sie hatte vorhin geglaubt, aus dem Augenwinkel polizeiliche Beleuchtungstechnik wahrzunehmen, wahrscheinlich weil sie diese selbst vor Ort gesehen hatte.

Jetzt aber erkannte sie, dass sich hier nur ein Gegenstand befand: Eine Laterne! Deren warmer Schein den unteren Bereich der Plane sehr dezent anstrahlte. Ein leuchtender Finger, der ihre Aufmerksamkeit lenkte.

Hazel spürte, wie sich eine Gänsehaut über ihre Arme ausbreitete. Sie fröstelte. Konnte die Laterne das verbindende Element sein? Der letzte Lösungshinweis zu dem makabren Rätsel?

Es war eindeutig eine klassische Sankt Martins-Laterne. Bei genauerem Hinsehen ein kleines bisschen windschief und auf perfekte Weise unperfekt. Hazel konnte sich lebhaft vorstellen, wie sie von unbeholfenen Kinderhänden hingebungsvoll gebastelt worden war. Sie war sich ganz sicher, dass sie diese vor Ort nicht gesehen hatte. Schon allein deshalb, weil sie wie ein Fremdkörper in der Szenerie wirkte, hätte sie ihr doch sofort auffallen müssen!

Hazel war schlagartig hellwach. Es erschien ihr plötzlich völlig naheliegend, dass die Laterne von Bedeutung sein musste. Und wenn dem so war, musste es auch bei den anderen Tatortbildern Differenzen zwischen den offiziellen und den ihr ganz persönlich zugesandten Fotos geben. Fieberhaft suchte sie ein weiteres Mal Fotos aus der großen Anordnung heraus und legte die offiziellen Aufnahmen daneben.

Finde den Fehler!, dachte sie grimmig. Und tatsächlich: Schon beim ersten Bilderpaar, dem Michelangelo-Mord, bestätigte sich ihr Verdacht! Auf dem nicht-offiziellen Foto stand oben links ebenfalls eine Laterne, am äußersten Bildrand. Der Täter hatte sie beiläufig an ein weißes Bücherregal gelehnt, und vor dem hellen Hintergrund war sie leicht zu übersehen gewesen. Dabei reichte ihr Schein tatsächlich bis zu den Händen der beiden Getöteten, auch wenn dieses Detail aufgrund der Raumbeleuchtung übersehen werden konnte. Es sei denn, man wusste, worauf zu achten war.

Hazels Ermittlerehrgeiz war neu entfacht. Was war mit den anderen Bildern? Sie legte den Michelangelo-Mord zur Seite, nahm sich den kopflosen Toten auf dem Flokati vor und legte das ihr persönlich zuge-mailte Foto neben das offizielle Bild. Wieder ein Treffer! Die identische Laterne stand hier neben einem von zwei kleinen Kompaktlautsprechern, wieder am Rand des Bildes.

So weit passte auch dieser Tatort also in das Muster. Trotzdem stimmte hier etwas nicht. Etwas war anders als bei den vorangegangenen Fotos. Hazel sah lange von einem Bild zum anderen und überlegte stumm. Dann erkannte sie, dass ihre Irritation etwas mit den Lichtverhältnissen zu tun haben musste. Das Foto aus der E-Mail erschien ihr bedeutend wärmer und hatte einen stärker orangefarbenen Ton. So als sei es in der untergehenden Herbstsonne aufgenommen worden. Aber sie sollte das nicht überinterpretieren, vermutlich lag es einfach an der Bildbearbeitung oder dem Druck.

Eine Ausnahme stellte sie bei dem Toten in dem Berg von Plüschtieren fest. Hier gab es nur das offizielle Foto. Mit Laterne zwar, die halb aus einer großen, zu-sammengekringelten Plüschschlange herausragte, al-lerdings handelte es sich hierbei nicht um dasselbe Exemplar, wie auf den anderen Bildern.

Aber, erinnerte sie sich, hiermit hatte es schließlich auch angefangen. Vielleicht hatte der Täter sein Vorgehen in der Folgezeit verändert und verfeinert. Sie schnaubte angewidert.

Ihr war klar, dass die Laterne etwas bedeuten musste. Dass sie allerdings der letzte Lösungshinweis war, bezweifelte sie. Denn noch immer blieben viele Fragen offen und noch immer verstand sie ihre Rolle in dieser grauenvollen Inszenierung nicht. Warum erhielt sie all diese Bilder und Botschaften? Waren sie als Drohung zu verstehen, als Hinweis darauf, dass sie als Nächste an der Reihe war? Hatte der Täter den bisherigen Opfern genau die gleichen Andeutungen gemacht?

Oder war es ganz anders? Nur ein geschmackloser, völlig aus dem Ruder gelaufener Scherz von Kollegen, die ihr nichts Gutes wollten? Doch das konnte sie kaum glauben. Was auch immer es war, sie hatte heute Nacht schon einiges mehr herausgefunden. Wenn sie morgen weitermachen wollte, musste sie jetzt erst einmal schlafen. So schwer es ihr auch fiel.

Sie machte sich in Rekordzeit bettfertig, um wenigstens noch drei, vier Stunden Schlaf zu bekommen. Tatsächlich konnte sie sich jedoch kaum entspannen. Sie fiel irgendwann in einen unruhigen Dämmerschlaf und träumte eine wirre Geschichte, in der die vierjährige Lara, mit dem Plüschhund aus ihrem Albtraum, ihr die verlorene Laterne zurückbrachte. »Ich hab dir etwas mitgebracht«, sagte sie mit blecherner, toter Stimme, und Hazel schreckte auf. Ihr Mund war unangenehm trocken. Sie tastete nach der Wasserflasche neben ihrem Bett, trank einen Schluck und drehte sich danach auf die andere Seite.

Der spärliche Rest der Nacht war kaum besser. Sie fühlte sich wie gerädert, als sie schließlich aufstand. Nach kurzem Überlegen griff sie nach ihrem Handy und schrieb Villem eine SMS, in der sie ihm erklärte, dass sie heute wegen des Probenstresses für Sankt Martin nur wenig Zeit habe. Ihr schlechtes Gewissen pochte nachdrücklich in ihrem Herzen und hinter der schmerzenden Stirn. Sie suchte ein Laternen-Emoji und ergänzte es um eine kleine Armee an Herzen und Küsschen-Smileys.

Wenn sie jetzt mit Villem sprechen würde, liefe sie Gefahr, schwach zu werden und Angst zu bekommen, und das würde ihre Pläne für den heutigen Tag in nicht wiedergutzumachender Weise torpedieren. Sie musste stark und entschlossen bleiben, ansonsten würde das alles kein Ende nehmen. Oder ein böses. Je nachdem.

Kurz, nachdem sie ihre SMS abgeschickt hatte, kam schon eine Antwort von Villem. Eine Aufmunterung, gespickt mit ebenso vielen Herzen und verliebten Smileys. Ihr Herz schrie danach, ihm alles zu erzählen. Sie wollte nur gehalten werden und von Bildern und Nachrichten und grauenhaften Morden nichts mehr wissen.

Aber das ging nicht, und das wusste sie auch. Sie durfte jetzt nicht einknicken! Nicht, nachdem sie so weit gekommen war. Mal sehen, was sie heute noch herausfand, munterte sie sich halbherzig auf.

Unter der Dusche überlegte sie, wie sie jetzt weiter vorgehen sollte. Erst einmal musste sie die Probe überstehen. Sie stellte das Wasser ab und griff nach ihrem Handtuch. Sie begann, sich abzutrocknen. Sie musste irgendwie sicherstellen, dass Elliott ihr nicht in der

Pause auflauerte. Sie schlang sich das Handtuch um den Körper und stieg auf den flauschigen Duschvorleger. Vielleicht sollte sie …

In diesem Moment hob sie zufällig den Kopf und sah es. Im nächsten Augenblick fiel sie auch schon auf die Knie. Sie spürte die hochflorigen Fasern des pinken Vorlegers überdeutlich zwischen ihren Zehen, und es ekelte sie plötzlich an. Sie wollte, dass es wegging. Dass es dort nie gestanden hätte. Aber als sie erneut aufsah, zeichnete sich das Wort noch immer klar und deutlich von der beschlagenen Scheibe des Spiegelschranks ab.

Kammer!

Nur ein Wort, doch das Verrückte daran war, dass Hazel genau wusste, was der irre Täter damit meinte. Sie wusste, wo sie nachsehen musste, und auch was sie dort vorfinden würde.

Was sie nicht wusste, war, ob er sich noch im Haus befand, denn er musste heute Nacht hier gewesen sein. Als sie vor wenigen Stunden ins Bett gegangen war, war diese Wachs- oder Fettschrift, denn so hatte er seine letzte Botschaft an sie sichtbar gemacht, sehr sicher noch nicht auf dem Spiegel gewesen. Das wäre ihr doch aufgefallen.

Sie rappelte sich mühsam auf und stand schließlich zitternd und nackt im Badezimmer. Sie musste sich unbedingt anziehen. Dann würde alles schon wieder ganz anders aussehen, redete sie sich ein. Erfolglos. Denn was sollte schon anders sein? Aber sie schaffte es und war kurz darauf fertig angekleidet.

Ihre Beine fühlten sich wie Holzstöcke an, als sie steif und mechanisch den Flur überquerte und zur Kammer lief.

Dass hiermit der kleine Raum neben ihrem Schlafzimmer gemeint war, aus dem sie vor Kurzem das Papier für Jennys Geschenk geholt hatte, war ihr sofort klar gewesen. Sie legte ihre bebende Hand auf den Türgriff, drückte ihn hinunter und zog dann kräftig daran.

Die Tür sprang auf, und Hazel kniff im gleichen Moment die Augen zu. Für wenige Sekunden hoffte sie, sie habe sich geirrt.

Doch vergebens.

Kapitel 47

Der Raum lag in fast vollkommener Dunkelheit vor ihr und bildete so den perfekten Rahmen für das, was alle Aufmerksamkeit auf sich ziehen sollte.

In der Mitte der Kammer befand sich die einzige Lichtquelle: eine Sankt Martins-Laterne, wie sie als Kind eine gebastelt hatte. Neben ihr lag ein Computer-Stick.

War das die Laterne, die später ihren Sterbeort beleuchten sollte? Würde sie das nächste Opfer ihres verrückten Verfolgers sein? War es jetzt so weit?

Hazel war bewusst, dass sie in diesem Moment genauso handelte, wie ihr Verfolger es für sie vorgesehen hatte. Allein schon dieses Wissen verstärkte ihren Eindruck, beobachtet zu werden. Vielleicht stimmte es ja. Sie schloss nichts mehr aus, auch nicht, dass hier im Haus verborgene Kameras angebracht worden waren. Vielleicht sogar schon vor längerer Zeit.

Jetzt jedenfalls musste sie handeln. Sie schaltete das Licht in der Kammer ein und ging mit dem Stick in der Hand ins Arbeitszimmer, wo sie den Rechner hochfuhr. Während er startete, blickte sie auf den kleinen Plastikgegenstand und fühlte sich unfassbar abgestoßen von diesem Ding, das vor nicht allzu langer Zeit ihr Verfolger berührt haben musste.

Schnell schob sie es in den USB-Slot und wartete zugleich ängstlich und ungeduldig darauf, dass das winzige Speichermedium seinen Inhalt preisgab.

Wenige Sekunden später war es so weit. Hazels Herz schlug schneller, und im ersten Augenblick war sie erleichtert, dass ihr hier kein weiteres Tatortbild präsentiert wurde. Jedenfalls nicht auf den ersten Blick. Stattdessen gab es etwas Neues: einen Film!

Wenn dieser einen ähnlich verstörenden Inhalt haben sollte, wie die Fotos, die sie bisher kannte, würde sie am liebsten darauf verzichten, ihn anzusehen. Aber natürlich kam das nicht infrage. Schließlich wollte – nein, musste! – sie wissen, was der Täter für sie vorbereitet hatte. Es war genauso scheußlich, wie es sich anhörte. Ganz und gar nicht überzeugt von dem, was sie da tat, stellte sie den Ton lauter und startete das Video.

Zuerst war es dunkel. Dann, als sich ihre Augen nach einigen Sekunden an das lichtlose Schwarz gewöhnt hatten, konnte sie langsam mehr oder weniger kompakte Dunkelheit unterscheiden. Da waren Formen und Schemen, und dann setzte unvermittelt eine Stimme ein. Metallisch verzerrt, unnatürlich hoch. Unmöglich zu erkennen, wer dahintersteckte.

»Na, Haaazeeel? Erkennst du es? Ja? Und weißt du was? Ich hab dir etwas mitgebracht!«

Hazel wurde schlagartig übel, als sie verstand, warum die vierjährige Lara mit dem Plüschhund an der Leine in ihrem Traum heute Nacht genau diesen letzten Satz zu ihr gesagt hatte. Natürlich erkannte sie den Raum in dem Video. Es war ihr und Villems gemeinsames Schlafzimmer. In dem sie jedoch in dieser Nacht, wie auch in den vergangenen Nächten, allein geschlafen hatte.

Nur dass sie heute Nacht offenbar Besuch gehabt hatte.

Die Bestätigung folgte mit der nächsten Kameraeinstellung. Denn jetzt füllte ihr Gesicht, das seitlich ins Kissen gedrückt war, das Bild in Gänze aus. Sie schlief und befand sich, wie es aussah, gerade in der REM-Phase. Ihre Augäpfel rollten hinter den geschlossenen Lidern von links nach rechts und wieder zurück, dabei zitterten ihre Lider leicht.

Kurz darauf änderte sich etwas. Die Entfernung der Kamera zu ihrem Gesicht vergrößerte sich, und im nächsten Augenblick erkannte sie auch den Grund dafür. Sie erwachte, bewegte ihre Lippen und tastete mit der rechten Hand nach ihrer Wasserflasche. Mein Gott, sie konnte sich sogar noch daran erinnern, wie staubtrocken ihr Mund gewesen war, und dass sie nachts etwas getrunken hatte. Gleich darauf war sie wieder in einen unruhigen Schlaf gefallen.

Ihr Verfolger, der übergriffige Kameramann, musste sich ans Bettende zurückgezogen und dort auf den Boden gesetzt haben. In einem Winkel, in dem er für sie unsichtbar gewesen war. Kurz nachdem sie wieder schlief, endete der Film.

Hazel war froh darüber, denn was sie bis jetzt gesehen hatte, genügte bei Weitem, um den Täter als psychisch massiv gestört einzuordnen. Es bestätigte und übertraf sogar all ihre Schlussfolgerungen, die sie aus den bisherigen Nachrichten und Fotos hatte ziehen können. Jetzt gerade spürte sie die Panik stärker denn je an ihrer mühsam aufrechterhaltenen Fassung zerren.

Aber auch ein anderer, neuerer Freund war plötzlich wieder an ihrer Seite: Die Wut. Was bildete Elliott sich ein? Mehrmals hatte sie sich schon darüber geärgert, dass er mit voller Absicht immer wieder ihre Grenzen überschritten hatte. Aber mit dieser Attacke war er definitiv einen gewaltigen Schritt zu weit gegangen!

Doch heute würde es damit vorbei sein. Heute würde sie ihn konfrontieren!

Sie musste endlich einen Schlussstrich unter ihre Vermutungen und Ermittlungen ziehen und Elliott ganz klar auf den Kopf zusagen, was er getan hatte. Denn es reichte! Sie würde sich das nicht länger gefallen lassen!

Entschlossen fuhr sie den Rechner wieder herunter und schloss den Stick in einer der Schreibtischschubladen ein. Hier schien ihr der sicherste Aufbewahrungsort dafür zu sein.

Es war klar, dass Elliott sie erwartete. Entweder hier im Haus – der Gedanke befeuerte einen neuen Panikschub, den sie nur mühsam unter Kontrolle halten konnte – oder im Theater. Aller Angst zum Trotz, wappnete sie sich innerlich für ihr Aufeinandertreffen.

Hier im Haus schien niemand zu sein. Niemand *mehr*, musste man wohl sagen. Denn dass in dieser kurzen Nacht jemand hier gewesen war, belegten die Aufnahmen schließlich ohne jeden Zweifel.

Selbst wenn es so sein sollte, dass der Täter, dass Elliott, sich irgendwo hier verschanzte, wäre es ihr egal. Noch im Arbeitszimmer zückte sie ihr Handy und rief sich ein Taxi. Ansonsten traf sie keine Vorbereitungen.

Sie schaltete lediglich überall das Licht aus und lief nach unten.

Sie wusste, was zu tun war und sie benötigte dafür nichts als Entschlossenheit, ihre Erinnerungen und eine Extraportion Mut.

Aus dem Haus zu treten, und vor der Tür auf den Taxifahrer zu warten, tat gut. Die eisige Herbstluft und die Bewegung erdeten sie. Das Gefühl, dass gleich jemand kommen würde, selbst wenn es nur der Taxifahrer war, beruhigte sie außerdem ein wenig. Das konnte nur von Vorteil sein. Denn sie würde gleich all ihre Konzentration brauchen.

Das Taxi kam früher als erwartet, und die Fahrt erschien Hazel kürzer denn je. Viel zu bald schon hielten sie vor dem Theater. Sie zahlte mechanisch und lief wie ferngesteuert auf den Eingang zu. Bei der Drehtür angelangt, verfluchte sie diese Vorrichtung für ihre Gemächlichkeit und realisierte erst jetzt, dass sie die wenigen Meter von der Straße hierher im Laufschritt zurückgelegt hatte.

Nach quälend langen Sekunden entließ die Drehtür Hazel in den Eingangsbereich. Sie sah sich sofort hektisch um, doch zumindest hier vorne konnte sie keine Spur von Elliott entdecken. Sie schob ihre Tasche, die schon die ganze Zeit über drohte, von ihrer Schulter zu rutschen, ungeduldig wieder zurück und stieß im Laufen beinahe mit Johnny zusammen.

»Langsam, langsam!« Er lachte herzlich. »Was ist denn heute bloß los?«

Was meinte er damit? Hazel sah ihn verständnislos an.

»Na, du bist heute schon die Zweite, die hier, wie von der Tarantel gestochen, durch die Gänge flitzt!«

Die Zweite? Sollte etwa doch ... »Pia?«, keuchte sie und ermahnte sich im gleichen Moment, ihre Aufregung nicht so sehr zu zeigen.

»Was? Nein, nein. Die ist ausnahmsweise mal unschuldig.« Johnny zwinkerte ihr schmunzelnd zu, während Hazel wünschte, dass er einfach antworten würde. »Ich spreche von Elliott. Der ist vor fünf Minuten hier hereingeschossen, als ob ...«

Den Rest des Satzes bekam Hazel schon nicht mehr mit. Also hatte sie recht! Dann wurde es jetzt wirklich ernst. Vielleicht ...

»Was ist denn los?«, wiederholte Johnny. »Wenn ich irgendwie helfen kann ...«

Daran hatte Hazel gerade auch gedacht. Es war vielleicht gar keine so dumme Idee, eine Verstärkung oder noch besser, eine Absicherung dabeizuhaben, wenn sie Elliott mit seinen Taten und ihrem Wissen konfrontierte.

»Das kannst du vielleicht tatsächlich«, erwiderte sie und kriegte sogar ein Lächeln zustande. »Ich muss etwas mit Elliott klären, und ... na ja, mir wäre wohler, wenn ich dabei nicht allein mit ihm bin.«

Johnny musste den speziellen Kollegen gut genug kennen, um nicht weiter nachzufragen, denn seine Miene wurde ernst und er nickte. »Natürlich, ich komme mit. Ich kann hier kurz zumachen.« Mit diesen Worten wandte er sich um, schaltete das Licht in der Pförtnerloge aus und schloss ab.

»Aber warte mal, Elliott habe ich doch eben ...« Er überlegte, die Stirn gerunzelt, und sah Hazel dann entschlossen an. »Ich glaube, er ist in Richtung Kostümfundus verschwunden. Mit ein bisschen Glück erwischen wir ihn dort noch!«

Johnny lächelte sie aufmunternd an und lief vor ihr den Gang hinunter.

Hazel folgte dicht hinter ihm. Allein schon seine Anwesenheit stimmte sie zuversichtlich. Dennoch durfte sie die Wut nicht verlieren. Sie machte ihr Handeln nach den jüngsten Vorfällen überhaupt erst möglich und war daher ihre wichtigste Verbündete in dieser verrückten Zeit.

Ohne weitere Worte liefen sie die Treppen hoch, nahmen Wenden und Kurven und standen schließlich vor dem Zielraum. Johnny öffnete die Tür und ließ sie eintreten.

Im ersten Moment konnte sie Elliott nicht entdecken, aber das war auch kein Wunder. Der Kostümfundus war mitnichten allein der Bühnenkleidung vorbehalten. Neben zahlreichen Kleiderständern war hier auch einiges an Requisiten untergebracht. Stühle, beispielsweise. Dort vorne stand einer mitten im Raum. An den Seiten, aber auch als provisorische Raumteiler, befanden sich hier außerdem Schränke unterschiedlichster Größe und Machart.

Hazel lief weiter in den Raum hinein. Unter anderen Umständen war eine Streiftour durch den Kostümfundus immer ein willkommenes kleines Abenteuer. Wer auf der Suche nach dem perfekten Versteck war, würde hier fraglos fündig werden.

Hatte Elliot sie schon bemerkt?

Hazel bewegte ungeduldig die Bügel einiger hoher Kleiderständer, wirbelte damit jedoch höchstens ein wenig Staub auf. Hier war er nicht.

Aber der Raum bot noch jede Menge weiterer verborgener Ecken. Da vorne beispielsweise machte er einen Knick, denn eigentlich war seine Grundfläche L-förmig, auch wenn man zwischen diversen Paravents, Regalen, Vitrinen und einer Flut von Kostümen davon beim besten Willen nichts mehr erkennen konnte.

Hazel hielt inne und ließ ihren Blick noch einmal über die Weite des Fundus' schweifen. Jetzt endlich sah sie es. Eine eiskalte Hand schien sich in ihren Magen zu krallen und dort ungute Dinge anzustellen. Sie versuchte, es zu ignorieren. Sie hatte in letzter Zeit so viele davon gesehen, dass ihr die kleine Anordnung von rund zehn leuchtenden Sankt Martins-Laternen Hinweis genug war.

Sie standen genau an der Ecke, der Verbindung zu dem kurzen Schenkel des *L*.

Es war also naheliegend, dass er sich bis in die hinterste Ecke zurückgezogen hatte. Aber damit hatte er sich in die Falle manövriert. Beim Gedanken an die Gräueltaten der letzten Tage, und in der Gewissheit, dass Elliotts teuflisches Spiel jetzt endlich ein Ende fand, stiegen verschiedenste Emotionen in Hazel auf.

Aber noch war es nicht geschafft. Sie durfte jetzt nicht leichtsinnig werden und keinen Fehler machen. Die ganze Zeit über hatte sie instinktiv darauf verzichtet, nach Elliott zu rufen, und auch jetzt würde sie ihn noch in Sicherheit wiegen.

Mit dem Finger auf den Lippen drehte sie sich zu Johnny um, um ihm wortlos zu signalisieren, was sie vorhatte. Verwundert stellte sie fest, dass er noch immer an der Tür stand. Aber egal, sie hatte Elliotts Versteck ziemlich sicher gefunden.

Hazel suchte Johnnys Blick und fand ihn. Er lächelte sie an und schüttelte dabei ganz langsam den Kopf. Hin und her.

Hin. Und. Her.

Schließlich drehte er sich in aller Seelenruhe um und verschloss die Tür hinter ihnen beiden. Erst jetzt sah sie den Revolver in seiner Hand.

Kapitel 48

Hazel hörte das klackernde Geräusch des klobigen Schlüssels in dem groben Schloss und konnte nichts dagegen tun.

Ihr wurde heiß. Was sollte das hier? Eine überflüssige Frage, wie ihr Körper längst verstanden hatte. Sie zitterte und begriff: Johnny! Er war der Täter!

Er musste es sein, auch wenn das alles überhaupt keinen Sinn machte. Und jetzt wandte er sich zu ihr um.

»Hazel, mein Mädchen! Endlich hab ich dich!«

Mein Mädchen? Er war verrückt, es konnte gar nicht anders sein. Johnny war offenbar der Stalker, der sie in der letzten Zeit verfolgt und zunehmend bedrängt hatte. Und jetzt saß sie mit ihm in der Falle.

»Ich meine ... bei mir! Endlich hab ich dich bei mir! Ich habe so lange darauf gewartet. Du ...«

Hazel wurde mit jeder Sekunde klarer, wie aussichtslos ihre Lage war.

»Ich ... ich will dir etwas zeigen.« Johnny sprach jetzt schneller und überschlug sich fast. »Ich habe so lange darauf gewartet«, wiederholte er, »du kannst dir nicht vorstellen, wie sehr.«

Sie konnte sich so einiges nicht vorstellen. Jetzt gerade zum Beispiel, wie sie hier wieder herauskommen sollte. Denn dass sie nicht mit Johnny hier drinbleiben durfte, war Hazel klar. Immerhin arbeitete ihr Verstand auf Hochtouren. Sie beobachtete sich förmlich selbst, registrierte, wie ihr Herz raste, wie die Hitze immer mehr zunahm und ihre Gedanken hin und her sprangen. Sie verstand den Sinn nicht. Sie konnte sich keine plausible Geschichte vorstellen, die Johnny und sie in diese Lage hätte bringen sollen.

Doch es war real. Er stand mit einer Schusswaffe in der Hand nur wenige Meter von ihr entfernt und sah sie an. Mit einem sanften, fast verklärten Ausdruck in den Augen, der unter keinen Umständen in diese Situation passte.

»Du musst keine Angst haben«, sagte er jetzt, mit leiser Stimme. »Mein Mädchen!« Er lächelte und bewegte sich auf sie zu.

Wenn er keine Pistole in der Hand halten würde, hätte Hazel sich selbst ganz gute Chancen zugeschrieben, ihn körperlich zu überwältigen. Sie hätte es jedenfalls versucht. Aber so ...

»Komm! Komm mit mir dort vorne hin. Ich hab da schon mal etwas vorbereitet.« Er schmunzelte über seinen eigenen Scherz. »Eine Kleinigkeit.«

Hazel verstand, dass er sie zu dem einsamen Stuhl lotste, der ihr vorhin schon aufgefallen war, da er scheinbar zusammenhanglos mitten im Raum stand. Sie tat, was er verlangte, denn im Moment blieb ihr nichts anderes übrig.

»Setz dich, bitte.«

Hazel nahm auf dem harten Holzstuhl Platz.

»Ich möchte, dass du mir etwas versprichst. Wirst du das tun?«

Sie starrte ihn an, unfähig etwas zu sagen.

»Du musst keine Angst haben«, wiederholte Johnny. »Dir wird nichts passieren. Ich möchte dich auch eigentlich nicht fesseln und nicht knebeln.«

Eigentlich? Hazels Puls stieg weiter an.

»Ich will das nicht, muss es aber vielleicht tun, denn ich will dir einiges erklären, mein Mädchen, und auch Dinge präsentieren. Da will ich nicht darauf achten müssen, dass du bei mir bleibst. Oder verhindern, dass du um Hilfe rufst.«

Hazel hatte den Eindruck, dass er mit sich haderte. So als habe er sich diesen Punkt vorab nicht gut genug überlegt.

»Weißt du«, fuhr er jetzt fort, »es wäre doch schade, wenn du keine Chance bekämst, das Ganze zu verstehen.«

Sie nickte vorsichtig, während ihre Gedanken weiter rasten. Was sollte das heißen? Zu verstehen ... bevor etwas passieren würde ... bevor er sie tötete? So, wie er die anderen getötet hatte? Allein schon, dass er darüber so sachlich sprach, war doch einfach nur gestört. Hazel begriff immer mehr, wie aussichtslos ihre Lage war. Sie sollte alles versuchen, um Johnny nicht gegen sich aufzubringen. Tun, was er wollte, kurz gesagt.

»Wenn du mir versprichst, keine Dummheiten zu machen, lassen wir das mit dem Fesseln.«

Hazel nickte.

»Dafür verspreche ich, dass dir nichts passieren wird. Vertraust du mir?«

»Ja«, erwiderte Hazel mit rauer Stimme. Kein Wort glaubte sie ihm und das Risiko, das er einging, war überschaubar. Schließlich hielt er immer noch die Waffe in der Hand. Selbst, wenn sie schrie – solange nicht zufällig jemand genau vor der Tür stand, würde ihr Rufen ungehört in dem langen, gewundenen Gang verhallen.

»Dann fangen wir jetzt an!«

Was hatte er vor? Hazel spürte, wie sich ihre Muskulatur anspannte. Sie war in Habachtstellung, ohne Hoffnung, etwas an ihrer Situation ändern zu können.

»Einen Moment noch.« Johnny hantierte mit etwas, das Hazel nicht sofort erkannte. Was war das? Eine Staffelei? Ein Notenständer?

Sie fuhr zusammen, als ein scharfes, sirrendes Geräusch die Luft zerschnitt. Was Johnny da aufbaute, war ein Stativ, an dem er eine Leinwand aufgezogen hatte. *Was sollte das werden?*

»Gleich geht's los!« Er hielt die Pistole locker in der Hand. Wenn sie tatsächlich geladen sein sollte, brachte er sich so beinahe selbst in Gefahr. Im nächsten Moment straffte er sich, trat wenige Schritte zurück und rollte einen, wie es aussah, antiquierten, Diaprojektor heran. Schließlich nahm er seitlich von der Leinwand Stellung und stellte den Projektor an.

»So, jetzt!«

Hazel war irritiert. Was sollte das hier? Wollte Johnny ihr etwa alle Fotos und Botschaften ein weiteres Mal präsentieren? Es sah ganz so aus, denn jetzt erschien auf der Leinwand übergroß das Foto des toten Mannes in dem Berg von Plüschtieren.

»Erkennst du es?« Johnny klang aufgeregt und unterbrach sich im nächsten Moment. »Ach, ich hätte es anders einleiten sollen. Also, noch mal von vorn.« Er stellte den Projektor mit hektischen Bewegungen wieder aus und sah sie dann eindringlich an. Hazel erkannte, dass er schwitzte.

»Hazel, mein Mädchen«, begann er feierlich, »wir machen jetzt eine Reise durch deine Kindheit!«

Sie erstarrte. Was? Was sollte das heißen? Doch wohl hoffentlich nicht ... doch natürlich folgte genau das. Johnny hatte einige der Dias umsortiert und schaltete den Projektor aufgeregt wieder ein.

Hazel schossen Tränen in die Augen, als sie erkannte, was ihr da präsentiert wurde. Ein Sankt Martins-Umzug mit vielen Kindern in dicken Anoraks im Stil der Achtziger Jahre, die stolz ihre selbst gebastelten Laternen schwenkten. Und da! Da stand Lara. Ihre erste beste Freundin. Direkt neben ihr. Sie beide hatten scheinbar völlig selbstvergessen ihren Blick auf etwas außerhalb des Bildes gerichtet. Hazel konnte sich schon denken, was es war.

»Sieh mal, es beginnt, als du vier Jahre alt warst«, erklärte Johnny, und sie wünschte sich, er wäre still. Natürlich vergebens. »Da war ich schon über drei Jahre weg.« Die letzten Worte sagte der Mann, den sie seit jeher für niemand anderen als den Pförtner des Theaters gehalten hatte, mehr zu sich selbst. Dabei klang er ungläubig, so als sei er nicht der Hauptprotagonist seiner Erinnerung.

Sie wurde die Tränen einfach nicht los, wenn auch jetzt aus einem anderen Grund. Sie erkannte, dass diese Sache drohte, zu groß für sie zu werden, und es lag nicht an den Morden. Wenn es nur für einen Moment möglich wäre, so bräuchte sie genau jetzt ihre Mutter an ihrer Seite.

»*Was*?«, brachte sie mühsam hervor. Mehr nicht, aber er hatte es sowieso nicht gehört. Entweder hatte sie zu leise gesprochen, was durchaus möglich war, oder er war zu sehr in seinem Wahn verhaftet. Das war ganz sicher so.

»Ihr wart damals total begeistert von dem Pferd«, fuhr Johnny fort, ohne den Einschlag zu bemerken, den seine vorherigen Worte ausgelöst hatten. »Hattet für nichts anderes mehr Augen und, ja, es war nicht geplant, aber es hat mir über die Jahre hinweg viel bedeutet, etwas von dir zu haben.«

Hazel ahnte, dass er auf die Laterne anspielte.

»Etwas, was du selbst gemacht hattest und manchmal in all den Jahren habe ich mir vorgestellt, du hättest sie für mich gebastelt. Du musst das verstehen ...«

Unfassbar! Das musste sie nicht! Johnny schniefte, offenbar vor Rührung über seine eigenen Worte.

»... ich hatte doch sonst nichts von dir.«

Sie von ihm übrigens auch nicht, aber offensichtlich waren in seinem Kopf die Rollen durcheinandergeraten.

»Jedenfalls habe ich sie immer in Ehren gehalten. Heute Nacht habe ich sie dir wieder vorbeigebracht.«

Vorbeigebracht? So als wäre es nichts, mitten in der Nacht, oder wann auch immer, bei ihr einzubrechen, um eine vor dreißig Jahren einem kleinen Kind gestohlene Laterne zurückzubringen? Worüber redete er hier eigentlich?

»Das war mir immer klar. Dass ich sie dir eines Tages zurückbringen würde, meine ich. Du hast sie doch gefunden, oder? In der Kammer?« Ihre Antwort wartete er gar nicht ab, sondern fuhr gleich mit dem zweiten

Bild fort. Erneut erschien das Foto des Mannes in den Plüschtieren auf der großen Leinwand. Hazel bemühte sich, nicht zu genau hinzusehen.

»Diese Aufnahme ist noch ganz vom Anfang und daher nicht so typisch.«

Hazel verstand nicht, sie hörte nur still zu.

»Das war noch mehr eine Spielerei für mich, und die Laterne ist auch noch nicht deine. Ich dachte anfangs, das Risiko sei zu groß. Ihr durfte doch nichts zustoßen, deiner Original-Laterne!«

Hazel wagte es nicht, nach dem Offensichtlichen zu fragen. Anscheinend war die Laterne Johnny weitaus wichtiger als der tote Mann auf dem Bild, denn er ging bereits zum nächsten Bild über.

Das hast DU gemacht! Diese Worte waren für Hazel untrennbar mit dem Flokati-Mord verbunden. Doch auch hier schien der leblose Mensch auf dem Bild für Johnny lediglich Staffage zu sein.

»Aber hier, hier war ich mutiger. Siehst du sie? Ganz am Rand?«

Hazel nickte kaum wahrnehmbar. »Aber … der Mann?«, wagte sie zu fragen. Doch obwohl sie dieses Mal darauf geachtet hatte, lauter zu sprechen, schien Johnny sie wieder nicht gehört zu haben.

»Siehst du das Licht? Das kommt von dieser Lampe.« Er deutete auf etwas am Bildrand, das ihr bisher noch nicht aufgefallen war. »So eine Ringlampe hattet ihr, deine Mutter und du, in der Küche. Hatten ja viele. Aber deine Idee war es, sie orange anzumalen. Wahrscheinlich, weil dir ihr Licht zu kalt war.«

Woher wusste er das? Es stimmte. Sie war damals ungefähr elf Jahre alt gewesen und hatte die Geschichte inzwischen längst vergessen. Bis eben.

»Hazel, mein Mädchen«, begann Johnny wieder stockend. »Mir ist wichtig, dass du weißt ... ich war immer da. Ich war dir immer ganz nah, all die Jahre über.«

Hazel wurde übel. Er glaubte offensichtlich wirklich, sie würde sich darüber freuen, jahrelang heimlich von einem Fremden, denn nichts anderes war er für sie, beobachtet worden zu sein.

»Um auf dich aufzupassen. Ich weiß, es wäre dein Wunsch gewesen ...«, an dieser Stelle wechselte er wieder zu einem neuen Bild, dem Michelangelo-Mord, »... dass deine Mutter und ich zusammengeblieben wären.«

Hazel verstand endlich. *Dein Wunsch, ich weiß* – Diese Worte waren nicht etwa auf den Mord bezogen gewesen, wie sie angenommen hatte, sondern das entscheidende Detail waren tatsächlich die zueinander ausgestreckten Hände gewesen. Dass in der Wohnung ihrer Mutter, so lange sie denken konnte, genau dieses Bild gehangen hatte, war wohl wieder ein Beweis seiner Nähe.

Ein weiteres Mal ignorierte Johnny die toten Körper auf der Aufnahme, so als seien sie komplett ohne Bedeutung. Stattdessen sprach er nach einer langen Pause weiter. Leiser und, so erschien es Hazel, weniger selbstsicher.

»Es war meine Schuld, dass alles zu Ende gegangen ist, damals. Aber du musst mir glauben, ich wollte immer nur Leid verhindern. Doch am Ende ging alles schief und ich habe dadurch eine noch größere Katastrophe geschaffen.«

»Wie?«, fragte Hazel mit erstickter Stimme. Es war alles viel zu persönlich, aber sie konnte jetzt nicht mehr zurück.

»Es begann mit der Diagnose«, antwortete Johnny. Er sah sie jetzt nicht mehr an, sondern schien sich immer mehr in seiner Erinnerung zu verlieren. »Eine terminale Diagnose, die Ärzte meinten, ich hätte nicht mehr viel Zeit, solle meine Dinge regeln und so weiter.« Er lachte freudlos auf. »Meine Dinge – das waren deine Mutter und du. Viel mehr hatte ich doch nicht. Ihr wart mir das Wichtigste und ... deswegen habe ich eine schlimme Entscheidung getroffen.«

Er machte eine lange Pause. Seine Trauer über das, was gleich kommen würde, schien beinahe greifbar. Vielleicht war hier die Schwelle. Die Grenze von der psychischen Gesundheit in das seelische Dunkel, in dem Johnny sich verirrt hatte.

»Es war, weil ...«, setzte er an, »... ich wusste, dass man mit Wut schwer, aber immer noch besser als mit Trauer weiterleben kann. Das war der einzige Grund, warum ich deiner Mutter ...«, seine Stimme versagte beinahe, »... das Herz gebrochen habe.«

Hazel runzelte die Stirn, beherrschte sich aber und wartete darauf, dass Johnny fortfuhr.

»Ich habe ihr gesagt, dass es eine andere gibt.« Johnny spuckte die Worte aus. »Dass ich sie ... nicht mehr liebe.« Er schlug die freie Hand vors Gesicht, dennoch konnte Hazel sehen, wie sich seine Züge verzerrten. »Ich hab alles kaputtgemacht und mir mein Leben lang nichts sehnlicher gewünscht, als alles wiedergutmachen zu können. Aber es war zu spät. Ich habe überlebt. Mein Körper hat überlebt. Aber mein Leben war dennoch verloren. Meine Seele ist daran zugrunde gegangen.

Kapitel 49

Wenn das, was Johnny da gerade erzählt hatte, tatsächlich stimmte, war es wohl eine der tragischsten Geschichten, die Hazel jemals im Leben gehört hatte.

»Deine Mutter habe ich so verloren. Sie wollte nichts mehr von mir wissen, und ich habe das verstanden. Aber dich ...« Er sah sie mit einem so lieben Ausdruck in den Augen an, dass sie beinahe vergaß, welch grausame Taten er begangen hatte. »... dich konnte ich doch nicht so einfach aufgeben.«

Für eine ganze Weile verharrte Johnny stumm. Dann glomm ein Funken in seinen Augen auf, und er beugte sich wieder über die Dias. »Warte, ich muss dir noch etwas zeigen.«

Meinte er das ernst? Hazel fragte sich, ob er vergessen hatte, dass sie hier eingeschlossen waren, und er mit einer Pistole in der Hand vor ihr stand. Sie beobachtete, wie er die Bilder abermals neu sortierte, und hob den Blick, als das erste Foto auf der Leinwand erschien.

»Hier, zum Beispiel!«

Pias Eltern! Auf dem Roten Teppich eines Charity-Events. Weitere Dias folgten, die die Mutter der Kollegin in ihren größten Rollen zeigten.

»Oder hier!«, sagte Johnny, und es wurden Bilder von Alexander Miller, dem berühmten Schauspielagenten, an die Wand geworfen. Meistens im Gespräch mit anderen Größen der Branche, also ganz in seinem Element.

»Sie hier solltest du auch gut kennen! Schauspielerin und Lehrmeisterin. Als solche hat sie sich, ich will mal sagen, dazu hinreißen lassen, Empfehlungsschreiben zu verfassen. Vielleicht eines zu viel. Verhängnisvoll ...«

Hazel wusste ganz genau, was jetzt kam, und tatsächlich zeigten die nächsten Bilder Orla in ihren Paraderollen aus verschiedenen Jahrzehnten.

»Ihn hast du auch schon mal gesehen, allerdings begleitet von mehr Plüschtieren.« Johnny kicherte, als spräche er nicht gerade von einem grauenhaften Mord, den er selbst begangen hatte. »Wird ... nein ... Ha!«, er schnaubte entschieden, »... *wurde* als kommender Senkrechtstarter gehandelt. Wird wohl nichts mehr draus. Seine Frau ist Intendantin an einem kleineren Theater und sehr emotional. Nach allem, was man hört ...« Er zwinkerte gut gelaunt. »... hat sie sich seinen ... Ausfall ... sehr zu Herzen genommen. Will sagen, sie scheidet als Konkurrentin damit schon einmal eine ganze Weile aus. So wie die anderen auch.«

»*Was?*«, entfuhr es Hazel. »Was meinst du damit?«

»Ich meine«, erklärte Johnny feierlich, »dass sie alle zu erfolgreich waren. Zu ambitioniert. Sie waren, wenn du so willst, Steine auf deinem Weg, die ich weggeräumt habe.«

»Ich verstehe kein Wort!«, rief Hazel jetzt lauter, als beabsichtigt. »Sag nicht, dass die Morde an diesen Menschen etwas mit mir zu tun haben!«

»Natürlich nicht, mein Mädchen, das habe ich gern für dich übernommen. Sieh es einfach als Geschenk.« Und wieder dieser liebevolle Blick.

»Wie bitte?«

»Na, du weißt es doch selbst. Dass das Stadttheater nichts für dich ist, meine ich. Denk doch nur an die kleingeistigen Mobbingversuche von Pia und Konsorten. Da stehst du doch weit drüber. Wenn eine es werden soll, dann du!«

»*Was* werden?« Hazel hatte keine Ahnung, wovon er sprach. Dafür aber den Verdacht, dass Pia womöglich doch nicht hinter all den kleinen Attacken steckte.

»Meine Tochter«, erklärte Johnny stolz, »wird bald als Intendantin der *Theaterwelt Europa* international große Erfolge feiern.«

»Wie bitte?« Was Johnny da sagte, war nicht nur albern und vollkommen abwegig, es war vor allem übergriffig und hatte rein gar nichts mit ihren Plänen zu tun. Die zu schmieden sie durchaus allein in der Lage war.

»Du hast richtig gehört, mein Mädchen. Lass die Puppen tanzen! Warum sich mit den kleinbürgerlichen Konkurrenzspielchen herumärgern? Dein Platz ist ganz woanders. In Brüssel nämlich!«

In Brüssel? Was redete er da nur?

»Du kannst das, mein Mädchen. Du bist stark und mutig. Denk doch mal an die vergangenen Tage zurück.« Er lächelte wissend. »Die kleinen Aufgaben in deinem Haus.«

Aufgaben? Außerdem war es nicht ihr Haus, sie wohnte dort immer noch mit ihrem Mann zusammen.

»Das Licht, die Blüten an der Fensterscheibe, rätselhafte Botschaften.« Er amüsierte sich, sichtlich stolz über seinen guten Einfall. »Und du gehst einfach hin und bietest ihm Paroli, deinem unbekannten *Verfolger*.« Beim letzten Wort zeichnete er Anführungszeichen in die Luft, so als sei er nicht genau das gewesen. »Ich kenne jedenfalls nicht viele, die in dieser Situation so beherzt gehandelt und ruhig geblieben wären.«

Jetzt war der Punkt erreicht, an dem Hazels Wut die Angst beinahe besiegt hatte.

»Das war, wenn du so willst, mein letzter Test.« Johnny legte den Kopf schief und hatte die Augenbrauen fürsorglich erhoben. »Ich will schließlich nicht, dass du Schaden nimmst, an deiner neuen Aufgabe. Der Wind weht dort vielleicht rauer als hier.«

Aha. Merkte er nicht, dass er sich gerade selbst widersprach? Schließlich hatte er im gleichen Atemzug das Stadttheater als Schlangennest beschrieben. Ganz abgesehen davon, würde sie sein Geschenk mit Sicherheit nicht annehmen. Seine Besessenheit und ganz offensichtliche Entrücktheit von der Realität war absolut erschreckend. Aber jetzt änderte sich plötzlich etwas. Johnny schien in sich zusammenzusacken. Der zufriedene Gesichtsausdruck, den er bis eben zur Schau gestellt hatte, verflüchtigte sich nun. Als er wieder sprach, klang er seltsam kleinlaut.

»Hazel, mein Mädchen. Ich habe große Schuld auf mich geladen, das weiß ich. Ich habe dir deinen Vater genommen. Ihn dir bis heute vorenthalten. Aber ich war immer da. Habe gesehen, was du tust. Wie es dir ging. Ich habe aufgepasst.«

Da war kein Stolz mehr in seiner Stimme, eher Unsicherheit. Aber offensichtlich war er noch nicht fertig.

»Ich weiß, es steht mir nicht zu, aber ...« Er spielte mit dem Revolver in seiner Hand, was Hazel schlagartig aufmerksam werden ließ. »Es wäre das größte Geschenk für mich, wenn du ... mir vielleicht ...«

Sie sah ihn fragend an, aber er war ganz in seiner Welt und schien sie kaum wahrzunehmen.

»... vergeben könntest.« Sein Kopf sank auf die Brust, er schien Angst vor ihrer Reaktion zu haben und vermied daher den Augenkontakt.

Zu recht! War ihm klar, was er da von ihr erwartete? Hazel schwieg. Was sollte sie in dieser Situation sagen? Wie sollte das alles weitergehen?

Johnny blieb eine quälend lange Zeit in Büßerhaltung vor ihr stehen. Irgendwann nickte er, vielleicht resigniert, hob den Kopf wieder und sah sie an.

»Du fragst dich vielleicht, warum ich das jetzt alles klären will.«

Sie hatte, bei Gott, noch eine ganze Reihe weiterer Fragen.

»Die Antwort ist: weil die Geschichte sich wiederholt. Isn't it ironic?« Traurig deutete er die Melodie der bekannten Liedzeile an. »Dieses Mal bleibt mir wirklich keine Zeit mehr. Es ist die Lunge, weißt du. Genauer gesagt der linke Lungenflügel. Da wächst etwas, was mich über kurz oder lang töten wird.«

Hazel runzelte die Stirn. Damit hatte sie nicht gerechnet.

»Das Ende wird nicht schön sein. Schmerzen, quälende Luftnot ... Ich will das nicht erleben!«

Angesichts des großen Leids, das Johnny über so viele Menschen gebracht hatte, um sein höchstpersönliches Ziel, ihre Vergebung und Liebe, zu erreichen, fühlte sich Hazel abgestoßen von seinem weinerlichen Egoismus.

Es war tragisch, dass er nicht früher den Mut gehabt hatte, reinen Tisch zu machen. Mit ihrer Mutter. Mit ihr. Jetzt blieb ihnen keine Zeit mehr, und nach allem, was er getan hatte, wollte sie ganz sicher nicht Kontakt zu ihm halten. Ganz egal, was demnächst geschah.

Sie fragte sich, ob er irgendwann wieder klar sehen würde, denn unabhängig von seiner körperlichen Erkrankung musste er sich in den vergangenen Jahren in eine Art Wahn hineingesteigert haben. Sie konnte sich nicht vorstellen, wie er weiterleben sollte, wenn er die *Steine, die er aus ihrem Weg geräumt hatte,* wieder als Individuen, Mütter, Väter, Söhne und Töchter wahrnahm.

Johnny, der von ihren Gedanken ganz offensichtlich nichts ahnte, fuhr in sachlicherem Tonfall fort: »Ich möchte nur, dass du das weißt. Deshalb war es mir wichtig, mich jetzt um meine Dinge zu kümmern ... um unsere gestohlene Vergangenheit ... und deine Zukunft.«

Als er fertig war, zeigte er auf ein unscheinbares, schwarzes Kästchen, das offenbar nicht ganz zufällig in der Nähe der Leinwand stand. »Sieh' mal. Das ist die ganze Zeit mitgelaufen.« Er griff nach dem kleinen Gegenstand und hielt ihn vor seine Brust.

Hazel versuchte, zu erkennen, was es war. Konnte es sein ... war das etwa ein Diktiergerät? So eines, wie es schon seit vielen Jahren niemand mehr verwendete? Es sah ganz so aus. Johnny war tatsächlich in der Vergangenheit hängen geblieben. Jetzt beobachtete Hazel, wie er das Aufnahmegerät an seine Lippen hob und seinen Namen nannte. Dann fuhr er fort:

»Ich habe all das selbst aufgenommen und gebe es zur strafrechtlichen Verfügung frei. Meine ganze Erklärung. Ich werde all das nicht persönlich erläutern können, denn mir bleibt nicht mehr viel Zeit. Wie gesagt. Ich bin krank. Lungenkrebs. Die Ärzte haben bereits Metastasen in der Leber und den Knochen gefunden. Auch wenn sie versuchen, mich irgendwie aufzubauen.« Er lachte bitter auf und wiederholte: »Das will ich nicht erleben.«

Sein Blick wanderte zu Hazel. Sie sah Tränen in seinen Augen und setzte trotz allem dazu an, etwas Tröstliches zu sagen. Er jedoch bedeutete ihr mit einem traurigen Lächeln, zu schweigen.

»Dies ist nicht nur mein Geschenk für meine Tochter ...« Hazel trafen seine Worte unerwartet hart. »Dies ist auch mein Geständnis. Meine Tochter hat von alldem nichts gewusst. Sie ist absolut unschuldig.«

Jetzt wandte er sich ihr zu, nahm ihre Hände in seine, und sie ließ es geschehen. Sie fand seinen Blick hinter den Tränen in seinen Augen. »Hazel, mein Mädchen, es tut mir alles so leid. Ich weiß, dass ich nichts wiedergutmachen kann, und dass ich niemals ... dass ich keine Liebe von dir erwarten kann. Aber bitte glaube mir, dass ich dich nie vergessen habe. Du warst immer in meinem Leben. In meinem Herzen. Ich möchte dir nur noch eines sagen ...« Er ließ ihre Hände los und strich mit seiner Linken hilflos und fahrig über ihr verschwitztes Haar. »Ich bin immer bei dir. Dir ganz nah. Egal, was passiert.«

Hazels Blick fuhr jäh zu seiner Rechten, die jetzt in der Jackentasche verschwunden war. Schon hielt er die Waffe wieder fest umklammert, schmiegte seine Hand an ihre Wange und sah ihr mit vor Trauer irrem Blick tief in die Augen. »Geh jetzt. Du musst das nicht sehen.«

Im nächsten Moment stieß er sie kräftig und behutsam zugleich von sich, hob die Waffe an seine Schläfe und drückte ab.

Die Zeit dehnte sich aus. Die Gegenwart, in der er mit ihr sprach, und der Augenblick danach, flossen ineinander. Die Illusion, etwas verhindern zu können, lähmte Hazel sekundenlang, bevor sie zu schreien begann und nicht mehr aufhören konnte.

Instinktiv lief sie zur Tür. Das Schreien hielt noch eine ganze Weile an. Irgendwann, sie wusste nicht, wie lange es dauerte, war es aus ihrem Körper gewichen. Sie sank kraftlos auf den Boden vor der Tür und trommelte mit ihren Fäusten dagegen. Den Schmerz spürte sie nicht.

Den Schlüssel aus Johnnys Kitteltasche zu holen, auf das rot-weiße Schlachtfeld zurückzukehren, war keine Option.

Kapitel 50

Gerade eben war Hazel gestorben.

Irgendwann im Laufe der Ereignisse hatte sie vergessen, die Tode weiter mitzuzählen. Es war immer weniger wichtig geworden.

Heute genoss sie die absolute Dunkelheit, den Tanz auf der Grenze zwischen Illusion und Realität. Sie erwartete den Moment, in dem das Publikum den Zauber brechen und die mit jeder Menge Leidenschaft und Technik erschaffene Traumwelt arglos einreißen würde, wieder mit freudigem Herzklopfen.

So war es früher einmal gewesen, und so konnte es wieder sein.

Im Schutz der lichtlosen Bühne huschte sie nach hinten zu den anderen, um kurz darauf wieder nach vorne zurückzukehren. Der erste Vorhang gebührte der Hauptdarstellerin.

Dann lief sie wieder zurück auf die Hinterbühne und, zusammen mit den anderen, ein weiteres Mal auf die Hauptbühne. In einem fröhlichen Gewusel, in dem sie alle sich abwechselnd spielerisch nach vorne schoben.

Unvermittelt spürte Hazel einen Arm, der sich sanft um ihre Schultern legte. Überrascht sah sie auf und erkannte Pia ... ihre Erzgegnerin, nicht nur in dem gerade gegebenen Theaterstück. Sie schob Hazel behutsam ein kleines Stück vor sich und verbeugte sich dann zusammen mit ihr, was das Publikum zu besonderen Begeisterungsstürmen bewegte.

Hazel konnte es kaum glauben. Fast schon erwartete sie, dass Pia auf dem Weg von der Bühne noch einmal nachlegte, aber tatsächlich passierte nichts dergleichen. Erst als die anderen sich langsam zerstreuten und auf den Weg in die Garderobe machten, kam sie zu ihr.

»Hey, Hazel.« Pia lächelte unsicher.

»Hey, alles klar?« Eine schreckliche Floskel, aber Hazel musste zugeben, dass sie auf diese Situation nicht richtig vorbereitet war.

»Hast du mal eine Minute für mich?«

»Natürlich.« Überrascht registrierte Hazel, dass Pias Stimme auf einmal ganz anders klang. Natürlicher. Schutzloser. Sie ahnte, worüber ihre Kontrahentin sprechen wollte.

»Es ist nur … ich wollte mich bei dir bedanken. Dafür, dass du …« Pia quälte sich sichtlich. »Ich meine, dank dir habe ich jetzt Gewissheit. Über … du weißt schon, darüber, was passiert ist.« Ihre Augen schwammen und Pia wirkte auf einmal sehr jung. Hazel berührten ihre Worte unerwartet heftig.

Auch ihre Stimme war nicht ganz fest, als sie antwortete: »Ich habe doch gar nichts gemacht. Es … es tut mir unheimlich leid, was passiert ist.« Sie konnte es nicht aussprechen, aber Pia verstand. Sie nickte dankbar.

»Da ist noch etwas«, auch Pia suchte jetzt nach Worten und ihre Wangen färbten sich feuerrot. »Ich weiß, ich war in der Vergangenheit oft gemein und ungerecht zu dir. Das tut mir leid. Ich wollte nur, dass du weißt, dass so etwas nicht mehr vorkommen wird.«

»Okay.« Hazel lächelte, gleichzeitig musste sie an die lange Kette von Verletzungen denken, die Pia still mit sich ausgetragen hatte. Sie rechnete es ihr hoch an, dass sie ihren Stolz hinunterschluckte und sich bei ihr entschuldigte. »Fangen wir noch mal neu an?«

»Das würde ich sehr gerne, ja.«

»Abgemacht!« Hazel grinste und streckte ihr die Hand entgegen. Pia nahm sie, und auch ihr Lächeln wurde breiter.

Doch noch während sie ihre Versöhnung besiegelten, schien Pia etwas einzufallen. Sie sah sie eindringlich an und begann dann: »Eine Sache noch. Nimm dich vor Elliott in acht. Das sage ich als Freundin. Du kannst mir glauben. Es wäre das Größte für ihn, die bekannte Star-Schauspielerin Hazel Karelius herumzukriegen.«

Star-Schauspielerin? Für Hazel fühlte es sich seltsam an, diese Worte zu hören. Fing Pia etwa schon wieder an?

»Du kannst mir glauben«, wiederholte diese nachdrücklich. »Ich hab das durch mit ihm. Wobei es ihm bei mir wohl eher um wichtige Kontakte ging und weniger um mich.« Sie lachte trocken. »Egal, ich habe einen Haken dran gemacht. Aber pass auf dich auf und auch auf dein Herz.«

»Das werde ich«, sagte Hazel, erstaunt von der Offenheit der Kollegin, und unsicher, wie sie darauf reagieren sollte. »Aber keine Sorge, die Gefahr ist nicht gegeben. Ich bin nämlich glücklich verheiratet.« Damit sollte doch eigentlich alles gesagt sein.

Aber Pia sah sie ernst an und entgegnete: »Geh nicht davon aus, dass Elliott das aufhalten wird.«

Als Hazel wenig später im Bus nach Hause saß, gingen ihr Pias Worte immer wieder durch den Kopf. Sie hatte sicher recht, was Elliott betraf. Nach allem, was passiert war, hatte er sich auffällig stark zurückgenommen. Sie hoffte, dass das so blieb. Wenn nicht, würde sie das Ganze mit ihm klären.

Das war eine Sache, die die jüngste Vergangenheit sie gelehrt hatte: Sie musste vor den Hürden auf ihrem Weg nicht in eine unbekannte Zukunft fliehen. Denn sie war nicht ihre Zukunft, sie war jetzt … mit allen Möglichkeiten. Sie konnte sogar stark sein. Ein Gedanke, den die letzten Monate beinahe ausgelöscht hatten. Doch jetzt war er wieder da. Was auch immer das bedeutete. Sie musste das nicht jetzt klären.

Sie dachte auch über ihre Mutter nach. Darüber, was Abschied vielleicht auch heißen konnte. Bisher war ihr das ganz klar erschienen: Ihre Mutter gehenzulassen war gleichbedeutend mit dem Ende. Sie hatten einander so nahegestanden, dass sie untrennbarer Bestandteil aller Dinge war, die Hazel etwas bedeuteten. Eine gütige, richtende Ordnung. Wenn sie noch hier wäre, hätte sie niemals auf die lehrende Seite wechseln wollen. Weil sie nie aufgehört hatte, ihrer Mutter zu beweisen, dass ihre Entscheidung für das Schauspiel richtig gewesen war.

Warum also jetzt nicht mehr? Hazels Herzschlag beschleunigte sich unwillkürlich. Warum sollte es ihr nicht gelingen, sich das selbst zu beweisen? Ihre Mutter hatte ihr doch mehr Stärke gegeben, als ihr Tod ihr nehmen konnte. Der Gedanke fühlte sich an, als sei er direkt von ihr gekommen. Hazels Augen füllten sich mit

Tränen, doch sie lächelte. Sie war doch die Tochter ihrer Mutter. Auch und gerade, nachdem diese nicht mehr hier war. Sie hatte jetzt eine neue Verantwortung, und obwohl gerade ihr ganzes Luftschloss drohte zusammenzustürzen, fühlte Hazel, wie mit jedem Atemzug neue Kraft ihren Körper flutete. Aus den Trümmern konnte etwas Neues entstehen. Vielleicht baute sie sich auch einfach nur einen Schutzschild und blieb, neu gewappnet, am Theater.

Sie musste das nicht jetzt entscheiden.